Mario Moccia

L'ultimo raggio di sole al tramonto

I

Si conoscevano da sempre: erano cugini, infatti, figli di due sorelle e Nicolino aveva sei anni più della cugina. Le due famiglie si frequentavano assiduamente come avviene in paese tra consanguinei e specialmente tra sorelle, anche se abitavano in due case lontane l'una dall'altra. I due ragazzi si vedevano, quindi, molto spesso, ma non avevano la familiarità che contraddistingue due cugini di oggi, perché ognuno si collocava nel gruppo dei ragazzi di pari età; ed erano gruppi numerosi, a considerare l'alto numero di parenti, determinato dal fatto che ogni famiglia aveva almeno sette od otto figli, sposati con figli di altre famiglie altrettanto numerose, per cui si perdeva la cognizione esatta degli appartenenti ad ognuna di queste "tribù"; l'alta natalità, poi, faceva sì che, addirittura, il numero di cugini diretti e trasversali di ogni annata raggiungesse e spesso superasse anche le dieci unità. A questo si aggiunga il naturale riserbo che limitava la frequentazione tra maschi e femmine e poi Elvira era considerata una piccola mocciosa da Nicolino che, da quando aveva cominciato a frequentare il barbiere per radersi la barba, era entrato a far parte dei giovani sui quali la famiglia faceva già progetti.
Era un bel ragazzo Nicolino, non molto alto, ma robusto, scuro di carnagione, con i capelli lisci e gli occhi leggermente a mandorla, che gli davano un'aria languida e sognante. Elvira lo guardava, da qualche tempo, con un interesse particolare, perché il cambiamento avvenuto in quello che fino a poco fa era ancora un ragazzo timido e schivo la turbava,

le faceva un effetto strano che le riempiva di rossore le gote, senza rendersi veramente conto di quello che le accadeva. Vedeva questo parente, specialmente la domenica, ben vestito, rasato, controllato nel gestire, quando veniva a casa a chiamare Giorgio, suo fratello maggiore e con lui, dopo aver salutato rispettosamente gli zii, coi quali scambiava ossequiosamente frasi di circostanza, si avviava a fare una passeggiata per il paese, prima di andare a messa.

Nicolino non prestava particolare attenzione a questa cuginetta, piena di efelidi in faccia, dai capelli castano-chiari, che incorniciavano un visetto un po' spigoloso, con degli occhi celesti sempre bassi, anche se mobilissimi, sempre indaffarata con le sue bambole di pezza e che sgattaiolava via velocemente assieme alle sorelle, che lasciavano volentieri i maschi e gli adulti alle loro chiacchiere, dedicandosi invece alle loro faccende femminili, più importanti degli inutili convenevoli degli adulti, delle loro continue osservazioni sul tempo, sul lavoro nei campi, sulla salute degli animali, sulle prospettive sul raccolto e così via.

Il tempo passava tra una settimana e l'altra, tra una festività e l'altra ed Elvira, che non sapeva dare un senso all'emozione che provava ogni volta che si trovava in presenza di Nicolino, cominciò a parlarne con le due sorelle maggiori, confidando loro di sentire uno strano malessere, un senso di insicurezza, un turbamento che le metteva ansia e le faceva battere forte forte il cuore ogni volta che incrociava lo sguardo del cugino. Tra l'altro c'è da dire che Nicolino, timido di suo, cercava in ogni modo di evitare gli sguardi femminili in genere, però, non temendo alcun pericolo tra parenti, guardava con ingenuità e senza malizia le cugine che lo attorniavano, senza un particolare interesse e senza rendersi minimamente conto dell'effetto che suscitava la sua presenza in casa degli zii.

Certo che le confidenze di Elvira a Letizia e Giuseppina suscitarono inizialmente una grossa ilarità nelle sorelle maggiori che, resesi conto di trovarsi di fronte ad un'infatuazione puerile, non canzonarono più di tanto la sorellina, ma, con gran tatto e circospezione, cercarono di farle capire che si trattava di una prima avvisaglia della pubertà imminente. Una simile scoperta portò lo scompiglio nell'animo di Elvira, le diede la consapevolezza di non essere più bambina e di non essere ancora donna, le fece capire che il tempo scorreva veloce ed incalzava l'adolescenza coi suoi problemi e con le sue responsabilità e si avvicinava a passi veloci il momento di dire addio alla vivacità infantile, all'incoscienza, alla spensieratezza.

Menomale che c'erano Giuseppina e Letizia che potevano farle da guida, perché, allora, non c'era tanta intimità tra genitori e figli e mancavano occasioni e modalità per confidare le proprie pulsioni affettive alla mamma troppo presa dalle tante faccende domestiche, dalle preoccupazioni famigliari, dalle convenzioni sociali. I figli crescevano da soli e da soli affrontavano e risolvevano problemi di ogni tipo, per cui i fratelli maggiori diventavano i confidenti ai quali chiedere aiuto e guide affidabili nelle vicende che riguardano la crescita umana e morale.

Pian piano l'aspetto di Elvira, col passare delle stagioni, andava cambiando radicalmente, perché, si sa, le femminucce diventano adulte prima dei maschietti e lei, già a dodici anni, era ormai quasi una donna e, al di là dei mutamenti fisici, assumeva sempre più un comportamento nuovo: era diventata meno loquace, più riservata, più pensierosa, mostrava un'assennatezza superiore alla sua età quando si inseriva nei discorsi degli adulti, con osservazioni pertinenti, incisive, mai banali; diventava via via più laboriosa, disponibile e sempre più desiderosa di imparare e, soprattutto, non alzava mai il tono della voce quando interloquiva con gli altri, evidenziando una grazia leziosa che le dava un tocco di leggiadria nei rapporti con gli altri, con tutti, anche coi famigliari. Il suo viso era diventato più tondo, dall'ovale perfetto e lineare, con due simpatiche fossette che comparivano quando sorrideva, con le efelidi che erano sbiadite e rendevano più malizioso il nasino sottile, dalla punta impertinente che, assieme a due occhi mobilissimi, vivi, celesti e dolcissimi, rendevano il tutto amabilmente aggraziato.

A tutto ciò si aggiungeva un atteggiamento naturalmente aggraziato, che dava ai suoi movimenti la delicatezza tipica di chi è provvista di garbo, spontaneamente espresso, senza sfoggio, nella semplicità di un portamento naturalmente elegante. Insomma, stava diventando veramente una gran bella ragazza! Anche il papà, una domenica mattina, vedendo le sue tre figlie maggiori pronte per andare a messa, non poté far a meno di esclamare «ma guarda come è cresciuta questa gattina!» riferendosi ad Elvira che, con un vezzoso moto del capo ed un'alzata di spalle, sorridendo rispose che fra poco avrebbe cominciato anche lei a miagolare nel gruppo delle gatte domestiche.

Le due sorelle maggiori attiravano già qualche sguardo interessato da parte dei giovani che le vedevano passare quando si recavano in chiesa la mattina della domenica o nelle feste principali, e sicuramente questi ultimi ora avrebbero appuntato la loro attenzione anche sulla piccola di casa e questo faceva inorgoglire i fratelli maschi e li spingeva ad aguzzare lo sguardo per proteggere tutte le sorelle dalla pericolosa eccessiva attenzione maschile.

Fu proprio Giorgio che, confidando a Nicolino le sue preoccupazioni sulle responsabilità che incombono sui fratelli quando le sorelle crescono, gli fece notare il repentino e meraviglioso cambiamento che stava avvenendo in Elvira, ed effettivamente, senza dirlo apertamente, anche Nicolino dovette convenire in cuor suo che la cugina stava diventando un fior di ragazza. Da allora cominciò a guardarla con un certo interesse; si sorprese a soffermare la sua attenzione su tutto ciò che riguardava la ragazza, si accorse che, quando andava a casa degli zii, nel suo cuore covava innanzitutto la speranza di vedere la cugina e, inconsciamente, si avvide che si compiaceva guardandola nelle sue attività giornaliere e la seguiva con lo sguardo per tutto il tempo che restava in sua presenza.

Non voleva ammetterlo, ma, pian piano, si stava rendendo conto di quanto posto Elvira stava prendendo nella sua mente e, soprattutto, si accorgeva che la presenza della ragazza gli procurava un caldo senso di benessere: il suo viso si illuminava, il sorriso affiorava più facilmente sulle labbra e, soprattutto, sentiva un palpito nuovo in cuore e, benché cercasse di scacciare il pensiero, dicendo che era la gaiezza di Elvira che metteva buonumore in tutti quelli che la vedevano, fu costretto a confessare a se stesso che forse il suo cuore cominciava ad infiammarsi e palpitare in modo forse troppo particolare e nuovo per quest'esserino, tanto da far pensare all'amore.

Certo è che ormai l'immagine della ragazza non lo lasciava mai un momento; dal mattino, quando si svegliava, alla sera, quando cercava di prendere sonno, il suo pensiero correva fisso ad Elvira. Specialmente quando in campagna era intento a quei lavori che lo obbligavano a star solo il suo cervello si abbandonava dolcemente ai sogni.

Bastava una brezza di vento che facesse oscillare le foglie degli alberi ed alla sua mente appariva la capigliatura di Elvira ondeggiante al vento; la luce brillante del sole gli riportava in mente la luminosità degli occhi sfavillanti della ragazza; lo scorrere dell'acqua tra i sassi del ruscello gli riportava alla memoria le risate garrule di lei, così musicali e contagiose; il cinguettio degli uccelli tra i rami sembrava l'allegro parlottare della sua Elvira con le sorelle; la calda carezza del sole al tramonto gli procurava in cuore una gioia particolare al pensiero di tornare in paese, con la prospettiva di rivederla, anche se per poco, affacciata alla finestra di casa mentre lui passava per la strada.

Quando stava insieme agli altri, invece, aveva assunto un comportamento schivo, restando la maggior parte del tempo silenzioso ed assorto nei suoi pensieri; non interveniva più con la solita prontezza alle discussioni, non partecipava più con la solita allegria agli scherzi che i fratelli si facevano l'un l'altro durante le pause del lavoro anzi, a dire il vero, preferiva la solitudine, si offriva sempre volontario per ogni incombenza che gli permetteva di allontanarsi dagli altri e coltivare nel suo cuore le fantasie che gli allietavano l'animo. Anche a casa si metteva in un cantuccio ed era capace di stare muto ed assorto per tanto tempo, rispondendo a monosillabi a quanti gli rivolgevano la parola anzi, a volte, costringeva gli altri a sollecitare le sue risposte per non aver sentito quello che gli chiedevano.

La mamma cominciò a preoccuparsi per questo figlio che vedeva sempre più 'stranito', come diceva lei, per questo figlio che non mangiava più col robusto appetito di prima, che sentiva spesso, di notte, girarsi e rigirarsi nel letto, che cercava sempre più ogni pretesto per andare a casa dello zio Antonio, a parlare con Giorgio, come si giustificava lui.

Il padre, alle richieste della mamma, rispondeva che in campagna si comportava benissimo, anzi stava diventando un gran lavoratore, svolgeva spontaneamente anche le mansioni dei fratelli, specialmente quelle più ingrate che lo costringevano a stare ore ed ore fuori, come portare gli animali al pascolo, all'abbeverata, o nelle stalle a governare gli animali stessi. Alle insistenze della moglie, un giorno, gli scappò di dire che un giovane di diciott'anni aveva anche il diritto di innamorarsi e, «chissà…- concluse - qualche ragazza del vicinato avrà suscitato nel suo cuore un qualche incendio, che presto dovremo spegnere con un bel matrimonio.» Ma la mamma non accolse con gioia una tal previsione, perché per ogni mamma i figli sono sempre troppo giovani per andarsene di casa, per essere 'rubati' da un'altra donna. Ma accolse l'invito del marito ad indagare, ad osservare con più malizia l'atteggiamento di Nicolino per scoprire quale ragazza stava per portarle via suo figlio.

Cominciò, così, a chiedere ai figli se sapessero qualcosa, stava attenta alle parole, poche in verità, pronunciate dal figlio per scoprire un qualche indizio, studiava con pazienza gli atteggiamenti del ragazzo, ma non riusciva a venire a capo dell'arcano perché nessuno sapeva niente e tutti, anzi, si incuriosirono e cominciarono a collaborare con lei per saperne di più.

Anche Elvira cominciò a rendersi conto del cambiamento del cugino, per le attenzioni che le riservava, anche se sempre con la massima discrezione; notava con piacere i sorrisi che le riservava ogni volta che i loro sguardi si incrociavano, si avvedeva delle sue insistenti richieste a Giorgio a non uscire, ma a restare a casa a chiacchierare attorno al caminetto, assieme all'allegra brigata della famiglia e questo rinfocolava sempre più quella speranza lontana, nascosta nel profondo del suo cuore già da qualche tempo, che lei aveva coltivato nel silenzio, con la devota connivenza delle sorelle, che adesso le manifestavano sempre più convinte la loro solidarietà.

Gli zii e tutti i cugini avevano notato l'insolita esuberanza di Nicolino quando stava a casa loro, lo vedevano particolarmente attivo e vivace, sempre pronto ad offrire la sua collaborazione ad ogni iniziativa, apprezzavano la competenza che evidenziava nei discorsi che si facevano, gradivano la sua allegria semplice e spontanea quando stavano tutti attorno al camino, dove si raccontavano mille storie, si commentavano i fatti del giorno, si programmava il futuro parlando del lavoro.

Fu proprio Giuseppina a svelare l'arcano: parlando un giorno con la zia Lucia, infatti, si complimentava per il miglioramento del carattere di Nicolino, che a casa loro mostrava sempre più un'invidiabile brillantezza di spirito, era sempre il mattatore, sempre allegro e vivace, sempre divertente con i suoi aneddoti, tanto che tutti non vedevano l'ora che lui arrivasse per concedersi qualche momento di ilarità ad interrompere la monotonia di giornate sempre uguali. «Ma come?! A casa nostra sta sempre zitto e pensieroso!» proruppe la mamma e, notando un impercettibile sorrisetto malizioso nella nipote, insospettita dal suo successivo, improvviso ed inspiegabile disagio, cominciò ad incalzare la stessa chiedendole se nascondeva qualche segreto e la scongiurava di rivelarle la verità. Ci vollero parecchie sollecitazioni, ci volle la promessa solenne di non riferire ad altri ciò che lei le avrebbe detto perché Giuseppina, finalmente, rivelasse a quella madre ansiosa la verità sulle attenzioni che Nicolino riservava, in maniera sempre più esplicita, ad Elvira.

A quella notizia inattesa, la povera zia Lucia si imporporò tutta, cercò a tentoni la prima sedia per sedersi e, prendendo a due mani il lembo del grembiulone che indossava, cominciò a sventolarsi il viso con gesti ampi e veloci, mentre una risata liberatoria le faceva traballare allegramente la grossa pancia che aveva messo su dopo tante gravidanze. La nipote prese dall'anfora un mestolo con dell'acqua e lo porse alla zia, ridendo anche lei di gusto, di fronte alle risate sempre più schioccanti della zia che ora, dondolandosi avanti e indietro, batteva allegramente le sue mani sulle ginocchia. «Ed io che mi preoccupavo per qualche malessere!» diceva tra le risate, senza rendersi conto che quello scoppio di allegria era stato avvertito anche dalle figlie che stavano nelle stanze di sopra e che, incuriosite, si erano affollate in cucina a chiedere alle due donne il motivo di tanta ilarità.

Zia Lucia stava già comunicando alle figlie la novità, ma un richiamo di Giuseppina la bloccò al rispetto della promessa fattale poco prima. Farfugliarono qualcosa zia e nipote, in evidente disagio, nel tentativo di tenere nascosta la novità, almeno per il momento, aspettando tempi più maturi, anche per la giovanissima età di Elvira, che aveva compiuto solo i dodici anni.

Tornata a casa, Giuseppina riferì tutto ad Elvira, che diventò di fuoco e cominciò a balbettare frasi sconclusionate sulla promessa non rispettata da parte della sorella, sulla sua vergogna di fronte agli zii, sulla sua voglia di sprofondare sotto terra per non dover affrontare la questione con i genitori e con i fratelli; ma pian piano Giuseppina, anche con l'aiuto di Letizia arrivata nel frattempo, riuscì a far calmare Elvira, assicurando che la zia Lucia aveva promesso, a sua volta, di tacere in vista di tempi più opportuni.

Elvira si mise a piangere senza sapere il motivo, ma quelle lacrime sciolsero il nodo che aveva in petto, le permisero di sfogare la sua tensione e, coccolata e confortata dalle sorelle, dopo un po' si ricompose, si asciugò gli occhi tranquillizzata anche dall'osservazione fatta da Giuseppina che la zia non si era mostrata per niente contraria all'eventualità di un matrimonio tra cugini. Anzi, dicevano tra loro, non era il primo caso e cominciarono a citare un lungo elenco di matrimoni tra cugini che, in un paese piccolo come Montecilfone, data la scarsa propensione a combinare matrimoni con i forestieri (i lëtinjë), era una prassi abbastanza comune, praticata anche per conservare l'integrità del patrimonio di famiglia, oltre che a rinforzare e preservare la cultura *arbëreshë* (albanese).

Montecilfone, situato su una collina del basso Molise, in vista dell'Adriatico, dal quale dista una ventina di chilometri, è uno dei 41 centri italo-albanesi disseminati in sette regioni dell'Italia centro-meridionale, che ospitarono quei gruppi numerosi di albanesi giunti nel nostro Paese, nel sec. XV, come uomini d'arme al servizio del Re di Napoli Ferdinando I; dopo la morte dell'eroe albanese Giorgio Castriota Skanderbeg, nel 1468, per non essere islamizzati dai Turchi che stavano invadendo l'Albania, da quel martoriato Paese si trasferì in massa l'intera popolazione e si stabilì in varie zone del Regno di Napoli. Per secoli questi immigrati hanno conservato la lingua, le tradizioni, i costumi e la cultura del loro Paese d'origine e, con orgogliosa fierezza, si sforzarono di tutelare la propria compattezza etnica preferendo matrimoni tra famiglie albanesi, anche se non mancarono, nel corso di tanti anni, aperture verso gli autoctoni, con indubbio reciproco vantaggio.

Per Elvira cominciarono tempi più frenetici, con discorsi a bassa voce continuamente sussurrati alle sorelle, con frasi convenzionali, con cenni appena abbozzati che, però, erano molto eloquenti per loro; si isolavano, infatti, in camera loro appena potevano, nel tentativo di tener nascosta la questione al resto della famiglia. Del resto, si sa, gli uomini sono più tontoloni, più sempliciotti, per cui i maschi di casa non facevano caso più di tanto alle continue manovre messe in atto dalle tre ragazze, la mamma era troppo presa dalle sue faccende domestiche e per parecchio tempo non aveva prestato attenzione alla pur evidente agitazione delle figlie.

II

Passò tutto l'inverno e, avvicinandosi prepotentemente la primavera, anche Elvira era sbocciata quasi completamente, ormai nei suoi tredici anni, divenendo una vera bellezza: alta, slanciata, più snella delle sorelle, con le rotondità che diventavano più pronunciate e che, vincendo la ritrosia della ragazza che cercava di nasconderle con corsetti stretti, si mostravano con la loro caparbia esuberanza e disegnavano un figurino che non sfuggiva più agli sguardi, specialmente a quelli maschili che, ogni tanto facevano complimenti e rispettose allusioni ai famigliari. Ma la ragazza si comportava con atteggiamento irreprensibile, usciva sempre e soltanto con la mamma e le sorelle, camminava sempre ad occhi bassi, indossava sempre un grosso velo in testa ed in chiesa pregava devotamente, a fronte bassa, recitando compostamente le sue preghiere; parlava solo con donne che conosceva, per questo non dava adito a chiacchiere di alcun genere.

Effettivamente era ancora presto per eventuali richieste di matrimonio, anche se era prassi, allora, combinare tra famigliari unioni anche in età acerba e non erano rare promesse di apparentamento in età infantile. Tuttavia già qualche persona esperta andava dicendo a mamma Carmela che Elvira avrebbe presto preso il volo, anticipando le sorelle, cosa che non accadeva di solito, perché in ogni famiglia era prassi 'accasare' le figlie in ordine di età.

Elvira lasciava scorrere su di sé, come acqua piovana, le manifestazioni di interesse che pur notava quando usciva; faceva finta di non sentire le allusioni che le vicine di casa facevano sul suo avvenire, pronosticando un'imminente 'sistemazione' di questa bella figlia. Il suo cuore ormai batteva solamente per Nicolino e non viveva se non per le frequenti visite che il cugino faceva in famiglia, sempre col pretesto di venire a prendere Giorgio per una passeggiata o per passare un po' di tempo con lui e gli altri fratelli a chiacchierare del più e del meno. Le sue giornate erano piene delle solite occupazioni femminili, alle quali essa si dedicava con entusiasmo perché l'aiutavano a passare il tempo in attività utili e facilitavano lo scorrere delle ore, in attesa della sera, quando poteva vedere l'amato. Quando stava sola, il suo pensiero fisso era Nicolino, ma di solito cercava sempre la compagnia delle sorelle e della madre per distrarsi un po' e per non farsi trovare in atteggiamento sognante. Spesso, nei lavori di cucito e ricamo, per distrarsi dalla sua fissazione, cantava con voce sommessa, intonando canzoni alle quali subito si univano le voci delle sorelle, per cui il tono si alzava ed il canto volava alto anche fuori dalle pareti domestiche, invitando, così, anche le vicine ad unirsi in cori gioiosi che, talvolta, diventavano sfide canore con simpatiche esibizioni di virtuosismo vocale.

Nicolino, in una delle solite passeggiate fuori paese, verso Corundoli, il bosco che copriva la collina antistante il paese, decise di aprire il suo cuore a Giorgio, per rispetto nei confronti del cugino, oltre che per la sempre più avvertita esigenza di confidarsi con qualcuno e, usando tutta la diplomazia di cui era capace, scegliendo con cura le parole, già tante volte ripetute in mente sua, gli confessò di essersi perdutamente innamorato di Elvira, non senza sudare le proverbiali sette camicie, per l'imbarazzo, per la paura di urtare la suscettibilità del cugino, oltre che per la ritrosia naturale nei timidi a palesare sentimenti così delicati.

Giorgio restò letteralmente senza parole e, scambiando questa perplessità per diniego, Nicolino si affrettò a rassicurare l'altro sulla serietà del suo sentimento, sulla sincerità dei suoi propositi, sulla totale mancanza di malizia, sull'assoluta sua buonafede e, soprattutto, sull'onestà dei suoi atteggiamenti nei confronti di Elvira, alla quale, in verità, non ancora dichiarava ufficialmente i suoi sentimenti; aveva preferito parlare prima con lui per chiedergli consiglio, per avere un alleato nel momento in cui sarebbe stata fatta ufficialmente la richiesta allo zio Antonio, papà di Elvira.

Giorgio, senza parlare, strinse in un affettuoso abbraccio il cugino, commosso all'idea di vedere la sua sorellina fidanzata e poi sposa, confortato dall'idea di un cognato che stimava, a cui era legato non solo da vincoli di sangue, ma anche da sincera amicizia e questo lo rassicurava enormemente sulla felicità futura di sua sorella. Solamente lo pregò di aspettare ancora un po' per la richiesta ufficiale, di far passare la primavera e l'estate, notoriamente periodi intensi per gli agricoltori, e di rimandare tutto all'autunno.

Nicolino capiva le preoccupazioni del cugino, avrebbe agito anche lui allo stesso modo se si fosse trovato di fronte ad un'uguale richiesta per una delle sue sorelle, sapeva che la vita di tutti, oltre che delle numerosissime famiglie contadine, era scandita dallo scorrere delle stagioni e dall'alternanza dei lavori agricoli, ma era già da tanto che covava nel suo cuore questa malattia che lo divorava, aveva già taciuto per troppo tempo, aveva dovuto coltivare nella più assoluta solitudine un sentimento che, pur se meraviglioso ed esaltante, gli aveva ulcerato il cuore tra continue speranze, illusioni, estasi incantate, ed anche paure, indecisioni, sospiri e tormenti interiori. E poi, aveva diciannove anni, fra due avrebbe dovuto assolvere al dovere della leva militare, che lo avrebbe portato via da casa per due lunghi anni, per questo non poteva aspettare ancora, non voleva far aspettare la sua Elvira per almeno quattro anni ancora, voleva sposarsi presto, prima della partenza per il servizio militare.

Le puntualizzazioni del cugino, più che l'orecchio, colpirono il cuore di Nicolino, ma non replicò, capiva anche l'imbarazzo di Giorgio, per questo quella sera non parlarono più di quell'argomento.

La notte fu interminabile, le ore scorrevano con una lentezza esasperante, le coperte erano diventate pesantemente insopportabili, il cuscino era inspiegabilmente diventato duro, gli occhi, anche se chiusi caparbiamente, non riuscivano a conciliargli il sonno: nei suoi pensieri c'era solo Elvira. Lo stomaco era in subbuglio, sudava abbondantemente come se fosse il mese di agosto, eppure doveva ancora finire marzo; inutilmente il giovane cercava ristoro girandosi da una parte e dall'altra, nulla riusciva a cacciare dalla sua mente la figurina aerea della sua amata e nelle orecchie ronzavano, in sottofondo, le parole di Giorgio.

Il fratello Pierino, che dormiva in camera con lui, a metà notte si alzò e, preoccupato per la sua salute, gli chiese se per caso si sentisse male e se poteva fare qualcosa, ma Nicolino lo rassicurò, pregandolo di non riferire a nessuno della sua nottata insonne, avrebbe lavorato con più lena il giorno dopo e così, stanco per il lavoro, avrebbe dormito come un sasso la sera seguente.

Ma non poteva continuare così ancora per molto! Anche durante le faticose ore in campagna, anche impegnato nei tanti e gravosi lavori ai quali si era sottoposto, pur se aveva deliberatamente evitato di restare solo, per non consentire ai suoi pensieri di focalizzare la loro attenzione sul solito chiodo fisso, non riusciva a seguire i discorsi degli altri, non rispondeva a tono alle loro provocazioni, non faceva nulla per impedire agli altri di prenderlo in giro per la sua aria imbambolata. Decise di parlare col padre nella pausa del pranzo e, col berretto in mano, approfittando di un momento in cui rimasero soli nell'ampia cucina della masseria, con voce incerta, con parole faticosamente scandite, comunicò al papà la sua intenzione di sposare Elvira.

Il burbero Giovanni, di fronte all'atteggiamento titubante del figlio, di quel figlio che si era sempre mostrato deciso e sicuro di sé, sentendo a mala pena le parole che il giovane gli stava sussurrando, preso in contropiede da una richiesta formulata in maniera non proprio ortodossa, cominciò a bofonchiare qualcosa che non aveva nessun costrutto, parlando della mamma, degli zii, dei fratelli e delle sorelle che si sarebbero dovuti sposare prima di lui, del lavoro che li attendeva nei campi, degli impegni di vario genere che li attendevano nell'imminente stagione estiva, ecc., ecc. Ma guardando la faccia disperata del ragazzo, l'atteggiamento dimesso, il berretto disperatamente stropicciato tra le mani, lo sguardo costantemente basso, perso nel nulla, si terse anche lui, nervosamente, la fronte che gli si stava imperlando di sudore ma, alla fine, per mettere fine al disagio di entrambi, disse che ne avrebbe parlato con la madre, la sera, al ritorno a casa.

Nicolino alzò immediatamente gli occhi, diventati improvvisamente di fuoco e, mentre un sorriso rasserenante gli illuminava il viso, con i pugni che stringevano in petto il povero berretto stropicciato sempre con nervosa veemenza, con un inaspettato inchino ringraziò il padre e si avviò al lavoro con lena rinnovata, con una faccia insolitamente radiosa, suscitando sguardi pieni di meraviglia e di curiosità nei fratelli, che si chiedevano l'un l'altro cosa mai fosse accaduto tra padre e figlio nella cucina dove li avevano lasciati poco prima. Ad aumentare lo sconcerto, durante il lavoro, si udì all'improvviso la voce stentorea di Nicolino intonare una canzone assai in voga in quel tempo, per cui, lasciando ognuno la propria occupazione, attorniarono il fratello e gli chiesero a più voci di dire cosa era successo. Dal carro su cui stava trasportando il ceppame raccolto sotto gli alberi dopo la potatura, si udì la voce, altrettanto stentorea di papà Giovanni che diceva: «È che vostro fratello si è innamorato!», con lo scoppio fragoroso delle risate dei fratelli che sottolineavano, con la loro allegria, la fine di un incubo che durava da parecchio, perché a tutti pesava il mutismo di Nicolino ed il suo evidente nervosismo da parecchio tempo.

Cominciò la gara delle domande e delle supposizioni sulla ragazza che era stata capace di far rammollire così perdutamente un giovanotto di così belle speranze, ma le bocche di Nicolino e del padre restarono cucite su questo punto: bisognava prima che ci fosse il colloquio con la mamma, era necessaria ancora tanta prudenza e pazienza, per impedire indiscrezioni e per non urtare la suscettibilità dei parenti della presunta sposa. Non si potevano così incautamente mettere in piazza fatti delicatissimi come un matrimonio; prima di far nomi bisognava accertarsi della disponibilità della famiglia della sposa ad accogliere la proposta avanzata con tutte le formalità di rito, per non far chiacchierare a sproposito la gente e per non mettere in imbarazzo le famiglie interessate. Ma Nicolino aveva già vinto la sua battaglia personale: era riuscito a parlare col padre, di solito severo, austero e rigido con i figli, ed aveva aperto una breccia nell'atteggiamento burbanzoso del capofamiglia quando aveva capito che la scelta della sua futura sposa era stata accettata di buon grado ed aveva visto anche un sorriso di compiacimento, mentre con la grossa mano si lisciava la barba fluente che gli ricopriva il viso. Certamente non aveva dato il suo consenso, ma non aveva neanche manifestato il suo disappunto, restando sovrappensiero per un po', mentre si allisciava meccanicamente la barba, senza neanche aspirare dal bocchino il fumo della pipa che teneva stretta tra i denti.

La sera, a casa, l'atmosfera sembrava palesemente più distesa, per la vociante allegria dei figli, alla quale non si sottraeva neanche Nicolino che, in questi ultimi tempi non aveva brillato certo per vivacità e partecipazione alle battute ed ai giochi dei fratelli. Mamma Lucia, pur notando con piacere la novità, non chiese niente ed anche le sorelle fecero finta di non accorgersi di un cambiamento da tutti auspicato, anzi, in cuor loro pregavano che fosse passato il tormento che, in modo fin troppo evidente, angustiava il cuore di Nicolino. Dopo aver cenato e dopo aver scambiato le solite chiacchiere attorno al camino ancora acceso nonostante la primavera ormai incalzante, tutti andarono a dormire, tranne papà Giovanni che, riempiendo nuovamente il fornello della pipa che aveva appena finito di fumare e prendendo tra le mani un nuovo bicchiere di vino, manifestava chiaramente l'intenzione di voler stare ancora un po' accanto al caminetto e, dopo aver visto che la moglie aveva rassettato alla svelta la grande cucina e si appressava ad andare a letto, la bloccò con un perentorio «ho da parlarti!»

Erano rare le occasioni che vedevano i due coniugi confrontarsi; di solito Giovanni prendeva le sue decisioni autonomamente e poi le comunicava alla moglie come un dato incontrovertibile ed indiscutibile, che la moglie accettava con la rassegnazione naturale nelle donne che, da sempre, vedevano nei loro mariti anche i loro padroni, per questo doveva trattarsi di una questione di un certo rilievo e, soprattutto, di una certa delicatezza e questo, oltre che lusingarla, la faccenda la rendeva particolarmente curiosa.

Si sedette immediatamente la moglie, anche lei accanto al focolare, slegando i lacci del grembiule che perennemente le cingeva i fianchi e deponendolo sulla spalliera di una seggiola, mentre il marito riattizzava il fuoco che si andava spegnendo e, come se non avesse niente da dire, papà Giovanni giocherellava con qualche carboncino acceso che poneva sulla sommità del fornello della pipa e, col polpastrello dell'indice, lo comprimeva per tenere acceso il tabacco che aspirava con boccate veloci. Finalmente, alzando lo sguardo verso la moglie che pazientemente attendeva in silenzio, si decise a parlare e, bruscamente, senza preamboli, mise al corrente la moglie del colloquio avuto con Nicolino. Fin dalle prime battute la donna aveva capito di che si trattava, ma fece di tutto perché il marito non si accorgesse che lei già sapeva, anzi si mostrò meravigliata e, senza pronunciarsi, aspettò che fosse il marito ad esprimere il suo parere sulla faccenda.

Giovanni, come era normale ed ovvio in una società fondata sulla supremazia del capo famiglia, non si preoccupò minimamente di chiedere il parere della moglie, né lo sollecitò in presenza del suo rispettoso mutismo, ma dopo una pausa di qualche minuto, con un sorriso strano sul suo volto burbero, ostentando quasi la sua grande magnanimità, come se volesse fare un esplicito complimento alla sorella della moglie, disse: «Tutto sommato, Elvira è stata allevata bene, è una brava ragazza, ha una buona dote e potrebbe essere la moglie buona per Nicolino».

Lucia alzò la testa annuendo, senza mostrare eccessivo entusiasmo, per non far capire a Giovanni che quello era il suo desiderio ormai già da qualche tempo, covato, però, in silenzio nel suo cuore di madre e di zia e subito, mostrando la sua propensione alla praticità, suggerì, con circospezione, che si sarebbe potuto sollecitare un colloquio con i cognati già la prossima domenica delle Palme, per vedere se anche loro approvavano un simile progetto. Anche Giovanni, di fronte a tanto buonsenso, soddisfatto dell'acquiescenza della moglie e compiaciuto per quella che credeva frutto del suo forte ascendente nei confronti della donna, lusingato dall'assoluto, silenzioso, immediato consenso della stessa, le suggerì di sondare le intenzioni della sorella e del cognato, ma con prudenza e discrezione, però, senza anticipare i tempi e senza dare l'impressione che si sarebbero accontentati di poco per la dote, per non alimentare false speranze; le consigliò di parlare in segreto con la sorella prima di fissare un appuntamento per la richiesta ufficiale ai futuri consuoceri.

Tutti i figli avevano cercato di sentire il colloquio dei genitori, tendendo bene le orecchie; le ragazze, che non ancora sapevano niente, cercavano di identificare almeno l'argomento, mentre i maschi, che avevano sentito lo strano annuncio del padre, volevano completare l'informazione con il nome della futura sposa. Nicolino era il più teso di tutti e, a dire il vero, si era anche accostato alla porta socchiusa della camera da letto per capire meglio le parole, ma tutti sentivano solo la voce rauca di papà Giovanni che biascicava le parole, molto sottovoce invero, per cui nulla trapelò del lungo parlottare dei due. Quando si rese conto che il discorso era concluso e vide la madre che, prendendo la caraffa dell'acqua, si avviava in camera sua, Nicolino si infilò sotto le coperte e, vinto dalla stanchezza di una giornata memorabile, reduce da una nottata insonne, con l'animo colmo di ansia e frastornato da tante insolite emozioni, si addormentò e dormì profondamente per tutta la notte.

Chi non dormì quasi per niente fu Giovanni che, con uno strano sorriso, appena abbozzato, con gli occhi sbarrati nel buio, andava perfezionando nella sua mente il discorso che avrebbe voluto fare al cognato. Non ci trovava niente di male sulla scelta fatta dal figlio; la ragazza era veramente di suo gusto, irreprensibile sotto tutti i punti di vista; le possibilità economiche delle due famiglie avrebbero potuto senz'altro permettere anche un matrimonio a breve tempo; del resto era molto frequente il caso di donne che andavano spose a quattordici anni ed Elvira li avrebbe compiuti fra qualche tempo. Quello che lo intrigava particolarmente, invece, era la questione della dote.

C'era una tenuta, quella di Colle Bianco, che il vecchio suocero, nonno Massimiliano, aveva diviso dandola in dote alle due sorelle, Carmela e Lucia; questo podere aveva una fonte in comune e, per attingervi l'acqua, prevedeva la servitù di passaggio sulla terra di Lucia anche al marito di Carmela, Antonio e questo, pur essendo regolare, dava un po' di fastidio a Giovanni, che avrebbe voluto gestire tutta l'acqua a suo uso e consumo. Si prospettava ora la possibilità di ovviare ad ogni inconveniente se quel terreno fosse stato dato in dote ad Elvira, permettendo, così, di riunificare quel bellissimo fondo e di liberarlo da un vincolo che, prima o poi, avrebbe creato qualche seccatura. Più ci pensava e più si entusiasmava di fronte al progetto che gli stava frullando in testa perché, se quella terra fosse andata in mani estranee, la gestione della fonte sarebbe stata problematica e, secondo i progetti di papà Giovanni, sposandosi Nicolino ed Elvira, avrebbero risolto la questione in modo ottimale.

III

La mattina seguente tutti si alzarono con la consapevolezza di vivere giorni particolari. Le ragazze chiesero con insistenza alla mamma di essere messe al corrente di quanto stava avvenendo, ma mamma Lucia non voleva anticipare nulla, non per sfiducia nei confronti delle figlie, ma per una specie di scaramanzia che, da sempre, aveva consigliato ad intere generazioni di usare cautela nelle vicende di una certa importanza. Così si comportava anche Nicolino nei confronti dei fratelli che volevano conoscere il nome della prescelta ed ancor più ermetico era papà Giovanni che, col suo aspetto burbero e severo, scoraggiava ogni tentativo.

Dopo che gli uomini si avviarono in campagna, Lucia, col pretesto di andare a salutare la sorella Carmela, uscì di casa col suo solito fazzoletto sul capo e con la particolare andatura traballante che la contraddistingueva quando affrettava il passo. Le figlie non trovarono niente di particolare in questa visita alla zia Carmela, perché la ritenevano una delle solite confidenze tra sorelle, oltre che la ricerca di consiglio per quanto stava succedendo in casa, del resto zia Carmela era stata da sempre il punto di riferimento per la loro mamma che, essendo più piccola, si era sempre affidata alla sua guida ed ai suoi suggerimenti.

Anche Carmela, a dire il vero, accolse la sorella con la solita cordialità, senza meravigliarsi di quella visita mattutina; però, quando notò l'agitazione di Lucia e sentì che voleva parlarle in segreto, la guardò negli occhi con più attenzione e li vide sfavillare in modo particolare, per cui, lasciando immediatamente le faccende alle quali si stava dedicando, invitò la sorella a seguirla in camera da letto e, dopo aver chiuso la porta, dopo aver pregato la sorella di sedersi sulla sedia, dopo essersi seduta, a sua volta, sul bordo del lettone matrimoniale, pregò la sorella di dirle ciò che aveva palesemente sulla punta della lingua.

Senza giri di parole, con un candore ed una spontaneità immediata, Lucia mise al corrente Carmela di quanto era successo la sera precedente a casa sua e, prendendo tra le sue le mani della sorella, le manifestava la sua gioia al pensiero di avere Elvira come nuora e, dopo lo smarrimento iniziale, dopo che anche la sorella riuscì a mettere meglio a fuoco la novità, vide che anche Carmela condivideva la sua gioia e, addirittura, prendendo un lembo del grembiulone, si asciugava una lacrima che faceva capolino nei suoi occhi.

«Ora capisco tante cose! ora mi si chiariscono tanti episodi: la frequentazione così assidua di Nicolino, i cenni non proprio nascosti che si scambiavano le tre sorelle, le loro continue confabulazioni! Ah monelle! Perché non mi hanno resa partecipe delle loro macchinazioni?» ma non erano veri e propri rimproveri, quanto piuttosto uno sfogo per superare la sensazione di disagio per essere stata estranea al gioco instaurato tra le figlie per tanto tempo.

Dopo le comuni confidenze e dopo un abbraccio affettuoso, Carmela, che è sempre stata la più energica, disse: «Ora, però, lascia fare a me, perché solo noi donne sappiamo come prendere per il verso giusto i nostri mariti, pur lasciando loro la sensazione che siano loro a decidere.»

Chiamò le tre figlie, diede loro la notizia e, le rimproverò amabilmente per aver agito di nascosto, ma le elogiò pure per la prudenza mostrata nel non far trapelare nulla, neanche al cuore di una mamma e, infine, intimò loro di continuare a far finta di niente perché nessuno avrebbe dovuto sapere i fatti loro e quindi non bisognava farne parola, neanche tra parenti; raccomandò alla sorella di stare all'erta per evitare colpi di testa e. così, si salutarono col cuore gonfio di ansiosa attesa per gli sviluppi futuri.

È inutile descrivere lo stato d'animo di Elvira, che passava dal pallore immediato, all'annuncio della madre, al rossore più vivo dopo il rimprovero, dal capogiro vorticoso, all'inizio, tanto da dover essere sorretta dalle sorelle, al pianto dirotto e liberatorio alla fine del colloquio, quando, abbracciata alla mamma, cercava di chiederle scusa senza riuscire a pronunciare una parola, col cuore che le batteva imperiosamente nel petto e le pulsava in modo impressionante alle tempie; ma la mamma, sempre pronta a capire, perdonare e rincuorare, battendole dei colpetti sulle spalle, le sussurrava parole dolci e carezzevoli, invitandola a riprendersi, ricomporsi e mettersi al lavoro, per completare il corredo a cui stava lavorando da tanto tempo.

Era abitudine di tutte le ragazze, allora, attendere al cucito ed al ricamo, virtù indispensabili in ogni donna rispettabile, per cui ognuna cominciava presto, da bambina, a preparare il proprio corredo, dedicandogli tutto il tempo che restava dopo le faccende di casa, dopo le ore di scuola, alla quale, invero, solo poche famiglie mandavano le figlie, dopo le preghiere e dopo quel po' di svago lecito che si concedevano sempre e strettamente nell'ambito famigliare. Anche Elvira aveva il suo bel corredo e, chissà quante volte negli ultimi tempi, mentre impreziosiva i suoi pregevoli ricami aggiungendo la lettera E, iniziale del suo nome, che campeggiava in tutta la sua biancheria, le era venuta la voglia di intrecciarla con la lettera N, pensando al suo amato ed ora questo sogno stava per diventare realtà.

La giornata passò più in fretta del solito per le donne a casa, specialmente per Elvira che non riusciva ad essere abbastanza calma e concentrata nel suo lavoro, tanto che lasciava tutto a metà, dedicandosi contemporaneamente a più faccende, senza riuscire, però a completarne nessuna; era in preda ad uno stato di trepidazione e si sbigottiva per qualsiasi cosa; la infastidiva qualsiasi rumore, le dava fastidio anche il canto che proveniva da fuori, quel canto al quale era solita rispondere con entusiasmo ed allegria e che faceva risuonare di voci argentine tutto il quartiere; si rendeva conto di non saper portare a termine i suoi impegni, chiedeva scusa alle sorelle, ma non riusciva a soffocare l'affanno che la opprimeva senza che neanche lei riuscisse ad identificarne le ragioni vere. La mamma l'aveva rassicurata promettendole di affrontare lei il papà, di preparare lei convenientemente il suo animo, le aveva raccomandato di stare tranquilla, ma non riusciva a dominare la sua ansia.

Anche per Nicolino la giornata fu lunga e sofferta perché non osava chiedere al padre quali erano le sue intenzioni, quali le mosse immediate e quale sarebbe stato il suo futuro. Era buona norma allora, fare affidamento solo e sempre sulla famiglia, anche per quanto riguardava il proprio avvenire; nessun giovane poteva tentare di realizzare i propri progetti senza prima averne parlato con i propri genitori e senza aver ottenuto la loro benedizione, ma sembrava che il padre si divertisse a giocare con la grande curiosità di Nicolino, che, nervoso com'era, non riusciva a nascondere assolutamente lo stato di ansiosa e spasmodica eccitazione che gli procurava quell'attesa così artatamente prolungata.

Avrebbe voluto affrontare il papà per chiedergli cosa aveva deciso nel colloquio con la mamma, gli avrebbe offerto tutta la sua collaborazione per qualsiasi iniziativa aveva in mente, lo avrebbe ringraziato se gli dava il suo consenso, lo avrebbe supplicato di ripensarci se glielo avesse negato, a tutto era disposto, ma quel silenzio ostinato e quella calma così palesemente ostentata lo angosciavano.

A sera, quando rientrarono in paese, Nicolino si guardava attorno per scorgere qualche segno premonitore, ma nulla era diverso dal solito, tutto scorreva nella monotonia di una serata primaverile che invitava alla serenità ed al riposo. A casa la mamma e le sorelle erano intente alle quotidiane faccende domestiche e non davano segno di particolari novità da comunicare. La cena fu consumata come le altre sere nella più assoluta normalità, anche se la mamma aveva fatto al papà un cenno di assenso con la testa, rivolgendo lo sguardo verso di lui. Solo quando furono a letto, la mamma riferì, sottovoce, al marito l'esito della sua visita alla sorella e gli disse che aspettava l'indomani la risposta di lei, dopo che avrebbe messo al corrente Antonio della novità. Nicolino si sforzò di dormire pensando al vecchio adagio che dice "Nessuna nuova, buone nuove" e, pregando ardentemente in cuor suo la Madonna Grande di aiutarlo, si affidò alla sua protezione.

Era la Madonna Grande la protettrice dei cinque paesi albanesi della zona ed il suo santuario era situato a Ramitelli, a poca distanza dal mare ed era meta di frequenti pellegrinaggi da parte dei suoi fedeli che vi si recavano a piedi, in processione.

A casa di Carmela le cose non andarono diversamente, con i maschi che divoravano gustosamente la cena, con le donne che accudivano devotamente i famigliari e, col loro cicaleccio continuo, cercavano di impedire che si accorgessero della tensione di Elvira che, a sua volta, ce la metteva tutta a mostrarsi serena e gioviale.

Questa volta toccò a Carmela chiedere al marito di non andare subito a letto perché c'erano delle cose da sbrigare e, infatti, dopo aver sparecchiato e dopo aver dato la buona notte a tutti i figli, gli si sedette accanto e cominciò un discorso un po' complicato, a dire il vero, partendo dai tempi della loro giovinezza, quando 'si parlavano' da lontano, come si usava dire allora per indicare il corteggiamento. Antonio giocherellava con le pinze del fuoco aspettando pazientemente che la moglie affrontasse un discorso sensato, essendosi reso conto subito che stava menando il can per l'aia, anzi, anticipando le argomentazioni della moglie, le chiese se per caso ci fosse qualche prospettiva di matrimonio per Giuseppina, la primogenita, ma Carmela gli rispose, con tatto, che bisognava aver fiducia in Dio e lasciare a Lui il compito di trovare, a tempo debito ed a Suo insindacabile giudizio, l'opportunità migliore per la primogenita, ma, nel frattempo bisognava anche approfittare delle circostanze propizie per sistemare le altre, così come si presentava l'occasione.

In verità Antonio stava quasi per perdere la pazienza con tutte quelle ciance della moglie, con quel suo confabulare sottovoce, con quel giro di parole, con quel discorso indefinibile che voleva dire tante cose senza spiegare nulla di preciso, con qualche elogio proferito nei riguardi di Nicolino, con qualche vago accenno alla fortuna di chi lo avesse avuto come genero, tanto che ad un certo punto le chiese bruscamente «Ma vuoi che Nicolino sposi una delle nostre figlie?» «E perché no?» rispose altrettanto seccamente lei, continuando adesso più esplicitamente ad elencare le doti e le qualità del nipote che conoscevano, che stimavano, che avevano allevato loro stessi e che rispondeva pienamente all'ideale di marito per una delle loro figlie. Sarebbe un grave errore perdere un ragazzo simile e sarebbe anche una grave iattura per Elvira non approfittare di una ghiotta occasione come questa per sistemarsi bene.

«Ah! è per Elvira che dovremmo preparare il matrimonio?» proruppe Antonio, quasi sobbalzando sulla sedia, «ma è troppo piccola! È ancora presto per pensare a lei, dobbiamo preoccuparci, piuttosto, delle altre due!»

A questo punto Carmela, prendendogli una mano tra le sue, con dolcezza e con grande controllo «Il Signore solo sa quello che è meglio per le nostre creature e non spetta a noi interferire con i suoi progetti.» gli rispose guardandolo fissamente negli occhi, tanto che papà Antonio, non osando contraddire la moglie, abbassò il suo sguardo, mostrandosi vinto non tanto dalla logica della moglie, quanto dalla sua cieca fiducia e dal suo abbandono nelle mani del Signore.

Non avendo, per il momento, argomenti da contrapporre, suggerì di andare a dormire e di rimandare al giorno seguente la decisione più opportuna da prendere.

Al mattino successivo, all'alba, svegliatisi ambedue, ripresero, sottovoce e spontaneamente il discorso della sera precedente e la moglie dovette ammettere di aver già parlato della questione con la sorella Lucia e gli riferì della piena disponibilità dei cognati al matrimonio, anzi confessò che si sarebbe potuto anche fare un incontro ufficiale la prossima Domenica delle Palme, tanto per stabilire le regole della frequentazione futura del nipote con Elvira, che certamente non poteva più entrare così liberamente in casa loro, ma doveva ubbidire ad un cerimoniale codificato dall'uso e dalle tradizioni. Non disse assolutamente che già da qualche tempo Elvira aveva cominciato a coltivare una forte simpatia per il cugino né, tantomeno, gli disse che di questo erano al corrente anche le sorelle, ma presentò il tutto come frutto delle preoccupazioni dei cognati di trovare la giusta sposa per Nicolino.

Quando gli uomini uscirono di casa per recarsi al lavoro, Carmela, senza perdere altro tempo, si recò a casa della sorella, che non ancora diceva nulla alle figlie, ma viveva quelle ore con un'ansia crescente anche perché le figlie, messe sull'avviso da tanti accenni dei fratelli, da allusioni velate, da frasi dette a mezza voce, da gomitate scambiate fra di loro, non si contenevano più e, da quando i maschi di casa erano partiti per la campagna, non facevano altro che sollecitare la madre di metterle al corrente, almeno succintamente, su quanto stava accadendo. Le due sorelle si appartarono nella camera da letto e così Lucia apprese le ultime novità. Insieme si accordarono di incontrarsi la Domenica delle Palme per la richiesta ufficiale e per predisporre i preliminari di matrimonio.

Finalmente anche le sorelle di Nicolino furono messe al corrente di quanto si stava preparando ed i fratelli poterono conoscere il nome della loro futura cognata e tutti accolsero con un girotondo gioioso ed allegro l'annuncio della festicciola da organizzare per il giorno delle Palme, che avrebbe apportato una notevole ventata di novità alla vita monotona delle due famiglie, avrebbe offerto un piacevole spunto alle chiacchiere delle comari e, soprattutto avrebbe segnato il destino di Elvira e Nicolino.

I giorni che seguirono furono caratterizzati da un instancabile via vai tra le due case, all'insegna di una meticolosa preparazione dei particolari della cerimonia che, pur riguardando due famiglie affini, doveva sempre rispettare le regole della tradizione, pena la buona riuscita del matrimonio stesso. Si temevano, infatti, gli influssi nefasti del malocchio, della malasorte attirata sui futuri sposi da un inconsapevole gesto o dall'inosservanza di qualche regola, dall'espletamento meticoloso di un comportamento testato da secoli. Anche le persone più religiose temevano le conseguenze della mancata osservanza di un cerimoniale preciso e puntiglioso, per questo si cercava di evitare il peggio facendo i dovuti scongiuri, tanto, non costava niente seguire la tradizione che è fatta anche di superstizione.

IV

Il sabato precedente la Domenica delle Palme arrivò col suo carico di speranze, ansie, paure, preoccupazioni per tutti; specialmente in casa della sposa fervevano i preparativi per l'abboccamento ufficiale dei genitori dei due ragazzi e non mancavano le raccomandazioni sul comportamento generale. Era una procedura che riguardava rigorosamente solo i genitori, ma tutti si sentivano eccitati in attesa di quella che era la prima esperienza per ambedue le famiglie.

Come convenuto, al tramonto, davanti al portone di zio Antonio, si presentarono, con i loro abiti migliori, zia Lucia e zio Giovannino che bussarono con un certo sussiego servendosi del battaglio di ferro; dall'interno rispose la voce ferma di zio Antonio «Chi c'è alla porta della mia casa?» e prontamente zio Giovannino, con la sua voce potente che rimbombò per tutto il quartiere, di rimando «Portiamo onore e prosperità!»

Dall'interno il padron di casa fece scorrere il catenaccio e, aperto il portone, invitò gli ospiti ad entrare, con un gesto plateale e, mentre zia Carmela accoglieva con un abbraccio la sorella, i due cognati si scambiarono un'imbarazzata stretta di mano, perché le effusioni sentimentali non sono consentite ai maschi.

Nell'ampia cucina, che faceva da ingresso, sala da pranzo, salotto e tinello, i nuovi arrivati furono invitati a sedersi attorno alla grande tavola che troneggiava al centro dell'ambiente. La scena era stranamente surreale, con i quattro parenti seduti intorno al tavolo, con atteggiamento sussiegoso ed anche imbarazzato, mentre tutti gli altri componenti della famiglia, facendo corona ad Elvira, restavano nelle stanze adiacenti, nascosti dietro la porta, in silenzio, con le orecchie spalancate ad ascoltare ogni parola per non perdere questa ghiotta occasione, che poi sarebbe stata raccontata chissà quante volte nelle assemblee famigliari.

Ruppe il ghiaccio Giovannino esordendo con un formale «Cari cognati...», con una voce insolitamente titubante ma, dopo essersi schiarito la gola, proseguì più speditamente annunciando di sentirsi onorato e fortunato a chiedere la mano della cara Elvira per l'amato figlio Nicolino; proseguì dicendo che, in qualità di genitori, si dichiaravano contenti della scelta fatta dal figlio e garantivano per lui la felicità futura della ragazza, se loro avessero accolto in casa Nicolino, permettendogli di frequentare Elvira in vista del matrimonio, e li pregava, in caso di accettazione della proposta, di programmare insieme la data delle nozze.

Giuseppina, che stringeva amorevolmente le spalle di Elvira, la sentiva fremere e vibrare ad ogni parola e, con una pressione più accentuata delle mani, cercava di trasmetterle tutto il suo sostegno, rassicurandola e dandole la certezza della condivisione delle sue emozioni da parte di tutta la famiglia.

Anche Antonio aveva preparato un discorso di convenienza, ma non riuscì ad essere così compassato ed affettato come il cognato, tanto che si affrettò a palesare subito la gioia sua e della moglie, accettando senza riserve la richiesta del cognato perché Nicolino frequentasse, nei modi dovuti e nelle circostanze consentite, la figlia Elvira. Continuò dicendo che avrebbe preferito far sposare prima le altre figlie maggiori e poi quest'ultima ma, in presenza di un giovane che conoscevano così profondamente e che amavano e stimavano, accettavano di fare un'eccezione. Anzi, aggiunse in tono paternalistico, avrebbe garantito anche una dote particolarmente consistente, rimandando a dopo il raccolto l'occasione per stabilire insieme la data del matrimonio.

Elvira, che beveva avidamente ogni parola, non riuscì a trattenere oltre le lacrime e, nascondendo il viso tra le mani, sfogò tutta la sua tensione abbracciata dalle sorelle che facevano a gara a coccolarla, sollecitandola a ridere e non piangere, perché era tempo di gioire.

Giovanni, incoraggiato dall'insperata allusione alla dote, si sentì autorizzato a fare qualche puntualizzazione e, presa la palla al balzo, suggerì al cognato di dare alla figlia, in dote, la pezza di Colle Bianco, così avrebbero riunificato la tenuta di nonno Massimiliano, loro suocero, che l'aveva divisa tra Carmela e Lucia. «Eviteremo, così, il fastidio della servitù di passaggio per la fonte.»

La parola "fastidio" fu come un fulmine a ciel sereno per Antonio che, rannuvolatosi improvvisamente, alzando la testa in maniera imperiosa, sibilò a mezza voce «Come? Fastidio! E come ti do fastidio per un passaggio legalmente dovuto?» dando libero sfogo ad una rabbia insospettata ed incontrollabile, puntando sul cognato due occhi che erano diventati una fessura, mentre il viso diventava sempre più livido e le nocche delle dita sbiancavano nello sforzo dei pugni serrati con violenza.

Sui quattro calò un gelo palpabile, una stretta improvvisa attanagliava la fronte di ognuno e la tensione era ingigantita dal silenzio che sembrava eterno. Giovanni tentò per primo di parlare ma riuscì solo ad articolare monosillabi insensati: «No, no, beh, ma…» farfugliava, guardando alternativamente la moglie e la cognata, quasi cercando un aiuto che loro non potevano dargli, dal momento che, per antichissima consuetudine, le donne non potevano assolutamente interferire nelle questioni maschili. Dal canto loro, sbalordite ed esterrefatte, le due donne guardavano la scena trattenendo perfino il respiro, cercando quasi di annullarsi fisicamente, nell'infantile desiderio di far cessare quell'incubo, sperando ardentemente, in cuor loro, che si trattasse di un brutto sogno.

Dalle porte delle altre stanze cominciarono a far capolino le teste dei figli che, spaventati, impotenti e disperati guardavano la scena con gli occhi sbarrati; anche Elvira aveva smesso di piangere e, premendo sulla bocca il fazzoletto stretto nel pugno, cercava di soffocare quel grido silenzioso che le era rimasto chiuso in gola e che voleva esplodere con violenza, quasi ad esorcizzare una sciagura che vedeva sostanziarsi sotto i suoi occhi.

«Come no, no, no! La verità l'hai detta finalmente! Per tanti anni ti ho dato fastidio! Per una vita intera hai sopportato, velenosamente in cuor tuo, il fatto che io mi servissi della fonte!» urlò Antonio con tutta la voce che aveva e battendo rumorosamente il pugno sulla tavola. Giovanni si limitava a scuotere la testa, continuando a balbettare, mentre prendeva via via coscienza della gravità della situazione e cercava ansiosamente una via d'uscita che, però, gli sembrava interdetta in modo definitivo.

Carmela, vincendo la sua titubanza, prese tra le sue una mano del marito e, stringendogliela con tutta la sua forza, lo pregava di pensare ad Elvira, lo sollecitava a calmarsi, lo supplicava di non continuare ad inveire, ad alimentare odio nel cuore in un'occasione in cui bisognava celebrare un festa d'amore; resa più audace dall'insospettato, coraggioso atto di insubordinazione alle norme della consuetudine, che relegavano le donne alla semplice funzione di comparse, determinata come tutte le femmine che difendono i propri cuccioli, guardandolo fissamente negli occhi, a testa alta ed a voce ferma, gli intimò di smetterla, di ragionare, di soffocare l'ira ed aspettare momenti più propizi per decidere sul futuro dei figli; non si poteva giocare coi sentimenti degli altri.

Quest'intervento diede anche a Lucia lo spunto per un riscatto della dignità femminile ed infatti, alzatasi dalla sua sedia e postasi di fronte al marito, con le mani ai fianchi, gli intimò di chiedere scusa al cognato per quelle parole insensate pronunciate in modo così improvvido, perché non si trattava del proprio puntiglio personale, ma stavano decidendo l'avvenire e la felicità dei figli, che sono l'unico bene su cui deve puntare ogni famiglia.

Ormai anche i ragazzi si erano radunati attorno al tavolo, guardando impietriti i quattro adulti ed Elvira, invece, lasciata sola dalle sorelle che erano troppo prese da quanto stava accadendo nel gruppo degli adulti, si era accoccolata su uno sgabello vicino al camino e, raggomitolata su se stessa, con la testa china come un pupazzo a cui erano stati tagliati i fili, stava con gli occhi bassi, inebetita, senza più lacrime, muta e pallida come la cera.

Ancora una volta furono le donne a sbrogliare la matassa, animate dal loro vivo amor materno ed infatti, dopo aver fatto tacere gli uomini, dopo aver più volte ripetuto che il bene dei figli e della famiglia deve assolutamente prescindere da interessi economici, dopo aver ribadito con fierezza di aver inculcato nei figli il senso del massimo rispetto per la famiglia, dopo aver ricordato che sempre nelle loro rispettive famiglie l'affetto per tutti i parenti aveva avuto un ruolo primario, invocarono i mariti di bandire insani propositi bellicosi, invitandoli a ripensare all'armonia che era stata sempre il collante di una famiglia patriarcale unita come se ne vedevano poche allora in paese. Fu così che si decise di rimandare ad un altro momento la riproposizione della cerimonia della richiesta ufficiale e di lasciare che gli animi si placassero, anche in considerazione che il giorno successivo, la Domenica delle Palme, era la festa della pace.

V

Se ne andarono Lucia e Giovanni, lasciando in uno stato di prostrazione profonda Elvira, che non riusciva a pensare più a niente e, immobile come un manichino, con la testa reclinata su una spalla, accoccolata nel suo sgabello non reagiva alle sollecitazioni ed alle accorate parole di conforto che le sorelle e la mamma le riservavano; anche i fratelli le si avvicinarono e, coi loro modi bruschi ed impacciati, cercavano di manifestarle la loro solidarietà dicendole che tutto sarebbe passato, che il papà e lo zio si sarebbero riappacificati e che tutto si sarebbe risolto per il meglio. Giovanni, muto e in disparte, ancora seduto sulla sua sedia attorno alla tavola, restava a guardare il vuoto, fissando una parete, mentre nella sua mente risuonava ancora martellante solo quella parola "fastidio...fastidio...fastidio".

Quella notte nessuno riuscì a trovar riposo, ma nessuno voleva mostrare la propria inquietudine e, pur se ad occhi aperti, ognuno restò nel proprio letto, in attesa dell'alba. Le campane annunciarono la giornata di festa e Lucia, dopo aver meditato per tutta la notte, si alzò con un'energia particolare, per dar forza a Nicolino e per calmare Giovanni ed infatti, al loro primo apparire in cucina li accolse con un sorriso aperto, come se nulla fosse accaduto, con la tavola già piena di ogni ben di Dio per la colazione e, accarezzando la testa del figlio, lo pregò di aver fede perché avrebbe pensato lei a risolvere per bene ogni cosa; così fece anche col marito, prendendolo in disparte e, senza rimproveri, lo pregò di lasciar fare a lei.

I ragazzi, galvanizzati dall'energia della madre e sentendo-la chiacchierare a voce alta del più e del meno, ubbidendo anche alle sue sollecitazioni, si sedettero a tavola per la cola-zione e, un po' per scaramanzia, un po' per la naturale esu-beranza giovanile, un po' per il clima festoso della giornata, cominciarono a parlottare liberamente, punzecchiandosi a vicenda, con l'unica precauzione di non coinvolgere Nicoli-no ed il papà, che restavano chiusi in se stessi, visibilmente turbati e sfiniti da una nottataccia di tormento interiore.

All'ora della messa 'grande', tutti quanti assieme, agghin-dati di tutto punto, come era d'obbligo per una festa così importante e con rami di olivo in mano, si recarono in grup-po in chiesa, ponendo al centro Elvira, alla quale la mamma aveva vivamente raccomandato di non farsi veder piangere, per non "dar soddisfazione a nessuno" e, senza dar peso alle occhiate strane di quanti incontravano per strada, limi-tandosi a rispondere ai loro saluti e ricambiando con cenni del capo gli auguri, entrarono in chiesa senza prestare atten-zione alle gomitate che si scambiavano le varie comari e fa-cendo finta di non sentire il brusio alzatosi al loro ingresso.

Il paese era talmente piccolo che ogni avvenimento era con-diviso da tutti, nel bene e nel male, ed anche se c'erano colo-ro ai quali dispiacevano i contrasti tra paesani, altri, invece, si divertivano a diffondere zizzania arricchendo le novità con particolari coloriture e, anche se apparentemente tutti si mostravano preoccupati, sorpresi e dispiaciuti per quel-lo che era successo la sera precedente, i soliti 'informati' si erano dati un gran da fare a fornire versioni diverse e con-trastanti ed ognuno pretendeva di conoscere per filo e per segno lo svolgimento della riunione tra le due famiglie e tutti davano ormai per scontata la rottura sul nascere di un fidanzamento tra i due cugini.

La messa solenne fu un tormento per tutti e, comprensibilmente, in modo particolare per i due ragazzi. Era abitudine allora che le donne si mettessero nei banchi a sinistra della navata centrale, mentre gli uomini si mettevano a destra e così i giovani guardavano le ragazze e viceversa, ma tra le tante coppie che si scambiavano sguardi interessati certamente non c'erano Elvira e Nicolino che, circondati dai rispettivi parenti, non si girarono per un istante, guardando fissamente l'altare per tutta la cerimonia religiosa. All'uscita, mentre tutti si fermavano, come era usanza, nella piazzetta antistante la chiesa a scambiarsi saluti, auguri e pettegolezzi, le due famiglie, in schieramento compatto e serrato, ognuna per proprio conto, si allontanarono a testa bassa, prendendo direzioni divergenti.

Cominciava così la Settimana Santa che puntava alla Pasqua, con due cerimonie intermedie importanti e molto partecipate dai fedeli: le funzioni del giovedì santo e la processione del venerdì ed anche in quelle occasioni le due famiglie si comportarono come alla messa della Domenica precedente, senza accettare provocazioni da nessuno e senza dare spiegazioni a chicchessia, ma anche ignorandosi reciprocamente. Per i due ragazzi fu una vera e propria settimana di sofferenza e passione, con la comprensione di tutti i famigliari che partecipavano al loro dolore, e tentavano anche di incoraggiarli, di consolarli spronandoli a sperare in un chiarimento ed auspicando la riconciliazione generale.

Elvira era diventata uno straccio. Non si riconosceva più la florida ragazza dal colorito roseo, dall'atteggiamento fiero e dallo sguardo sereno, ma la si vedeva sempre accartocciata su se stessa, pallida in volto, con gli occhi spenti e lo sguardo sempre a terra, che rifiutava il cibo e, pur se dava l'impressione di ascoltare quanti le parlavano, non sentiva assolutamente nessuna delle cose che le dicevano, per cui dava l'impressione di essere un automa.

Anche Nicolino non viveva più; anche lui sembrava perennemente assente, chiuso nei suoi pensieri, cupo, scontroso ed irritabile, specialmente perché dava, nel suo intimo, la colpa di tutto all'avidità del padre, per questo, non potendosi sfogare liberamente, evitava gli altri e rispondeva a monosillabi a quanti gli rivolgevano la parola.

Mamma Lucia aveva promesso di risolvere lei la situazione, per questo, più degli altri sentiva il peso di questa responsabilità e per tutta la settimana aveva cercato il modo migliore per riuscire a tener fede alla promessa, ma non aveva trovato ancora la soluzione adatta e, a dire il vero, era stata letteralmente presa dai molteplici preparativi per la Pasqua imminente. Sapeva, d'altronde, che anche la sorella era ugualmente presa dai suoi impegni per gli stessi preparativi in vista dell'imminente festa. Carmela, in effetti, poteva contare solo sull'aiuto delle due figlie maggiori, perché Elvira si comportava come se non ci fosse proprio e, siccome i dolci di Pasqua richiedono un impegno veramente gravoso, le tre donne, dalla mattina presto alla sera tardi, erano intente ad ammassare la farina, a rompere decine di uova, che poi amalgamavano con lo zucchero e tutte le altre spezie necessarie a fare le pigne, le sfogliatelle, i fiadoni, i taralli e tante altre cose buone; in quei giorni il forno era costantemente acceso, richiedendo un impegno notevole e cosciente.

Pur tuttavia, il pomeriggio di sabato, Lucia riuscì a sgattaiolare via, approfittando dell'assenza degli uomini che non sarebbero tornati dai campi se non all'ora del vespro e, trafelata ed in atteggiamento umile, si recò a casa della sorella dove, in verità, fu accolta con sincera gioia e, dopo aver abbracciato tutte le donne, specialmente Elvira, che strinse al seno con un sincero trasporto affettuoso, dopo averle accarezzato delicatamente il viso smunto, chiese alla sorella di appartarsi un poco per parlare più liberamente con lei. Fu accontentata con solerzia dalle ragazze che si avviarono, senza mostrare contrarietà, nelle camere superiori, lasciando le due sorelle ad un colloquio che tutte speravano chiarificatore e risolutore. Era la settimana santa, l'indomani si sarebbe festeggiata la santa Pasqua, per cui era necessaria una riappacificazione che tutti ritenevano indispensabile.

Carmela lasciò parlare la sorella, che le confidava tutto il suo travaglio, le diceva di voler profondamente bene ad Elvira, di volerla come nuora con tutta la sua anima, le confessava che anche Giovanni si era pentito amaramente dell'errore commesso, non tanto per cattiveria, ma per mancanza di tatto. Le riferì, infatti, che il marito non aveva mai sentito come un peso l'esistenza di quella servitù in campagna, e la rassicurava che aveva parlato così perché, in buona fede, pensava al vantaggio che ne avrebbero ricavato tutti riunificando la tenuta di nonno Massimiliano e, dandola in dote ad Elvira, avrebbero evitato di farla andare nelle mani di chissà chi, se fosse stata data in dote ad un'altra figlia che, forse, avrebbe sposato un estraneo.

Avvertiva chiaramente la sincerità nelle parole della sorella, anche lei, conoscendo l'animo di Giovanni, concordava sull'ingenuità di un'espressione improvvida, anche lei disse di amare profondamente il nipote, che aveva avuto modo di apprezzare ancor di più da quando frequentava così assiduamente la sua casa, però, fu costretta ad ammettere che Antonio si era intestardito fieramente, si sentiva umiliato proprio per un'accusa che riteneva assolutamente ingiusta, non avendo mai approfittato, in tanti anni, della titolarità di quel diritto, essendosi sempre comportato con discrezione, con responsabilità e spirito di collaborazione. Confidò a Lucia che ogni sera cercava di riprendere il discorso, ma il marito si mostrava sempre irremovibile; aveva tentato anche la sera del Venerdì Santo, prima della processione di Gesù morto, di farlo accostare al sacramento della confessione per indurlo al perdono, ma aveva avuto solo un freddo e deciso diniego. Senz'altro avrebbe riprovato il giorno dopo, prima della celebrazione della 'messa grande' a farlo confessare e comunicare, ma non garantiva nulla. Tutto stava nelle mani di Dio e dell'Addolorata.

Lucia tornò a casa un po' rinfrancata ed alle figlie riferì l'esito dell'incontro, chiedendo preghiere e fiducia in Dio. Anche a Nicolino, preso in disparte al suo ritorno dal lavoro, riferì il risultato della sua iniziativa e lo confortò pregandolo di non disperare.

Il giorno della Pasqua si annunciò con l'allegro suono delle campane a festa e dalla strada presto si cominciò a sentire l'indaffarato via vai dei paesani che, scambiandosi rumorosi auguri, andavano e venivano da ogni dove. Come era consuetudine, si prepararono tutti, indossando gli abiti della festa ed ancora una volta, tutti insieme, in gruppo compatto, dietro mamma e papà, si avviarono a sentire la Santa Messa. C'era tutto il paese nella piazzetta del sagrato e tutti si scambiavano allegramente gli auguri.

La famiglia di Giovanni e Lucia entrò subito in chiesa al primo squillo del campanello col quale il sagrestano annunciava l'inizio della celebrazione. Si addossarono gli uni agli altri, per non restare fuori dalla porta e così, non si avvidero che a poca distanza da loro c'era tutta la famiglia schierata degli zii Antonio e Carmela e spontaneamente le due sorelle, guardandosi, si salutarono con un profondo cenno della testa.

Alla fine della celebrazione, usciti dalla porta della chiesa, si trovarono vicine le due famiglie e, senza rendersene conto, senza badare a chi prendeva l'iniziativa, si salutarono e tutti, progressivamente, cominciarono a scambiarsi gli auguri con un abbraccio; Giovanni cercò nel gruppo Antonio e lo abbracciò, con una semplicità e spontaneità talmente evidenti da vincere immediatamente la ritrosia del cognato che, a sua volta, ricambiò cordialmente l'abbraccio.

Finalmente tornava il sereno, finalmente la festa assumeva la sua vera fisionomia, finalmente i visi si rasserenavano e tornò il sorriso anche sulle labbra di Elvira e Nicolino che, imbarazzati e timidi, si scambiarono un veloce abbraccio con gli auguri di rito.

Poche furono le parole, ma l'attenzione dei paesani si concentrò su quelle due famiglie e non pochi gioirono per quella riconciliazione pubblica. Quindi i due capifamiglia, dopo essersi augurato il buon pranzo, si avviarono ognuno verso la propria casa, con il cuore in pace e la sensazione di essersi liberati da un peso che li opprimeva come un macigno. Nel pomeriggio le due sorelle si rividero e decisero di trascorrere insieme, nella campagna di Giovanni, il lunedì in albis.

VI

Fu una scampagnata memorabile, perché assieme a loro, c'erano anche le famiglie di altri fratelli e sorelle e, tutti insieme, superavano abbondantemente le cento persone, con la comprensibile allegra confusione che ne derivava, per la presenza di bambini piccoli, ragazzi, giovani ed anziani che, approfittando della bella giornata primaverile e piena di sole, si divertivano sull'aia in mille modi, mentre le mamme preparavano, all'aperto, sotto un pergolato, una lunga tavolata sulla quale c'era ogni ben di Dio: dai salumi ai formaggi, con numerose teglie piene di pasta al forno, cannelloni e lasagne, con carne di agnello, capretto, conigli, polli al sugo ed alla brace, con contorni di verdure di ogni tipo, con abbondanti scorte sottolio di ortaggi d'ogni tipo e di salsine varie e gustose e con un'infinità di dolci.

Il pranzo fu veramente chiassoso, allegro e rasserenante; ogni riserva mentale fu vinta dal calore della famiglia riunita, dall'affetto sincero di tutti ed anche dalla riservatezza di tutti che, senza infingimenti, in uno slancio spontaneo, come per un tacito accordo, avevano deciso di affossare nell'allegra coralità della festa ogni equivoco, ogni malinteso per far trionfare l'armonia in tutto il clan e, senza parlarne, nella gioia generale, avevano sepolto e fatto dimenticare la ruggine nata per una malaugurata imprudenza, da una parte e per un'eccessiva suscettibilità dall'altra.

Il vino, ottimo e schietto, abbondante nelle brocche velocemente svuotate ed altrettanto velocemente riempite, conciliava l'armonia generale, lo scambio di battute con risate scroscianti e battimani; arrivò anche il momento dei brindisi e, dopo i tanti auguri al gruppo, i complimenti alle cuoche, l'elogio del vino, si alzò anche lo zio Pasqualino che, a dire il vero dovette essere aiutato ad arrampicarsi sulla panca sulla quale era seduto per emergere sulle teste dei convitati, tanto era piccolo e minuto, timido e restio di solito, ma, reso audace dalle abbondanti libagioni, alzando il suo bicchiere ed alzando notevolmente il tono della sua voce per vincere il brusio diffuso, barcollando vistosamente a destra e sinistra per l'ebbrezza evidente, fece il suo brindisi augurando un felice e prossimo matrimonio tra Elvira e Nicolino. L'ovazione unanime che seguì fu un trionfo, con i convitati che si alzavano progressivamente tutti in piedi e, rivolti ai due ragazzi, seduti in fondo alla tavolata, uno di fronte all'altra, cominciarono a scandire i loro nomi in un coro festante e gioioso.

Elvira avvampò come se fosse una torcia ardente, mentre Nicolino si limitò ad abbassare il viso, senza muoversi; si interruppero di colpo i battimani e si diffuse un silenzio pieno di ansia e di curiosità quando, lentamente, con gesti misurati e precisi, lo zio Antonio, dopo essersi alzato e dopo aver deposto il tovagliolo con cui si era forbito il viso e che teneva stretto nella mano sinistra, alzando anche lui il bicchiere in direzione dei ragazzi, articolando meticolosamente le parole, ringraziò tutti per gli auguri che gradiva e che, a sua volta, rivolgeva ai futuri sposi ed annunciò con enfasi che 'l'ingresso ufficiale' di Nicolino in casa sua si sarebbe potuto organizzare per il giorno dell'imminente festa patronale di San Giorgio, il 23 aprile.

Scrosciò ancor più rumoroso il battimani e questa volta accorsero, piangendo, le due mamme ad abbracciare i loro figli, che erano rimasti imbambolati ed increduli e, finalmente, tra le braccia della madre, Elvira si abbandonò ad un pianto liberatorio e propiziatorio, quasi a conferma del vecchio adagio che vuole che ogni cosa bella si deve conquistare con pene e sacrifici.

Passarono velocemente anche questi giorni di febbrile attesa, nei preparativi per la festa che avrebbe coronato la cerimonia del fidanzamento ufficiale e, questa volta, con la mediazione di mamma Carmela, zio Antonio aveva accettato di dare in dote alla figlia la terra di Colle Bianco, condividendo l'opportunità di riunificare una tenuta che, dal nonno Massimiliano, era stata divisa in due all'epoca del matrimonio delle due sorelle Carmela e Lucia. Finalmente sembrava che il sereno si profilasse all'orizzonte dei due giovani che, la sera precedente la festa di San Giorgio, poterono portare a buon fine il tradizionale rito così bruscamente interrotto qualche settimana prima e tutti festeggiarono con il rosolio ed i saporiti dolcetti preparati dalle abili mani delle donne di casa.

Questa volta ci fu una lieta variante, organizzata dallo stesso zio Giovanni, ad insaputa di tutti. A manifestare la sua gioia, infatti, aveva contattato il fisarmonicista del paese, Ricuccio e due bravissimi suoi amici suonatori di mandolino, Domenico e Ninuccio, che eseguirono una magistrale serenata alla sposa, la cosiddetta *"maitunata"*, che fece letteralmente sciogliere in lacrime la trepida Elvira, specialmente quando, alte e squillanti, si alzarono le note della canzone "la violetta", in dialetto albanese *"manusaqa"*.

Le antiche e care parole del tradizionale canto nuziale, a dir la verità, esaltate dal vibrante suono dei mandolini, suscitarono la generale commozione e condivisione per l'orgogliosa consapevolezza di appartenere ad un'etnia che aveva saputo coraggiosamente e gelosamente conservare, nei secoli, tradizioni, usi e costumi radicati nel cuore e coltivati con caparbietà, tenacia e spontaneo amore per le origini lontane. Il rimpianto per la patria persa, la coscienza delle innumerevoli traversie di vari secoli, la superba constatazione che, nonostante tutto, la comunità *arbëreshë* continuava ad esistere e resistere, suscitava nell'animo di tutti, in special modo nei maschi che ascoltavano impettiti le dolci parole del canto melodioso, una baldanzosa fierezza che li faceva sentire uniti e concordi nel rispetto e nella difesa degli antichi valori. Non a caso i versi del canto esaltano la figura del giovane pretendente che sceglie la propria sposa (la violetta) in un giardino del paese e rassicura la suocera presentandosi come un "falco albanese (*qift arbëreshë*)" e non come un forestiero.

L'unanime accettazione di questi sacrosanti principi creò un clima di generale euforia in tutti i parenti che, durante la festa, dopo varie libagioni, si esibirono tutti insieme nelle tradizionali strofe di auguri ai futuri sposi, con voci che progressivamente diventavano più roche nello sforzo delle note alte, oltre che per l'effetto che il buon vino dello zio Antonio produceva nelle ugole degli estemporanei cantori. Secondo la tradizione, ora Nicolino poteva 'frequentare' Elvira, la sera, in casa, alla presenza rigorosa di parenti che avrebbero dovuto controllare i due piccioncini; poteva anche accompagnare sottobraccio la sposa in chiesa, la domenica mattina, con al seguito la mamma e le sorelle. Così il giorno dopo, in occasione della festa del Patrono, i due, sottobraccio, tallonati dalle altre donne di casa, si avviarono alla messa solenne e seguirono la processione del Santo per tutte le strade del paese, suscitando sguardi incuriositi e meravigliati da chi non conosceva gli ultimi sviluppi ed anche invidiosi da parte dei soliti maligni, che non mancano mai, purtroppo, in un paese piccolo come il loro.

Per Nicolino ormai le giornate erano diventate troppo lunghe e non vedeva l'ora che arrivasse la sera per rivedere gli occhi splendidi ed ammalianti della sua Elvira, per sentire l'armonia delle sue parole che risuonavano come un canto alle sue orecchie. Lavorava sempre di buona lena, senza risparmiarsi un attimo, con serenità, con la sua solita bontà d'animo, con quel suo spontaneo sorriso sulle labbra che lo rendeva simpatico e benvoluto da tutti. A dire il vero non era un chiacchierone, anzi era molto misurato nelle parole, però, quelle cose che diceva riscuotevano l'approvazione di tutti, specialmente di papà Giovanni, che lo prediligeva in modo palese.

Elvira dedicava il suo tempo esclusivamente al ricamo, con l'intento di completare il suo corredo per le nozze che sperava prossime. Nessuno in verità parlava di date in casa, ma di solito, allora tutto si faceva in funzione delle stagioni e delle attività agricole, per cui era logico sperare in un matrimonio alla fine di settembre o nei primi giorni di ottobre. Anche lei non ancora ne parlava con la mamma, dando per scontata la tradizione ed il fatto che fra poco avrebbe compiuto i quattordici anni, cosa che avvalorava la sua speranza di un matrimonio sicuramente prossimo.

Cantava spesso la ragazza, mentre era intenta al telaio che era diventato il suo accessorio preferito ed inseparabile; il suo cuore volava alto, con in mente sempre e soltanto la figura di Nicolino ed anche lei non faceva altro che aspettare che passassero in fretta quelle ore che la dividevano dall'arrivo serale del suo fidanzato che, adesso, non chiedeva più di Giorgio come faceva prima, ma, col suo largo sorriso, dopo aver salutato tutti, si sedeva accanto a lei e le dedicava tutto il suo tempo, in adorazione, distogliendo il suo sguardo solo per rispondere a quanti gli chiedevano qualcosa in modo esplicito.

Le giornate diventavano progressivamente più lunghe, il lavoro in campagna impegnava sempre più gravosamente gli uomini: era il periodo del raccolto del grano e, assieme ai mietitori, anche i ragazzi di casa si davano un gran da fare, per cui, alla sera, Nicolino arrivava stanchissimo e doveva lottare fortemente con gli occhi che gli si chiudevano, suo malgrado, quando stava accanto alla fidanzata, per cui spesso le chiedeva di cantargli qualcosa per tenerlo sveglio, senza mai arrischiarsi in un duetto, consapevole di avere una voce non proprio adatta al canto.

Il giorno della fine della trebbiatura, però, tutte le donne andarono in campagna a preparare il pranzo finale ed anche Elvira si recò, in compagnia di zia Lucia e delle cugine-cognate, nella masseria di zio Giovannino e grande fu la gioia di Nicolino quando la vide insieme alle sue donne, ad aiutare efficacemente le altre nelle varie faccende, senza mostrare la minima titubanza, come se fosse sempre stata lì, in mezzo a loro.

Immaginava il prossimo futuro, Nicolino, quando la fidanzata, diventata sua moglie, sarebbe venuta come padrona e non più come ospite; la vedeva bella e radiosa nell'allegria della festa della trebbiatura, in mezzo alle altre donne di casa, che rideva solo a lui, che lo incoraggiava per la durezza del lavoro, che gli avrebbe asciugato amorevolmente il sudore offrendogli da bere. "Chissà l'anno venturo!" pensava tra sé e questo pensiero gli faceva passare la stanchezza, dandogli forza rinnovata e facendogli luccicare gli occhi per la commozione.

Passarono i giorni afosi del solleone e del mese di agosto, con tutti i lavori che asciugano le membra degli uomini, che infiacchiscono perfino i più gagliardi e nel paese cominciò a serpeggiare una strana notizia: si stava preparando una guerra. I pochi professionisti del paese, che leggevano il giornale, cominciarono a parlare di un'imminente conquista di terre in Africa; si parlava di Etiopia e di Abissinia come di un Eldorado. Il regime fascista aveva bisogno di nobilitarsi agli occhi degli altri Paesi europei con un impero, come lo avevano gli altri, per cui si prevedeva imminente l'attacco dell'esercito italiano.

Questo fatto, in un primo momento, passò inavvertito tra le famiglie del paese, che vedevano un'eventuale guerra in territorio africano come una cosa di cui non preoccuparsi, tanto si trattava di un posto così lontano, così irreale che non poteva portare ripercussioni nel nostro ambiente. Ma, a poco a poco, riflettendoci su, si cominciò a focalizzare l'idea che il nostro esercito è fatto dai tanti ragazzi che stavano svolgendo il servizio militare, quindi da tutti quei figli che erano partiti per il servizio di leva. E poi, se scoppia una guerra, non si utilizzeranno solo i soldati in servizio effettivo, ma saranno richiamati anche quelli congedati di recente e, quel che portò notevole sconforto nel cuore di Nicolino, fu la paura che si potesse ampliare la fascia dei richiamati, anticipando la leva a vent'anni. E così, ai due anni previsti per il normale servizio militare, quanti anni bisognerebbe aggiungere per una guerra che si sa quando comincia, ma non si sa mai quando finisce veramente? E poi, quanto dura una guerra di conquista, per la quale si prevedono tempi lunghi anche dopo la sconfitta dell'esercito avversario, quando bisogna assicurare il controllo del territorio con la repressione della guerriglia?

Al malessere diffuso causato dalla preoccupazione che serpeggiava negli animi di tutti per i figli partiti o in procinto di essere chiamati per il servizio di leva, nella mente di Nicolino si aggiunse un tarlo nuovo: la paura di essere chiamato in anticipo. Aveva quasi vent'anni, li avrebbe compiuti tra qualche settimana, e temeva di essere reclutato prima di compiere il ventunesimo. Il suo pensiero corse subito ad Elvira. "Come posso sposare una ragazza col rischio di lasciarla vedova subito dopo il matrimonio? E se, malauguratamente, in guerra dovessi essere ferito e restare invalido, cosa succederà ad Elvira? E se per paura di tutto questo non la sposo entro quest'anno, quanti anni dovranno passare per poterci sposare?"

Cominciò a non dormire più la notte, ripiombò nel mutismo durante il giorno, diventò alquanto scontroso, attento solo e disperatamente alle notizie che riguardavano la guerra: "Ci sarà? non ci sarà? quando sarà dichiarata? chi chiameranno alle armi?" Era, ormai, il suo chiodo fisso, una paura che lo consumava silenziosamente, che gli faceva perdere l'appetito, che lo faceva dimagrire a vista d'occhio. Anche Elvira lo vedeva distratto, distaccato, preoccupato per qualcosa che non le confidava. Ne parlò con le sorelle ed anche loro convennero con lei sull'atteggiamento evasivo notato in Nicolino da un po', ma lo attribuirono ai pesanti lavori della campagna, con la conseguente stanchezza fisica.

Una sera, non reggendo più all'inquietudine del fidanzato, prendendogli la mano e guardandolo amorevolmente negli occhi, lo pregò di confidarsi con lei, di manifestarle il motivo di tanto cruccio. Alle moine della ragazza, al tono così carezzevole, all'evidente stato di apprensione manifestato con tanta delicatezza da Elvira, Nicolino non resistette più e le confidò il suo timore, le disse che non vedeva l'ora di sposarla, ma non poteva farlo con la prospettiva di doverla lasciare subito dopo, col tremendo rischio di una sventura che, per scaramanzia, non conveniva neanche evocare.

Elvira ammutolì restando di stucco; non aveva mai collegato la situazione politica generale con la loro storia d'amore; come poteva interferire la storia del Paese con la piccola storia di due ragazzi? Aveva sentito parlare di una probabile guerra in Africa, ma la sua mente semplice non aveva pensato ad un pericolo che potesse toccarla direttamente. "Che c'entra l'Africa con noi? Che ripercussioni possono produrre in questo paesino sperduto d'Italia le vicende di un posto lontano, tanto lontano da perdersi nelle nebbie dell'ignoto?" si chiedeva con angoscia. Dalle sue nozioni scolastiche l'unica immagine che le veniva in mente erano i leoni, gli elefanti, i cammelli e tante altre bestie feroci, ma erano visioni di un altro mondo, di un mondo irreale, romanzesco, esistente solo nella fantasia. Guardò ansiosamente la faccia tesa del fidanzato anche lei con un'espressione di smarrimento e, abbracciandolo con slancio, nonostante la presenza vigile dei famigliari che la guardavano stupiti ed incuriositi, scoppiò in un pianto dirotto ed ai famigliari che, con trepidazione, le chiedevano cosa fosse successo, rispose: «Nicolino deve andare a fare la guerra!»

Fu così che una questione di politica internazionale diventò un problema impellente anche per una famiglia contadina di un piccolo paese in una delle parti più povere dell'Italia.

VII

Ne parlarono lungamente, fino a sera tarda, in uno dei rari consigli di famiglia, alla presenza di tutti gli esponenti, maschi e femmine, adulti e bambini, alla ricerca disperata di una soluzione. Alla fine, stanchi e scoraggiati per il suo mancato raggiungimento, decisero di andare a dormire, rimandando al giorno dopo ogni decisione; anzi, zia Carmela, accompagnando Nicolino alla porta, disse col tono di chi spera di aver trovato un qualche rimedio «domani ne parlerò con don Guido!», il nuovo parroco, tanto energico e volitivo, che aveva conquistato in breve tempo la fiducia di tutti i parrocchiani.

Passò un'altra notte difficile per tutti e al mattino tutti avevano gli occhi gonfi e pesti. Gli uomini partirono con gli animali per il solito lavoro nei campi, le ragazze si dedicarono ai loro impegni ed Elvira, sperando di trovare una distrazione, si applicò al solito lavoro di ricamo, ma senza entusiasmo. Zia Carmela era andata in chiesa, per la messa mattutina, col proposito di parlare col parroco, come aveva anticipato la sera prima e quando, dopo parecchio tempo, tornò a casa, non aveva una faccia rassicurante. Il sacerdote non aveva potuto darle altro se non la speranza alimentata dalla fede in Dio, le aveva raccomandato di pregare con fervore e di affidare se stessa e tutti i famigliari alla materna protezione della Madonna Grande.

Ormai da giorni non si parlava di altro se non di guerre, di soldati, di disavventure. C'erano in paese tante vedove della grande guerra, tanti erano gli orfani e molti erano anche i mutilati e tutti tiravano stentatamente a campare con le misere pensioni di guerra. La prospettiva non era assolutamente rassicurante e la soluzione più ovvia era quella di rimandare il matrimonio al termine della ferma militare di Nicolino, che sarebbe avvenuta almeno dopo due anni o, nel peggiore dei casi, alla fine dell'eventuale guerra.

Per Nicolino ed Elvira era una sciagura, peggio di una condanna a morte. I due non volevano sentirne parlare, si rifiutavano di prendere in considerazione una simile prospettiva perché a loro quell'attesa sembrava eterna. Nicolino cercava giorno e notte una soluzione e, per caso, una sera, tornando in paese dal lavoro, incontrò la mamma di un suo amico che era emigrato qualche tempo prima per gli Stati Uniti e, alla richiesta di sue notizie, la donna gli rispose che il figlio godeva ottima salute e, ogni tanto, le spediva anche qualche gruzzoletto, che lei, in verità, nascondeva senza spendere, con la speranza di far trovare il tutto al figlio al suo ritorno, che lei, povera donna, attendeva con ansia al più presto.

"Ecco la soluzione! - si disse Nicolino - l'America". Già, se fosse partito subito, avrebbe evitato non solo il servizio di leva, che durava due anni, ma avrebbe evitato il rischio di una guerra dalla durata incerta e dagli esiti imprevedibili. E poi, attesa per attesa, se fosse riuscito ad emigrare in America, invece di perdere infruttuosamente il suo tempo con la naia, avrebbe potuto accumulare un bel gruzzoletto nei due anni che, invece, avrebbe dovuto dedicare, gratis, alla patria. Beh! Da tutto quello che si dice, pare che l'America sia un gran bel Paese e, tutto sommato, non gli sarebbe dispiaciuto costruire lì il suo futuro; avrebbe potuto mandare a prendere Elvira, dopo i primi tempi di adattamento ed avrebbero costruito la loro famiglia in quella terra nuova, piena di fascinose prospettive di progresso.

Per diversi giorni rimuginò quel progetto nella sua mente, puntualizzando, per quanto poteva, le date, le modalità, gli adempimenti e, prima di parlarne con Elvira ed i famigliari, si mise ad indagare, con discrezione, chiedendo informazioni alle famiglie dei tanti giovani che si erano già recati in quella terra lontana. Seppe, così, che c'erano delle regole ben precise per l'emigrazione, non si poteva andar via dalla propria patria in maniera spontanea e disordinata: il Governo degli Stati Uniti, infatti, dopo le grandi emigrazioni degli anni a cavallo dei due secoli, dopo la fine della grande guerra, per evitare l'afflusso indiscriminato di masse non controllabili di emigranti dalle nazioni europee più disagiate, aveva effettuato drastiche riduzioni nel contingente degli immigrati ammessi nel proprio territorio, emanando le leggi degli anni 1921 e 1924. Chissà! bisognava informarsi bene da gente competente e decidere di conseguenza; ma occorreva agire al più presto possibile, per anticipare eventi minacciosi.

Una sera d'agosto, mentre prendevano il fresco davanti casa, Nicolino, guardando le stelle particolarmente luminose, lanciò un primo messaggio ad Elvira: «Come sarebbe bello girare il mondo per vedere un altro cielo, altre stelle, altri paesi! Chissà quanta altra gente sta dall'altra parte del mondo! Chissà come vive!» Dopo un attimo di riflessione, dopo aver messo a punto la portata delle osservazioni del fidanzato, Elvira, con una punta di sarcasmo, «Che ti frulla nella testa - gli chiese – vorresti, forse, lasciarmi per andare in giro per il mondo?» La faccenda finì lì, senza altri approfondimenti, ma tra i maschi di casa, ormai, si parlava sempre più insistentemente e con preoccupazione della situazione internazionale che prendeva una brutta piega.

Il 3 ottobre 1935, infatti, si divulgò la notizia dell'attacco dell'esercito italiano all'Etiopia e mentre alcuni scesero in piazza con le bandiere, inneggiando al glorioso impero che immancabilmente sarebbe stato conquistato dalla gloriosa Patria e dal valoroso Re, per Nicolino cominciò veramente il periodo più brutto della sua vita. Cominciò a temere che, in vista della guerra ormai dichiarata, sarebbero state bloccate le liste per l'emigrazione all'estero di lavoratori italiani, specialmente dei giovani soggetti all'obbligo di leva, che sarebbero stati, invece, chiamati alle armi per essere mandati a combattere.

Non c'era più tempo da perdere, ormai; non poteva cincischiare più, ma doveva assolutamente parlare chiaramente con tutti, esporre il suo progetto ed organizzarsi per anticipare gli eventi. La sera stessa della diffusione delle notizie sullo stato di guerra in cui ormai l'Italia era coinvolta, prendendo il coraggio a due mani, parlò ad Elvira, in presenza di tutti, mettendola al corrente dei suoi timori, delle prospettive future del loro rapporto, dello stratagemma da lui escogitato per non essere invischiato in una guerra, insomma, del progetto di partire per l'America, lavorare mettendo da parte la somma necessaria e chiamarla a raggiungerlo dopo un po' di tempo.

Fu una bomba! Il silenzio allarmato di Elvira ed il broncio immediato furono la reazione naturale alle parole del fidanzato. Poi, pian piano, lo stesso zio Antonio cominciò a dire che, tutto sommato, non era un'idea malvagia; aveva notizie di tanta gente emigrata che aveva radicalmente mutato le proprie condizioni di vita migliorandole in maniera assolutamente non paragonabile a quanto si potesse sperare in Italia. Continuò dicendo che, in verità, dopo un'intera vita dedicata al lavoro duro, dopo tanti sacrifici e rinunce, senza mai un attimo di riposo, è duro dover constatare che le condizioni economiche non siano migliorate così prosperamente come avveniva in questi Paesi nuovi; anzi, quasi quasi, se non avesse avuto la sua età, se non avesse la responsabilità di una numerosa famiglia, se, insomma, fosse libero da impegni e legami, avrebbe affrontato volentieri un'esperienza simile in un ambiente che favoriva l'intraprendenza dei giovani e delle persone sveglie.

Nicolino manifestò il suo proposito anche nella sua famiglia, senza la titubanza ed il batticuore provati davanti ad Elvira, ma anche qui ci fu la reazione incontrollata della mamma che, sedutasi di schianto su una sedia, cominciò a soffiarsi rumorosamente il naso, asciugandosi le lacrime copiose con un lembo del grembiulone che portava perennemente a coprire la pancia. I fratelli lo attorniarono, incuriositi ed interessati, mentre riferiva le informazioni assunte dai compaesani che avevano parenti in America, sulle indubbiamente migliorate condizioni di vita di questi ultimi, sulle opportunità che si offrivano ai giovani intraprendenti e capaci, a chi, insomma, aveva il coraggio di mettersi in discussione e di osare.

«Ma non conosci nessuno, non conosci la lingua!» continuava a piagnucolare la mamma che non voleva rassegnarsi a perdere il figlio maggiore, proprio adesso che già accarezzava l'idea di vederlo 'sistemato' con una brava ragazza, di averlo vicino a sé per il resto della sua vita, con tutti i nipotini da coccolare e viziare che le avrebbe regalato.

Certo che la soluzione prospettata da Nicolino non dispiaceva al padre; a ben pensarci questo figlio gli sembrava veramente pronto ad affrontare anche responsabilità di rilievo; era svelto, intelligente, capace di svolgere qualsiasi attività, determinato sul lavoro, affidabile ed onesto e si rendeva conto di aver sbagliato a non avviarlo agli studi quando il maestro delle elementari glielo aveva consigliato. Ora, con le meraviglie che si raccontavano del nuovo mondo, dove quasi tutti quelli che avevano avuto coraggio e capacità adeguate si erano fatti valere, aveva fiducia che anche suo figlio si sarebbe fatto onore, mettendo a punto quelle qualità e capacità che gli riconosceva. Bisognava darsi da fare, bisognava anticipare la chiamata alle armi, bisognava sottrarre al Re un giovane che meritava la possibilità di volare alto nel cielo, a suo piacimento.

Lo stesso Nicolino si recò a Campobasso, al Comando Militare, a chiedere notizie sulla sua posizione e seppe che era già nell'elenco di quelli che avrebbero dovuto passare, nella primavera prossima, la visita di leva per stabilire se era idoneo o meno al servizio militare e, solo dopo, si sarebbe stabilito se anticipare la sua eventuale chiamata alle armi. Per quanto riguardava un eventuale passaporto per l'espatrio, tutto era stato irrevocabilmente bloccato, senza sapere per quanto tempo ancora.

Amareggiato e deluso da quanto aveva saputo, in attesa della partenza dell'unico torpedone che lo aveva portato al mattino e che lo avrebbe riportato a casa nel tardo pomeriggio, gironzolando per le strade del capoluogo di provincia, passò davanti alla sede di un'agenzia di viaggi che, in vetrina, aveva un cartello che sponsorizzava una compagnia di navigazione intercontinentale, con transatlantici che effettuavano la traversata dell'Oceano e portavano i passeggeri da Napoli a New York.

Si fermò a guardare con un nodo in gola l'immagine della bella nave che faceva le traversate dell'Atlantico, pensando che il suo sogno era ormai sfumato per il mancato permesso di espatrio. Il rammarico gli opprimeva l'animo e, col cuore gonfio per la pena, tanto per togliersi una curiosità, entrò nell'agenzia e chiese all'addetto notizie su un'eventuale partenza per New York.

L'incaricato fu molto sollecito nel fornirgli tutte le spiegazioni richieste e, sperando in una commessa immediata, si prolungava in dettagli e particolarità minuziosamente illustrati, con una professionalità che conquistò la fiducia del giovane, tanto da spingerlo a confidargli il suo problema. Il rappresentante della flotta Lauro capì al volo la situazione e, condividendo il dramma umano del giovane che gli stava di fronte, gli spiegò il grosso problema sociale aperto dalle norme anti immigrazione adottate dagli Stati Uniti e gli confermò che, finché non avesse assolto al servizio di leva, non avrebbe mai potuto ottenere il permesso di espatrio, in nessun modo. Pur tuttavia, gli confidò, c'era il vecchio metodo dell'illegalità, dell'espatrio clandestino, combattuto dallo Stato ma, indirettamente ed artatamente creato ed alimentato dallo Stato stesso.

Continuò dicendo che lui non consigliava il ricorso a questo sotterfugio, per il suo innato rifiuto dell'illegalità ed anche per i tanti rischi ai quali si andava incontro, ma si rendeva conto della gravità e della quantità di motivi che, purtroppo, spingevano tanti giovani disperati a ricorrere ad un simile stratagemma. Gli disse anche che a Napoli c'era chi si arricchiva sulla pelle di tanta povera gente, nell'omertà generale e nella connivenza delle stesse vittime di una situazione di degrado sociale ed umano basato sul motto "mors tua, vita mea".

Nicolino ringraziò cordialmente il suo interlocutore ed uscì dall'agenzia con una grossa curiosità che cominciò a dare nuova linfa alla sua speranza: la possibilità di un viaggio clandestino. Chiaramente non poteva trovare in loco nessuno a cui chiedere informazioni, doveva recarsi a Napoli affidandosi alla buona sorte.

Tornato a casa, ai famigliari non riferì tutti i particolari della sua visita agli uffici provinciali per non metterli in agitazione; disse soltanto che le nuove disposizioni in materia di emigrazione non erano perfettamente conosciute in provincia ed avrebbe potuto approfondire meglio la questione presso centri più aggiornati ed a Napoli, appunto, avrebbe risolto il suo problema.

VIII

Partì per Napoli con la speranza nel cuore e con la più viva determinazione nell'animo: se c'era una possibilità avrebbe dovuto sfruttarla, a costo di qualsiasi sacrificio, per il bene che voleva ad Elvira ed anche per la sua stessa salvezza.

In città, non sapendo a chi rivolgersi, cominciò a chiedere ad un'agenzia di viaggi di via Toledo ma, dopo le prime battute, si accorse che l'impiegato, con un certo disagio, guardandosi nervosamente attorno, gli diceva di non poterlo aiutare, di non aver tempo da perdere, mentre, strabuzzando gli occhi e chinando di scatto la testa su un lato e contemporaneamente alzando la spalla, cercava di fargli capire qualcosa che il giovane non riusciva proprio ad afferrare. Più volte si ripeté lo stesso cerimoniale, finché l'impiegato, spazientito, non lo invitò a rivolgersi altrove perché lui aveva da fare.

All'uscita, appoggiato con le spalle al muro di fianco alla vetrina dell'agenzia, c'era uno strano tipo, con la paglietta in testa, con un grosso sigaro in bocca, con un bastone sotto il braccio, che si puliva le unghie facendo finta di essere tutto preso dalla pulizia maniacale delle sue dita. Quando Nicolino, incamminandosi per strada, gli fu davanti, senza alzare lo sguardo e senza interrompere l'impegnativa attività di pulizia delle unghie «Giovinotto! - lo apostrofò – vi interessa fare un viaggetto in piroscafo?» ed allo sbigottito ragazzo che lo guardava sbalordito, con fare benevolo, dopo aver soffiato sulla punta delle dita tese e, dopo aver rimesso in tasca la limetta che stava usando, togliendosi di bocca il sigaro «eccomi qua, sono don Ciccillo e son pronto a servirvi!» disse accennando un subdolo inchino con la testa, dopo aver toccato con la mano la tesa della paglietta. Poiché il giovane restava a bocca aperta, senza saper cosa rispondere, sempre con lo stesso atteggiamento protettivo ed untuoso, lo sconosciuto don Ciccillo, prendendo con la destra il bastone che teneva sottobraccio, stendendolo in avanti ad indicare la via, lo pregò di seguirlo perché pensava di potergli essere utile.

Nicolino lo seguì quasi in trance, senza rendersene conto, tanta era la confusione che regnava nella sua mente; dopo pochi passi, don Ciccillo gli chiese se gli volesse usare la compiacenza di accettare un caffè e, senza aspettare una risposta, si avviò verso un locale pubblico poco distante e propose al ragazzo di sedersi ad uno dei tavolini collocati sul marciapiede davanti al bar. Con atteggiamento sicuro e spavaldo ordinò due caffè, mentre, guardando Nicolino dritto negli occhi, gli chiese a bruciapelo: «Allora, vi serve un imbarco per l'America? Ed io qua sto! Pronto a servirvi. Quando volete imbarcarvi e dove volete andare? Basta dire una parola e don Ciccillo soddisfa ogni desiderio!»

Nicolino cominciò a farfugliare qualcosa sui permessi necessari, sulla difficoltà di procurarli, inciampando sulle parole, ingarbugliando i concetti ma l'altro, interrompendolo con la mano tesa «Lasciate fare a don Ciccillo! – disse – Non voglio sapere niente, mi dovete dire solo quello che vi serve, per tutto il resto non ci sono problemi!»

Di fronte a quell'atteggiamento rassicurante che fugava ogni dubbio, al pensiero di aver trovato una soluzione al suo problema, nel cuore del ragazzo tornò non solo la speranza, ma anche il coraggio necessario ad affrontare il futuro senza tentennamenti, per cui manifestò la sua volontà di raggiungere New York in qualsiasi modo e questo piacque a don Ciccillo che, con poche parole gli elencò le date utili e, in base alla scelta, avrebbe potuto fargli il prezzo giusto.

C'era un piroscafo in partenza già nello stesso mese di ottobre, un altro a metà novembre e l'ultimo sarebbe partito il 13 dicembre. Naturalmente, gli disse, non si trattava di biglietti normali per viaggi regolari, bisognava accontentarsi di un alloggiamento di fortuna, si doveva fidare di amici comuni e poi, arrivati a New York, avrebbe trovato altri amici che lo avrebbero aiutato a trovare una sistemazione.

A prima vista sembrava tutto semplice e facile e don Ciccillo lo rassicurava con parole e gesti incoraggianti, parlandogli della sua grande esperienza nel settore, per aver aiutato tantissimi altri giovani che, specialmente in questi ultimi tempi, trovavano difficoltà ad imbarcarsi. Si misero d'accordo sulla somma necessaria, che in verità sembrò spropositata al giovane ma, anche a questo riguardo don Ciccillo si mostrò molto generoso, praticandogli uno sconto, al patto però che, arrivato in America, si affidasse alla protezione di amici le cui generalità gli sarebbero state indicate al momento dell'imbarco. Questi ultimi gli sarebbero stati molto utili per l'ingresso nella società americana e gli avrebbero anche trovato il lavoro adatto, il tutto con una piccola percentuale sul guadagno, tanto per ripagarsi del fastidio ed ammortizzare le spese affrontate per garantirgli protezione ed aiuto.

A Nicolino non pareva vero di aver trovato una persona così disponibile e pronta a risolvere tutti i suoi problemi, presenti e futuri, per questo accettò l'offerta e, con un piccolo anticipo, fissò la partenza per il 13 dicembre, col patto che avrebbe saldato l'intero costo del viaggio al momento dell'imbarco. Si sarebbero rivisti nello stesso posto dove l'aveva trovato, davanti all'agenzia di viaggi di via Toledo, la mattina del 13 dicembre. Si salutarono con una lunga stretta di mano, mentre don Ciccillo siglava l'ufficialità del patto col solito inchino e con la mano sinistra all'altezza del cuore; si separarono e Nicolino si diresse alla stazione a prendere il treno per il ritorno a casa.

Viaggiò per tutta la notte, cambiando treno più volte, finché giunse, al mattino, a Termoli, in tempo per prendere la corriera che lo portò a casa. Qui trovò la mamma che lo aspettava con comprensibile ansia e, dopo aver preparato un'abbondante colazione, perché il figlio non aveva neanche cenato la sera precedente, gli si sedette accanto e lo invitò a riferirgli l'esito del viaggio a Napoli, seguendo con attenzione tutto il racconto.

Quando sentì che Nicolino aveva già fissato la data della partenza ed aveva versato anche un anticipo, portandosi il solito lembo del grembiulone al viso e, dondolando ritmicamente avanti e dietro col busto, cominciò a piangere lamentandosi della cattiveria della sorte che gli portava via il figlio più bello, il figlio adorato, il suo fiore preferito, la sua consolazione e, per giunta, proprio il giorno del suo onomastico, il 13 dicembre, il giorno di Santa Lucia. Nicolino cercava di consolarla, accarezzandole le spalle e sussurrandole che mai l'avrebbe dimenticata, che sperava di fare fortuna per poter ritornare ricco e sistemarsi per tutta la vita in paese.

Anche le sorelle, attorno alla madre, piangevano, sicure in cuor loro che avrebbero perso definitivamente quel fratello che partiva; avevano detto tutti così quelli che erano partiti, specialmente i giovani, ma pochissimi erano tornati e non sempre ricchi come avevano promesso e come speravano.

La scena si ripeté, con le stesse modalità e le stesse riserve mentali, a casa di Elvira; solo quest'ultima, pur se anch'essa in lacrime, rifiutava l'idea di un mancato ritorno, anzi, lei era convinta di raggiungere, al più presto, il suo fidanzato dovunque fosse andato. Nicolino, infatti, le raccontava di aver incontrato un così brav'uomo che, presolo a benvolere, gli aveva promesso di raccomandarlo a certi amici suoi, in America, per non farlo sentire solo e per agevolargli tutte le difficoltà dell'inserimento nel nuovo ambiente. La rassicurò dicendole, con convinta fiducia nel futuro, che presto sarebbe tornato per sposarla e portarla con sé nel nuovo mondo, dove avrebbero fatto sicuramente fortuna, anzi glielo giurò davanti a mamma Carmela, Giuseppina e Letizia.

Quando a sera tornarono gli uomini la notizia fu accolta con pareri discordi: il papà avrebbe preferito che Nicolino facesse il soldato e restasse a casa sua, senza andare a mendicare il pane in giro per il mondo, lasciando il certo per l'incerto. In campagna non bastava mai la forza e due braccia robuste come quelle del figlio erano impagabili e poi, il cervello vivace evidenziato in tante occasioni, sarebbe stato un valido aiuto per tutta la famiglia. Nel suo intimo aveva sperato che le difficoltà incontrate scoraggiassero il figlio a partire ed ora, all'annuncio della data fissata, notando la determinazione che manifestava e la luce viva che vedeva negli occhi del ragazzo, era stato preso dallo sconforto e, con la testa china ed in silenzio, sentiva il resoconto del suo viaggio a Napoli.

I fratelli, invece, lo invidiavano per la possibilità che gli si offriva di fare esperienze nuove ed esaltanti, in un ambiente che dicevano aperto ad ogni novità, pronto ad accogliere e valorizzare giovani capaci, pieni di inventiva, coraggiosi e audaci, propensi a sfidare la sorte. Si raccontavano in paese storie di ricchezze accumulate in poco tempo ma, anche se non tutti diventavano ricchi, almeno dicevano di vivere bene in un paese che assicurava una libertà sconosciuta nel vecchio mondo, in una società che garantiva un'uguaglianza inesistente nei paesi d'origine, dove c'erano ancora marcate differenze sociali, abbastanza nette e dure a morire tra gente dello stesso paese, dove si faceva differenza tra le persone sulla base del patrimonio, dove i ricchi possidenti si ritenevano una casta, dove i pochi professionisti facevano il bello ed il cattivo tempo.

IX

I giorni passavano con una velocità incredibile, determinando un duplice stato d'animo, di paura da una parte e di ansia dall'altra. Nicolino cercò di sistemare per bene tutte le sue cose: in campagna fece di tutto per agevolare il lavoro che lasciava agli altri, fece per tempo il giro dei parenti per salutarli, si recò dal nuovo parroco a chiedere la sua benedizione e sollecitare preghiere, andò anche a piedi, da solo, al santuario della Madonna Grande, a Ramitelli.

I vecchi lo salutavano dicendogli che non avrebbero vissuto abbastanza per rivederlo, i giovani gli chiedevano di scrivere e raccontare le cose di quella terra lontana, le donne gli raccomandavano di comportarsi bene e di non dimenticare mai la famiglia.

Arrivò la data della partenza. Sarebbero partiti Nicolino ed il padre, la sera del 12, per arrivare il mattino dopo a Napoli, per l'imbarco previsto nelle prime ore del pomeriggio.

La mattina di quel giorno Nicolino era andato a salutare i nonni e specialmente da nonno Nicola si era fermato alquanto accanto al letto dove il vecchio era costretto da qualche tempo per gli acciacchi collegati all'avanzata età. Il vecchio patriarca, sollevato sui cuscini, fissava silenzioso il nipote che, in ginocchio accanto al suo giaciglio, stringendo devotamente tra le sue la grinzosa mano del nonno, chiedeva rispettosamente la sua benedizione.

C'erano state altre partenze dolorose per nonno Nicola, quando aveva benedetto i figli che partivano per la grande guerra, ma allora era più giovane, sentiva il peso della sua posizione di responsabile delle famiglie che i figli lasciavano alla sua custodia per andare al fronte, non poteva e non doveva piangere per non alimentare lo scoramento dei familiari che in lui vedevano il giusto punto di riferimento, la sicura protezione, l'unica ancora di salvezza rimasta. C'era allora, a dargli forza e coraggio, accanto all'età ed al senso di responsabilità, la grande fede in Dio e nella Madonna Grande, che infatti protessero i suoi figli permettendo il loro ritorno a casa, anche se Domenico tornò senza una gamba, sacrificata per la Patria nelle giogaie del Carso.

Ora, invece, non aveva la stessa forza e sentiva che gli mancava il tempo per aspettare il ritorno di questo nipote che andava tanto lontano e che sicuramente non avrebbe più rivisto. La dignità gli impediva di manifestare le proprie emozioni: un uomo, infatti, non doveva mai piangere in pubblico, per questo teneva caparbiamente serrate le labbra per impedire che la voce tradisse il suo stato d'animo, ma il dolore, suo malgrado, si sciolse in lacrime amare che gli solcavano il viso rugoso, perdendosi nella selva ispida dei baffi spioventi che gli incorniciavano le aride labbra che, serrate con forza, non permisero al vecchio di pronunciare le formule della solenne benedizione.

Il lungo bacio della mano del nonno che, come un artiglio, teneva strette le mani del nipote, suggellò il consapevole ultimo saluto tra i due, tra la commozione generale dei presenti, specialmente delle donne, squassate da irrefrenabili singulti; gli uomini, invece, nel tentativo di stemperare la tensione, con false assicurazioni, ripetevano al vecchio che avrebbe avuto il tempo di riabbracciare il nipote ed intanto sollecitavano quest'ultimo con sommessi incoraggiamenti.

Si recò, quindi a casa degli zii, a mangiare con loro e, soprattutto, con Elvira. Non fu un pranzo festoso, anzi, i due ragazzi non toccarono quasi cibo e, senza parlare, non si guardavano se non di sfuggita, con gli occhi pieni di lacrime e con sospiri profondi che precedevano e seguivano i rari bocconi.

Fu veramente penoso il distacco; dopo aver salutato tutti, zii e cugini, abbracciò con violenza la sua Elvira che, aggrappata al collo del suo Nicolino, mugolava per la prima volta in modo palese il suo dolore con voce rauca e sorda, limitandosi a ripetere il suo 'no' cantilenato, finché non la strapparono le forti braccia del padre, sciogliendola da quello stretto abbraccio, straziante per tutti.

Se ne andò via, senza voltarsi, accecato dalle lacrime, e a casa sua si ripeté la stessa scena imbarazzante quando salutò la madre. La povera donna poco prima, spinta da un impulso improvviso, era salita frettolosamente in camera sua e, aperto un cassetto del comò, aveva cercato affannosamente qualcosa tra i suoi pochi gioielli e, dopo averla stretta gelosamente tra le mani, si precipitò giù dove c'erano tutti i famigliari ad aspettarla; si avvicinò al figlio e, aprendo il palmo della mano destra, gli mostrò una catenina con un grande medaglione d'oro in cui c'era, a smalto, l'immagine della Madonna Grande e, appendendogliela al collo: «Tienila sempre con te! - gli disse articolando a fatica le parole tra le lacrime – La conservavo per donarla alla prima nipotina che si sarebbe chiamata Lucia, ma ora serve a te che vai così lontano. La Madonna ti proteggerà sempre e ti ricorderà che tua madre è sempre con te.» Nicolino, ad occhi chiusi, strinse a sé la mamma che non voleva lasciarlo più ed urlava *"Bir, biri imë!"*(Figlio, figlio mio!). Anche qui dovette intervenire il padre che, staccatolo amorevolmente dalla mamma, lo sollecitava ad affrettarsi, perché era ora di avviarsi alla fermata della corriera.

Il fratello Silvio prese la valigia di cartone, legata accuratamente con del robusto spago, perché resistesse agli scossoni e non si aprisse facendo fuoruscire il contenuto; poche cose, in verità, perché in America avrebbe trovato cose migliori per vestirsi, ma non mancavano calze, mutande e magliette di lana pesante, per vincere il freddo americano. Attorniato dai fratelli, col papà vestito a festa sotto l'ampio mantello nero, raggiunse la fermata della corriera, dopo aver salutato quanti incontrava per strada. Gli anziani gli auguravano buona fortuna con sincera condivisione del dramma che si vedeva nel volto di Giovanni, al quale stringevano la mano per comunicargli la loro silenziosa partecipazione.

Tra gli altri incontrarono anche compare Ernesto che, abbracciandolo, tra le lacrime che gli sgorgavano copiose sulle gote, lo pregava di cercare suo figlio per dirgli che i suoi genitori lo pensavano sempre e che la madre si struggeva di dolore ogni giorno di più. Era partito, infatti, suo figlio Vincenzo, già da qualche anno e non aveva dato più notizie di sé; è pur vero che il giovane era andato in Canada, ma per quegli anziani genitori l'America era un solo, unico paese misterioso, dove erano possibili anche i miracoli e speravano che Nicolino lo incontrasse per riferirgli il loro messaggio. Incontrò anche tanti giovani, che lo abbracciavano invidiandolo per l'opportunità che gli si offriva e lo pregavano di mandare subito sue notizie in modo tale da essere d'aiuto anche a loro.

Preceduta da un lungo suono del clacson, sbucò dalla curva la corriera, dall'enorme muso prominente, col suo carico di bagagli sul tetto, dove fu sistemata e legata anche la valigia di Nicolino; saliti ed accomodatisi negli ultimi sedili, i due guardavano dall'ampio finestrone posteriore, salutandoli con gesti ampi delle mani, quelli che restavano a terra, finché la curva in fondo alla strada non li nascose alla vista.

Non piangeva Nicolino, ma aveva l'animo a pezzi. Stampata nella mente e soprattutto nel cuore, gli era rimasta l'ultima immagine delle sue donne, la fidanzata e la mamma, entrambe angosciate e con le braccia tese verso di lui. Con la mano in petto, a contatto col medaglione della mamma, giurò in cuor suo che sarebbe ritornato a sposare Elvira e l'avrebbe portata con sé, dopo averle preparato una casa adeguata nella nuova terra.

Fino a Termoli non si scambiarono una parola, entrambi chiusi nei loro cupi pensieri, e solamente alla stazione ferroviaria, dopo aver preso il treno per Benevento, il papà cercò di scuotere Nicolino dalla prostrazione nella quale lo vedeva caduto, incoraggiandolo con parole semplici ed insolitamente carezzevoli: «Figlio mio, sei stato il primo raggio di sole nella mia vita. Dopo due bambine ed un aborto, dopo cinque anni di matrimonio ed ansiosa attesa, finalmente sei arrivato tu, il mio erede, il mio orgoglio, la mia speranza di futuro. Ti ho dato il nome di nonno Nicola e ricordo con quanta tenerezza il vecchio ti ha accolto la prima volta che sei entrato in casa sua quando, rinnovando la tradizionale cerimonia dell'accoglienza con l'offerta di un uovo, di un pane e di un pizzico di sale, tenendoti tra le braccia nodose, con la voce che gli tremava, ti ha augurato la salute, l'abbondanza e la sapienza. Riconfermando l'uso tradizionale della nostra gente, anch'io ti auguro di avere fortuna, salute e prosperità.» Continuò ricordandogli la responsabilità che ognuno di noi ha nei confronti della famiglia, della quale è non solo il continuatore, ma anche un rappresentante e, quindi, testimone dei valori e dell'educazione di cui è portatore.

Per la prima volta il padre gli parlava col cuore in mano, esprimendosi con parole sincere, con tono pacato, anche se l'emozione, impossibile da nascondere, a volte gli faceva tremare sottilmente la voce. Si carezzava nervosamente la barba, infatti, appoggiato allo schienale del sedile di legno del treno, che procedeva a sussulti e sobbalzi e, col rumo-roso rotolio delle ruote sulle rotaie e lo sbuffo ritmico della caldaia, copriva, a volte, le parole pronunciate con un filo di voce, quasi sussurrate. Continuò dicendogli che avrebbe voluto mandarlo a studiare, come gli suggerivano anche il maestro ed il prete, che avevano avuto modo di sperimenta-re le sue belle qualità intellettive.

Era abitudine allora, specialmente nelle famiglie benestanti, mandare il primo o l'ultimo figlio a studiare in città, con la prospettiva di fargli fare una professione lucrosa che gli permettesse di entrare nel novero delle famiglie borghesi. In alternativa al collegio, che era abbastanza costoso, a volte i ragazzi erano collocati in seminario, con la possibilità di diventare preti e sistemarsi così in un ambiente che assicu-rava benessere, privilegi e vita comoda, oltre che procurare a tutta la famiglia un prestigio che permetteva ai suoi com-ponenti di porsi tra i maggiorenti del paese.

Qualche anno dopo, infatti, l'ultimo figlio della sua cuccio-lata, Rosario, entrò nel seminario di Benevento e, diventato prete, fu l'orgoglio del padre e di tutti i famigliari quando, nominato parroco in un popoloso centro della zona, poté assicurare protezione, autorevolezza e serenità al vecchio padre ed a tutti i famigliari. Però, quando Nicolino raggiun-se l'età della scelta se mandarlo a studiare o no, le esigenze della famiglia che cresceva, essendo arrivati ancora tre fra-telli ed una sorella, lo obbligarono a tenerlo con sé per ave-re l'aiuto necessario a lavorare i campi, dove c'era sempre più bisogno di braccia forti e giovani. Ora il destino aveva deciso così e lui accettava la volontà di Dio, ma supplicava il figlio di non dimenticare mai la famiglia, di comportarsi sempre bene e di essere sempre onesto con se stesso e con gli altri.

Nicolino ascoltava commosso queste parole, resosi conto che il padre stava facendo un grosso sforzo per controllare il notevole disagio che provava nell'esprimere con tanta confidenza emozioni e sentimenti che, di solito, si tenevano nascosti. Era consuetudine che gli uomini fossero molto burberi e tenessero nascosti i sentimenti provati per i figli, manifestando negli atti il loro affetto e non con le parole, che sono patrimonio delle mamme; per i padri c'era il vecchio detto "Bacia i tuoi figli quando dormono!", proprio per evitare che i bambini potessero crescere viziati e, quindi, deboli di carattere. Nicolino capiva tutta l'importanza del momento, accettava con convinta partecipazione e condivisione quegli ammonimenti e li ascoltava attentamente per stamparli per sempre nel cuore e nella mente, come testamento morale da osservare e tramandare.

A Benevento cambiarono treno, prendendo quello diretto a Napoli, dove arrivarono a mattino inoltrato. Dalla stazione si diressero immediatamente in via Toledo, con la grossa valigia sulle spalle di Nicolino e, arrivati all'agenzia di viaggio, appoggiato come al solito al muro adiacente alla porta, trovarono puntuale all'appuntamento don Ciccillo che salutò col solito atteggiamento affettato, umile e servizievole papà Giovanni, imponente nell'alta sua statura, con la barba fluente, il mantello nero e la coppola in testa.

Dopo le frasi di rito, dopo che Giovanni saldò il costo del biglietto di viaggio pattuito in precedenza dal figlio, don Ciccillo raccomandò al giovane di essere prudente, di fare attentamente quello che gli avrebbero ordinato e, arrivato in America, di affidarsi ad un tal don Vito, che sarebbe andato a prelevarlo allo sbarco; quindi li accompagnò alla stazione marittima e li pregò di aspettarlo al bar d'ingresso mentre lui andava a chiamare il marinaio a cui affidare Nicolino. Si presentò dopo qualche minuto accompagnato da un corpulento marinaio che, senza preamboli, pregò il giovane di salutare il padre e di seguirlo subito, perché bisognava entrare nella nave prima che cominciassero le operazioni d'imbarco dei viaggiatori ufficiali che entravano dalla passerella principale, mentre lui si sarebbe dovuto servire di un ingresso secondario.

Fu un saluto frettoloso, un abbraccio ruvido, pieno d'affanno, con un tormento acuito dal tacito, reciproco impegno all'autocontrollo, poi il giovane, con la valigia in spalla, seguì il marinaio allontanandosi velocemente dietro un basso, enorme magazzino che si stendeva a perdita d'occhio sulla banchina del porto. Giovanni chiese a don Ciccillo il nome del piroscafo, ma questi gli rispose che quel pomeriggio ne partivano parecchi, per cui non sapeva indicarglielo.

Povero genitore! Lasciare così bruscamente il figlio in un porto così caotico, senza la possibilità di vederlo partire, senza conoscere nemmeno il nome della nave che lo avrebbe portato via, era un colpo abbastanza grande, una situazione mai immaginata.

Salutò in fretta don Ciccillo, con la scusa di dover prendere subito il primo treno che lo riportava a casa e si allontanò; ma dopo qualche centinaio di metri, tornò indietro e, mescolatosi ai passeggeri che entravano dal cancello principale, seguì la scia che si dirigeva verso una banchina dove erano ancorati alcuni piroscafi. Al primo marinaio che incontrò chiese quale di quelle era la nave in partenza per l'America e, alla risposta annoiata del marinaio, che gli indicò un piroscafo ancorato al molo di fronte, si rincuorò e si avvicinò con la speranza di rivedere il figlio e salutarlo almeno da lontano. Aspettò tanto tempo che le operazioni di imbarco si compissero, incurante delle ore che passavano, in piedi, fissando continuamente la nave, scrutando con ansia ogni viso che vedeva nei dintorni e sui ponti della nave e non degnò di alcuna attenzione la grossa chiatta che, accostata al fianco del piroscafo, stava procedendo all'operazione di rifornimento del carbone.

Stava facendo buio, ormai; le operazioni d'imbarco erano terminate e la passerella che univa la nave alla terraferma era già stata ritirata, ma il piroscafo non dava alcun segno di movimento, eppure si sentivano fervere le manovre a bordo dove un rumore di ferraglia faceva intuire che stavano tirando su le catene delle ancore mentre dal fumaiolo si alzava un fumo rossastro sempre più denso.

Molte persone, da terra, con fazzoletti e cappelli salutavano i viaggiatori che, affacciati sui ponti, rispondevano con altrettanti gesti ampi e frenetici. Anche Giovanni si era avvicinato scrutando con attenzione i volti dei viaggiatori affacciati, guardandoli attentamente uno per uno, ma non riusciva a scorgere il viso del suo Nicolino. Poi, ad un tratto l'aria fu lacerata dal suono assordante della sirena che annunciava la partenza e quell'urlo fu come un pugno nello stomaco, arrivato senza preavviso, un colpo secco che fece piegare su se stesso Giovanni, con la mano all'altezza del cuore, a placare quel battito impazzito che lo faceva tremare come una foglia, mentre pian piano, il piroscafo, con un gran sommovimento di acqua che sembrava bollire a poppa, mossa dalle eliche che ruotavano via via più vorticosamente con un rumore assordante, cominciò a staccarsi dal molo, anche grazie all'aiuto di due rimorchiatori che lo trascinavano al largo per mezzo di due pesanti catene. Il vocio delle persone a terra si alzò notevolmente di tono, con i richiami sempre più forti dei parenti che salutavano i propri cari che partivano.

Ormai la nave aveva messo la prua al largo e, lasciata dai rimorchiatori, si muoveva autonomamente con velocità crescente e, nel buio incalzante, sembrava entrare in una zona d'ombra che incupiva sempre più, togliendo alla vista progressivamente il vapore che diventava man mano una macchia nera, indistinta con un pennacchio rossastro sulla punta della grossa ciminiera che continuava ad intravedersi in lontananza.

Giovanni aveva assistito a tutte le operazioni senza mostrare alcuna stanchezza, nonostante le diverse ore trascorse, solo che il dispiacere iniziale per non riuscire a vedere il figlio, si era tramutato in angoscia e sentiva ora una stretta dolorosa che cresceva sempre di più alla bocca dello stomaco, ma non era assolutamente fame, anzi sentiva una certa nausea che gli procurava quasi dei conati di vomito, eppure non aveva mangiato nulla dalla sera precedente per cui quel malessere non era da imputare a voltastomaco; erano state, invece, l'ansia, il disappunto, lo strazio di una separazione insolita, senza il conforto di rivedere e salutare almeno da lontano il figlio che gli creavano quella sensazione di malessere generale mai provato finora.

Con lo stomaco in disordine, con un velo di lacrime che gli annebbiava la vista, con una sorta di rancore incontrollabile contro il destino cieco e crudele che gli portava via il figlio in quel modo, decise di riavviarsi verso la stazione a prendere il primo treno utile per tornare a casa, non avendo più nulla da fare lì e, soprattutto, non sopportando più la vista di quel posto che gli era diventato fortemente ostile e così, con la coppola abbassata sulla fronte, chiuso nel suo mantello, col viso basso, si allontanò con passo deciso.

X

Nicolino, dopo aver salutato il padre così frettolosamente, con la valigia sulle spalle, come in trance, seguì il marinaio che camminava a passi lunghi e ondulanti, come se fosse ubriaco, abitudine che gli derivava dalla necessità di barcamenarsi sulla nave quando avanza in preda ai marosi; si diressero verso un capannone situato a ridosso del molo, dentro il quale si eclissarono furtivamente.

Lì il marinaio presentò il giovane ad un gruppo di operai addetti al carico del carbone su un lungo carro merci che, trainato da due cavalli, trasportava il tutto sulla banchina, dove il carbone veniva scaricato su una chiatta nera e bassa; «È un altro del gruppo di don Vito Capuano» disse il marinaio agli altri che, senza aggiungere altro, lo fecero entrare in uno sgabuzzino e gli dissero di spogliarsi dei suoi abiti e di riporli nella sua valigia, dopo aver indossato un paio di pantaloni di tela grossolana, un camicione di tela grezza, nero di carbone, quindi gli diedero da mettersi addosso un sacco piegato ad angolo, che lo copriva dal capo al fondo-schiena. Lo guidarono, poi, sulla banchina e lo fecero scendere su una barca che lo portò accanto alla chiatta, sulla quale si arrampicò e fu preso in consegna da un marinaio dai modi ancor più bruschi dei precedenti, che gli indicò un mucchio di sacchi di carbone al centro della chiatta e gli disse di fare ciò che facevano gli altri, senza perdersi in chiacchiere.

C'era un via vai continuo di uomini vestiti allo stesso suo modo che, dopo essersi caricati sulle spalle un sacco di carbone, si avviavano verso un portellone del piroscafo, sul quale salivano per mezzo di un ponte che univa la chiatta alla nave e, entrati nella stiva, dopo aver tolto lo spago che teneva chiusa l'imboccatura del sacco, provocando una densa nuvola di polvere nera, scaricavano il carbone sulla cima di un grosso mucchio, sul quale si arrampicavano percorrendo degli assi stesi sulla massa di carbone.

Nicolino si mise subito a lavoro, a testa bassa, caricandosi sulle spalle i sacchi che diventavano sempre più pesanti man mano che aumentava il numero dei viaggi compiuti. Eppure era abituato ai lavori pesanti, aveva tante volte portato sulle spalle sacchi di grano da cento chili, ma allora era diverso lo spirito con cui affrontava la fatica, era diverso l'ambiente, lavorava a casa sua e non si sentiva oppresso e trattato come uno schiavo.

Dopo alcune ore di quel massacrante lavoro, dopo aver svuotato l'ampia vasca della chiatta, neri per la polvere, con gli occhi rossi e lacrimosi, simili più a demoni che ad esseri umani, ansanti per lo sforzo compiuto e col respiro che risuonava come un sibilo faticoso per la bocca ed il naso intasati dalla polvere irritante ed appiccicosa che si era infilata dappertutto, i poveri operai furono invitati a prendere i propri bagagli e quindi furono accompagnati in un ambiente che aveva al centro un enorme abbeveratoio, dove, forse, venivano dissetati i cavalli. Lì poterono lavarsi, in qualche modo, togliendosi di dosso la crosta nera che ricopriva non solo il loro viso, ma si era diffusa in tutto il corpo.

Ormai la sera era scesa col buio che fasciava ogni cosa e, puliti alla meglio, dopo aver indossato i propri abiti, sempre scortati da due marinai nervosi che li trattavano come delinquenti, furono riportati nella barca che li trasportò di nuovo sulla chiatta, da dove passarono, riattraversando la passerella di prima, nello stesso portellone del piroscafo ed infine furono guidati in due cabine adiacenti al magazzino del carbone, di fianco al locale della caldaia.

Erano in sette e le due cabine avevano otto letti a castello in totale, per cui in una cabina si sistemarono in tre. A Nicolino toccò la cabina a quattro, dove si sistemò nel posto in basso di uno dei due letti a castello; ma chiamarlo letto era un eufemismo: si trattava di quattro assi sulle quali c'era una coperta che aveva visto tempi migliori ed ora era solo uno straccio di lana, con tanti buchi e tantissima polvere. Accanto alla porta, su un trespolo, c'erano un barilotto pieno d'acqua, un boccale che sarebbe servito a dissetarli tutti ed una pagnotta di pane, tagliata in quattro parti, con altrettanti pezzetti di formaggio e questa sarebbe stata la loro cena.

Gli altri tre si sistemarono come lui, in silenzio, accucciati nei loro giacigli, ognuno assorto nei propri pensieri che, come si può ben immaginare, non dovevano essere assolutamente piacevoli; di fianco al loro tugurio si sistemarono i restanti altri tre 'passeggeri', in una condizione logistica e di spirito analoghi.

Dopo aver divorato il loro pane, con voracità insolita, quasi a voler scaricare così la loro rabbia, si rintanarono nelle proprie cuccette, in silenzio, ignorandosi a vicenda. Ad interrompere i loro mesti pensieri, si propagò il rumore sordo dei motori che aumentavano il loro regime, annuncio imminente della partenza e, infatti, dopo qualche minuto, al rumore dei motori si aggiunse lo stridio della catena dell'ancora che veniva tirata su, mentre le eliche cominciarono a girare sempre più vorticosamente finché non si avvertì il classico dondolio della nave in movimento: erano partiti!

Chiusi in fondo al piroscafo, in basso, accanto alla sala macchine, di fianco al magazzino del carbone, senza luce, con un'aria pesante e maleodorante, con nelle orecchie gli ordini del marinaio che li aveva relegati in quel posto «Queste sono le vostre cuccette. Non dovete uscire fuori per nessun motivo, qualsiasi cosa accada! Penseremo noi a portarvi ciò che vi serve: acqua e cibo due volte al giorno. Per due ore, di notte, sarete accompagnati nel ponte più basso di poppa e lì potrete svuotare i buglioli, evitando assolutamente di farvi vedere da altre persone, marinai o passeggeri, col rischio di essere scoperti ed arrestati per essere, poi, rimpatriati all'arrivo a New York. Ubbidite e non vi accadrà nulla di male!»

"Oh Dio! - pensava Nicolino - non era proprio questo il viaggio che mi aspettavo! Chi resisterà in quest'inferno per quindici giorni!" Alla pena della partenza, alla stanchezza per il lavoro massacrante a cui era stato sottoposto senza respiro, alla scarsezza del cibo assunto nelle ultime ventiquattro ore, che in un organismo giovane e sano come il suo si faceva notevolmente sentire con crampi lancinanti, si aggiungeva il tormento della situazione presente, senza nessuna certezza per il futuro, con l'incubo di quella stia per polli nella quale si sentiva imprigionato, in compagnia di ragazzi che non conosceva, ma dei quali avvertiva la sua stessa disperazione, tanto che, con gli occhi sbarrati, senza dormire, restò torturato dai suoi pensieri per non so quante ore. Invocava inutilmente il sonno, cullato anche dal dondolio del bastimento, ma era inutile, i suoi pensieri non gli davano tregua. Si girava e rigirava sul tavolaccio, avvolto nello straccio di coperta; ad un certo punto, per il caldo che aumentava, si tolse la coperta di dosso e la mise, piegata, sotto la testa come cuscino, ma ancora non riusciva a trovar pace.

"Chi me l'ha fatto fare! - pensò ad un certo punto - potevo fare il re in casa mia, con i miei cari, con Elvira al mio fianco, libero e senza condizionamenti, mentre qui sto peggio del più povero pezzente, imprigionato senza colpa, in un buco senz'aria e senza luce, trattato come un malfattore, solo e senza la certezza del futuro!"

Non pianse per pudore, strinse i denti ed i pugni fino a sentire le unghie entrare nel palmo della mano ed a quel punto, stringendo in mano la medaglia della Madonna Grande che aveva al collo, le rinnovò la richiesta di aiuto e protezione invocati davanti al suo quadro quando, prima di partire, era andato da solo, a piedi, a salutarla al suo santuario a Ramitelli. Non si addormentò, ma tuttavia si sentì un po' più calmo, lo confortò il pensiero che peggio di così non poteva andare; se era arrivato al punto più basso della sua vita, non poteva se non cominciare a salire di nuovo ed ogni giorno gli avrebbe portato nuova speranza.

Passò tutta la notte in ambasce e si rese conto che neanche gli altri suoi compagni di viaggio riposavano, li sentiva, infatti, rigirarsi continuamente nei loro giacigli, anche loro ansanti per il caldo che aumentava sempre più, muti ed incupiti nei loro pensieri, ognuno col proprio bagaglio ai piedi della cuccetta, senza aver la possibilità di aprire la porta della cabina, almeno per far entrare aria nuova, memori delle perentorie raccomandazioni del marinaio.

Ad un certo punto sentì un mugolio sommesso provenire dalla cuccetta sopra di lui, una specie di lamento inutilmente mascherato dalle mani tese sulla faccia, una nenia prolungata e dolente che aumentava gradualmente di tono vincendo a poco a poco il rumore sordo dei motori che ronfavano nella sala macchine: capì che era un canto, strano, monotono, dalle parole difficilmente comprensibili, ma ogni tanto gli riusciva di sentire chiaramente le parole "mamma mia bedda" e "terra mia cara". Era l'omaggio di un figlio alle care cose lasciate forse per sempre, era il saluto straziante al passato ed alle immagini più sacre di una vita che si lasciava alle spalle, era l'espressione ingenua ed immediata di un cuore che, nel buio, rimpiangeva la luce vivida della famiglia, del paese, dei ricordi più cari e si preparava ad affrontare un avvenire insicuro, un futuro che si preannunciava per niente facile.

Le note del canto si alzavano e si abbassavano in un ritmo lento, con la voce che tremava per il pianto ormai non più frenato, in una melodia cadenzata su poche note ripetute e strascicate che entravano nell'anima con uno struggimento coinvolgente, tanto che, dopo un singulto non più trattenuto, Nicolino cominciò a piangere dirottamente senza rendersi conto che ormai tutti piangevano come lui e lo stesso canto si spense in uno scoppio irrefrenabile di singhiozzi.

Passò molto tempo prima che uno di loro cominciasse a parlare, ma bastò che dicesse «mi chiamo Rocco e sono calabrese!» perché anche gli altri facessero a gara a presentarsi e parlare di sé. Si sentirono più uniti, simili nella loro ansia, nello sconforto di una partenza che li aveva sconcertati, nella paura per un'avventura della quale non intravedevano uno spiraglio positivo.

Erano quasi coetanei; Rocco disse orgogliosamente di essere originario di S. Eufemia d'Aspromonte, il paese dove Garibaldi era stato ferito nel 1862 dai soldati dell'esercito italiano, ed anche lui, pastore ed abituato alla grande libertà dei monti, per evitare di essere preso dai carabinieri per renitenza, scappava in America. Cosimo e Gennaro erano napoletani, avevano già fatto il servizio di leva, ma non erano ben visti dalla legge, come dicevano, per delle sciocchezzuole che erano sparite dai magazzini portuali e per questo furtarello erano stati ingiustamente incolpati da un infame guardiano; era questo il motivo che li spingeva a cercare nel nuovo mondo quella libertà che era loro preclusa in patria. Naturalmente accettarono apparentemente convinti il racconto di Nicolino sulla sua decisione di emigrare e, abituati a non chiedere precisazioni, pur se in cuor loro ritenevano giustificazioni ingenue le sue spiegazioni, si accontentarono delle sue parole senza indagare ulteriormente.

I due napoletani erano i più ciarlieri e, senza chiedere agli altri esplicitamente notizie più approfondite, continuarono a parlare di sé quasi ad invitare gli altri ad essere più aperti, nel tentativo di sconfiggere la noia di un tempo scandito da un silenzio che faceva male fisicamente nel buio pesto della loro celletta. Così parlarono del loro protettore, don Ciro 'o curto', guappo del rione sanità, che aveva provveduto al loro imbarco anticipando la somma necessaria al viaggio ed aveva raccomandato loro di stare tranquilli, perché, al loro arrivo in America, avrebbero trovato don Vito Capuano che avrebbe risolto ogni loro problema; non restava loro altro che ubbidire in ogni occasione a quanto veniva loro detto e tutto sarebbe andato per il verso giusto.

Sentendo questo nome, anche Rocco disse che la persona che gli aveva assicurato l'imbarco gli aveva parlato di don Vito e gli aveva anche raccomandato di affidarsi totalmente alla sua protezione quando sarebbe arrivato a New York, perché don Vito sapeva assolutamente come risolvere ogni problema. Raccontò di aver venduto tutto il suo gregge prima di partire, per pagare il prezzo del biglietto, per lasciare qualcosa alla madre che, vedova, era rimasta sola al paese e, con un sospiro sommesso, confessò che questo era il suo cruccio maggiore, ma si riprometteva di farla partire per l'America appena fosse stato in grado di farlo per tenerla sempre con sé.

Anche Nicolino raccontò la sua storia, mettendo soprattutto l'accento sulla speranza di far fortuna nel nuovo mondo e puntualizzando di aver affrontato il viaggio da clandestino principalmente per la sua posizione nei confronti del servizio militare che gli impediva di espatriare prima di aver assolto agli obblighi di leva.

XI

Il tempo passava con una lentezza esasperante ed il loro stomaco cominciava a far sentire le ragioni della loro giovane età e del loro fisico integro che reclamava sempre più imperiosamente un cibo più abbondante di quello della sera precedente; ma a farli soffrire maggiormente era il caldo afoso di quell'ambiente angusto, chiuso, senza luce, maleodorante, posto immediatamente a ridosso della caldaia alimentata continuamente da due marinai che, con cadenza ritmica, ogni tanto spalavano nelle sue fauci un'abbondante dose di carbone.

Finalmente, dopo non si sa quanto tempo, la porta si aprì ed il marinaio della sera precedente portò loro quattro piatti con della zuppa da mangiare, riempì con acqua fresca l'orcio e stava ripetendo le stesse raccomandazioni quando Rocco lo interruppe e gli disse che lui non riusciva a resistere in quel buco senza luce e senz'aria, in quelle condizioni di caldo umido ed afoso e lo pregava di farlo uscire, magari di dargli qualche lavoro da fare, anche il più brutto e faticoso; era disposto a tutto «pur di non restare sempre in questa tomba». Anche gli altri presero coraggio da quell'inattesa proposta di Rocco e si dichiararono pronti a fare lo stesso anche loro; ma il marinaio rispose che non era autorizzato a concedere quanto gli chiedevano, per cui uscì promettendo che ne avrebbe parlato con "chi di dovere".

Rocco era abituato al cielo limpido dell'Aspromonte, all'aria tersa e frizzante della foresta, alle distese infinite di boschi altissimi, all'acqua chiara, cristallina e fresca delle sorgenti dei suoi pascoli e non riusciva ad abituarsi neanche all'idea di dover stare chiuso in quell'ambiente, per questo aveva parlato col cuore in mano e con un'intensità e con un calore che avevano meravigliato il marinaio, assolutamente non abituato a reazioni così immediate, spontanee ed impulsive, per cui, preso contropiede, non aveva reagito in malo modo, ma si era riservato di parlarne con il suo superiore.

Rocco continuava a parlare della sua terra ai suoi sfortunati compagni di viaggio, con gli occhi sbarrati che luccicavano non solo per le lacrime che, pian piano, scendevano sulle sue gote, ma anche per i bagliori di una luce particolare che li rendeva vividi e brillanti, guizzanti per le visioni che riusciva ad evocare e che descriveva in modo incalzante, con espressioni sapide e piene di locuzioni dialettali, non sempre comprensibili in verità, ma capaci di comunicare emozioni e sentimenti che turbavano l'animo e commuovevano. Parlava del tormento di aver lasciato sua madre sola, di aver dovuto vendere le sue pecore, di aver dovuto abbandonare i suoi cani, di aver rinunciato per sempre alla libertà dei suoi monti, di sentirsi morire in un ambiente così angusto. Gli altri ascoltavano in silenzio, chiusi anche loro nei loro ricordi ed in simili rievocazioni.

Dopo un tempo che pareva infinito si riaprì la porta ed il marinaio li chiamò, li fece uscire nel corridoio, aprì anche l'altra cella facendo uscire i tre occupanti e li accompagnò tutti insieme in sala-macchine, dove c'erano il nostromo ed altri marinai addetti alla caldaia. La luce scarsa dell'ambiente li faceva sembrare spettri in attesa di un giudizio tremendo, con le braccia penzoloni, con le teste abbassate, con fare intimidito, con gli occhi spauriti che, guardando attorno, cercavano di rendersi conto di quanto stava loro capitando, mentre le fiamme che guizzavano dal portellone della caldaia aperto lanciava strani riflessi sui marinai che, a torso nudo, con la pala, a ritmo alternato, lanciavano in quella bocca insaziabile il carbone. Il sudore colava abbondante dalla fronte degli spalatori e la luce rossastra si rifletteva sinistra sui muscoli delle braccia e delle spalle che, roride, luccicavano come bronzo.

Il nostromo, dopo averli squadrati uno ad uno, cominciò a parlare dicendo che aveva fatto la promessa di portarli tutti al di là dell'Atlantico e di consegnarli tutti sani e salvi a don Vito; continuò dicendo di aver saputo della loro offerta di collaborazione per le varie incombenze che avrebbero potuto trovare sulla nave e disse che, sempre per il loro bene, era disposto ad accontentarli per evitare loro di annoiarsi; descrisse le varie mansioni che i marinai svolgevano all'interno di un piroscafo, ma fece capire loro che, per ovvi motivi, non poteva farli andare in giro per la nave, per cui, a volerli accontentare, non poteva far altro che accoglierli a lavorare nel locale caldaia, con il compito di provvedere all'alimentazione della caldaia spalando carbone, così come vedevano fare ai marinai impegnati in quel momento.

Rocco fu il primo a rompere il silenzio, offrendosi con enfasi a quel lavoro, pur di uscire dal bugigattolo nel quale si sentiva recluso e subito anche gli altri accettarono la soluzione convinti che, con quell'impegno, il tempo sarebbe passato più velocemente e, forse, avrebbero migliorato anche il loro vitto. Furono divisi in due squadre di quattro e, poiché erano in sette, il nostromo decise che un marinaio si sarebbe aggiunto per il quarto mancante e stabilirono di lavorare in turni di sei ore ciascuno a coprire l'intero arco della giornata ed il nostromo, senza perdere tempo, invitò il gruppo di Nicolino a prendere le pale e cominciare subito il primo turno. Il lavoro era veramente duro, non solo per la fatica, ma soprattutto per il calore che proveniva dalla bocca della caldaia e che infiacchiva le forze ed asciugava il corpo con un'abbondante e continua sudorazione; spalavano come automi, con gli occhi chiusi per il sudore che colava dalla fronte e per le vampate che irritavano le ciglia; bevevano frequentemente dell'acqua attinta dal barile posto in un angolo del locale, senza scambiarsi neanche una parola, non solo per risparmiare il fiato, ma anche perché non avevano nulla da dirsi e così lavoravano senza mai guardarsi in faccia.

Alla fine del turno, sporchi, quasi abbrustoliti, con il viso nero, sembravano anime dannate fuggite dall'inferno, per cui, esausti, si lasciarono andare sui loro giacigli e si addormentarono in un sonno profondo, svegliati solo all'arrivo del solito marinaio che portò loro l'acqua fresca, una pagnotta di pane e la solita zuppa, nella quale, però, c'era anche qualche pezzo di carne. Divorarono tutto in silenzio, senza preoccuparsi delle mani nere e bevvero avidamente l'acqua di cui il loro organismo sentiva un enorme bisogno e solo dopo tutto questo Rocco cominciò a lamentarsi del caldo umido che lo faceva soffrire in maniera insopportabile; non riusciva ad abituarsi a quella situazione, non sopportava la mancanza d'aria pura; la scarsa luce che proveniva dalla minuscola lampadina posta sulla porta d'ingresso non faceva altro che ampliare il disagio con la sua luce fioca che metteva in maggior evidenza le ombre e la sporcizia dei loro corpi, specialmente evidente nei visi segnati dai solchi provocati dal sudore che colava loro lungo le gote.

Si adagiarono ancora nelle loro cuccette senza rispondere alle lamentele di Rocco, ognuno chiuso nel proprio tormento, prigioniero dei propri ricordi, con gli occhi chiusi in attesa del nuovo turno di lavoro consapevoli che, nonostante la fatica disumana, almeno uscivano per un po' dall'ambiente mefitico, stretto, maledettamente umido e soffocante che era la loro celletta.

Tornarono a lavorare ancora per sei ore consecutive, al ritmo incalzante delle palate di carbone che due di loro lanciavano nelle fauci della caldaia mentre gli altri due, con delle carriole, prelevavano il combustibile dall'enorme massa ammucchiata nel magazzino della stiva e lo depositavano in prossimità dei compagni che poi lo riversavano nella bocca spalancata che non si saziava mai; si alternavano ogni tanto in queste mansioni nel tentativo di lenire il disagio del calore che veniva dalla fornace ma, imperterriti, a testa bassa, senza guardarsi mai in viso, lavoravano sodo, tanto che strapparono anche un inusuale moto di soddisfazione al nostromo che, in una delle sue frequenti visite di controllo, a denti stretti, quasi mugugnando tra sé e sé incomprensibili parole di approvazione, rivolse loro un leggero cenno del capo e della mano incoraggiandoli a continuare così.

Passarono così alcuni giorni, col ritmo lento delle ore che si trascinavano penosamente, con l'alternarsi delle pause e dei massacranti turni di lavoro, tra un rancio e l'altro, in attesa delle fugaci boccate d'aria sul ponte più basso della nave nelle ore notturne, che rappresentavano gli unici momenti di relax per questi poveri ragazzi relegati in fondo alla stiva del transatlantico. Erano queste le occasioni in cui si sentivano ancora esseri umani viventi, con la possibilità di respirare aria pura, in alternativa a quell'aria ammorbata, afosa e soffocante dell'ambiente in cui erano costretti a lavorare e dormire; potevano sentire sul viso la sferza del vento che compensava il lungo tormento del bruciore determinato dalle vampe della caldaia; potevano finalmente vedere il cielo stellato che li faceva sentire sentimentalmente uniti ai loro cari lontani, al pensiero che quello era lo stesso cielo che copriva i loro paesi, nell'illusione che, forse, in quel momento le persone amate stavano guardando lo stesso spettacolo.

Erano queste le occasioni in cui Nicolino apprezzava maggiormente le attenzioni di mamma Lucia, che gli aveva messo in valigia le pesanti maglie di lana, utilissime ad evitargli le comprensibili conseguenze negative dei forti sbalzi di temperatura tra la torrida condizione della cabina della stiva e le gelide ventate notturne sul ponte della nave in mezzo all'Atlantico.

Il cuore gli si rimpiccioliva in petto al ricordo delle premure della mamma e delle coccole della sua Elvira; spalancava gli occhi, alzava il viso al cielo e guardava assorto le stelle cercando di individuare le costellazioni alle quali era abituato, ma non le rintracciava ed allora, chiudendo gli occhi, con sulle gote la carezza del vento, immaginava di correre dalla sua ragazza a bearsi della sua visione, ad abbracciarla stretta stretta, a sentirle il cuore battere contro il suo, baciandola con passione per trovare la forza di continuare, per essere confortato dopo le tante sofferenze della giornata, per attingere energie indispensabili nella lotta intrapresa. Del resto queste erano le uniche occasioni nelle quali il suo animo poteva rinfrancarsi nella contemplazione dell'immagine della sua ragazza; durante tutto il resto del tempo era troppo oppresso dalla fatica del lavoro, o troppo stanco, desideroso solo di dormire per recuperare le forze ed allora, quando stava sul ponte, allontanava da sé tutte le brutture della giornata e si immergeva nei suoi sogni.

Una di quelle sere, tornati nella cabina dopo la passeggiata sul ponte, Rocco disse agli amici che non se la sentiva di restare a dormire in quel 'loculo cimiteriale', gli mancava letteralmente l'aria, soffocava per il caldo afoso e voleva provare a cercare riposo nel magazzino del carbone, che era vastissimo e dove il calore era meno soffocante. Si allontanò in direzione del magazzino, salì sulla cima del gran mucchio di carbone, scavò una nicchia e vi si accoccolò cercando quel riposo che gli mancava tanto.

Passarono velocemente le ore di riposo e, al momento di riprendere il turno di lavoro, Nicolino, Cosimo e Gennaro si avviarono convinti di trovare Rocco ad attenderli nel locale della caldaia, ma non lo videro; nell'attesa che arrivasse da un momento all'altro, cominciarono a lavorare convinti che il loro amico avesse finalmente riposato meglio del solito. In quel momento giunse anche il nostromo che, come faceva spesso, era passato a controllare che tutto andasse bene e, vedendoli solo in tre, chiese notizie del quarto; Nicolino, pensando che l'amico, forse in preda al sonno profondo non si fosse svegliato in tempo, si scusò con il graduato e corse in magazzino a chiamarlo: salì sul mucchio di carbone, vide il suo corpo rannicchiato e, chinatosi su di lui, cominciò a scuoterlo dolcemente per svegliarlo ma, siccome Rocco continuava a dormire, lo scosse energicamente chiamandolo più volte e, quando si accorse che il suo corpo era inspiegabilmente rigido, dopo un disperato grido di orrore, cominciò a trascinare per i piedi l'amico giù dal mucchio, nell'ingenua speranza di farlo rinvenire fuori da quell'ambiente e, presolo in braccio, riuscì a portarlo fino al locale caldaia dove lo depositò per terra sotto la fioca luce della lampada. Per un attimo tutti si fermarono, interrompendo il proprio lavoro e si avvicinarono a quel corpo esanime steso ai loro piedi. La scena illuminata dalla luce rossastra della vampa della caldaia più che dalla luce della lampadina era veramente surreale: Nicolino era in ginocchio e, piangendo senza ritegno, stringeva delicatamente tra le sue una mano dell'amico; gli altri, appoggiandosi alle pale, guardavano inebetiti, senza muoversi neanche per detergere il sudore che colava sui loro visi (forse si trattava di lacrime sgorgate in maniera copiosa e volutamente ignorate per non sembrare femminucce); il nostromo, insolitamente silenzioso, osservava il tutto un po' in disparte e solo qualche tempo dopo, sollecitando gli uomini a riprendere il lavoro perché «la gran macchina del piroscafo aveva fame», sottovoce, con un'insospettata forma di rispettoso ossequio, diede la tremenda sentenza: «monossido di carbonio!»

Quella notte stessa, chiuso in un sacco nero con una pesante zavorra, il corpo di Rocco fu portato sul ponte di poppa e, nel silenzio angosciosamente opprimente dello sparuto gruppo formato dagli amici e dal nostromo accompagnato da un marinaio, fu lasciato scivolare in mare dove, con un lieve rumore, si inabissò velocemente, lasciando solo un leggero gorgo, con qualche sbuffo di spuma bianca immediatamente risucchiata dalla scia imperiosa lasciata dalla nave. Nicolino non riuscì a dormire quella notte: ripeteva sempre tra sé e sé «è morto sognando!» Aveva costantemente dinnanzi a sé il viso sorridente di Rocco che, finalmente libero, respirava a pieni polmoni l'aria fresca e balsamica dei suoi boschi, con negli occhi la gioia della corsa a perdifiato sui prati del suo Aspromonte, a gara con i suoi cani, mentre in alto, in un magnifico cielo terso e splendente, volavano maestosamente le aquile con le loro grandi ali tese; si sentiva sommesso il mormorio dei ruscelli che, freschi e limpidi per l'acqua che sgorgava frizzante dalle rocce, scavavano il territorio con il loro corso che diventava sempre più impetuoso man mano che scendeva verso valle.

Ora Rocco poteva dissetarsi a volontà ad una fonte inesauribile, poteva godere finalmente la pace dell'anima, senza sentire più alcun disagio, fuori dal tempo e dalle ambasce di una vita sfortunata, segnata dalla mala sorte fin dall'infanzia, quando era rimasto orfano e conclusa in modo assurdamente incredibile, proprio quando sperava di dare una svolta positiva alla sua esistenza.

I giorni passavano lentamente col loro carico di fatica, sudore, stanchezza, nella monotonia delle ore che scorrevano sempre uguali, con l'animo esacerbato da una tristezza cupa che pesava su tutti come una cappa immateriale, ma presente ed avvertita costantemente, che non permetteva il minimo sollievo dello spirito neanche nella passeggiata notturna sul ponte. Si accorsero che era arrivato il Natale quando videro che il loro rancio si era arricchito di un buon primo piatto di pasta al forno a cui si aggiunsero tacchino, patate ed anche una mela per frutta.

Dopo la morte di Rocco, Nicolino era caduto in uno stato di prostrazione profonda, acuita dalla constatazione che non riusciva più neanche a piangere. La visione della sua casa a Natale gli riempiva la mente, ma sentiva che il suo animo si era inaridito; il volto dei suoi cari scorreva davanti ai suoi occhi senza lenire il suo turbamento; neanche il viso di Elvira riusciva a scuoterlo dal torpore nel quale si sentiva sprofondato. Si rendeva conto di essere caduto in uno stato di abbrutimento animale; si vedeva sporco, pieno di pulci, pidocchi e cimici, con i capelli in assoluto disordine, con la barba incolta, con i panni che erano diventati stracci maleodoranti, dimagrito nel fisico ed incattivito nell'animo, teso istintivamente solo alla disperata ricerca di sopravvivenza. Non voleva cedere assolutamente, voleva dimostrare alla malasorte che, nonostante il suo accanimento nei suoi confronti, era capace di resistere, di sopportare tutte le cattiverie del destino e riuscire a terminare quell'odissea per poter ricominciare daccapo. Solo questo gli premeva: si rendeva conto che il viaggio stava terminando e lo sbarco, previsto prima del capodanno, era ormai imminente ed era l'unica cosa che gli desse una certa ansia per la determinazione che sentiva crescere dentro di sé di dimostrare al destino la tempra della sua tenacia.

Anche gli altri tiravano avanti con la disperata forza che traevano dal desiderio di realizzare i propri sogni e dalla consapevolezza che il peggio stava passando ed infatti, gli ultimi giorni, anche se sembravano più lunghi e duri, passarono lenti, faticosi, ma con la prospettiva della fine imminente delle loro sofferenze.

XII

Attraccarono al porto di Ellis Island una notte, qualche ora dopo aver fatto la solita passeggiata sul ponte; c'era una nebbia fitta, da tagliarsi col coltello, e non aveva permesso loro di vedere assolutamente nulla della terra che si avvicinava, per questo accolsero con un grido di gioia la notizia dell'arrivo dal marinaio che li avvisò e che disse loro di prepararsi allo sbarco. Dovevano raccogliere le loro cose, aspettare nelle cabine il momento opportuno e seguire, poi, gli ordini del marinaio che sarebbe andato a prelevarli per farli scendere a terra.

Aspettarono parecchio, chiusi nella loro cabina ed il tempo sembrava non passare mai; stavano seduti nelle loro cuccette, col loro bagaglio a lato, legato con la solita corda, pronti allo sbarco. Nessuno parlava e perfino i due napoletani, che di solito erano i più ciarlieri, non proferivano alcuna parola, tutti tesi alle novità che li aspettavano e che sarebbero state senz'altro positive, sicuri com'erano di aver superato la prova più tremenda della loro esistenza, certi in cuore di aver pagato così il proprio tributo alla durezza della vita, per cui da ora in poi si sentivano in credito con la sorte che avrebbe dovuto ripagarli con la sperata fortuna.

Arrivò finalmente un marinaio a chiamarli e li trovò tutti pronti, col bagaglio in mano, muti e tesi, ormai abituati ad eseguire alla lettera gli ordini. Si avviarono seguendo la loro guida ed entrarono in un meandro di corridoi che si snodavano a zig-zag e, dopo un percorso intricatissimo, sbucarono in un locale che aveva un portellone ermetico spalancato sul mare aperto e, da lì, con l'aiuto di un marinaio che li teneva per un braccio, si calarono uno alla volta su una barca affiancata al bastimento, dalla parte opposta del molo di attracco e, quando si sistemarono sul fondo della stessa, dopo alcune brevi e rapide parole scambiate tra i marinai e i due uomini della barca, si staccarono dalla nave puntando verso il mare aperto.

La nebbia impediva loro di vedere alcunché, ma abituati a non chiedere mai niente, stettero silenziosi, preoccupati solo di tenere il bavero della giacca rialzato e ben chiuso per difendersi dal freddo pungente. Dopo parecchio tempo la barca si accostò ad una banchina che aveva una scalinata, attraverso la quale riuscirono a salire sul molo dove trovarono ad attenderli un uomo intabarrato nel suo cappotto e col capello calato sugli occhi che, senza parlare, fece cenno di seguirlo e si avviò velocemente verso un capannone che si stagliava, alto e grosso, in fondo al piazzale.

Entrati, trovarono altri due uomini che li attendevano con un furgone coperto e, dopo averli salutati in italiano, dissero loro di salire nel cassone e di restare nascosti, senza fiatare, qualsiasi cosa sentissero. Partirono dopo essersi accoccolati alla meglio all'interno del camion, sballottati di qua e di là per le frequenti giravolte che il mezzo affrontava seguendo il percorso di uscita dal porto e, solo dopo aver raggiunto la strada esterna, il furgone viaggiò senza sussulti con una corsa regolare. Si fermò infine in un cortile recintato, davanti ad un magazzino dalle enormi porte, come non se ne vedevano in Italia e lì, invitati a scendere, furono accompagnati all'interno dove, finalmente, furono presentati a don Vito Capuano.

Seduto dietro un grosso scrittoio, su di una poltrona in pelle dall'alto schienale, vestito con un cappotto dai risvolti di velluto nero, con una bombetta in testa ed il sigaro in bocca, dopo averli squadrati a lungo in fila davanti a sé, togliendosi il sigaro li salutò augurando loro il benvenuto, col suo dialetto marcatamente napoletano e li apostrofò subito col suo «*Guaglió accà së fatica assaïë e, se ve comportatë 'bbuono, don Vito saprà ricompensarvi a dovere.*»

Continuò raccomandando loro di ubbidire ai suoi uomini, di non fare domande inutili, di rispettare le regole e di affidarsi completamente all'Organizzazione che avrebbe provveduto ad ogni loro esigenza come una mamma premurosa, col patto, però, di essere fedeli senza riserve. Si trovavano in terra straniera, in un ambiente ostile e pericoloso per i deboli e gli indifesi, per questo era necessaria la piena collaborazione e solidarietà tra i membri dell'Organizzazione. Ognuno di loro avrebbe avuto il suo permesso di soggiorno, senza passare per la lunga e difficile trafila della burocrazia americana, a ciò avrebbe provveduto sempre la bontà di don Vito e, dopo altre raccomandazioni sul loro comportamento futuro, li affidò ai suoi uomini per sottoporli ad una radicale azione di pulizia e disinfestazione, indispensabili dopo il viaggio nelle condizioni in cui l'avevano affrontato. Furono, quindi, accompagnati al piano superiore dell'edificio, dove c'erano diversi alloggi, con camere a due e tre letti con bagno annesso, e dove finalmente poterono, a turno, fare un bagno rilassante e ristoratore. Che piacevole esperienza e che sollievo per Nicolino il bagno in una grossa vasca! Che differenza con la tinozza di casa dove aveva fatto il bagno finora, alternandosi nella stessa acqua con i fratelli, perché non era agevole riscaldare tanta acqua nelle grosse pentole appese alla catena del camino, per cui il bagno diventava un avvenimento importante che coinvolgeva tutti i famigliari solo in occasione delle grandi feste.

Tutti si sentirono rinati per la riacquistata sensazione del pulito, per il colore naturale che riaffiorava sui loro volti dopo tutto il tempo in cui erano vissuti nella fuliggine e con la sottile polvere del carbone che era penetrata in tutti i pori della pelle. Cercarono in qualche modo di ravviarsi i capelli, diventati secchi, irti, ispidi e ribelli, mentre la barba lunga li faceva sembrare degli spiritati, specialmente per quegli occhi arrossati e lacrimosi per l'irritazione che perdurava ancora e che si auguravano scomparisse tra qualche giorno. Dopo il bagno, furono invitati a scegliere ed indossare dei vestiti per sostituire i loro stracci ed infine furono accompagnati con due macchine in un salone di bellezza ed affidati finalmente ad un barbiere che non solo rase loro la barba, ma tagliò a zero i capelli per liberarli dal fastidio dei parassiti che avevano infestato il loro capo. Solo dopo aver riacquistato un aspetto umano e civile, furono accompagnati in un ristorante dove poterono fare una colazione decente ed abbondante, dopo tutte le privazioni patite in tanti giorni.

Infatti, dopo aver inizialmente tentennato di fronte all'abbondante tazza di caffè, che però aveva solo il nome della bevanda che conoscevano da sempre, seguendo i consigli di coloro che li accompagnavano, cominciarono a sorseggiarla, mangiando toast con burro e marmellata, rassegnati ad adeguarsi alla nuova vita che, tutto sommato, a giudicare dall'inizio, sembrava più agiata di quella che avevano vissuto finora.

Dopo i primi momenti di naturale disagio, in un ambiente nuovo e profondamente diverso, dopo essersi guardati attorno con gli occhi spauriti, dopo aver notato che le strade erano molto, ma molto più spaziose delle strade di Napoli, dopo aver osservato, sbalorditi, le costruzioni dalla mole enorme che si innalzavano in modo vertiginoso al cielo, suscitando le risatine sommesse dei loro accompagnatori che si divertivano a fornire loro le spiegazioni richieste, cominciarono a prendere coraggio e manifestavano via via le loro riflessioni su quanto stavano vivendo.

Cosimo e Gennaro, che pur vivevano in città, si dissero meravigliati innanzitutto del numero di autovetture che sfrecciavano avanti e indietro e poi chiesero come avevano fatto a costruire palazzi alti quanto il Vesuvio. Il più intimorito era Nicolino che si stupiva di tutto ciò che lo circondava e, rivolto ai loro accompagnatori, chiese come mai, in terra americana, quasi tutti parlassero l'italiano. Risero di tutto cuore i due uomini che li guidavano e, boriosamente, con un sospiro di compiacimento, allargando le braccia risposero che si trovavano a Little Italy; «*Accà è tutta robba nostra!*» ripetevano guardandosi attorno mentre indicavano a braccia tese la città che pullulava di vita. Precisarono che c'erano anche altre nazionalità, ma predominavano largamente *'i paisan'* che, col loro lavoro e grazie a don Vito, avevano creato un piccolo paradiso, dove gli italiani vivevano protetti e rispettati.

Dopo tutte queste operazioni, che li avevano impegnati per l'intera mattinata, furono finalmente riaccompagnati nel grosso caseggiato che li aveva accolti al loro arrivo e furono guidati nei loro alloggiamenti al piano superiore, in attesa di essere riconvocati al piano terra per essere inseriti nell'organigramma dell'Organizzazione.

Nicolino si era sistemato con Cosimo e Gennaro in una stanza a tre letti, abbastanza spaziosa, con due finestre che davano sul cortile dove li aveva portati il furgoncino al mattino, mentre gli altri tre clandestini occupavano la stanza di fianco alla loro.

Si stesero sul letto, commentando gli ultimi avvenimenti e Nicolino chiese agli altri che cos'era l'Organizzazione di cui sentivano parlare così spesso e con tanta enfasi. Gli altri due cercarono di eludere la domanda, ma Nicolino insisteva e

Cosimo, per rassicurarlo, gli disse che era una grande società di amici che li avrebbe protetti, assicurando loro lavoro e sicurezza; bastava solo ubbidire alle indicazioni che sarebbero state loro offerte, senza fare domande indiscrete, rispettare i patti e fidarsi sempre di don Vito. Nicolino capì che doveva accontentarsi di quelle spiegazioni senza essere petulante, ma si rese conto che avrebbe dovuto stare attento al suo comportamento e non fidarsi eccessivamente di nessuno, vigilando per non essere abbindolato.

Quando furono richiamati, scesero al pian terreno e si trovarono di nuovo al cospetto di don Vito che, con un moto di soddisfazione, constatò che avevano riacquistato un aspetto decente dopo la radicale pulizia alla quale erano stati sottoposti e sottolineò che i suoi uomini dovevano essere sempre curati e ben vestiti, perché dovevano difendere l'immagine dell'Organizzazione. Passò, quindi, ad assegnare le mansioni ad ognuno di loro, affidandoli alla guida di persone con le quali avrebbero dovuto collaborare e che avrebbero provveduto alla loro iniziazione spiegando nei dettagli i loro compiti.

Cosimo e Gennaro furono affiancati ad un aitante giovane che, sdraiato su un divano, aveva il vezzo di tenere sempre tra i denti uno stecchino e tra le mani una limetta con la quale curava in modo ostentato le unghie; non guardava quasi mai gli altri in faccia, alzava, però, immediatamente lo sguardo quando don Vito gli rivolgeva la parola e smetteva di limarsi le unghie, ubbidendo ai suoi ordini in modo acritico ed automatico.

Nicolino fu affidato ad un ometto dai modi affettati, che indossava un vestito a grossi quadri beige, nocciola e verde, con una camicia bianca dal colletto alto ed un vistoso papillon verde, un cappotto marrone di lana pesante con una folta pelliccia al collo, aveva le uose sulle scarpe nere e lu-

cidissime, una bombetta in testa e stringeva in mano un ba-
stoncino dal manico dritto, col quale si divertiva a disegnare
sul pavimento dei fantasiosi segni geometrici.

Anche gli altri furono affidati ad un tutor e infine, con atteggiamento paternalistico, don Vito augurò loro buona
fortuna e li invitò ad iniziare la loro nuova vita ubbidendo
in tutto e per tutto ai loro tutor e, dicendosi sicuro che si sarebbero trovati bene, come in famiglia, li esortò a dedicarsi
ognuno al proprio impegno.

Nicolino si avvicinò al suo uomo e, tendendogli la mano,
disse il suo nome e ne ricevette una risposta biascicata tra i
denti, per cui non capì il nome, ma non disse niente, si limitò ad aspettare che l'altro gli indicasse cosa fare. Si diresse,
infatti, l'omino dal vestito a quadri e dal pesante cappotto verso la porta, con Nicolino che lo tallonava ed uscirono
fuori, attraversarono il lungo cortile e, dopo aver percorso
una strada laterale, spuntarono sulla grande via principale;
col bastone alzato il compagno gli disse che avrebbero fatto
un giretto in città per delle commissioni. Ne approfittò per
ricordare a Nicolino che gli doveva assoluta ubbidienza, che
guardasse bene ogni cosa, senza parlare, ed imparasse subito a comportarsi adeguatamente per il futuro.

Si avviò e, mentre camminava, senza guardarlo in viso, chiese a Nicolino da quale paese provenisse, dal momento che
dall'accento non gli sembrava napoletano; Nicolino rispose
subito di essere originario della provincia di Campobasso,
di un paesino di nome Montecilfone e, improvvisamente,
l'omino si fermò, come folgorato, puntò la punta del bastone sul petto del compagno e subito dopo allargò le braccia
ed esclamò «paisà, io sono di Guglionesi!» e lo abbracciò
con calore, lasciandolo letteralmente di stucco per l'improvviso cambiamento di umore e di comportamento. Cominciò a parlare come un fiume in piena, dicendo di chiamarsi

Adam, di essere arrivato a New York quindici anni prima, anche lui da solo e di non essere più tornato in patria, anche se sentiva forte la nostalgia del paese.

Camminavano a passi veloci, ma Adam continuava a parlare a raffica, ricordando le sue varie vicissitudini, la fatica di trovare un lavoro decente perché, prima di incontrare don Vito, aveva fatto tanti lavori faticosi e pericolosi e, solo dopo essere entrato nell'Organizzazione poteva dire di essersi sistemato; certo l'inserimento nel gruppo non era stato facile, anche lì aveva dovuto fare una dura gavetta, ma aveva poi imposto la sua personalità e adesso tutti "gli portavano rispetto" ed anche don Vito lo stimava affidandogli incarichi di fiducia.

Si fermò di colpo e, guardando negli occhi Nicolino, gli disse a bruciapelo «Paisà, tu non devi soffrire quello che ho patito io! A te ci penso io, ci sono io a difenderti. Tu devi fare solo quello che ti dico io e vedrai che, in poco tempo, sarai rispettato anche tu. Qua la vita è dura e bisogna fare i duri, senza dare confidenza a nessuno e bisogna tenere sempre gli occhi aperti. Mi raccomando, fai come ti dico io!» Nicolino restò un po' sconcertato di fronte a queste parole, ma non osò dire null'altro se non ringraziarlo per quanto avrebbe fatto per lui, ribadendo che avrebbe seguito i suoi insegnamenti e si sarebbe fidato solo di lui.

Ricominciarono a camminare con buona lena sul marciapiede di una via lunghissima ed affollata, con gente indaffarata che correva da una parte all'altra, mentre il traffico era talmente intenso che Nicolino si sentiva stordito; gli sembrava di stare al centro di un formicaio, con tantissime formiche impazzite; non aveva mai visto tante macchine, nemmeno quando si era recato a Napoli e non immaginava che al mondo ce ne potessero essere tante.

Adam si mostrava piacevolmente diverso, ciarliero, allegro, attento al suo compagno; completamente calato nella parte del tutor, cercava di trasferire nel suo allievo tutte le informazioni che avrebbero potuto permettergli un ottimo inserimento nel nuovo ambiente. Gli indicava tutti i negozi che si affacciavano sulla strada, gli diceva il nome di tutti i proprietari, quasi tutti italiani, gli illustrava le varie attività commerciali dei singoli negozi e col bastone alzato gli faceva vedere anche i negozi collocati sull'altro lato della strada, insistendo soprattutto sull'attività di ogni bottega.

Ogni tanto entrava in qualche locale, con Nicolino al fianco e, dirigendosi direttamente dal proprietario, lo salutava con un atteggiamento spavaldo e, con un sorriso mellifluo, gli ricordava che era passato a "porgergli i saluti di don Vito". Tutti andavano alla cassa, prendevano una busta chiusa e la porgevano ad Adam che, posta la busta nella tasca interna della giacca, alzando la mano alla tesa della bombetta, salutava e si dirigeva all'uscita con un incedere dinoccolato e disinvolto, palleggiando nella mano destra il bastone alzato. Nicolino lo seguiva senza battere ciglio e senza chiedere nulla, anche se in cuor suo moriva dalla voglia di sapere cosa stessero facendo e che tipo di saluto era quello che Adam porgeva ai suoi interlocutori, dal momento che si rendeva conto che la loro visita non suscitava entusiasmo nei proprietari dei locali.

Era ormai arrivata l'ora del pranzo e Adam si diresse verso un ristorante dove entrò invitando Nicolino a seguirlo e lo guidò ad un tavolo libero in un angolo vicino alla porta della cucina, da dove si vedeva il frequente andirivieni di camerieri indaffarati che portavano le vivande ai numerosi clienti che riempivano la vasta sala. Al cameriere che si avvicinò al tavolo a prendere l'ordinazione Adam chiese del proprietario e, quando quello si presentò, salutando con un inchino, dopo aver presentato Nicolino, chiese che preparasse per due un ottimo pranzo italiano, non la schifezza che dava da mangiare ai suoi avventori.

Mangiarono abbondantemente, gustando il cibo che veramente era fatto seguendo le ricette della madrepatria e, alla fine del pranzo, Adam chiese nuovamente del proprietario che si presentò anche lui con una busta chiusa in mano che consegnò al suo ospite che, ripetendo il solito rituale, si alzò, salutò e, con Nicolino al suo fianco, si avviò verso l'uscita.

Nicolino era sempre più meravigliato dell'atteggiamento della sua guida: con lui era cordiale e premuroso, mentre con gli altri si mostrava scostante, arrogante, persino prepotente. Prima di sedersi al tavolo, Adam si era tolto il cappotto, invitando Nicolino a fare lo stesso ed aveva consegnato i due indumenti ad un cameriere che li aveva depositati nel guardaroba, restando con il suo sgargiante vestito a quadri e, quando aveva deposto nella tasca interna della giacca sbottonata la busta consegnatagli dal proprietario del locale, aveva inavvertitamente (o forse artatamente) fatto intravedere una grossa fondina sotto l'ascella sinistra con una pistola che faceva bella mostra di sé. Trasecolò Nicolino a quella novità, ma, fedele al comportamento che si era ripromesso di osservare, restò muto, preoccupato solo di assecondare Adam per il momento, pur intenzionato ad approfondire la cosa senza urtare la suscettibilità del suo tutor.

Dopo aver visitato parecchi altri locali commerciali e dopo aver constatato che Adam si faceva dare la solita busta non solo dagli italiani, ma anche da tanti gestori stranieri, di diverse nazionalità, si permise solo di osservare che tutti i negozi erano affollati da clienti di ogni risma e subito Adam precisò che in quel periodo il commercio era molto più fiorente del solito, perché la gente acquistava ogni ben di Dio in vista dell'imminente capodanno. Precisò che in America il capodanno veniva festeggiato con maggior enfasi del Natale e la gente si preparava con entusiasmo specialmente per la cena di San Silvestro.

XIII

A sera tornarono a casa e Nicolino vide che anche Adam risiedeva nello stesso stabile, ma al secondo piano, per cui salirono ognuno nella propria stanza, in attesa di rivedersi per la cena. In camera Nicolino trovò Cosimo e Gennaro che scherzavano tra loro, maneggiando due nuovissimi coltelli a serramanico e, come se fosse la cosa più naturale del mondo, si divertivano a lanciare il coltello contro una tavola di legno che avevano appeso ad una parete della stanza e sulla quale avevano disegnato dei circoli concentrici e gareggiavano tra loro mostrando la propria bravura.

"Ancora armi!" pensò allarmato Nicolino e, senza dire una parola, si allungò sul suo lettino, con gli occhi chiusi, pensando ai tanti avvenimenti della giornata, cercando di isolarsi, quanto più poteva, dall'allegro vociare dei compagni di camera; ma, nella loro esuberanza, i due lo sollecitarono a dar prova della sua abilità nel lancio del coltello e, dopo essersi schermito più volte rifiutando i ripetuti inviti, di fronte alla loro pressante insistenza, fu costretto a confessare di aver avuto sempre paura delle armi. I due si guardarono meravigliati e, interrompendo il loro gioco, si accostarono al letto del loro compagno e, guardandolo come se fosse un bambino capriccioso, gli dissero a bruciapelo: «Ma quando ti chiederanno di usarle, e te lo chiederanno fra poco, come ti comporterai?»

Fu come una pugnalata al cuore quella domanda, tanto che spalancò gli occhi con uno stupore tale da lasciare interdetti i suoi due interlocutori, che cominciarono a spiegargli che era assolutamente necessario saper usare le armi in quel contesto, anzi bisognava essere anche molto abili e veloci. Continuarono dicendogli che loro preferivano il coltello, silenzioso, veloce e discreto ad una certa distanza, indispensabile e preciso nelle azioni a distanza ravvicinata.

E qui, ridendo tra loro, gli confessarono che i loro coltelli avevano fatto un capolavoro di intarsio sul corpo di quel fetente di guardiano che li aveva denunciati per il furto ai magazzini del porto di Napoli: gli avevano tagliato la lingua, lo avevano evirato e gli avevano messo in bocca i genitali, dando, così, un chiaro segnale a tutti i ruffiani del quartiere. In seguito a questo fatto, il loro protettore di Napoli, don Ciro 'o curto', per salvarli dalla galera, li aveva spediti in America, mettendoli agli ordini di don Vito Capuano che, conoscendo il loro 'valore', li aveva assegnati a Pasquale Scognamiglio, detto "Pasqualë o stecchino", noto nell'ambiente come un virtuoso del pugnale, usato con estrema disinvoltura ed efficacia.

Nicolino ascoltava con uno sbalordimento crescente, pensando ad un brutto sogno, ad un incubo che sperava svanisse come tutti i sogni al più presto, ma quelli, canzonandolo, incalzavano invitandolo a provare i loro coltelli, proponendosi come suoi istruttori nel maneggiare e nel lanciare quell'arma che gli avrebbe consentito di salvare la vita nelle situazioni di pericolo nelle quali si sarebbe venuto a trovare prima o poi. Con gli occhi sgranati, ma senza rendersi conto di quanto gli dicevano, sentiva le loro parole, guardava i loro gesti, ma restava completamente estraneo alle loro sollecitazioni e, inorridito, ritraeva indietro le mani quando cercavano di fargli toccare il coltello, finché stanchi e sfiduciati, i due decisero di lasciarlo alla sua 'testardaggine', ammonendolo che avrebbe rimpianto i loro ammaestramenti quando si sarebbe trovato nella necessità di difendersi.

All'ora di cena scesero tutti nello stesso locale dove avevano fatto colazione al mattino e Nicolino si sedette allo stesso tavolo di Adam, che notò subito il turbamento del giovane e, con atteggiamento protettivo, gli chiese il motivo dell'agitazione che mostrava palesemente con l'impaccio del suo atteggiamento, con quello sguardo impaurito col quale si guardava attorno, con quel fare caratteristico di un animale con la coda tra le gambe. La consapevolezza di trovarsi di fronte ad un compaesano che gli si era mostrato amico, l'incoraggiamento che veniva dalle parole accorate di Adam, il desiderio di sentire una voce amica e rassicurante dopo tutte le vicissitudini di quegli ultimi tempi, gli diedero la forza per aprirsi, parlare e confidare la pena che aveva in cuore.

Di fronte alle titubanze che Nicolino esprimeva con voce lamentosa Adam cambiò subito atteggiamento: il suo viso diventò improvvisamente duro e lo sguardo tagliente, con gli occhi socchiusi come due sottili fessure che, però, lo guardavano intensamente, con i pugni fortemente serrati sul tavolo, con le nocche che diventavano bianche per la violenza della pressione «*Paisà, ijë 'nu pajesë mijë jevë 'nu pëzzentë*» (paesà, io al mio paese ero un pezzente) gli sibilò a denti stretti.

Gli parlò della sua infanzia a Guglionesi, della miseria di quegli anni, della fame perenne che gli attanagliava lo stomaco, della rassegnata disperazione della madre che non riusciva a dar da mangiare alle tante bocche affamate di una numerosa famiglia, dell'insipienza del padre che, assente per tutto il giorno, quando a sera rincasava quasi sempre ubriaco, era intrattabile e manesco, preoccupato solo di divorare quel po' di cibo che la moglie riusciva a preparare per cena. Era cresciuto tra stenti, botte e sofferenze varie, nella miseria più nera e nel degrado morale, naturale corollario degli ambienti più sfortunati. Era il maggiore di nove figli e, a tredici anni, per liberare i suoi del peso di una bocca sempre affamata, aveva seguito a Napoli un commerciante di grano che, passato per il suo paese, se l'era preso con sé ad aiutarlo nel suo lavoro.

A Napoli si era fatto le ossa nei quartieri più umili e malfamati, lavorando sodo per il suo padrone, in cambio del solo vitto giornaliero e di un posto per dormire in un angolo di un sottano umido e freddo; aveva imparato a sopravvivere lottando continuamente contro il sopruso con la furbizia dei disperati; era diventato scaltro per necessità, anticipando le cattiverie degli altri per evitare di restare vittima di una sorte maligna che si diverte a far soffrire i più deboli; aveva imparato che se non si vuole soccombere, bisogna sfruttare ogni occasione, aggrappandosi a tutte le opportunità offerte dal destino, senza perdere tempo e, soprattutto, senza fare gli schizzinosi. In quell'ambiente é facile avvicinarsi alla camorra e, se non si hanno tanti scrupoli, é altrettanto facile vivere comodamente.

Quando gli si era presentata l'occasione, quindici anni fa, era partito per l'America, dove si era fatto notare per la sua decisione, per la sua scaltrezza, per l'assoluta mancanza di scrupoli, ma anche per l'affidabilità che lo aveva fatto diventare uno dei collaboratori più fidati di don Vito. Non si era tirato mai indietro, non aveva mai rifiutato un incarico, non aveva mai mostrato la minima titubanza; aveva affrontato a viso aperto ogni circostanza, si era fatto rispettare in ogni ambiente, aveva imposto la sua personalità con caparbietà ed ora in tanti obbedivano ai suoi ordini. Viveva agiatamente, soddisfacendo ogni desiderio, amava la bella vita, i divertimenti, i bei vestiti, tanto che lo chiamavano "'O sciccoso" e, soprattutto, era benvoluto dal capo.

«E devo ringraziare questo!» concluse mostrando il bastone che teneva sempre tra le mani e, tirando il manico, sfilò lo stiletto che era nascosto all'interno del bastone stesso e, puntandoglielo contro la gola, gli disse ancora in un soffio «o lo usi tu e ti salvi, oppure lo usano gli altri e ti fanno fuori!»

Nicolino lo guardava inebetito, col fiato grosso come se stesse facendo uno sforzo immane, e Adam continuò dicendogli che gli voleva bene, perché gli ricordava il suo paese d'origine, gli riportava alla mente la mamma, l'unico amore della sua vita, che aveva lasciato nell'indigenza più nera e della quale non aveva saputo più nulla; gli ripeté ancora una volta che voleva proteggerlo, voleva evitargli tutti i rischi ed i pericoli che aveva dovuto affrontare lui. Vedendolo smarrito, con lo sguardo fisso, come un cane bastonato, cambiò tono, riprese il suo atteggiamento bonario e protettivo, infilò nel suo alloggiamento dentro il bastone lo stiletto che aveva sguainato, abbassò la voce e continuò a parlargli.

Lì in America, continuò, la vita era estremamente pericolosa perché c'era tanta gente proveniente da tante nazioni diverse, c'erano tanti prepotenti e la polizia non riusciva a proteggere adeguatamente chi aveva bisogno di aiuto, per questo bisognava unirsi e difendersi dai soprusi degli irlandesi, dei polacchi, dei francesi, degli inglesi e così via. Nel quartiere dove si trovavano c'erano tantissimi italiani e tutti quelli che svolgevano un'attività erano continuamente assoggettati ai ricatti di gente senza scrupoli che, minacciandoli di vendette di ogni genere, come furti, l'incendio del locale o addirittura di attentati alla vita stessa, pretendeva il pagamento di una somma che diventava sempre più rilevante, finché non giunse nel quartiere don Vito Capuano.

Don Vito cominciò a proteggere tutti i connazionali, impedendo che nei confronti dei loro negozi si facessero soprusi di qualsiasi genere, scoraggiò i delinquenti che finora avevano taglieggiato i residenti nella zona e, ricorrendo anche alle maniere forti, costrinse tutti i componenti delle varie bande rivali ad abbandonare Little Italy. Ora nessuno più spaventava i negozianti locali, tutto era tranquillo, il commercio fioriva e le attività si sviluppavano con soddisfazione di tutti. Anche i negozianti delle altre nazionalità chiedevano la protezione di don Vito, tanto che nel quartiere erano scomparsi mendicanti, delinquenti, ladri e prostitute.

Naturalmente tanta pace e tanto benessere avevano un costo, e tutti i gestori di qualsiasi attività sapevano bene che bisognava essere grati in solido a chi permetteva loro di lavorare tranquillamente e guadagnare tanti quattrini. Per assicurare tanta tranquillità, infatti, era necessario presidiare costantemente tutta la zona, controllare ogni movimento, per impedire ogni fastidio, ogni genere di disordine ed anche per riscuotere il prezzo pattuito per tanta protezione, per questo don Vito si serviva di tanti 'bravi ragazzi', svegli, abili, pronti a tutto e fedeli.

Il giro che avevano fatto durante tutta la giornata era nient'altro che il normale controllo sul territorio e Nicolino non doveva scandalizzarsi delle armi che vedeva, perché erano indispensabili per garantire 'la pulizia' della zona da eventuali malintenzionati. Non doveva fare tanto lo schizzinoso di fronte a metodi che tutti accettavano e che erano gli unici capaci di salvaguardare la loro posizione di predominio su tutte le altre bande operanti in città. Come don Vito, infatti, assicurava il normale svolgimento delle attività produttive di quella zona, in tutte le altre zone di New York c'erano gruppi organizzati che, esercitando un potere assoluto, facevano la loro stessa operazione di controllo e di garanzia, con l'unica precauzione di non darsi fastidio a vicenda invadendo il territorio altrui.

Dovevano, quindi, essere grati a don Vito che li aveva accolti nella sua grande famiglia, che li proteggeva, che permetteva loro di svolgere un'attività abbastanza redditizia, che assicurava loro una vita agiata.

A questo punto la voce di Adam si incrinò un poco e le parole, pronunciate lentamente, manifestavano la difficoltà di controllare l'emozione che pur si faceva strada visibilmente negli occhi che luccicavano per la presenza di lacrime inopportune che si intravedevano tra le ciglia. La mente ed il cuore di Adam tornavano ai primi tempi del suo arrivo a Napoli, poco più che bambino, quando, nel buio di un basso nel quartiere spagnolo della città, solo, impaurito e trattato poco meglio di un animale, nelle notti di quel lungo inverno, cercava di soffocare il suo rimpianto per la casa lontana, per la mamma che aveva salutato bruscamente seguendo il commerciante di granaglie al quale il padre lo aveva letteralmente venduto.

Era stato veramente un periodo triste! Aveva dovuto farsi le ossa da solo tra gente che lo vedeva come un concorrente, come un pezzente da tenere a bada, perché perennemente affamato e pericolosamente desideroso di farsi largo e conquistare la sua fetta di autonomia; era stato un noviziato lungo, difficile e doloroso, superato nell'assoluta solitudine e grazie ad una determinazione che si era forgiata anche nella cattiveria della spietata lotta per la sopravvivenza.

Con un tono paternalistico Adam continuò, quasi sottovoce, come se continuasse a parlare a se stesso: «La vita dell'emigrante è dura e difficile; dovunque si vada, lontano da casa, bisogna combattere innanzitutto con la solitudine e tu, invece, sei stato accolto in una grande famiglia. Gli altri nostri compaesani, che sono sparsi dappertutto, lavorano come ciucci, impegnati in lavori gravosi e spesso tanto pericolosi da essere rifiutati da tutti gli altri; vivono una vita grama, fatta di sacrifici e rinunce continue, in un ambiente per niente facile, tra gente che pensa solo a sé, tra umiliazioni dolorose e sopraffazioni di prepotenti pullulanti come funghi in una società dove si fa strada solo il più forte. Ancora più drammatica è la condizione dei clandestini, venduti a gente senza scrupoli, costretti a vivere sempre nell'ombra, trattati veramente come schiavi, ignorati dalla legge dello Stato e sottomessi solo alla legge della malavita. Tu hai trovato la famiglia di don Vito che ti ha accolto, hai trovato me che ti proteggo, sei un privilegiato in confronto a quanti, invece, queste cose le hanno dovuto conquistare lottando con i denti!»

Continuò facendo leva sulla legge del buonsenso e sul dovere della riconoscenza che suggeriscono che, di fronte alle difficoltà, si devono anche accettare le regole del gioco, si deve anche affrontare qualche rischio; insomma, bisognava assolutamente essere pronti a difendere con le armi la loro posizione di supremazia ed era necessario anche adeguarsi alle esigenze dell'Organizzazione che aveva bisogno di un continuo e vigile controllo su tutto il territorio, per impedire infiltrazioni esterne, scoraggiare velleità da parte di qualche sbandato, liberarsi di qualche soggetto fastidioso, rabbonire qualche cliente riottoso; bisognava, cioè, vigilare sempre attentamente che nessuno creasse disordine o tentasse di ribellarsi a chi offriva loro protezione.

Tutto questo richiedeva l'uso delle armi, un attento e continuo autocontrollo, un'abilità messa a punto con il costante esercizio, un'estrema decisione, un coraggio senza esitazioni e l'ubbidienza totale agli ordini impartiti dal capo. Non c'era spazio per riserve mentali, non si accettavano discussioni, non si doveva perdere tempo, né tantomeno si potevano tollerare debolezze da donnicciole e scrupoli inutili.

Con un'improvvisa ed imprevista dolcezza nella modulazione della voce, Adam, con gli occhi bassi, per nascondere le lacrime che facevano capolino tra le ciglia, gli confessò di aver provato la sua stessa intima ribellione tanti anni prima quando, a Napoli, ancora adolescente, dovette adattarsi a quella vita rude e senza scrupoli.

Gli confessò senza vergogna la sua paura di fronte alla violenza della malavita napoletana, gli parlò del suo noviziato nel rione Sanità con giovani che lo avevano subito "svezzato" con una spedizione punitiva ai danni di un fetente che, con due coltellate in petto, pagò la colpa di aver tradito l'onorata società. Gli parlò senza pudore del voltastomaco che lo fece vomitare subito dopo, nel sottoscala dove aveva cercato di nascondere la sua ribellione intima a quell'omicidio che gli era stato imposto come battesimo d'ingresso nell'onorata società.

Gli rivelò che per giorni e notti intere aveva continuato a risentire nel cervello l'urlo di rabbia e di dolore dell'agonizzante che, nello spasimo della morte, lo aveva afferrato per la giacca e non lo voleva lasciare mentre lui, per porre fine a quel tormento, faceva roteare con tutta la forza della sua disperazione la lama del coltello nella piaga squarciata nel petto del malcapitato. Nessuno gli avrebbe mai fatto dimenticare gli occhi sbarrati di quell'uomo morente che denotavano orrore, rabbia e feroce impotenza di fronte alla morte che ormai lo ghermiva con la morsa feroce del ferro che gli spappolava il cuore.

«Io ti ho preso a benvolere e non voglio mandarti allo sbaraglio da solo, ma ti guiderò personalmente, permettendoti di inserirti gradualmente nell'Associazione, senza pericoli.» concluse in tono cordiale, cercando di fargli vincere lo scoramento, poi, sempre con lo stesso tono protettivo, lo sollecitò a mangiare perché voleva portarlo in un bel localino a cercare un po' di conforto e dimenticare tutte le malinconie.

XIV

Dopo cena Adam invitò il suo pupillo a seguirlo in camera sua e, aperto un grande armadio, cominciò a cercare tra i suoi tanti abiti qualcosa da fare indossare all'amico, ma era notevole la differenza di taglia tra i due per cui, rinunciando all'idea di fargli indossare un capo adatto all'occasione, l'ospite cominciò a restringere la ricerca sulle cravatte e, identificata una che si adattava al vestito di Nicolino, gliela pose al collo, sostituendo quella che aveva, perché, secondo l'insindacabile giudizio dell'esperto 'sciccoso', si adattava meglio. Completò l'opera con un borsalino classico a tesa larga e poi, traendo da un cassetto un oggetto, glielo pose tra le mani dicendogli: «Questo è il mio regalo di benvenuto! È pregevole per la sua leggerezza, la fattura e l'equilibrio: è una lama di Frosolone, un capolavoro della nostra terra! Tienilo sempre con te ed impara ad usarlo con perizia e determinazione, ne va della tua vita.»
Era veramente un capolavoro di coltello a serramanico, perfetto nel meccanismo a scatto, col manico ricoperto di madreperla e con la lama cesellata con un ricamo sottile e delicato, che mandava lampi riflettendo la luce che veniva dall'alto.
Nicolino non ebbe neanche il tempo di manifestare il suo stato d'animo perché l'amico, con insolita gaiezza, con uno scappellotto sulla spalla ed una manata sul cappello, tanto da farglielo calare fin sulle orecchie, lo invitò ad avviarsi alla conquista della notte. Così partirono per un'eccitante serata, mentre quel peso insolito in tasca, quell'oggetto fred-

do e duro al tatto, gli ricordava che stava entrando in una dimensione completamente nuova della sua esistenza, con sensazioni che lo intontivano, snaturando la sua sensibilità ed offuscando l'educazione che finora lo aveva contraddistinto.

Nicolino aveva capito che non era il caso di esprimere le sue emozioni, gli conveniva far buon viso ed assecondare l'amico, che non vedeva l'ora di introdurlo nel suo mondo e ci teneva ad essere lui, solo lui, ad iniziarlo alla vita della metropoli americana, facendogli da padrino e mentore. Così seguì Adam che, presolo sottobraccio, nonostante fosse più basso di statura, lo guidò per una strada che non avevano percorso la mattina e che era piena di luminarie vivacissime, fisse e roteanti. Vide alcuni alberi addobbati ed illuminati che la mattina non aveva notato e dalla sua guida seppe che lì, in America, era molto diffuso l'albero di Natale, che non mancava in nessuna famiglia, dove troneggiava al centro della casa, arricchito dei pacchi dono che i famigliari si scambiavano.

Nicolino non ne aveva visti mai al suo paese, ma ricordò che qualche compaesano emigrato ne aveva dato notizia nelle lettere che scriveva ai famigliari, descrivendolo come una stravagante abitudine degli abitanti di quel Paese, assieme all'altra simpatica figura di un grasso personaggio, vestito di rosso, con una fluente barba bianca ed un cappello bianco e rosso in testa, che chiamavano 'babbo Natale', molto caro ai bambini.

Adam era un fiume in piena, parlava a ruota libera indicando con la punta dell'inseparabile bastone le varie insegne ed illustrando le attività dei vari esercizi, mentre salutava con gesti ampi i gestori che si intravedevano all'interno dei locali, usando indifferentemente l'italiano e l'inglese, intervallando spesso qualche saluto in spagnolo.

Giunsero finalmente alla porta di un locale che sembrava meno appariscente degli altri, caratterizzato da un'insegna meno sfavillante delle altre, discretamente illuminata d'azzurro e, con una rapida piroetta, Adam si imbucò dentro, trascinandosi appresso Nicolino che guardava il tutto con atteggiamento sempre più imbambolato, visibilmente a disagio, completamente in balia del suo accompagnatore, che invece si comportava con una naturalezza ed una padronanza che non ammettevano titubanze.

Il locale era ampio ed illuminato a giorno, con tanti tavolini e sedie, dove pochi avventori, seduti, sorbivano le bibite più disparate, servite da camerieri che giravano stancamente qua e là, controllando ogni gesto dei clienti per correre a prendere le ordinazioni; lungo un'intera parete si stendeva un bancone maestoso, dietro al quale c'erano dei ragazzi che servivano, prendendo dal capiente scaffale che avevano alle spalle bottiglie dalle etichette di vario colore e mescevano il contenuto in bicchieri capienti che venivano portati abilmente su vassoi ai singoli tavoli. «Questo è il mio bar preferito» sussurrò Adam all'orecchio di Nicolino.

 Dopo aver lasciato i cappotti al guardaroba, i due si avvicinarono al banco, dove Adam fu accolto con un saluto ed un sorriso di complicità ed uno dei ragazzi, dopo aver chiesto «il solito?», si affrettò a riempire due bicchieri di whisky ai due che, nel frattempo, si erano appollaiati su due sgabelli alti, tanto che il piccolo Adam dovette fare un saltino per sistemarsi sulla sommità dello stesso, mostrando un'agilità apprezzabile ed un'abitudine consolidata da un allenamento antico all'assalto di simili trespoli. Nicolino, che imitava l'amico in tutti i movimenti, vedendolo portare il bicchiere alle labbra e bere tutto d'un fiato il contenuto, cercò di imitarlo, ma sentì un fuoco insopportabile in gola che gli tolse il respiro e gli causò dei violenti colpi di tosse che fecero sorridere l'amico.

Come era diverso questo liquore dal rosolio a cui era abituato Nicolino! C'era al suo paesello chi distillava la grappa in casa, ma quel sapore amaro e l'alta gradazione alcolica non gliel'avevano mai fatta preferire; l'aveva assaggiata, è vero, ma quel tanto che bastava per non berne più in seguito; preferiva il nocino della mamma, dolce, profumato, dal sapore intenso, anche se moderatamente alcolico; era questo il liquore presente in tutte le case rispettabili, servito con parsimonia e centellinato con gusto in rare occasioni, precisamente dopo i pasti di una certa importanza, perché tutti erano convinti delle sue proprietà digestive e balsamiche. L'altro liquore che faceva bella mostra di sé era il punch, considerato un toccasana nelle affezioni delle vie respiratorie, bevuto caldo, fumante, a piccoli sorsi, curando di deglutirlo pian pianino proprio per lenire il mal di gola e sciogliere il catarro.

Ma Nicolino non aveva il tempo di abbandonarsi a ricordi di questo genere perché, dopo aver scambiato qualche battuta col barman, Adam scivolò giù dallo sgabello e, con Nicolino alle calcagna, si avviò verso il fondo della sala e si avvicinò ad una porta chiusa dove, dopo aver bussato con le nocche della dita, all'uomo che si affacciò allo spioncino aperto disse poche parole e, quando la porta si aprì, furono introdotti in un locale completamente diverso dal bar. L'ambiente era enorme e si moltiplicava in vari saloni affollati di gente che, sotto una pesante cappa di fumo, si accalcava attorno a dei tavoli di diverse dimensioni, alcuni rettangolari, altri tondi ed altri ovali, con molte altre persone che, sedute su divani sparsi qua e là, oppure in piedi a gruppi, conversavano tra loro.

Adam guidò il suo pupillo nelle varie sale, indicando i tavoli e suggerendo i nomi dei vari giochi ai quali stavano assistendo: roulette, poker, baccarat, blackjack, chemin de fer, eccetera. Quindi cominciò a spiegare all'amico le varie fasi dei tanti giochi praticati, consapevole che Nicolino non aveva la minima cognizione di quanto stava accadendo attorno a lui.

Questa volta Nicolino era veramente nel pallone. Conosceva solo le carte napoletane, con le quali talvolta aveva giocato a scopa, a briscola o a tressette con gli amici, conosceva la tradizionale tombola che vedeva riunita tutta la famiglia nelle sere delle feste natalizie, ma non aveva alcuna cognizione di quel tipo di giochi. Le carte erano completamente diverse da quelle che aveva sempre visto, c'erano dadi, c'erano delle strane piattaforme girevoli che Adam chiamò roulette e, soprattutto, restò sbalordito per il comportamento di quelli che giocavano: sembravano degli spiritati, assorti completamente da quanto accadeva sui tavoli da gioco, con gli occhi fissi sulle carte e, soprattutto quelli che guardavano la roulette, che seguivano assorti una pallina che girava in un disco numerato, mentre un uomo in abito elegante e con un lungo bastone in mano pronunciava una noiosa sequela di parole strane e raccoglieva con un piccolo rastrello dei cerchietti colorati sparsi sul tavolo coperto da un panno verde. «Ti abituerai a questo ambiente, imparerai e giocherai anche tu come tutti, inseguendo i tuoi sogni» gli sussurrò all'orecchio Adam che lo osservava attentamente, mentre continuava ad erudirlo. Dopo qualche tempo anche Adam si avvicinò ad una cassa e cambiò del denaro con quelle targhette colorate che disse si chiamavano "fiches", poi le mise in mano a Nicolino e lo pregò di puntarle, una alla volta, su quei numeri che vedeva al centro dei tavoli.

Nicolino, come in trance, obbediva all'amico e stendeva il braccio quando quello lo sollecitava, facendo cadere a caso la fiche su un rettangolo numerato, mentre la pallina rotolava col solito rumore per fermarsi, poi, su uno di quei numeri. Stava quasi esaurendo le fiches quando, con un grido di gioia, Adam, battendogli eccitato una mano sulla spalla, gli disse di raccogliere la gran massa di targhette che il croupier gli stava radunando davanti.

«Bravo! Hai vinto!» urlava Adam saltando di gioia: «è la solita fortuna dei principianti!» andava dicendo facendogli tanta festa e, dopo aver aiutato Nicolino a ritirare il mucchio di fiches, gongolando di soddisfazione, si avvicinò alla cassa per convertirle in dollari. Nicolino non si raccapezzava più, non riusciva a credere che tutti quei soldi fossero suoi e, per di più, lo sbalordiva la possibilità di guadagnare in così breve tempo una massa così rilevante di denaro. «Ma allora non è così difficile diventare ricchi in America!» cominciò a pensare tra sé, e non si avvide del cenno d'intesa che si scambiavano Adam ed il croupier.

L'amico continuava a fargli festa con grandi pacche sulle spalle ed all'improvviso ebbe un'idea, invitò Nicolino a seguirlo e, usciti dalla sala-giochi, presero i cappotti dal guardaroba e si avviarono per strada con passo abbastanza veloce. Nicolino non faceva caso al furbo sorriso che era stampato sulle labbra dell'amico e si faceva guidare, come un cane al guinzaglio che segue fiduciosamente il padrone. Adam entrò poco dopo in un grosso portone di uno dei tanti palazzoni che delimitavano la lunga via e, al portiere che si affacciò dalla guardiola, disse una parola che Nicolino non capì; continuarono la loro strada fino all'ascensore che li portò ad uno dei piani alti e Adam, mostrando di muoversi con estrema disinvoltura, si diresse ad una porta e, dopo aver suonato il campanello, fu accolto con un'espressione di gioia ed un abbraccio da parte di una ragazza formosa, bionda, molto appariscente e con abiti molto succinti che, dopo aver scambiato delle coccole con Adam, rivolse la sua attenzione anche a Nicolino, che era rimasto trasecolato sull'uscio.

Resosi conto dell'imbarazzo dell'amico, Adam lo sollecitò ad entrare ed a mettersi a suo agio ma, quando si accorse dell'assoluta inibizione di Nicolino, tralasciando tutto, prese l'amico sottobraccio e, seduti su uno dei tanti divani sparsi nell'ampio ingresso, gli chiese il motivo di tanta ritrosia.

Nicolino si era chiuso in se stesso come un riccio, non si guardava assolutamente attorno perché si andava via via rendendo conto di trovarsi in un'elegante casa d'appuntamento, con tante ragazze disinibite e quasi nude che, languidamente sdraiate in gruppi, ed anche singolarmente, su dei canapè, lo guardavano con divertita curiosità. Alle insistenze dell'amico, fu costretto a confessare di non essere mai stato con una donna e di conoscere solo per sentito dire luoghi simili, favoleggiati da qualche intraprendente giovanotto del suo paese che li aveva frequentati nelle rare occasioni di una visita in città.

Rise di gusto Adam a quella confessione ma, vedendo che il viso dell'amico diventava paonazzo per il turbamento, con atteggiamento protettivo gli pose delicatamente la mano sul braccio, nel tentativo di rassicurarlo, dicendogli che era la cosa più naturale di questo mondo, che era arrivato il momento di procedere all'iniziazione, di operare il battesimo della virilità e «Quando se non ora, dopo una così ragguardevole vincita alla roulette?» concluse, cercando di fargli superare il suo naturale disagio con un sorriso incoraggiante.

Ad un suo cenno si avvicinarono due ragazze ed a loro Adam affidò momentaneamente l'amico mentre lui, avvicinatosi alla maitresse, madame Henriette, le spiegò brevemente e sottovoce la situazione e, dopo un rapido cenno d'intesa, quest'ultima si rivolse ad una delle sue ragazze, le sussurrò qualcosa e questa, avvicinatasi a Nicolino, dopo averlo preso dolcemente per mano, lo invitò ad alzarsi e, cingendogli delicatamente la vita col suo braccio, lo accompagnò in una stanza appartata.

Era delicata la ragazza, bruna con lunghi capelli ondulati e legati a coda di cavallo che, con ostentata nonchalance, slegò spandendoli sulle spalle nude; dolce nei modi, flessuosa nelle movenze, si avvicinò al giovane ritroso e, con un sorriso rassicurante, cominciò a spogliarlo mentre continuava a parlare, scandendo lentamente le parole, con una sussurrante intonazione melodiosa, tesa ad ammaliare; quando sul torace nudo gli vide il bel medaglione d'oro, emise un'esclamazione di meraviglia, ma Nicolino non capiva e, con un filo di voce, disse di essere italiano e subito la ragazza, con un lampo che le ravvivò gli occhi scuri, rispose con un trillo gioiosamente squillante che anche lei era italiana, siciliana di Palermo e disse di chiamarsi Titty, diminutivo di Concetta.

Questo fece sentire leggermente più a suo agio il giovane novizio che, affidandosi alle abili mani della compagna, abbandonandosi alla cullante voce italiana, alla dolcezza di parole sussurrate a mezza voce, pian piano cominciò a vincere il suo turbamento e, chiudendo gli occhi, cominciò a pensare alla sua Elvira, anzi gli parve ad un certo punto di averla tra le braccia, di sentire il suo profumo, di ascoltarne la dolce carezza della voce e, invaso da un insolito ardore, prese l'iniziativa con una passione insospettata ed improvvisa, tanto che la sua partner inizialmente si meravigliò, ma poi favorì compiacente l'esplosione di sessualità del cliente, con l'abilità consumata che aveva messo a punto in tanti anni di attività.

XV

Quella notte Nicolino faticò parecchio a prender sonno, eppure si sentiva letteralmente a pezzi. Era stata la giornata più lunga della sua vita ed era stata anche intensa, frenetica, piena di
emozioni diverse e strane, con avvenimenti imprevedibili, con situazioni inverosimili. Aveva visto, imparato e provato tante più cose in un solo giorno che non in tutta la sua breve vita.
Con la testa sprofondata nel cuscino cercava il riposo di cui il suo corpo aveva assolutamente bisogno ma, nonostante avesse gli occhi chiusi, nonostante cercasse di allontanare i pensieri dalla mente, essi lo perseguitavano con un vorticoso turbine di immagini che gli procuravano pochissime soddisfazioni e tanti, tantissimi rimpianti.
La serata appena conclusa gli aveva portato la gioia di un'insperata vincita di denaro e l'inattesa sua iniziazione amorosa, ma era proprio quest'avventura che gli bruciava di più nella mente quando si presentava, imperiosa, l'immagine di Elvira. La ragazza lo rimproverava aspramente per aver abbracciato furiosamente e baciato appassionatamente un'altra, pur avendo l'immagine della sua amata impressa nella mente. Come aveva potuto! Era uno spudorato. Erano passate appena due settimane dalla loro separazione, eppure gli sembrava un'eternità, erano accadute tante cose nel frattempo, aveva fatto tante esperienze diverse, aveva visto cose incredibili ed aveva vissuto momenti tremendi.

La figurina di Elvira, esplosa ora nella sua mente, non gli dava conforto, la vedeva sempre disperatamente aggrappata al suo collo nel momento del saluto, sentiva i suoi singhiozzi, le sue invocazioni; sulle labbra conservava ancora il sapore salato delle sue lacrime e, certamente, non lo appagava il ricordo dei baci che aveva scambiato con Titty, anzi sentiva crescere il tormento per lo scrupolo di aver tradito la fiducia della sua fidanzata.

Gli veniva innanzi anche la figura del padre, tutto nero, intabarrato nel suo mantello, quando lo aveva salutato al porto di Napoli. Gli martellavano la mente le sue insolitamente accorate parole, sentiva ancora la voce spezzata quando gli ricordava i suoi doveri e gli raccomandava di comportarsi sempre bene, eppure si rendeva conto che, in pochissimo tempo, aveva tradito anche la sua fiducia, accettando di entrare in un'organizzazione che non doveva proprio essere legale se i suoi membri ricorrevano sistematicamente all'uso di armi.

Gli tornavano alla mente le parole di Adam quando spiegava la loro presenza ed i loro compiti a Little Italy e si rendeva conto che non doveva essere proprio legale la protezione che offrivano ai commercianti; a pensarci bene adesso capiva anche gli sguardi non proprio benevoli di tutti quelli che porgevano ad Adam la busta che lui intascava così velocemente; ora si rendeva conto che l'atteggiamento del suo amico era pieno di arroganza e prepotenza, la sua spavalderia gli derivava dall'ostentazione del bastone animato che brandiva costantemente a mezz'aria, proprio sotto il muso dei suoi interlocutori.

Accanto al suo c'erano i lettini di Cosimo e Gennaro, che dormivano profondamente; infatti sentiva i loro respiri regolari e, nonostante lui si girasse di continuo facendo cigolare le molle del suo lettino, si rendeva conto di non procurare loro alcun fastidio. Gli tornava alla mente anche lo sfortunato Rocco, con le sue paturnie, con la sua irrequietudine, con la sua disperata voglia di spazi aperti, di aria pulita e di libertà. Povero Rocco! Chissà come si sarebbe comportato lui di fronte alla prospettiva che avrebbe trovato in America.

L'impatto con la nuova realtà americana, così diversa dalla piccola, tranquilla e monotona vita del paese, lo aveva sbalordito per il dinamismo frenetico, lo aveva intontito per la grandiosità delle costruzioni, lo aveva spaventato con la complicata struttura del territorio, ma di più lo avevano scosso le abitudini ed il modo di vita ai quali si stava appena affacciando.

"Chissà! - diceva tra sé – Sarà la stanchezza, sarà la gran massa di cose nuove che ho vissuto oggi, sarà la novità di una vita completamente diversa dalla mia che mi procurano tanta malinconia; forse domani mattina, dopo un sonno ristoratore, le cose mi appariranno sotto un aspetto diverso, riuscirò a capire meglio il mondo che mi circonda e ci farò l'abitudine; c'è riuscito Adam, ci riuscirò anch'io!"

Dopo qualche tempo, senza accorgersene, sprofondò anche lui nel sonno, passando dai pensieri che lo angustiavano, ai sogni che lo riportavano indietro nel tempo, al paese, a casa sua, alla famiglia, alle persone care, ad Elvira. Certamente non furono sogni beati, ma gli diedero la determinazione di cui aveva bisogno per affrontare una nuova esistenza, perché, in fin dei conti, se aveva deciso di fare quel viaggio, lo aveva fatto con la prospettiva di migliorare la propria posizione economica e di sposare Elvira, per questo non doveva farsi scoraggiare da scrupoli di alcun genere, ma doveva trarre dal suo proposito la forza per farsi strada.

Fu questo il primo pensiero che gli venne in mente al mattino, quando fu svegliato dal chiacchericcio dei suoi due compagni di camera che, come lo videro con gli occhi aperti, cominciarono a bombardarlo di domande sulle cose che aveva fatto il giorno precedente.

Loro si sbellicavano dalle risa quando gli riferivano le loro esperienze; gli raccontarono della loro collaborazione con "Pasquale 'o stecchino" nel 'giro di ronda' fatto nel quartiere di loro competenza e della raccolta dei "contributi" dovuti all'Organizzazione.

Che soddisfazione avevano provato quando il loro accompagnatore li pregò di "accarezzare le spalle" di un uomo di colore che, barcollando di qua e di là, ubriaco fradicio, dava fastidio con la sua presenza agli avventori di un ristorante di lusso. Dopo averlo steso a terra con un preciso diretto al mento, lo avevano sollevato di peso, prendendolo per le ascelle e per le gambe e, dietro un angolo, dopo averlo massacrato con pugni e calci, lo avevano abbandonato accanto al bidone dell'immondizia, raggomitolato su se stesso come un sacco vuoto, uno straccio sporco, un mucchietto scuro in un vicolo nero.

Ridevano al ricordo delle rauche grida di dolore del "fottuto negro", si esaltavano per la precisione e la durezza dei pugni con cui colpivano un essere che non sapeva e non poteva reagire, si vantavano di aver così sfogato il malumore accumulato nei tanti giorni di durezza passati nell'inferno del transatlantico. Ora, finalmente, si sentivano padroni del mondo e non vedevano l'ora di ricominciare. Avevano visto solo una parte del grande impero di don Vito, avevano avuto modo di apprezzare la potenza del suo nome, avevano constatato che l'Organizzazione funzionava alla perfezione e offriva grandi prospettive a chi avrebbe saputo approfittare delle occasioni e loro si sentivano pronti a mettersi alla prova. La scuola dei vicoli di Napoli li aveva forgiati, li aveva preparati per ogni esperienza, ed anche se si rendevano conto dell'enorme differenza di ambiente, dicevano di non tirarsi indietro di fronte a nulla, pronti a misurarsi con qualunque impresa.

Nicolino li ascoltava con la testa bassa, rispondendo a monosillabi alle loro domande e, per soddisfare la loro curiosità ed impedire che indagassero più a fondo, parlò succintamente solo della visita alla sala da gioco, senza, peraltro, aggiungere nulla sulla vincita e, per tagliar corto, disse che doveva prepararsi ad uscire con Adam, che sarebbe arrivato di lì a poco a prelevarlo per un giro di ricognizione.

Arrivò, infatti, Adam, dopo qualche tempo, con un vestito nuovo, un gessato grigio a strisce larghe, con un vistoso fazzoletto al taschino, una sgargiante cravatta dalla larghezza insolita, come non si usavano in Italia, a fasce diagonali rosse e blu, con un gilet a fiori, il borsalino grigio-chiaro in testa, con le solite scarpe nere lucidissime e le uose bianche che si notavano da lontano.

Era di buon umore e consegnò a Nicolino un documento, il permesso di soggiorno preparato con insperato tempismo ed indiscussa precisione dagli esperti falsari al servizio dell'Organizzazione e gli disse che, con quel documento, doveva stare assolutamente tranquillo, poteva sentirsi regolare a tutti gli effetti, nessuno si sarebbe mai accorto della sua falsità. Consegnandoglielo, lesse ad alta voce il nome che, in inglese, suonava Nick e precisò che, da allora in poi, tutti lo avrebbero chiamato così.

Col documento gli diede anche una pistola, una piccola Beretta calibro 6,35, raccomandandogli di non separarsene mai e, allargando la falda della sua giacca, gli fece vedere come tenerla a portata di mano, stretta sotto la cintura dei pantaloni, e gli promise che, al più presto, gli avrebbe insegnato ad usarla ma, nel frattempo, sarebbe stato utile che lui si esercitasse a maneggiare bene il coltello che gli aveva regalato.

Ormai Nick aveva smesso di meravigliarsi: tutte le cose in America avvenivano con una velocità che non era minimamente concepibile nel vecchio mondo. Un nuovo stato d'animo cominciò a farsi strada in lui, si rese conto che ormai apprezzava seriamente le premure di Adam nei suoi confronti e, con sorpresa, notò che la presenza, l'efficienza e la prontezza del suo amico gli davano una sensazione di benessere che gli faceva guardare con fiducia al futuro.

In sua presenza le ombre della notte svanirono assolutamente; subentrò, invece, una solleticante curiosità che lo spingeva a scoprire cosa il destino gli stesse preparando, per cui sentiva quasi la voglia di dare una spinta agli avvenimenti per accelerare l'inizio di questa nuova vita che avrebbe dovuto essere diversa, come gli aveva fatto capire Adam la sera precedente, da quella di tutti gli altri emigrati, fatta di sacrifici, di duro lavoro, di solitudine, di nostalgia, di amarezze ed umiliazioni in mezzo a gente sconosciuta ed ostile. A lui stava accadendo proprio il contrario, invece. Aveva proprio ragione Adam: era capitato in un ambiente che cominciava a piacergli, tra gente che lo trattava bene; aveva trovato un amico di cui fidarsi e su cui poteva contare veramente, un amico che gli stava spianando la strada con facilità, che lo proteggeva, lo guidava, gli risolveva i problemi in un batter d'occhio.

Certamente si rendeva conto che gli chiedevano un comportamento a cui non era abituato e che contraddiceva tutta l'educazione avuta in famiglia, fatta di rispetto delle regole, delle persone e di principi sacrosanti che gli erano stati inculcati assieme al latte materno; ma bastava fare le cose con prudenza, continuava a ripetersi, senza spingersi all'eccesso, come sentiva dalle vanterie dei suoi due compagni di camera. Sperava di non dover usare mai le armi per uccidere; quasi a fugare una simile iattura, diceva a se stesso che sarebbe bastato mostrarle per spaventare i casuali rivali ed evitare, così, il possibile ricorso alla violenza. C'è modo e modo di comportarsi, basta usare il buonsenso, ripeteva tra sé e sé, in una forma di esorcismo teso ad allontanare il male.

Certamente era troppo presto per dare giudizi definitivi, ma quello che aveva visto il giorno prima non gli dispiaceva: tutto andava per il verso giusto, non c'era disordine, il quartiere pullulava di attività ed i vari negozianti sembravano passarsela abbastanza bene. Avevano incrociato anche il poliziotto di quartiere, che se ne andava tranquillamente in giro con un'aria pacioccona e serena ed il confidente saluto scambiato con Adam gli fece capire che c'era buon accordo e questo faceva sperare bene, nonostante le smargiassate dei suoi due compagni di camera; tutto gli era parso calmo ed in ordine. Va a finire che i due, abituati a vantarsi, avevano inventato di sana pianta tutte le loro avventurose fanfaronate per impressionarlo, oppure per acquistare prestigio ai suoi occhi di provincialotto timido ed introverso.

Si riprometteva di imparare presto tutto ciò di cui aveva bisogno, con l'aiuto di Adam, per rispondere pan per focaccia ai due sbruffoni; volevano scoraggiarlo, forse, per tenerlo in una condizione di soggezione psicologica, volevano mostrarsi spavaldamente sicuri ed abituati ad affrontare pericoli di ogni genere, coraggiosi ed impavidi per la loro dimestichezza con la vita dura dei quartieri napoletani e per la frequentazione con i guappi del loro ambiente. Ma l'orgoglio di Nick sapeva venir fuori al momento opportuno, l'amor proprio e la voglia di non essere considerato inferiore agli altri gli davano la carica necessaria ad affrontare qualsiasi evento e lo spingevano a guardare a viso aperto il futuro, preparato a tutto.

Si accorse che, involontariamente, aveva messo la mano in tasca a sentire il contatto del coltello, ma subito la ritirò, come se quell'oggetto scottasse, e questo conflitto di emozioni altalenanti lo lasciò alquanto perplesso, per cui, prendendo il cappello, salutò i compagni di camera e seguì Adam per una nuova giornata piena di scoperte che lo attendeva.

XVI

Intanto a Montecilfone la vita continuava con la solita monotonia, con le persone indaffarate nelle solite faccende, anche se la festività del Natale portava un certo fervore nell'animo di tutti.

Giovanni, da quando era tornato da Napoli, sembrava ancor più burbero del solito: parlava poco a casa, in campagna restava per ore intere ad intrecciare cesti e canestri con vimini e cannucce, chiuso nel magazzino, dopo aver dato disposizioni precise ai figli sui lavori nei campi e sulla cura degli animali. Sentiva bruciargli forte nell'animo la mancanza del suo braccio destro, di quel figlio a cui aveva da parecchio tempo delegato il compito di sovrintendere ai lavori nei campi, mentre lui si preoccupava di organizzare tutte le altre incombenze dell'azienda. Voleva vedere a quale degli altri figli delegare i compiti svolti da Nicolino, per questo li stava studiando per rendersi conto meglio delle loro capacità ed operare la scelta non solo in base al suo intuito, ma anche dopo averli messi alla prova.

Aveva imposto a Bruno, il figlio undicenne, di lasciare la scuola elementare e di seguire i fratelli in campagna, ad imparare il mestiere come gli altri, mentre, già da qualche tempo, aveva consigliato a Carlo, che aveva solo nove anni, di recarsi, nel pomeriggio, dopo l'orario scolastico, nella bottega di zio Matteo, ad imparare il mestiere di falegname, dal momento che sarebbe stato molto utile avere un artigiano in famiglia.

Mamma Lucia, invece, parlottava continuamente con le figlie e con chiunque le stava intorno e, spesso, la si sentiva parlare anche da sola mentre, ciabattando per casa, era intenta alle sue perenni faccende domestiche. Cianciava del più e del meno, parlava delle necessità di casa, dava consigli alle figlie, commentava i fatti del giorno, ricordava avvenimenti del passato, citava persone che non c'erano più, sentenziava motti e proverbi e ripeteva spesso le stesse argomentazioni; quando pioveva, asciugandosi le lacrime col lembo del grembiule, guardando ansiosamente il cielo dalla finestra, con profondi sospiri si augurava che il suo Nicolino non si bagnasse e non soffrisse il freddo delle intemperie.

Quando, poco prima di Natale, una mattina vide la neve che copriva i tetti delle case ed imbiancava i campi, alzando le braccia al cielo chiese al Bambin Gesù che stava per nascere di aiutare e proteggere il suo figliolo solo, lontano da casa, lontano dal cuore della mamma, in mezzo al freddo dell'inverno americano e per tutta la giornata non fece altro che guardare continuamente fuori dalle finestre la neve che cadeva, col pensiero fisso a Nicolino, senza manifestare particolare apprensione per gli altri che pure erano andati in campagna, nonostante la nevicata.

Per Elvira la vita era completamente cambiata: preferiva la solitudine della sua cameretta, partecipava poco alle attività di casa, nonostante i preparativi per il Natale che assorbivano le energie di tutti ed alimentavano una sorta di euforia collettiva che coinvolgeva grandi e piccini, maschi e femmine. Mamma Carmela si sforzava in tutti i modi di interessarla, di distrarla: la pregava di starle vicino nelle faccende domestiche, con la scusa che avrebbe dovuto imparare per bene ad essere una perfetta padrona di casa, per questo la sollecitava a dar una mano alle sorelle maggiori, la pregava di aiutare nei compiti i fratelli minori e si sforzava di farla sorridere per alleviare il cruccio evidente che le rendeva sempre mesti lo sguardo ed il viso.

La ragazza si rifugiava in camera sua alle prese con i vari capi del corredo che stava arricchendo con pregevoli ricami; solo così si sentiva vicina al suo amore e solo così poteva dar libero sfogo alle lacrime che le rigavano il volto, senza la preoccupazione di nasconderle ai famigliari che, nel tentativo di rincuorarla, le dicevano che così avrebbe portato il malaugurio al suo fidanzato e la sgridavano, quindi, dicendole che, tutto sommato, Nicolino era partito per il loro bene, per affrettare il loro matrimonio, per procurarle un futuro migliore.

Era d'accordo su questo, ma le pesava la sua assenza, la preoccupava la mancanza di notizie, la impauriva la consapevolezza che stava attraversando l'oceano in pieno inverno, con tutti i rischi delle tempeste che avrebbe incontrato in alto mare. "Chissà che fa in questo momento? chissà se mi pensa?" si chiedeva spesso con atteggiamento prettamente femminile, con una punta di inconscia gelosia, tipica di una donna che pensa solo a garantirsi il monopolio nel cuore del suo innamorato.

La festa che stava arrivando solleticava in modo piacevolmente evidente l'animo dei più piccoli, che non riuscivano a stare fermi un attimo ma, riuniti in frotte numerose, si spostavano continuamente da una casa all'altra, dove le mamme e le sorelle maggiori erano intente alla preparazione dei tradizionali dolci natalizi e, affollandosi attorno alle madie piene di fumanti *'petue'* (sottili strisce di pasta lievitata fritte in abbondante olio bollente), facevano gazzarra per accaparrarle in buon numero e gustarle calde e croccanti tra l'allegria generale.

Il parroco don Guido aveva introdotto la novità della celebrazione della novena di preparazione alla nascita del

Redentore per cui, ogni sera, dopo la solita recita del santo rosario e delle preghiere del vespro, dopo la lettura di brani significativi sul santo Natale, si cantava, con gran trasporto e grande partecipazione, a dire il vero, il classico "Tu scendi dalle stelle"; la commozione generale raggiungeva l'acme quando Nicolino 'il cieco', sacrestano tuttofare, dal suo scranno di organista, intonava il canto "Quanno nascette Ninno" di S. Alfonso Maria de Liguori: la voce stentorea del buon Nicolino si alzava solenne nelle strofe da solista ed infondeva in tutti una tale energia che faceva volare alte le note del coro, tanto che la melodia si spandeva anche fuori, nelle ombre della sera, in tutta la zona che circondava la chiesa. Era sorprendente la partecipazione di tanti uomini alla celebrazione vespertina e infatti in molti si affrettavano ad anticipare il proprio rientro dal lavoro dei campi per essere presenti almeno al canto corale, che arricchivano col contributo delle loro voci baritonali.

Alla fine della celebrazione, mentre le donne rientravano a casa, i maschi si fermavano a chiacchierare sul sagrato, in circolo o sparsi in gruppetti più o meno numerosi, scambiandosi informazioni ed impressioni sugli avvenimenti più disparati; ma quest'anno l'argomento che catalizzava la discussione generale era la guerra d'Etiopia. Già da qualche mese erano stati chiamati alle armi alcuni giovani che scrivevano ai famigliari notizie rassicuranti dall'Africa Orientale e su queste indicazioni si costruivano discorsi più o meno informati.

Era rientrato per le feste anche Emilio, il figlio del maestro delle Elementari, studente universitario a Roma che, al centro di un crocchio che diventava sempre più affollato, arringava i paesani sulle ultime novità dalla zona di guerra. Man mano che vedeva crescere il numero dei suoi ascoltatori, la voce del giovane diventava più stridula ed assordante ed il piglio retorico della sua concione dava alle sue parole il crisma della verità assoluta, di cui lui si faceva portavoce per la sua frequentazione di persone vicine alle alte sfere del partito fascista della capitale, dove studiava. La consapevolezza di dover erudire i poveri abitanti del borgo col verbo illuminato del suo spirito elitario, gli dava una carica di entusiasmo tale che lo trasformava sempre più in un tribuno esultante ed infatti tutti si accalcavano ammirati da tanta facondia fino a riempire tutta la piazza davanti alla chiesa in un unico, grande assembramento.

Il giovane declamava le mirabolanti conquiste effettuate, già dai primi giorni di ottobre, da parte delle truppe gloriose dell'Italia fascista, che riscattavano le sconfitte del secolo precedente, per cui si poteva tornare a parlare con viva soddisfazione di Adua, di Macallè, dell'Amba Alagi, del territorio del Tigrè e di quello di Scirè con l'impettito orgoglio di chi ha saputo riprendere onorevolmente le posizioni sul suolo africano che spettavano alla patria come dovuto retaggio divino, come dono al valoroso popolo italiano, che aveva dato alla patria un manipolo di eroi, che si erano dimostrati degni eredi dell'invitto esercito di Roma imperiale. A questo punto don Guido, che usciva dalla chiesa, di fronte a quell'assembramento improvvisato, sentendo le parole roboanti dell'oratore, scuotendo visibilmente la testa in segno di diniego, si avviò a passi rapidi per la gradinata dirigendosi ostentatamente verso casa, senza degnare di ulteriore attenzione l'adunanza, con una frotta di ragazzini vocianti che lo seguiva come i pulcini dietro la chioccia.

Restò alquanto sconcertato il fervente apostolo che stava diffondendo il messianico annuncio dell'imminente impero africano e, per ridare vigore alla sua omelia, in preda ad un'invasata furia oratoria, alzando ancor più il tono della voce, quasi urlando, continuò: «Sulla scorta delle sfavillanti vittorie dei nostri legionari, non esito a preconizzare per il prossimo santo Natale la sconfitta definitiva dei nostri nemici e, se il santo Bambino che sta per nascere dà ascolto anche alle nostre invocazioni, io vedo già per capodanno la parata gloriosa dei nostri soldati che sfileranno a Roma, trascinando in catene il negus Hailè Selassiè, a rendere omaggio al Sovrano, Vittorio Emanuele III ed al nostro grande Capo del Governo, il Duce Benito Mussolini! Perché il destino della Patria si compia presto con la gloriosa conquista dell'impero che le spetta di diritto, io invoco la protezione di Dio sui nostri baldi ed eroici legionari. Viva il Duce! Eia eia eia!» concluse con un grido di trionfo, nel veemente gesto del saluto romano, a mano spiegata, e gli fece eco un altrettanto sonoro «Alalà!» dell'uditorio.

Ma solo Silvio sentì, invece, il «baccalà!» sibilato a mezza voce dal padre Giovanni, all'unisono con l'esultante grido dei presenti che, gongolando di tronfio appagamento, impettiti ed inebriati da tanta facondia, si spellavano le mani in un fragoroso applauso. Anche se rispettosamente, il figlio diede una gomitata al padre invitandolo alla prudenza: c'erano troppe orecchie che potevano sentire e non mancavano occhi che scrutavano l'atteggiamento dei convenuti, per riferire poi al podestà un eventuale comportamento sanzionabile; c'erano già stati alcuni casi di punizione esemplare, con la classica pozione di olio di ricino fatta ingurgitare in piazza ad alcuni "sovversivi", per cui non valeva proprio la pena sfidare i facinorosi fascisti del paese.

A dirla tutta, Giovanni era stato già più volte sollecitato da Saverio, fratello di suo cognato, a partecipare attivamente alle attività del Fascio; si era defilato la maggior parte delle volte, invocando le scuse più svariate, anche se aveva dovuto pur sorbire ogni tanto le noiose adunate generali e per questo suo tentennamento era ritenuto un elemento poco affidabile. Ma in famiglia tutti sapevano della sua ostilità al regime e, nelle rare volte in cui si era parlato di politica, i parenti lo avevano sentito sibilare «Ah quel Carso! Ha straziato tante vittime innocenti ma ha risparmiato il caporal Mussolini!»

Si sapeva, infatti, che nel febbraio del 1917, Mussolini era stato ferito nelle retrovie del Carso ed era stato trasportato a spalla nel più vicino ospedale da campo da un soldato suo commilitone che era originario di Guglionesi. Questi era diventato un eroe per i suoi compaesani, che lo esibivano in ogni occasione come un trofeo di cui andare fieri e lo facevano sfilare, in prima fila, in ogni parata ufficiale.

I soliti fanatici si attardavano attorno al giovane fascista che continuava a parlare delle epiche gesta dei militi, ma Giovanni e Silvio si avviarono repentinamente verso casa e Giovanni sembrava in preda ad un tormento intimo che lo rendeva cupo e silenzioso, tanto che, varcata la soglia, Silvio fece segno ai famigliari di lasciarlo in pace e, facendo roteare l'indice della mano, faceva capire che rimandava a dopo le spiegazioni, pensando che il padre fosse turbato per l'estemporaneo comizio al quale avevano assistito poco prima. Ma Giovanni, invece, era turbato da un nuovo, improvviso e noioso pensiero che si era insinuato nella sua mente dopo la notizia sull'imminente fine della guerra propalata in modo così pomposo nel comizio. Certo, continuava a dirsi, se era vero quell'annuncio, Nicolino era partito per l'America inutilmente; era stata una decisione intempestiva, troppo affrettata, presa per evitare un pericolo inesistente. Se avesse aspettato qualche settimana avrebbe potuto evitare la partenza! Aveva perso un figlio per un timore da femminucce, per un presunto pericolo, per un'errata ponderazione della realtà. E adesso in che modo avrebbe potuto dirlo alla mamma e ad Elvira?

I giorni si accavallavano velocemente e, per un tacito accordo, viste le condizioni di nonno Nicola, tutti avevano deciso di trascorrere con lui la festa del Natale, col pranzo che avrebbe visto raccolti i figli attorno alla figura del patriarca. Era una tribù numerosa e solo gli adulti si erano accomodati in sala, seduti a tavola attorno al vecchio genitore, mentre i ragazzi si adattarono in cucina, per lo più in piedi, attorno al camino, mangiando allegramente col piatto in mano, liberi dal condizionamento del controllo dei genitori. Le donne trafficavano avanti e indietro per servire i maschi a tavola e per badare ai piccoli che facevano un'allegra baldoria, divertendosi un mondo così numerosi come erano tra fratelli e cugini.

Diversa, invece, era l'atmosfera che si respirava in sala, dove gli uomini commentavano la notizia della morte di Costantino, il figlio di compare Giuseppe e di comare Assuntina, in Africa. Un telegramma aveva comunicato la morte del soldato che era stato ferito qualche giorno prima, nella battaglia di Dembeguinà, il 17 dicembre, in seguito alla controffensiva etiopica.

Ma allora la guerra non era finita! Dopo le "travolgenti" conquiste vantate dai fascisti, cominciava il calvario di una guerra dura e difficile, come tutte le guerre del mondo, del resto. Povero Costantino! Così giovane! Si era sposato da poco e la moglie era incinta ed ora sarebbe rimasta sola, vedova e con un figlio; e poveretti anche i genitori che lo avevano invogliato a partire volontario, allettati dalla chimera di una sistemazione futura in quella colonia d'Africa che andavano a conquistare e che, come sosteneva la propaganda fascista, avrebbe assicurato nuove possibilità alle robuste braccia dei figli d'Italia. Sperava nell'assegnazione di un podere da gestire ed ora si trovava sepolto in quella stessa terra che avrebbe voluto coltivare!

Zio Domenico, toccandosi la gamba di legno e scuotendo nervosamente la testa, diceva di ricordare perfettamente gli slogan del maggio del 1915, quando era partito per il fronte e tutti dicevano che la guerra sarebbe finita prima di Natale. «Le guerre si sa quando cominciano, ma non si sa quando finiscono e, soprattutto, nessuno sa come finiscono!» diceva amaramente.

Poi, con la voce soffocata dalla rabbia che gli bolliva dentro e non poteva esplodere liberamente, battendo in tavola il pugno che stringeva nervosamente il tovagliolo, con gli occhi rivolti al cielo, lanciava la sua protesta maledicendo il duce che stava mandando tanti giovani al macello.

La grande guerra, almeno, era stata combattuta per completare l'unità d'Italia, come dicevano gl'interventisti nelle loro manifestazioni, ma questa era solo una guerra di conquista, una violenza all'umanità, una bestemmia agli occhi di Dio. È anche vero che ogni guerra è un crimine, un'ingiustizia nei confronti di quelli che muoiono o restano storpi per tutta la vita, ma dichiarare una guerra solo per puntiglio, per non sentirsi inferiori agli altri Stati coloniali, per ambizione e presunzione è una colpa gravissima, una pura follia.

Ma come si fa ad impedire una simile sciagura? Come possono fare dei semplici contadini come loro, amanti della pace, della famiglia e rispettosi dei sani principi della vita umana ad evitare che i governanti li trascinino in simili pazzesche avventure?

Lui, infatti, ricordava le lunghe notti passate in trincea, a parlare con compagni di sventura di ogni parte d'Italia, tutti uguali a lui, tutti con gli stessi problemi, tutti legati agli affetti famigliari, quando aspettavano con tremore i bombardamenti, gli attacchi dei nemici, gli assalti alla baionetta. E poi, chi erano i nemici? Talvolta avevano sentito le voci che provenivano dalle trincee avversarie e si rendevano conto che erano parole di ragazzi come loro, dicevano le stesse cose che pensavano loro; erano voci di contadini, di lavoratori, di padri di famiglia, di esseri pacifici costretti, loro malgrado, ad impugnare le armi per andare al massacro.

Nessuno aveva mai visto zio Domenico così adirato, nessuno lo aveva mai sentito pronunciare parole così dure! Erano considerazioni amare le sue e creavano un clima di tristezza e di impotenza, proprio la sera della Vigilia, quando si celebra la nascita del Bambin Gesù tra gli angeli che cantano "Gloria a Dio e pace in terra!"

Anche mamma Lucia aveva il suo cruccio: pensava sempre al suo Nicolino. Da una parte la consolava la constatazione che il figlio non avrebbe corso il pericolo di Costantino, ma le faceva male non vederlo in mezzo alla famiglia riunita, l'angosciava il pensiero di suo figlio solo e lontano da tutti, chissà in quali condizioni! Mentre serviva le lasagne in brodo, il piatto che Nicolino preferiva e di cui chiedeva almeno due porzioni negli anni precedenti, non poté frenare le lacrime che cercava di asciugare col solito pizzo del grembiulone che le copriva perennemente la pancia traballante, teneramente consolata dalle figlie e dalle cognate che la sollecitavano ad aver fiducia nel Bambinello. Un'altra crisi di pianto fu causata dalla vista dei mostaccioli, i dolci amati dal figlio, che lo vedevano impegnato intere serate a sgusciare, pelare e tritare le mandorle che servivano alla madre per la confezione di quei dolci.

XVII

Le cose non erano diverse a casa di Elvira, anche lei riunita con i parenti del padre a casa del nonno paterno; anche loro formavano una tribù altrettanto numerosa, allegra e chiassosa, attorno al patriarca Andrea ed alla nonna Ninetta.

A tavola con gli adulti c'era anche Giorgio, che, nonostante il clima festoso, aveva cominciato una polemica acre nei confronti del parroco, don Guido, che nelle ultime sere della novena aveva espresso chiaramente, dal pulpito, la sua disapprovazione per la guerra in corso ed aveva invitato i fedeli a pregare Gesù Bambino perché portasse la pace. Quella mattina, alla messa 'grande', quella 'cantata' delle ore dodici, con la chiesa strapiena di fedeli accorsi a santificare il Natale, aveva cominciato l'omelia ricordando il povero Costantino caduto in Etiopia e, invece di parlare della festa del giorno, aveva parlato soprattutto della follia di chi aveva costretto quel povero giovane a sacrificare la propria vita con la lusinga di una sistemazione futura in quella terra così lontana e misteriosa. Senza peli sulla lingua aveva condannato la smania di conquiste coloniali del governo che aveva portato l'Italia ad inimicarsi il consesso della Società delle Nazioni, con le conseguenti sanzioni economiche sancite contro il nostro Paese ed aveva urlato il suo sdegno per una simile politica che portava lutti in molte famiglie italiane, oltre all'inimicizia di tutti gli altri Stati del mondo.

Aveva già suscitato scalpore nella sede del partito fascista il comportamento del parroco durante il comizio del camerata Emilio in piazza, ma adesso l'indignazione era incontenibile e tutti reclamavano a gran voce un'esemplare punizione con l'olio di ricino nei confronti di chi, così ostentatamente, aveva mostrato di essere contrario al glorioso destino della madrepatria ed aveva osato offendere il Duce addirittura dal pulpito di una chiesa, durante la celebrazione di una cerimonia religiosa così importante.

Giorgio era molto legato ad Emilio, dai tempi della fanciullezza e quest'ultimo era divenuto il punto di riferimento suo e di tutti i giovani fascisti del paese, per le sue doti oratorie, per la sua preparazione nella dottrina fascista, per le informazioni di prima mano che attingeva in alto loco, per la gagliardia fisica che manifestava in ogni occasione. In questi ultimi tempi, infatti, quando ritornava da Roma, si presentava alle adunate del sabato, regolamentate da qualche mese con preciso cerimoniale dal regime e, davanti alle scolaresche impegnate negli esercizi ginnici curati con zelo maniacale dal padre, maestro elementare e dal podestà, suo zio, si esibiva suscitando l'ammirazione di tutti. Quando il giovane tornava in paese era sempre circondato da numerosi camerati che pendevano letteralmente dalle sue labbra, bevendo avidamente ogni sua parola, incantati da tanta facondia ed esaltati dalle notizie che giungevano dalla capitale sulle conquiste economiche e sociali sbandierate dal galvanizzato oratore. Le sue passeggiate per le vie del paese sembravano sfilate giubilanti di appassionati patrioti, di convinti vaticinatori della nuova era di progresso e di civiltà che si apriva alle nuove generazioni.

Di tanto fervore si faceva interprete Giorgio quella sera a cena, ma gli anziani erano più prudenti col loro invito alla calma, col consiglio di non esagerare per non spaccare il paese in due fazioni, proprio in concomitanza dell'imminente fine della guerra, come aveva annunciato lo stesso Emilio nel comizio davanti alla chiesa, quando aveva predetto ormai prossima l'eclatante vittoria che avrebbe portato lustro al partito, all'esercito ed alla patria. Anche nonno Andrea consigliava di non esacerbare i toni, perché, in fin dei conti, era proprio compito di un prete condannare la violenza della guerra ed invocare la pace, specialmente in occasione del Natale che, notoriamente, è la festa della bontà, dell'amore, della concordia universale.

Erano tutti consapevoli del credito che il nuovo parroco aveva conquistato in paese, specialmente presso le donne, con le sue iniziative, col fervore mistico che era riuscito ad accendere nel cuore di tanta gente, con la sua personalissima interpretazione del messaggio cristiano e della funzione pastorale esercitata in maniera completamente diversa dal modo a cui erano abituati fino a qualche anno addietro: tutti gli altri preti che conoscevano si prendevano cura della parrocchia, ma erano soprattutto attenti al proprio personale tornaconto ed anche a quello della famiglia che li attorniava, mentre don Guido, essendo solo, si prodigava con tutte le sue forze per il bene assoluto del suo gregge.

Eppure, sogghignando di compiaciuto orgoglio, Saverio, che era il capo manipolo della Milizia locale, per l'ennesima volta, ricordava ai commensali la punizione esemplare impartita qualche anno prima ai due testardi sovversivi che, pur essendo stati redarguiti più volte, continuavano ad esprimere pubblicamente la loro fedeltà alla dottrina socialista.

Dopo la crisi del 1924, in conseguenza dell'uccisione del deputato socialista Matteotti, erano state emanate le "leggi fascistissime" che abolivano di fatto tutti gli altri partiti politici, eppure in paese alcuni continuavano a rifiutare il regime e, anche se di nascosto, continuavano la loro propaganda 'sovversiva', per questo, in un momento di parossismo dell'eccitazione generale, i responsabili della locale sezione del fascio decisero di ricorrere all'olio di ricino e, dopo aver prelevato dalla loro casa con la forza il sarto Antonio ed il barbiere Nicola, li portarono in piazza dove, dopo averli legati ad una sedia, con un imbuto, somministrarono loro la disgustosa pozione, per punizione ed ammonimento pubblico. A nulla era valsa la corsa della moglie del sarto in caserma ad invocare l'intervento dei carabinieri, perché lì trovò solo il piantone di guardia, che disse alla povera donna in lacrime di non poter far nulla perché il comandante e gli altri carabinieri, stranamente, erano usciti in un giro di pattugliamento per i campi.

Saverio, con in mente il suo tarlo fisso, ripeteva testardamente che anche per questo sacerdote refrattario erano necessari metodi energici che avrebbero tacitato una voce noiosa, punito l'atteggiamento insubordinato, educato una mente capziosa ed avrebbero 'purgato' la sua pancia di 'mangiapane a tradimento' da tanti rospi maligni.

Giorgio, spalleggiando lo zio Saverio, sparava a zero anche lui le sue bordate contro il prete, reo di immischiarsi pubblicamente ed in modo inopportuno negli affari di Stato, tanto da risultare offensivo. «Eppure dovrebbe essere grato al Duce che ha risolto brillantemente il conflitto tra la Chiesa e lo Stato Italiano col Concordato del 1929!» sbraitava il giovane, col palese consenso dello zio Saverio che, rincarando la dose, con monotonia ripeteva per l'ennesima volta che il parroco riscuoteva puntualmente ogni mese la congrua pagata dallo Stato ai ministri del culto.

Evidentemente questa volta aveva esagerato Saverio toccando un tasto sbagliato, perché, tra lo sbigottimento generale, si sentirono le voci concitate delle donne di casa che, all'unisono, rifiutavano questa insinuazione sul parroco che adoravano e, proprio zia Carmela, superando le voci delle altre, diceva al cognato di non mistificare la realtà, di non diffondere notizie false perché a tutti era noto come don Guido vivesse in assoluta povertà, distribuendo ai bisognosi tutti i soldi che percepiva, non solo la somma della congrua statale, ma tutte le offerte che gli pervenivano dai benefattori. Stava in paese solo da un paio d'anni, ma aveva già mostrato le novità positive del suo ministero, prodigandosi senza riserve per proteggere i deboli, per aiutare i bisognosi, per impedire ingiustizie, senza fermarsi di fronte a niente, senza mostrare paura e, soprattutto, senza fare ingiuste e dannose discriminazioni.

Era insolito che le donne intervenissero nei discorsi degli uomini, ma era tanta la benevolenza conquistata dal giovane parroco, che anche Elvira e le altre ragazze erano scese in campo a difendere il loro beniamino e facevano a gara a ricordare gli episodi di grande generosità ed altruismo che avevano visto protagonista il nuovo parroco e che avevano destato grande meraviglia nei primi tempi del suo apostolato; il suo comportamento, infatti, differiva completamente da quello degli altri preti ai quali erano abituati precedentemente ed aveva conquistato tutti gli animi nel giro di poco tempo, proprio per la novità e l'inusitata gestione dei beni della comunità che, per la prima volta, metteva al centro dell'interesse generale gli ultimi, i più derelitti, i più bisognosi.

Zia Carmela, chiamando imperiosamente i piccoli Ernesto e Alessandro, li invitava a dare palesemente la loro testimonianza di come si era comportato il parroco di fronte al cesto che poco prima di cominciare il loro pranzo, gli aveva inviato per mezzo dei due cuginetti. Impettiti ed inorgogliti per essere al centro dell'attenzione generale, i due confessarono che il buon sacerdote, seduto solo soletto davanti al camino dove ardevano due minuscoli tizzoni di legno, senza neanche aprire il canestro che conteneva tanto ben di Dio, ringraziandoli, li aveva pregati di portare il tutto in una certa casa, dove abitava una famiglia notoriamente indigente. E non era un atteggiamento limitato solo alla festa del santo Natale, incalzava anche la cognata Annina, perché questo succedeva tutti i giorni, dal momento che il santo sacerdote, che viveva della carità della comunità, serbava per sé solo l'indispensabile mentre distribuiva a destra ed a manca tutto ciò che la Divina Provvidenza gli faceva pervenire in casa. La ribellione femminile, cosa assolutamente nuova in un ambiente nel quale vigevano ancora ferree le leggi maschiliste e dove esisteva un indiscusso rapporto gerarchico tra tutti i componenti del gruppo, lasciò interdetti gli interlocutori che, intimiditi dalla veemenza della reazione di tante brave e buone massaie, solitamente silenziose, sottomesse ai mariti ed abituate ad accudire solo alle faccende domestiche, ammutolirono ed abbassarono il viso sui piatti che fumavano sulla tavola, meravigliati anche dall'accorato intervento delle ragazze, che davano man forte alle mamme con un entusiasmo ed un calore che nessuno sospettava.

Nonna Ninetta, dal canto suo, prendendo sotto braccio la nipote Elvira, che ormai superava in altezza la buona vecchietta di una spanna abbondante, cercava di calmarla, dicendole che non bisognava contraddire con tanto impeto gli uomini, in genere, né tantomeno i parenti anziani, in particolare. «Non sta bene entrare nei discorsi degli adulti» le ripeteva per rabbonirla, e lo faceva col garbo di chi non vuole rimproverare, ma lo fa solo per ubbidire ad un cliché standardizzato, perché si vedeva chiaramente che anche lei, in quell'occasione, era favorevole alla rivoluzione femminile delle sue donne. Certamente anche lei era una fervente ammiratrice del parroco, specialmente da quando si era resa conto che il marito si recava puntualmente a messa ogni domenica e faceva anche il segno di croce prima di cominciare i pasti, cosa che non gli aveva visto fare in tanti anni di matrimonio, nonostante lei avesse inculcato la sana abitudine in tutti i suoi figli e nipoti.

Era avvenuta una vera rivoluzione in paese: da qualche tempo, infatti, gli uomini si avvicinavano alle celebrazioni liturgiche e non borbottavano più quando le loro donne, la sera, tornavano più tardi del solito a casa dopo aver assistito alla funzione del vespro. C'era sempre qualche cosa nuova in chiesa: la quaresima, la preparazione della settimana santa, le funzioni mariane del mese di maggio, poi quelle del Sacro Cuore nel mese di giugno, poi le varie novene ai santi protettori, il periodo dell'avvento, ecc., per cui le donne frequentavano giornalmente non solo la messa mattutina, all'alba, ma anche le cerimonie del vespro, la sera.

Quello che stupiva con gran soddisfazione le donne era la vista dei propri mariti che si accostavano sempre più spesso ai sacramenti e tutto questo contribuiva enormemente al menage familiare, perché molti uomini cominciarono a trattare meglio le proprie mogli, comportandosi in modo più rispettoso nei confronti di tutti, castigando il proprio linguaggio, limitando o, addirittura, evitando le bestemmie. È pur vero che non tutti si comportavano in questo modo, ma era questo un atteggiamento che non passava inosservato e funzionava come esempio che in tanti cominciavano ad imitare.

XVIII

Passò il Natale e passarono velocemente anche il capodanno e l'epifania, con tutte le tradizionali attività legate a queste feste che rappresentavano un momento di pausa nel lavoro dei campi ed una parentesi di conviviale armonia nelle abitudini paesane. Non a caso questo era considerato il periodo più bello dell'anno, non solo perché era limitato al minimo l'impegno nelle attività agricole, ma era anche il periodo della socializzazione e delle feste familiari. Le scorte alimentari consentivano una moderata concessione alla buona tavola, il vino era ormai maturo, abbondanti erano i salumi, data la diffusa consuetudine di allevare diversi maiali in ogni casa e non mancavano fichi secchi, mandorle, noci e nocciole che rendevano, insieme ai numerosi dolci natalizi, piacevoli i pomeriggi passati in allegria, giocando alla tombola.

Per mamma Lucia ogni riunione suscitava commozione ed era motivo di rimpianti; pensava continuamente al suo Nicolino, solo, allo sbaraglio in un paese straniero, tra gente che non parlava la sua lingua, affidato solo a se stesso, in cerca di fortuna. Gli altri paesani che erano partiti avevano tutti un punto di riferimento, erano stati chiamati tutti da parenti che li avevano preceduti, mentre suo figlio aveva tentato l'avventura da solo, per questo pregava sempre il Signore perché lo aiutasse, guidasse i suoi passi, gli aprisse le porte giuste.

Anche Elvira stava vivendo un momento difficile; mentre le sorelle, i fratelli e gli altri cugini si divertivano, affollando le case dei vari parenti, riuniti ogni sera in una casa diversa,

lei restava con i genitori e non partecipava alle scorriban-
de degli altri giovani. Era costume che le ragazze fidanzate
potevano frequentare le feste solo in compagnia del fidanzato ed in presenza dei genitori e così, anche se si recava a
casa degli zii, accompagnata dai genitori, non partecipava
ai giochi degli altri, ma si riuniva al gruppo delle mamme e
degli anziani a guardare da lontano i divertimenti dei suoi
coetanei.

I giovani allora festeggiavano la vigilia del capodanno e
dell'epifania riunendosi in gruppi numerosi per portare,
cantando al suono di una fisarmonica, nelle case dei parenti e degli amici, l'augurio per il nuovo anno e festeggiare
l'arrivo dei magi a Betlemme ed in ogni casa si faceva festa
perché l'arrivo di questi cantori era non solo momento di allegria e svago, ma era un auspicio di buona sorte, l'augurio
di salute e benessere con l'esorcizzazione del male. Le feste
continuavano ancora nel periodo di carnevale, con la stessa
procedura di allegre brigate che, specialmente nelle serate
nevose, passavano piacevolmente il tempo in divertimenti
sani e leciti, sotto il controllo dei vigili parenti.

Queste feste erano occasioni di tristezza per Elvira, non per
la sua mancata partecipazione diretta al divertimento generale, ma per la nostalgia che le faceva sentire acutamente la
mancanza di Nicolino. Quando la vedevano con gli occhi
lucidi, le sorelle e la mamma la coccolavano e la sollecitavano a non cedere alla malinconia anche per scacciare la mala
sorte e, premurosamente, la incitavano a guardare in positivo il suo futuro, le dicevano che presto avrebbe avuto notizie rassicuranti e consolanti dall'America e quanto prima
avrebbe potuto coronare il suo sogno d'amore.

Arrivò, infatti, una cartolina a casa di Nicolino, ma era quella di precetto, era il richiamo alle armi con l'ordine di presentarsi, entro una settimana, al Distretto di Campobasso

per essere arruolato nell'esercito. Dieci giorni dopo la scadenza della data di presentazione al Distretto Militare, si presentarono a casa due carabinieri con una sentenza del Tribunale Militare che, dichiarando disertore Nicolino, ne ordinava l'arresto immediato da eseguirsi per tramite delle forze dell'ordine.

Papà Giovanni si recò immediatamente in caserma dove cercò di spiegare che suo figlio era emigrato, ma il maresciallo non solo fu irremovibile nel constatare irreperibile e, quindi renitente, il giovane soldato, ma, per la mancanza di una regolare documentazione di espatrio, dichiarò che la sua posizione si aggravava con l'accertata condizione di emigrato clandestino, per cui il giovane sarebbe stato arrestato al momento del suo eventuale rientro in paese per essere sottoposto ad un processo davanti al Tribunale Militare che, come era noto, non scherzava assolutamente di fronte a disertori, tra l'altro in mala fede.

Non era assolutamente una buona nuova questa per la famiglia e soprattutto per Elvira, che sperava di sposarsi al più presto, cioè, quando Nicolino, sistematosi convenientemente in America, avesse avuto la possibilità di tornare per celebrare il matrimonio e portarla, così, con sé nel nuovo mondo. Tutto si complicava ora in modo impensato! Il destino si divertiva a far dispetti strani: da una parte aveva costretto il giovane a partire per l'America per non correre il rischio di esser coinvolto nella guerra in Africa; poi aveva vanificato questo rischio perché, dalle notizie annunciate così pomposamente, sembrava che la guerra stesse ormai concludendosi con la vittoria piena del nostro esercito, per cui il timore di Nicolino risultava infondato, visto che la Patria lo chiamava alle armi a guerra finita; ma a tutto questo si aggiungeva la chicca della posizione giuridica che, dichiarando fuorilegge il povero ragazzo, gli impediva di ritornare a casa perseguendolo come un pericoloso malvivente.

Al dolore di Elvira si aggiungeva la costernazione di papà Giovanni, che non imputava alla sfortuna una situazione così paradossale, ma si accusava di superficialità, di frettolosità e di scarsa ponderazione delle possibilità che si offrivano al figlio. Aveva prevalso la paura, che non è una buona consigliera ed a lei si era aggiunta la lusinga di trovare in America quella fortuna che tanti inseguono, ma che solo pochi riescono a trovare.

Tutto sommato, diceva a se stesso, qui in paese al figlio non sarebbe assolutamente mancato di che vivere: aveva pur sempre una buona posizione, apparteneva ad una delle famiglie più agiate, ed anche se erano tanti i fratelli che avrebbero dovuto dividersi l'eredità paterna, il loro impegno e la loro intraprendenza li avrebbe portati senz'altro ad aumentare l'asse ereditario, tanto da accontentare tutti. Si sentiva un semplicione vittima di una beffa, aveva perso un figlio per aver sottovalutato la realtà e, per colmo d'ironia, sapeva che di questo si sarebbe parlato tanto in paese e qualcuno avrebbe anche gioito.

In un paese così piccolo, infatti, ogni avvenimento diventa motivo di chiacchiere; le donne spettegolano continuamente tra loro dal momento che la vita comunitaria è molto intensa: si vive a contatto di gomito, si sa tutto di tutti, le porte di casa sono sempre aperte e la strada è il ritrovo di tutti; il rione vive comunitariamente le vicende individuali, i vicini partecipano alle gioie ed ai dolori di tutti, condividendo in maniera spontanea la vita di ogni famiglia.

Nella bella stagione si vive letteralmente fuori casa, nelle strade, in piazza; i bambini crescono insieme educandosi vicendevolmente, imparando, trasmettendo e perpetuando la cultura paesana; gli anziani stazionano intere giornate sulla soglia delle proprie case o, meglio, seduti in gruppi negli slarghi, nelle piazze, davanti alle tante botteghe artigianali, commentando i fatti del giorno, ricordando la vita passata, raccontando mille volte gli stessi episodi a se stessi o ai bambini che spesso li attorniano; gli artigiani lavorano tenendo sempre spalancata la porta della loro bottega e, spesso, si affacciano a partecipare ai discorsi instaurati nella strada, poi ci sono quelli che lavorano all'aperto, come i sarti, i ciabattini, mentre i barbieri hanno sempre la loro bottega piena di gente che sosta volentieri, o in attesa di essere servita, oppure per animare il discorso che coinvolge sempre tante persone; ci sono anche le taverne, dove gli avventori perdono tanto del proprio tempo, giocando a carte, bevendo qualche bicchiere di vino o anche semplicemente chiacchierando del più e del meno. Anche gli uomini, tornando a casa la sera, dai campi dove hanno trascorso la loro giornata, si incontrano volentieri lungo la strada che percorrono insieme scambiandosi le impressioni sul tempo, le informazioni sul lavoro, chiedendo e fornendo spiegazioni su cose, fatti e persone che sono al centro dell'attenzione generale e, quando raggiungono casa, sono messi al corrente delle novità dalle donne, dai vicini e, soprattutto, dal barbiere che diventa il gazzettino ufficiale degli avvenimenti paesani.

Giovanni sa che ormai tutti in paese conoscono i fatti della sua famiglia, sa che di ogni singola storia poi, si danno diverse interpretazioni, data la continua e mutevole versatilità, a volte non voluta, ma sempre geniale, nel riferire le notizie sentite da altri; sa che, purtroppo, la mente umana è provvista dell'abilità di aggiungere particolari succulenti e sa anche che alcuni hanno la diabolica arte di travisare le cose e, anche se non sempre lo fanno per ubbidire ad istinti malevoli, spesso preferiscono abbellire con la loro fantasia le informazioni per renderle più interessanti.

A tutto questo si aggiunga la miseria della natura umana che talvolta crea invidie, gelosie e rivalità soprattutto nei piccoli centri, dove la convivenza e la frequentazione continua alimentano sospetti, dubbi e malanimo, originati da quel moto imperscrutabile che nel cuore umano desta antipatie e simpatie irrazionali. Per questo si travisano i fatti, sorgono dicerie strane, si inventano storie parallele, si traggono conclusioni da eventi passati ed anche la vicenda di Nicolino diventa materia di elucubrazioni stravaganti.

Le comari rileggono la storia del fidanzamento dei due ragazzi nella Pasqua scorsa ed arrivano alla conclusione che la ruggine tra i due cognati, Antonio e Giovanni, non era stata superata completamente, per cui il ragazzo aveva deciso di espatriare ad ogni costo per trovare fortuna in un altro ambiente, senza incrinare l'equilibrio instabile delle due famiglie per l'utilizzazione della fonte di Colle Bianco, sacrificandosi così per la pace della famiglia; altri ipotizzano un ripensamento del ragazzo nei confronti di Elvira, per cui la scelta di allontanarsi dal paese, per andare incontro ad un altro destino, derivava solo da una vicenda sentimentale non andata a buon fine.

Ma tutti, col senno di poi, concludono che era stata una decisione improvvida, un'alzata di testa, una smania di avventura che si paga a caro prezzo. "Chi lascia il certo per l'incerto…" sentenziano gli anziani; le donne gli rimproverano la scelta di andare a lavorare così lontano da casa, per conto di padroni estranei, mentre potrebbe fare "il signore" a casa propria; i giovani lo accusano di smania di novità, per cui, non accontentandosi di tutto quello che aveva, aveva messo a repentaglio la vita per la sua insoddisfazione personale.

Ma così va il mondo! Ognuno vuol dire la sua, anche per il solo gusto di partecipare ad una discussione con una versione diversa, capace di attirare l'attenzione degli altri.

XIX

Nick, intanto, proseguiva nel suo graduale inserimento nel nuovo ambiente senza traumi, meravigliandosi lui stesso della facilità con la quale assimilava ogni novità. Gran parte del merito era di Adam che lo guidava passo passo, gli spiegava ogni cosa, lo predisponeva ad ogni incontro, gli suggeriva l'atteggiamento più adatto, lo istruiva con particolare accortezza che denotava una sensibilità tenuta assolutamente nascosta a tutti gli altri. Gli confidò che sentiva gran nostalgia per i fratellini che aveva lasciato a Guglionesi e dei quali non aveva saputo più nulla, per questo gli sembrava quasi che il destino gli avesse offerto l'opportunità di riscattarsi facendogli incontrare Nick, che poteva essere considerato come un fratello minore a cui far da guida.

La cena di San Silvestro era passata con una grande abbuffata in un locale pieno di gente che voleva stordirsi con l'alcool, più che divertirsi, in compagnia di donne molto appariscenti ed abbastanza allegre, disponibili ad ogni tipo di approccio, rallegrati da un'orchestrina composta da un gruppo di giovanotti molto eleganti, vestiti con un abito nero lucido e papillon, che suonavano una musica allegra, ma assordante, molto dissimile dalle musiche napoletane alle quali era abituato e dalle romanze che aveva talvolta ascoltato dall'unica radio del paese, quella di Umberto "l'americano".

Il giorno di capodanno, però, pur essendosi alzati più tardi del solito, dovettero riprendere la solita attività di controllo del territorio, con la visita ai vari locali, con la solita attenta passeggiata nelle strade, con le consuete raccomandazioni di Adam che, per fargli prendere coraggio e dimestichezza, cominciò a mandarlo anche da solo, specialmente nei locali italiani, dove poteva sbrigarsela con la lingua, mentre lui aspettava fuori dalla porta d'ingresso.

Adam, infatti, era particolarmente impegnato ad "addestrare" Nick perché, come gli diceva spesso, aveva bisogno di un braccio destro, di una persona di cui fidarsi pienamente, insomma di qualcuno che, spalleggiandolo, avrebbe potuto alleviare il senso di insicurezza, frutto della precarietà e dell'insoddisfazione che gli venivano dalla sua sostanziale solitudine in un ambiente dove era sconosciuta la solidarietà; questo gli procurava una tensione continua per lo sforzo di controllare sempre tutto ciò che lo circondava, nella consapevolezza che molti lo invidiavano per la posizione di favore di cui godeva nei confronti di don Vito.

Per tutte le vicissitudini della sua vita Adam era divenuto molto diffidente, duro, severo nei giudizi, intransigente, egoista ed intollerante; nessuno riusciva a collaborare con lui per molto tempo, per la sua mania di precisione, per l'inflessibilità con cui giudicava l'operato degli altri, con l'alibi che da ogni più piccolo errore poteva derivare un pericolo di morte. Gli altri, però, ritenevano che il suo atteggiamento fosse legato alla paura di perdere la sua posizione di prestigio agli occhi di don Vito, per cui tutti gli facevano ombra e lui cercava di difendere caparbiamente il posto che occupava, comportandosi con l'aggressività tipica di un animale che marca e difende con violenza il proprio territorio.

Il trattamento riservato a Nick, invece, era completamente diverso: si dava da fare proprio per trasferirgli tutte le sue conoscenze, tutta l'esperienza accumulata in una vita di lotta; e non si limitava solo ad istruirlo, ma stava veramente costruendo la personalità che aveva in mente, stava plasmando un clone con l'obiettivo di far fare all'amico tutte le cose che avrebbe voluto fare lui e che non gli erano riuscite fino a quel momento. Per questo non lo lasciava mai solo e non gli dava un attimo di respiro, sembrava quasi che volesse fargli bruciare le tappe nell'allenamento che gli stava impartendo, per arrivare presto alla perfetta realizzazione di un capolavoro di efficienza, di prontezza, di abilità e di spregiudicatezza, qualità che riteneva indispensabili nel loro ambiente e preziose in chi poteva e doveva emergere. Per questo si impegnava con tutta la sua astuzia a smantellare le remore di un'educazione timorata ed impostata sui sacri canoni della moralità, dell'onestà e del perbenismo tradizionale, con l'esaltazione dell'opportunismo, del realismo puro, finalizzando ogni comportamento al pieno soddisfacimento di esigenze immediatamente riconducibili alla sola sfera del contingente, dell'utile immediato e del proficuo.

«L'America è una terra che non ammette debolezze!» gli diceva ad ogni piè sospinto e continuava ricordandogli che dentro ogni uomo che lo circondava si celava un concorrente pronto ad usare tutte le armi, lecite ed illecite, per vincere la partita della vita. «Tutto sta nell'anticipare gli altri e per questo occorrono astuzia, velocità, destrezza e mancanza di scrupoli!» sibilava a volte guardandolo fissamente negli occhi, con un filo di voce e tirandolo per il bavero della giacca. Del resto Nick si stava dimostrando un buon allievo, non solo per assecondare l'amico, ma anche perché stava gustando il piacere di vivere "alla grande", di avere a disposizione facilmente ogni cosa e, ricordando le fatiche della sua vita in paese, le rinunce continue, la mancanza di ogni benché minima soddisfazione dopo il duro lavoro di sempre, con la perenne preoccupazione di non trasgredire, di non andare contro la morale comune, di non farsi giudicar male dall'opinione corrente, questa gli sembrava veramente la vita giusta per lui, la vita per la quale valeva la pena aver affrontato tanti rischi e tante sofferenze.

«Tutto sommato - si diceva sempre più spesso – non è violenza la difesa dei propri interessi, il tentativo di realizzare i propri sogni e non può essere considerata negativa l'attività tesa a perseguire risultati proficui. Del resto la vita è una lotta continua per cui è meglio essere forti e duri ed è meglio essere dalla parte dei vincenti. Sono venuto fin qui per migliorare la mia vita, per fare fortuna e nessuno mi può giudicare male se, per raggiungere i risultati prefissati, sarò costretto ad usare tutti i mezzi che si renderanno necessari ed in un paese dove le armi sono indispensabili, anch'io posso e devo far ricorso a loro per salvaguardare la mia persona.»

Non si rendeva conto che in pochissimo tempo stava mettendo da parte l'educazione ricevuta in casa, la formazione religiosa e morale che gli era stata impartita in tutti gli anni precedenti; non si accorgeva che stava dimenticando le raccomandazioni che il padre gli aveva fatto fino all'ultimo momento, prima di imbarcarsi sul piroscafo. Non si chiedeva come avrebbero agito i suoi di fronte a quella situazione perché il paragone non reggeva: tutto era completamente diverso, questo nuovo mondo si presentava difficile ed i deboli sarebbero stati subito sopraffatti; qui bisognava farsi strada da soli e senza aver paura di comportarsi secondo le leggi della natura che privilegia solo i più forti.

Aveva scritto una lettera a casa, dopo i primi giorni, ed aveva usato un tono molto prudente parlando delle sue condizioni: aveva, innanzitutto, rassicurato i parenti sulle sue buone condizioni fisiche ed aveva detto di essere stato fortunato a trovare un paesano di Guglionesi, che lo aveva preso subito a benvolere e gli aveva anche trovato un ottimo lavoro presso un suo caro amico, titolare di una grossa impresa commerciale, dove gli erano state affidate le mansioni di sorvegliante. Era un lavoro dignitoso, pulito e per niente faticoso, con molte responsabilità invero, ma interessante dal momento che gli permetteva di muoversi molto, dovendo girare anche per le varie filiali sparse un po' dappertutto; il suo amico, di nome Adamo, faceva l'ispettore e lo portava sempre con sé nei suoi giri di controllo. Non aveva accennato minimamente al viaggio per mare, mentre si riservava di descrivere in un secondo momento la vita in America, dopo aver preso maggior dimestichezza con l'ambiente.

Anche ad Elvira aveva mandato una lettera molto castigata, dal momento che sapeva che sarebbe stata letta ed analizzata dai parenti, ed anche a lei aveva scritto le stesse cose comunicate ai suoi, ed in più aveva ottimisticamente aggiunto che, in base a quanto vedeva già dai primi giorni, sperava di poter programmare entro breve tempo un progetto definitivo sul loro futuro. Anche con lei si era tenuto molto sul vago parlando del suo lavoro e delle persone che lo circondavano, aveva solo insistito sulla sua determinazione a sposarla al più presto sentendo molto la sua mancanza e, pur senza sbilanciarsi molto, le diceva di trovarsi bene ed immaginava che si sarebbe inserito in poco tempo nella nuova realtà che, pur essendo molto diversa da quella del loro paese, gli sembrava veramente positiva.

Effettivamente le cose giravano proprio nel verso giusto, Nick si adattava sempre più agevolmente a quella vita; grazie ad un'intelligenza viva e sbrigliata stava imparando velocemente la lingua locale che, appresa in un ambiente fortemente influenzato dagli emigrati italiani, era un misto di slang americano e dialetto siculo-napoletano. Nella zona frequentata, oltre ai napoletani, c'erano molti siciliani e calabresi, parecchi friulani e pugliesi, mentre erano isolati gli italiani provenienti dalle altre regioni e questi si adattavano alla cadenza linguistica maggiormente diffusa, per cui la parlata locale risultava variamente colorita dagli influssi della lingua ufficiale e dalle sonorità paesane dei vari dialetti che, mischiandosi alle altre lingue nazionali degli altri immigrati, rendevano il tutto molto singolare e pittoresco.

La sua iniziale avversione alle armi era superata quasi completamente ormai e, spesso, andava ad esercitarsi al tiro al bersaglio con la pistola in una zona isolata, dove si divertiva a colpire sassi sempre più piccoli, facendo a gara con Adam che, però, lo surclassava di molto. Si esercitava anche all'uso del coltello, anzi era lui che, la sera, quando stavano in camera, invitava i due napoletani, Cosimo e Gennaro, a fare gare di lancio contro una tavoletta, ormai piena di tagli, e migliorava sempre di più la sua mira, suscitando anche la meraviglia dei suoi compagni di camera.

Anche la sua attività di controllo del territorio diveniva sempre più sicura e meticolosa; senza rendersene conto, anche lui andava assumendo lo sguardo freddo e minaccioso del suo amico Adam, che gli ripeteva spesso che il miglior modo per farsi rispettare era quello di incutere paura, per questo era necessario parlare poco, non fermarsi mai per molto tempo nello stesso luogo e guardare sempre direttamente negli occhi gli avversari, tenendo attentamente sotto controllo ogni persona presente ed ogni suo gesto. Nick parlava poco già di suo e questo piaceva ad Adam, che non sopportava i chiacchieroni e, soprattutto, odiava gli spacconi.

Erano inseparabili, sul lavoro ed anche nelle ore libere; Adam voleva a tutti i costi che Nick imparasse a guidare le auto e per questo lo aveva affidato ad un suo amico che guidava un'auto dell'Organizzazione, perché gli insegnasse tutto ciò di cui aveva bisogno per superare il test di guida e così, quasi ogni pomeriggio, Nick prendeva lezione di guida su una Ford Brochure, nuova fiammante, ed invero mostrava una certa predisposizione, come riconosceva anche il suo istruttore, tanto che, dopo breve tempo, riuscì a superare il test, ottenendo il permesso di guida. Anche in quest'occasione don Vito riuscì a superare ogni difficoltà burocratica, facendo predisporre per Nick un certificato che lo dichiarava emigrato legalmente negli United States, in attesa di naturalizzazione e questo favorì il sollecito rilascio del documento in questione.

Ormai Nick si convinceva sempre più di essere capitato nell'ambiente giusto, dove ogni difficoltà era superata dalla potenza del suo protettore che dimostrava di essere più forte anche della legge, per cui si stava creando nel suo animo un misto di riconoscenza e di ammirazione per don Vito, che poneva quest'ultimo al di sopra di ogni valutazione morale. Pensava sempre più spesso che un uomo che riesce a garantire un ordine così perfetto in un ambiente ostile, che riesce a tenere a bada le ambizioni di altri concorrenti, che assicura il benessere a tanta gente, liberandola da pericoli di ogni genere, doveva avere non solo il suo rispetto e la sua stima, ma anche la sua devozione piena, per cui dava sempre più ragione ad Adam che lo spronava a non avere scrupoli inutili in un mondo dove si badava solo alle necessità quotidiane, senza pensare a complicarsi la vita con "fantasie" di carattere spirituale.

Anche per Nick fu adottato un nomignolo ed anche in questo caso fu il vezzo di Adam, che lo chiamava *'paisà'*, a far propendere per la scelta del nome, per cui ormai era identificato da tutti come *'Nick 'o paisà'*. A dire il vero il suo carattere gli aveva permesso di accattivarsi la simpatia generale, perché era cortese, disponibile, taciturno e conciliante con tutti, imparava facilmente ed in fretta tutto ciò che gli proponevano di fare, non si lamentava mai di niente e svolgeva le sue mansioni con scrupolo e sempre maggiore efficienza.

Anche don Vito gli manifestava la sua simpatia ed era soddisfatto di averlo affiancato ad Adam, perché, oltre ai risultati positivi che Nick era riuscito a conseguire, vedeva che il giovane aveva prodotto un notevole miglioramento nel carattere del suo braccio destro, che non era più così burbero e scontroso con tutti, ma riusciva anche a sorridere ogni tanto. Pensò, addirittura, di gratificare i due con un'auto a loro completa disposizione, guidata naturalmente dal neopatentato Nick, e la scelta cadde su di una bella Chrysler Airstream coupé, color amaranto, con la quale potevano effettuare un controllo più rapido della zona e potevano essere molto più presenti ed efficienti in ogni momento ed in ogni situazione.

I due amici andavano spesso, la sera, a casa di madame Henriette, e Titty accoglieva sempre con grandi feste Nick, lo copriva di moinose coccole, anche in pubblico, tanto da farlo sentire piacevolmente a disagio, specialmente quando Adam, con grandi pacche sulle spalle, gli faceva i complimenti per tutte le dolci attenzioni delle quali era oggetto e lo chiamava "toro scatenato", suscitando risatine di compiacimento e d'intesa tra le ragazze che, coperte solo di veli vaporosi, affollavano il salotto in attesa di clienti.

Insomma era bastato poco a trasformare il timido Nicolino in un giovane audace, intraprendente e deciso. Aveva cominciato da qualche tempo a frequentare anche una palestra sportiva, dedicandosi alla boxe, per mettere a punto una maggiore capacità difensiva e sentirsi più sicuro. Si era reso conto anche che aveva bisogno di fare attività sportiva, per assecondare la sua naturale costituzione robusta e per continuare ad allenare un fisico abituato alla fatica dalla tenera età.

Del resto questo sport aveva avuto modo di mostrarsi utile, in occasione di un incidente capitato proprio qualche giorno prima, quando, nel suo solito giro con Adam, era capitato in un negozio di ferramenta, gestito da un polacco che era in arretrato con il pagamento della somma impostagli come protezione; era un omone alto e grosso e, di fronte alla insistenza di Adam, che era piccolo e mingherlino, il polacco cercò di intimorire gli interlocutori con tutta la possanza della sua mole, uscendo da dietro il bancone, dove lavorava, e presentandosi davanti ai due con una mazza da baseball, ma Nick, senza pensarci due volte, con un preciso, veloce e forte diretto al mento lo bloccò, mentre lo stiletto di Adam, velocemente sguainato dal bastone animato, si puntava alla gola del riottoso, riducendolo immediatamente a più miti consigli, tanto che, senza fiatare oltre, dalla tasca posteriore dei calzoni trasse lentamente una busta e la porse ad Adam che, dopo aver controllato il contenuto, la mise nella tasca interna della sua giacca e, prendendo dalla fondina la pistola la tenne puntata sul polacco finché, dopo aver messo al suo posto lo stiletto, uscirono dal locale.

Purtroppo non erano rari questi inconvenienti, specialmente quando si trattava di stranieri che mal sopportavano la protezione degli italiani e spesso Nick sentiva gli altri vantarsi di aver spezzato qualche osso, di aver rabbonito con le maniere forti qualche "rognoso bastardo", di aver dato una lezione coi fiocchi a qualche galletto.

Era estremamente necessaria la presenza continua dell'Organizzazione non solo per controllare il territorio e garantire la protezione a tutte le attività, ma anche per difendere il monopolio che negli anni don Vito era riuscito ad imporre con assoluta intransigenza. Ogni tanto, infatti, c'era qualche tentativo di infiltrazione dagli altri distretti ed era necessaria un'azione di bonifica che non si limitava solamente a scoraggiare i malintenzionati, ma si risolveva con una vera e propria lotta per la sopravvivenza, senza esclusione di colpi, in una vera e propria guerra combattuta con tutte le armi a disposizione. I pericoli venivano dalle tante bande che pullulavano a New York, formate da irlandesi, francesi, turchi e soprattutto da siciliani, che erano i più agguerriti.

Si vociferava, ad esempio, in quei giorni, di qualche cinese che si mostrava un po' troppo spesso in giro, a far domande strane sulla protezione garantita da don Vito e questo richiedeva un sollecito intervento per scoraggiare curiosità ed intrusioni pericolose. Adam aveva accennato qualcosa di questo a Nick, senza dar eccessivo peso all'argomento per non allarmare l'amico, ma da qualche giorno lo aveva pregato di estendere le loro passeggiate in macchina verso il sud di Little Italy, al confine con Chinatown, dove sondava con molto tatto l'ambiente, per rendersi conto della fedeltà dei gestori della zona all'Organizzazione di don Vito.

Tra la comunità italiana e quella cinese non erano frequenti i contatti; i cinesi erano molto riservati, molto uniti tra loro, chiusi nelle loro attività, residenti quasi tutti nel loro quartiere; qualcuno di loro si faceva vivo, ogni tanto, negli altri territori come venditore ambulante, ma, in genere, non si spostavano e non ammettevano che si andasse a far concorrenza nel loro distretto, protetti anche loro da un sistema analogo a quello italiano, anzi, si diceva che quello cinese fosse ancor più inflessibile, per questo, da sempre, il miglior comportamento era stato il rispetto reciproco, per non alzare polveroni e non creare attriti pericolosi.

XX

Una lettera era arrivata dall'Italia, scritta da Giovanni con una grafia precisa e caratteri svolazzanti, con la quale il padre metteva al corrente Nicolino della buona salute di tutti, della continua apprensione della madre, delle sue continue preghiere per lui e gli descriveva le varie attività nelle quali erano impegnati tutti i famigliari nella loro routine quotidiana; gli elencava tutti i lavori fatti in campagna e gli confessava che l'inverno era stato insolitamente rigido, con nevicate abbondanti e frequenti ed un freddo intenso e, sulla base dei proverbi antichi, questo faceva ben sperare in un buon raccolto. Solo in ultimo, quasi per inciso, gli comunicò l'arrivo della cartolina di precetto e la sua consequenziale posizione di renitente, con l'aggravio dell'espatrio clandestino.

Anche da Elvira aveva ricevuto posta, ma la sua lettera era molto più lunga ed esplicita, non solo perché la ragazza aveva scritto tutto ciò che sentiva per il suo fidanzato, senza passare per il controllo dei famigliari, per cui, sempre nei limiti della decenza che si conviene ad una ragazza morigeratissima e castigatissima nei costumi, faceva riferimento alla forza del sentimento che la legava a lui ed al gran desiderio di sposarsi al più presto.

A questo proposito, però, la ragazza manifestava la sua viva preoccupazione per la nuova posizione giuridica di Nicolino, gravemente compromessa dalla renitenza e dall'espatrio clandestino, che avrebbero impedito al suo fidanzato di tornare in patria, per il progettato prossimo matrimonio. Questo le dava motivo di grande preoccupazione e sperava solo che, alla conclusione della guerra in atto, le autorità sarebbero state più clementi, per questo lei si affidava con tutto il suo cuore all'intercessione della Madonna e dei Santi protettori che avrebbero dovuto aiutarli.

Intanto in paese la vita continuava seguendo il naturale avvicendamento delle stagioni ed in quel periodo c'era gran fermento, non solo per la presenza di tanti giovani che, nelle more del lavoro nei campi abbondantemente ricoperti di neve, bighellonavano in giro qua e là di giorno, mentre la sera si riunivano in gruppi numerosi per festeggiare allegramente il carnevale; quasi ogni sera si sentivano chiassose brigate di giovani che percorrevano le strade del paese, cantando le filastrocche carnascialesche, accompagnati dal suono della fisarmonica, del putipù e delle tricche-tracche, che suscitavano l'allegria generale. Si aprivano gioiosamente le porte delle case di amici e parenti, ad accogliere queste brigate spensierate e vocianti e gli uomini si affrettavano ad offrire con effusione vino, salumi, taralli, noci e fichi secchi, mentre i più piccoli si intrufolavano tra gli adulti a condividere l'allegria generale e partecipare agli stornelli urlati a squarciagola, in cori che salivano sempre più su di tono, man mano che il vino faceva il suo effetto inebriante.

Le ragazze si intravedevano sempre con molta discrezione, nascoste dietro le mamme e le nonne che le proteggevano dal contatto diretto con i giovani, che invadevano di solito il grosso stanzone della cucina, dove il camino era il punto di riferimento della vita quotidiana ed era così il cuore di ogni casa.

Certo che, nonostante l'attenta sorveglianza degli adulti, volavano tra i giovani eloquenti occhiate che erano molto più esplicite delle parole non dette, per cui, oltre l'allegria, c'era, quasi palpabile dovunque, un'atmosfera magica di incantesimo che si traduceva nell'innamoramento segreto di diverse coppie di giovani. Spesso, poi, a primavera, alcune di queste passioni improvvise si oggettivavano in fidanzamenti ufficiali, dopo le prammatiche trattative tra le famiglie che, sole, potevano sancire la realizzazione dei sogni coltivati di nascosto nei cuori di tanti ragazzi.

Anche a casa di Elvira passarono tanti gruppi di giovani, accolti con la dovuta ospitalità da Antonio e Carmela e, proprio in occasione di una di queste festicciole, Giuseppina si accorse delle insistenti attenzioni di Franceschino, un aitante ragazzo che abitava dall'altra parte del paese, figlio di compare Nando, commerciante di grano e proprietario dell'unico mulino del paese, per cui il giovane figlio lo aiutava sostituendolo in quest'ultima attività, specialmente nel periodo estivo, quando compare Nando era preso dal suo commercio e si assentava più spesso del solito per recarsi nelle aie, dove si trebbiava, per attingere direttamente alla fonte la materia prima della sua attività.

Finalmente anche Giuseppina era presa dall'incanto del sentimento che Elvira provava da tanto tempo e le due sorelle si isolavano sempre più spesso per parlare fitto fitto tra loro, senza rendersi conto che, col loro atteggiamento, suscitavano un certo malessere in Letizia che, vedendosi esclusa dalle confidenze che si scambiavano la due sorelle, cominciò a soffrire di gelosia.

Dopo qualche tempo, però, Letizia, facendosi forza, affrontò di petto la situazione e palesò alle due il suo disagio, lamentandosi di essere trattata come un'estranea proprio dalle creature che lei sentiva affettivamente più vicine a sé. Giuseppina ed Elvira trasalirono di fronte a quell'accusa e, rammaricandosi grandemente, consapevoli della gaffe commessa, chiesero scusa alla sorella per il loro atteggiamento, confessando candidamente di non essersi accorte del male che inconsciamente le avevano fatto, con tutte le precauzioni da loro usate per non far sapere intempestivamente ai genitori quella storia che coltivavano con tanta prudenza, per cui, tra le lacrime asciugate dalle premurose carezze reciproche, in poco tempo la resero partecipe delle loro confidenze e la coinvolsero nel segreto che stavano custodendo nel loro cuore e, prese dal fascino delle loro congetture, continuarono a carezzare i sogni per il loro futuro.

Passarono veloci i giorni ed arrivò la festa della Pasqua, con tutte le cerimonie religiose che moltiplicavano le occasioni di incontro in chiesa tra i giovani del paese e così Giuseppina e Franceschino ebbero modo di approfondire la loro intesa con sguardi sempre più espliciti, con cenni brevi e veloci che solo loro sapevano interpretare, con domande e risposte lanciate a mezz'aria in messaggi criptici, che facevano la loro reciproca felicità ed erano, nel contempo, motivo di ansiosa trepidazione per entrambi.

Le loro occhiate non erano passate inosservate e qualche comare aveva già chiesto a mamma Carmela se tra i due giovani, che si "parlavano a distanza", ci fosse qualcosa di serio, ma i familiari si schermivano, facendo finta di cadere dalle nuvole, nonostante avessero subodorato qualcosa anche loro.

Il 22 aprile, nel giorno della vigilia della festa del Patrono San Giorgio, si svolse, come ogni anno, l'appassionante corsa dei cavalli, alla quale partecipavano i migliori cavalieri del paese, ed al vincitore, in premio, era riservato il privilegio di portare il labaro del Santo durante la processione che, nel giorno seguente, si snodava per le strade paesane. Quest'anno anche Franceschino ottenne dal padre il permesso di partecipare alla corsa con la sua cavallina Frida.

Da sempre aveva avuto dimestichezza con i cavalli, animali indispensabili all'attività del padre che, con un carretto, si recava in tutti i paesi dei dintorni per la sua attività di commercio, per cui nella stalla c'erano due splendidi castroni, due statuari murgesi di color nero, animali da tiro per eccellenza, ed una giumenta, che era la preferita di Franceschino. La preferiva perché la riteneva più quieta, più affidabile ed anche molto affezionata ai padroni; aveva ottenuto dal padre anche il permesso di tenere per sé una puledrina, nata dalla loro giumenta quattro anni prima; l'aveva chiamata Frida ed era il suo orgoglio. Era baia, con riflessi dorati e con la criniera e la folta coda nere; molto intelligente, a sentire il suo padroncino, agile e svelta, saltellava come una capretta seguendo la madre, diffidente nei confronti degli estranei, ma molto affettuosa con Franceschino. Quando era partito per il militare aveva pregato il papà di curare in modo particolare Frida, che era nata da poco e che già aveva monopolizzato le attenzioni di tutta la famiglia.

Per la sua dichiarata dimestichezza con i cavalli, quando era stato chiamato a prestare il servizio militare era stato reclutato in cavalleria e destinato alla prestigiosa caserma dei Lancieri di Firenze e da lì, dopo alcuni mesi, era stato spostato a Roma, nel Genova Cavalleria, dove trovò il maresciallo Costante d'Inzeo, compaesano ed amico di famiglia, che lo prese subito con sé, nel suo reparto.

Il maresciallo era il migliore istruttore della caserma ed allenava cavalli che vincevano tutte le gare alle quali partecipavano; diceva spesso di avere un grande cruccio, quello di non poter gareggiare personalmente con i suoi cavalli nelle gare importanti, perché la tradizione militare prevedeva che solamente gli ufficiali potessero rappresentare l'Italia nelle gare internazionali, per questo, pur essendo bravissimo, tanto da diventare campione d'armi nazionale nel '26, come sottufficiale, si doveva accontentare di veder vincere i suoi cavalli, lasciando ad altri la gloria del successo.

Qualche anno prima, nel '28, il maresciallo D'Inzeo aprì nel parco di Monte Mario, a Roma, una scuola di equitazione, la "Società Ippica Romana" e, nelle ore libere dagli impegni di servizio, Franceschino era al fianco di compare Costante nel maneggio, dove imparava avidamente tutto ciò che il maestro gli insegnava volentieri, vista la predisposizione dell'allievo e l'entusiasmo che mostrava nell'accudire ai cavalli. Nella scuola venivano spesso i due figli del maresciallo, Piero e Raimondo, che rispettivamente a quell'epoca avevano dodici e nove anni, ed imparavano avidamente la difficile arte del papà e spesso cavalcavano il pony che Mussolini aveva affidato alle cure del maresciallo ed era l'animale preferito dai figli più piccoli del duce, Romano ed Anna Maria, che frequentavano con assiduità il centro ippico.

Per Franceschino la naia non fu quell'insopportabile periodo duro e noioso, come lo hanno classificato le infinite generazioni di giovani costretti a svolgere il servizio militare, anzi furono quelli, forse, i mesi più intensi e fecondi della sua giovinezza e lasciarono nel suo animo non solo il ricordo degli insegnamenti del maestro, ma lo forgiarono anche per la vita, dandogli la misura di una quotidiana disciplina, la serietà d'intenti e la consapevolezza che l'umiltà e la passione sono indispensabili per affrontare con successo ogni impegno.

Alla fine della sua ferma militare, compare Costante lo aveva pregato di restare con lui, a Roma, nel centro ippico, ma a casa lo aspettava il mulino, al quale il padre non poteva dedicare pienamente il suo tempo, impegnato com'era nella sua multiforme attività di commercio, per questo, anche se con rammarico, dovette declinare l'offerta del suo protettore e maestro, per assolvere il suo dovere di figlio necessario all'impresa di famiglia.

Quell'anno, per la festa del Patrono, era venuto da Roma anche il compare Costante con la famiglia, non solo per rivedere i parenti ai quali era molto legato, ma anche per far conoscere alla moglie ed ai due figli le tradizioni paesane delle quali andava fiero. Aveva tanto parlato loro di questo paese dalle origini albanesi e si era sempre vantato di essere depositario dell'abilità del grande Skanderbeg, cavaliere invitto, mitico emblema di tutti i giovani del paese ed orgoglio di tutta una gente che, nella figura e nelle gesta dell'eroe, riconosceva la propria identità etnica, con la consapevolezza dell'importanza del sentimento di appartenenza, che lega gli abitanti di tanti paesi sparsi un po' dappertutto in Italia, tra il Molise, la Puglia, la Calabria, la Lucania, la Campania, l'Abruzzo e la Sicilia.

La presenza di un cotanto personaggio stimolava grandemente l'orgoglio di Franceschino, ma, nel contempo, lo intimoriva con la possibilità di una sconfitta, che gli avrebbe fatto fare una brutta figura di fronte a chi gli aveva insegnato tante cose sull'equitazione e sulla preparazione dei cavalli. Il suo maestro era capace di parlare con i cavalli e li trattava come persone ed aveva inculcato anche nell'allievo lo stesso atteggiamento rispettoso per gli animali, bisognosi, come gli umani, di coccole, di sollecitazioni e di comandi che dovevano essere incoraggiamenti sussurrati e non ordini urlati. Sperava ardentemente di fare bella figura, anche perché sapeva che ad aspettare l'arrivo dei concorrenti in paese, insieme a tutti gli altri abitanti, ci sarebbe stata soprattutto Giuseppina.

Nel primo pomeriggio, dopo la benedizione del parroco sul sagrato della chiesa, i concorrenti si avviarono verso la località di partenza, distante circa quattro chilometri dal paese, scortati dai carabinieri, dai componenti della giuria, che li accompagnavano a cavallo e con alcuni calessi, mentre una folla vociante di ragazzi e sostenitori, li seguì fino all'ingresso del paese, là dove era stato stabilito il traguardo. Fino a qualche anno addietro la corsa si concludeva sulla piazzetta antistante la chiesa, ma le strade lastricate ed alcune curve molto strette, avevano consigliato di fermare la corsa all'inizio del paese, per la sicurezza dei cavalieri e per l'incolumità degli spettatori, per cui il traguardo coincideva con lo spiazzo antistante il mulino di Franceschino, posto proprio tra le prime case del paese.

Erano una ventina i gareggianti che, scherzando tra loro, con baldanzosa confidenza nelle proprie cavalcature, si canzonavano a vicenda, esaltando le capacità del proprio cavallo e deridendo gli altri che avrebbero mangiato la polvere; c'era anche Giuseppe, che aveva vinto le ultime tre edizioni, superbo sul suo stallone grigio, che caracollava un po' nervoso, a dir la verità, mettendosi spesso di traverso sulla strada, frustandosi frequentemente i fianchi con la lunga coda ed alzando ritmicamente la testa, nonostante il padrone tenesse ben strette le redini. Giuseppe, senza curarsi del nervosismo evidente della sua cavalcatura, rivolgendosi ora all'uno, ora all'altro, li invitava a ritirarsi per non far una brutta figura, per non essere costretti ad annaspare dietro il suo cavallo, che sarebbe giunto al traguardo con tantissimo vantaggio.

Franceschino, che partecipava per la prima volta, stava zitto e sorrideva a tutti, curando solo di non camminare al centro del gruppo, mentre trotterellava con calma a cavallo della sua Frida, alla quale accarezzava ripetutamente il collo, tenendo le redini non molto strette per non innervosirla, mentre le sussurrava spesso incoraggiamenti ed elogi.

Arrivati al posto della partenza, dopo l'appello dei partecipanti e dopo le laboriose operazioni di sistemazione dietro la linea di partenza, operazione non proprio facile per il nervosismo crescente degli animali e degli stessi cavalieri, facendo esplodere un colpo di pistola in aria, il maresciallo dei carabinieri diede il via, e così tutti scattarono verso la meta. Si alzò una spessa nuvola di polvere, che si spostava velocemente in avanti tracciando il cammino dei cavalieri, seguiti dai cavalli e dai calessi dei componenti la giuria e, dopo il primo rettilineo in pianura, alle prime curve, là dove cominciava la salita, il gruppo, inizialmente compatto, cominciò a sfilacciarsi in una lunga teoria di animali al galoppo.

Dal paese si era alzato l'urlo della folla che spiava attentamente tutto ciò che avveniva giù, nella valle, al primo apparire della nuvola di polvere sollevata dagli zoccoli e che segnava l'avvio ed il progressivo cammino dei cavalieri, ai piedi della collina di Montecilfone, diretti alle prime rampe della salita che li avrebbe portati al traguardo. Il vivace brusio degli spettatori era diventato urlo unanime al momento della partenza, con invocazioni a San Giorgio, perché proteggesse i cavalieri ed anche con la preghiera che ognuno gli rivolgeva di far vincere il proprio beniamino.

La gara, intanto, stava entrando nel vivo della contesa: alle prime rampe Giuseppe era balzato al comando e, confidando sulla forza del suo cavallo, pregustando un'ennesima vittoria ed una cocente umiliazione per tutti gli altri, lo incitava a correre sempre di più, usando anche uno scudiscio, tanto che aveva distaccato già gli altri di qualche decina di metri. Franceschino, tenendosi a ridosso degli immediati inseguitori, cercava di non farsi imbottigliare da questi che sgomitavano nella rincorsa, addossati gli uni agli altri in un mucchio disordinato, dandosi, così, reciprocamente fastidio specialmente nell'affrontare le curve.

Dopo i primi chilometri la situazione sembrava già ben delineata, con Giuseppe saldamente al comando, seguito da un gruppo di cavalieri ansanti, dietro ai quali correva tranquillo Franceschino che si curava solo di non farsi coinvolgere nella bagarre, tenendosi a distanza dagli scalpitanti inseguitori, senza perdere terreno, però, e riprommettendosi di lanciare la sua Frida in vicinanza del cimitero, che distava dal paese un solo chilometro. Il cavallo di Giuseppe, intanto, forse perché lanciato al galoppo sfrenato già dall'inizio, cominciava a dar segni di cedimento e perdeva gradualmente terreno nei confronti degli inseguitori che, ormai, in vista del falso piano del cimitero, lo stavano agguantando.

Fu a questo punto che Franceschino, dopo la salita che aveva sgranato gli inseguitori, che procedevano, infatti, in fila indiana e stavano a ridosso dello stallone di Giuseppe sempre più in crisi, allentando leggermente le redini ed assecondando con le braccia tese l'andamento ondulante del collo di Frida, incitandola con voce carezzevole, chino in avanti, sfiorando la sella, bilanciandosi elegantemente con le ginocchia piegate ad angolo retto e con i piedi saldamente nelle staffe, cominciò la sua rincorsa superando progressivamente, uno alla volta, i cavalli che lo precedevano, puntando decisamente sul capofila, che dava segni di sofferenza sempre più evidenti. Superato il falso piano del cimitero, nell'ultima salita che costeggia il bosco di Corundoli, quella che precede l'ultimo tratto pianeggiante prima dell'arrivo, Frida attaccò e superò di slancio Giuseppe che, in preda ad un incontrollabile parossismo, si affannava a sforzare impietosamente il suo animale e, senza più alcun ritegno, urlava improperi al povero cavallo esausto.

Molti erano i giovani che, allontanatisi dal paese, aspettavano l'arrivo dei concorrenti proprio su questa salita, ai bordi della strada, sulle cunette, mentre alcuni si erano arrampicati sugli alberi alti del bosco e, da lì, sventolando in aria i cappelli, indicavano alla folla assiepata all'ingresso del paese l'imminente arrivo. Ormai lungo la strada c'era una fila ininterrotta di spettatori, i quali facevano ala alla corsa e, gridando il loro entusiasmo a squarciagola, davano coraggio ai cavalieri e li spronavano all'ultimo sforzo; ma Franceschino correva come in trance, senza sentire alcunché, senza distrarsi, guardando solo davanti a sé in direzione del traguardo che ormai si avvicinava sempre più.

In prossimità del traguardo, invece, la povera guardia municipale si dava un gran da fare a liberare la strada da tutte le persone che sciamavano da ogni parte, con ondate improvvise ed imprevedibili da un lato all'altro della via stessa, mentre diventavano sempre più alte le grida della folla: specialmente si udivano gli strilli acuti delle donne che, raggruppate nei vari clan famigliari, riempivano l'aria con le loro invocazioni stridule alla Madonna e a San Giorgio e tutti allungavano a più non posso il collo nello sforzo disperato di lanciare quanto più lontano possibile lo sguardo, al di sopra della marea di teste, nel tentativo di identificare i concorrenti da lontano.

Si alzò un vero e proprio boato all'apparire del primo cavallo, in fondo alla strada, dopo la curva del bosco, mentre volavano in aria le più disparate supposizioni sull'identità del cavaliere. Mancava, infatti, a quei tempi l'abitudine di contraddistinguere i concorrenti con colori vari, con giubbe variopinte, con berretti particolari, per cui bisognava fare affidamento sulla precisa conoscenza dei cavalli, sulle fattezze fisiche dei cavalieri e, soprattutto, bisognava aspettare che i concorrenti arrivassero a distanza ravvicinata per riconoscerli con certezza, senza fidarsi delle grida di gioia di chi credeva di aver ravvisato già da lontano il vincitore.

Fu così che Franceschino irruppe con impeto sul traguardo, tagliandolo per primo e, girandosi verso i componenti della sua famiglia schierata davanti al portone del mulino, alzò le braccia, finalmente libero dall'ansia che lo aveva attanagliato fino a quel momento e fu allora che vide compare Costante che, raggiante di gioia, con le braccia alzate, gli esprimeva il suo compiacimento ed accanto a lui c'era suo padre che, col berretto in mano, faceva larghi cerchi con le braccia in segno di vittoria. Attorno ai due c'era tutta la famiglia, i fratelli, le sorelle, gli zii ed i cugini che, nel moto vorticoso della folla festante, aspettavano il momento di circondare ed abbracciare il loro pupillo che, nel frattempo si guardava attorno alla ricerca di un viso caro, degli occhi della sua Giuseppina; la intravide, infatti, poco più in là, al centro del gruppo della sua famiglia e notò il suo pallore, ma vide anche che, da lontano, con molta discrezione, gli mandava un timido bacio con la mano, approfittando della distrazione dei suoi parenti, tutti intenti ad osservare la scena del traguardo.

Tutti si complimentavano col vincitore, pressandolo da ogni parte i più vicini, chiamandolo a gran voce quelli che non riuscivano ad avvicinarsi, salutandolo con la mano altri rimasti fuori dalla calca e, così, nessuno badava allo smarrimento di Giuseppe che, sceso da cavallo, sfogava la sua ira prendendo a calci le pietre della strada e colpendo violentemente col frustino l'erba alta della cunetta. Quasi tutti gli altri cavalieri si erano mischiati alla folla plaudente, mentre lui solo si allontanò a piedi tirando il suo stallone per le redini, a testa bassa ed in atteggiamento dimesso, ormai senza più il cipiglio della boriosa vanagloria che lo aveva caratterizzato fino a poco prima.

Il giorno successivo, dopo la celebrazione della santa messa, dall'altar maggiore il sacerdote consegnò a Franceschino il labaro del santo, perché lo portasse nella processione che di lì a poco si sarebbe snodata per le principali vie del paese. La tradizione voleva che il vincitore della corsa, al suono della banda, immediatamente dietro questa, a cavallo, precedendo la statua del Santo, esibisse il suo trofeo, tra l'ammirazione generale e l'invidia degli altri concorrenti che facevano propositi di rivincita per l'anno seguente. Per i giovani era questa l'occasione di mettersi in bella evidenza e tutti ambivano l'onore del trionfo, anche per godere gli sguardi compiaciuti delle ragazze affascinate dalla gloria del momento.

Ma per Franceschino c'era solo la figura della sua Giuseppina che, come tutte le ragazze del paese, distribuite in doppia fila, col capo coperto dal velo, in atteggiamento pio e composto, devotamente procedevano in processione cantando inni sacri e recitando le preghiere intonate dal sacerdote; è pur vero che la ragazza, ogni tanto rivolgeva lo sguardo al suo Franceschino che troneggiava sul suo cavallo infiocchettato per l'occasione e si beava a quell'immagine statuaria che somigliava tanto a quella di Giorgio Skanderbeg, l'eroe di tutti gli albanesi.

Ormai Franceschino non aveva più pace, né di giorno, né di notte: il pensiero della ragazza lo seguiva dovunque ed in ogni momento e, soprattutto, il ricordo di quel casto e segreto bacio lanciato timidamente con la mano il giorno del suo trionfo lo inebriava e metteva le ali al suo cuore, tanto da rafforzare la sua determinazione a bruciare le tappe oramai. Finalmente trovò il coraggio di parlare a suo padre, un giorno che si trovavano soli al mulino e gli manifestò il sentimento che nutriva nel cuore ed il desiderio di sposarsi entro l'anno, se questo non era contrario ai disegni dei suoi genitori,. Compare Nando, come si conveniva ad un genitore assennato, non si sbilanciò in nessun modo, nascondendo ogni emozione agli occhi del figlio, però gli promise di pensarci su e di decidere in un secondo momento, dopo aver messo al corrente della cosa anche la mamma.

Franceschino era proprio quel che si dice un giovane per bene: era un gran lavoratore e non aveva mai dato alcun pensiero ai parenti e di questo il padre era ben cosciente, tanto che già da quando il figlio era tornato dal servizio militare, naturalmente senza far trapelare alcunché, lui e la mamma avevano cominciato a guardarsi attorno per trovargli una sposa adatta ed il fatto che ora il ragazzo gli avesse parlato del suo progetto, proponendogli spontaneamente una ragazza, appartenente ad una delle famiglie più onorate del paese, gli risolveva un grosso problema e gli procurava indubbiamente piacere, con la possibilità di vedere il figlio sistemato soddisfacentemente. Ne parlò la sera stessa con la moglie ed insieme decisero che avrebbero fatto i passi necessari rivolgendosi alla mezzana che di solito, in paese, era quella che si incaricava di condurre le trattative prematrimoniali tra le famiglie interessate.

Una sera, infatti, a casa di Antonio e Carmela si presentò comare Teresa, la 'mezzana', cioè una donna che di solito offriva i suoi servigi per portare proposte di matrimonio; sfoggiava un vistoso paio di calze di color rosso viso, come era prassi consolidata per chi conduce trattative matrimoniali. Comare Teresa era molto brava in questo genere di cose, aveva, infatti, una lunga esperienza alle spalle, per aver contribuito al matrimonio di gran parte delle coppie del paese e, con fare artatamente mellifluo, come era nel cerimoniale, cominciò un discorso vago sulla famiglia, sulle responsabilità dei genitori, sulle speranze riposte sui figli, sul dovere di sistemare convenientemente gli stessi, sulla difficoltà di prevedere il futuro, sull'esigenza di fidarsi di persone serie, di persone che, conoscendo tutti in paese, potessero garantire la soluzione migliore per ogni esigenza, di persone discrete, capaci di portare a frutto ogni trattativa con la segretezza necessaria; insomma, come se i padroni di casa non lo avessero già capito, annunciava di non essere passata per caso da quelle parti, ma di essere portatrice di una proposta matrimoniale.

Anche Antonio e Carmela, che sotto sotto avevano già sospettato la cosa dall'atteggiamento delle figlie e, siccome non erano proprio ciechi, avevano intercettato gli sguardi rivelatori dei due giovani ed avevano anche commentato tra loro un probabile prossimo sviluppo della questione, si prestarono al gioco fingendo di essere all'oscuro di tutto e, solo dopo che l'ospite, con molto sussiego, rivelò il nome del pretendente alla mano della loro Giuseppina, la ringraziarono della sua preziosa collaborazione e promisero di ricontattarla al più presto, dopo aver approfondito tra loro la questione, onorati della proposta.

Fu così che in men che non si dica, nel giro di una settimana le due famiglie stabilirono un incontro ufficiale per le solite incombenze di prammatica che riguardavano la dote, gli impegni formali e la scelta della data del matrimonio, con gran soddisfazione dei giovani che trepidavano in cuor loro e non vedevano l'ora di potersi frequentare ufficialmente.

L'incontro avvenne, infatti, una domenica pomeriggio e i due futuri consuoceri trovarono subito l'accordo sulla dote, sulle modalità da seguire per il matrimonio e su ogni altra determinazione e stabilirono che la cerimonia sarebbe avvenuta nell'ottobre di quello stesso anno, alla fine di ogni raccolto dell'annata agraria.

XXI

Era tornato in paese, per la Pasqua e la successiva festa di San Giorgio, anche Luigi, il figlio dello zio Matteo, che studiava giurisprudenza a Bologna ed era molto legato a Silvio e con quest'ultimo, con Oreste, un altro cugino, e con Vittorio, il figlio della guardia comunale, era solito fare lunghe passeggiate fuori dal paese, preferibilmente nel bosco di Corundoli, che in primavera era una vera e propria miniera di squisiti asparagi selvatici e dove i giovani potevano parlare liberamente tra loro, senza correre il rischio di essere ascoltati da orecchie indiscrete. Luigi, infatti, portava notizie aggiornate sui fatti del mondo ed era sempre interessante sentirlo, anche per controbilanciare le informazioni diffuse da Emilio, il fanatico fascista che studiava a Roma.

Sulla guerra che si combatteva in Etiopia Luigi portò interessanti novità, che lasciarono sbalorditi gli increduli ascoltatori: era vero che la controffensiva delle truppe etiopiche del dicembre scorso si era dimostrata un fuoco di paglia e le forze italiane avevano reagito con energia, occupando quasi tutto il territorio ma, per raggiungere questo obiettivo, confidò il giovane, le nostre truppe avevano usato i gas asfissianti.

Era un fatto questo che il Governo teneva rigorosamente segreto e lui era riuscito a saperlo solo per tramite di un collega che aveva un fratello pilota dell'aeronautica e, dislocato col suo reparto in Africa, faceva parte di uno stormo che, partecipando attivamente alle operazioni, bombardava impietosamente il paese africano. Il pilota aveva confidato in famiglia che, già da prima di Natale, la sua squadriglia sganciava sistematicamente sulle truppe avversarie iprite, contenuta in bombe da 220 chilogrammi, che devastavano paurosamente il territorio sul quale cadevano, provocando una morte orribile anche a migliaia di civili, oltre che a milioni di capi di bestiame.

Era crudele lo spettacolo che si offriva agli occhi dei piloti che, dai loro aerei, quando sorvolavano la zona, dopo ogni attacco, per rendersi conto dei risultati, vedevano un'immane carneficina e restavano sconvolti per la quantità enorme di bambini, innocenti vittime sparse ovunque. L'esercito etiope era annientato, ormai era stato letteralmente maciullato dai bombardamenti ed asfissiato dai gas, per cui si riteneva imminente la resa incondizionata delle truppe nemiche con la proclamazione della vittoria dell'esercito italiano. Il maresciallo Badoglio, da nord, si dirigeva velocemente su Addis Abeba, mentre altrettanto velocemente procedeva, dal fronte sud, il generale Graziani, in una palese gara a raggiungere per primi la capitale dell'Etiopia.

Queste cose venivano dette sottovoce, perché gli zelanti militi controllavano tutto e minacciavano esemplari punizioni su quanti osassero mettere in dubbio l'indiscusso valore delle legioni d'Italia, tacciandoli di disfattismo e di vilipendio del partito. Anzi, in quei giorni, in un clima di generale euforia, si notava un crescente attivismo e, all'inizio del mese di maggio, giunse da Roma la notizia della conquista di Addis Abeba, della fuga di Hailè Selassiè in Inghilterra e della totale sottomissione dell'agognata Etiopia. La notizia diffusa riferiva che il giorno 9 maggio 1936, dal balcone di palazzo Venezia, ci sarebbe stata la proclamazione ufficiale dell'impero da parte del Duce.

Il podestà, in preda ad un sacro ardore patriottico, in vista dell'importante messaggio del beneamato Duce, trasmesso via etere a tutti gli italiani, aveva convocato nella casa comunale un certo Umberto, che era tornato da poco dall'America con un buon gruzzoletto ed aveva costruito una bella casa all'ingresso del paese, arredandola "all'americana" ed aveva anche comprato un grosso apparecchio radio. Siccome l'entusiasta podestà voleva far sentire "in diretta" ai suoi concittadini la reboante voce del capo dello Stato, chiese in prestito l'apparecchio radio che, posto sul balcone del municipio, la notte del 9 maggio, diffuse ai paesani raccolti per strada una voce gracchiante che proclamava, sull'onda di applausi scroscianti, la nascita dell'Impero d'Italia, con Vittorio Emanuele III che diventava, così, Re d'Italia ed Imperatore d'Etiopia. La manifestazione si concluse al canto trionfante di "Faccetta nera", scandito dal popolo esultante che inneggiava ai gloriosi destini della patria, invitta erede delle glorie di Roma.

«Chissà – diceva tra sé Elvira – se dopo questa grande vittoria il Duce concederà l'amnistia ai renitenti?» Era questo il pensiero fisso della ragazza, dopo che era stata concordata la data del matrimonio della sorella e, mentre da una parte gioiva per questa decisione così importante per Giuseppina, dall'altra soffriva sempre più intimamente per la paura che si allungassero i tempi del suo matrimonio, vista l'impossibilità di un rientro, anche breve, del suo Nicolino.

Effettivamente la situazione di quest'ultimo non era per niente favorevole. Silvio e Giorgio decisero di parlarne col podestà e, infatti, un giorno si presentarono in casa sua, in presenza dell'amico Emilio, che era nipote del podestà, ma dovettero constatare che la scelta di partire, per evitare il servizio militare, era stata interpretata come un atto di codardia ed una palese dichiarazione di non voler contribuire al glorioso destino della Patria; insomma, avevano ricevuto, a brutto muso, dall'infuriato responsabile del Fascio locale l'infamante accusa di un vero e proprio tradimento del loro congiunto, che non poteva essere perdonato facilmente.

Elvira, dopo la sconsolata notizia riferitale dal fratello, ne parlò con don Guido, che si recò subito in caserma, dal maresciallo dei carabinieri, per chiedere lumi e consigli al fine di permettere il matrimonio tra i due giovani, ma il sottufficiale fu ancor più categorico del podestà, trincerandosi dietro lo scudo della legge e, prendendo in mano un codice, che teneva in bella vista sullo scrittoio del suo ufficio, vi lesse con enfasi gli articoli che riguardavano il caso in oggetto.

Con gli occhi spiritati e con l'indice della mano sinistra alzata in aria a scandire la lettura dei vari commi, a voce sempre più stentorea, prospettava al buon parroco non solo l'arresto immediato del renitente ma, considerando che l'espatrio era avvenuto in concomitanza di un conflitto militare, argomentava che si poteva anche ipotizzare il reato di diserzione se non, addirittura, quello di connivenza col nemico: e si, perché, considerando che tutti gli Stati del mondo avevano aderito alle sanzioni comminate dalla Società delle Nazioni contro la nostra amata Patria, anche gli Stati Uniti d'America erano considerati nemici.

Alle orecchie dello sbalordito parroco queste dichiarazioni reboanti del saccente maresciallo, che, con tono via via più alterato, sempre più scuro in viso, con gli occhi stralunati e la mano sempre minacciosamente alzata a mezz'aria, andava sentenziando le pene connesse con l'omissione del proprio dovere nei confronti della Patria, risuonavano come scudisciate in pieno viso. A nulla valevano le preghiere del sacerdote a considerare il lato umano della vicenda, a tenere nel debito conto l'irreprensibile comportamento dei due giovani, seri, onesti e bene educati, appartenenti a due famiglie universalmente riconosciute tra le più onorevoli del paese.

«Si tratta di abbandono del posto di combattimento!» andava replicando il maresciallo in preda al suo sacro furore, mentre rincarava ancor più la dose invocando l'esigenza di dare una lezione salutare alle nuove generazioni, per impedire che il cattivo esempio si propagasse. «Dobbiamo forgiare una generazione di eroi e non di codardi. Siamo eredi degli antichi romani, quindi depositari di un destino di gloria!» ripeteva in preda ad un parossismo crescente.

Il buon parroco se ne andò via a testa china, dopo essersi reso conto che era completamente inutile insistere di fronte all'atteggiamento di chiusura totale del militare, ed a casa, in ginocchio davanti all'immagine della Madonna Grande, della quale era diventato profondamente devoto, da quando era stato assegnato alla cura delle anime di questo paese sperduto, così lontano dal suo natio Piemonte, pregò lungamente affidando alla protezione della Vergine santa i due ragazzi e pregò anche perché il maresciallo fosse illuminato dalla misericordia del Signore nell'espletamento dei suoi doveri e, mettendo da parte l'enfasi del fanatismo partigiano, dell'eccitazione politica, aprisse il suo cuore all'umanità ed alla solidarietà di fronte alle esigenze delle persone che avrebbe dovuto proteggere e salvaguardare da ogni male esterno.

Non trovò il coraggio di andare a casa di Antonio e Carmela per informare Elvira sul risultato così deludente del suo colloquio col maresciallo e decise di incontrarla il giorno successivo, sperando in un miracolo. Effettivamente quella fu una notte lunga per don Guido, trascorsa quasi tutta nella preghiera e nella meditazione, ma credette di aver trovato il bandolo della matassa quando gli balenò l'idea di un matrimonio per procura. Fu così che, la mattina seguente, durante la celebrazione della santa messa, alla quale assistevano, come al solito, anche Carmela e le sue figlie, il parroco mandò un chierichetto ad avvisarle che, dopo la celebrazione, si sarebbe recato a casa loro per comunicazioni importanti.

Lo attesero con ansia comprensibile le donne e, quando arrivò, lo accolsero con la spontanea dimestichezza ed il calore che si riserbano solo alle persone care ed importanti; lo fecero accomodare al tavolo che riempiva il centro della cucina-soggiorno e, tutte intorno, ascoltavano avidamente le sue parole, rabbuiate in viso al racconto del suo colloquio col maresciallo, con Elvira che, ad un certo punto, si sedette sulla sedia vinta dall'angoscia, subito rincuorata dal sacerdote che, sollecitandola con espressione lieta, le spiegò che c'era un'alternativa, lunga, difficile per la complicazione delle procedure, ma efficace e risolutiva.

Cominciò, così, ad esporre il suo progetto di un matrimonio per procura che, però, poteva essere espletato solo dopo il compimento del sedicesimo anno della futura sposa, per cui era assolutamente necessario aspettare almeno un altro anno. Nel frattempo si potevano preparare tutte le formalità di rito, che sarebbero state lunghe e numerose per entrambi i ragazzi; per esempio, si poteva cominciare a programmare la loro reciproca preparazione al sacramento della cresima, e ci si poteva affidare ad un avvocato di fiducia per impostare il procedimento legale necessario a richiedere il rilascio dell'autorizzazione del Tribunale.

Le donne si rianimarono di fronte alla soluzione proposta e, tutte insieme, facevano pressione su Elvira perché ravvivasse la propria fiducia, riprendesse il suo solito coraggio, aprisse il cuore alla speranza perché, tutto sommato, un anno passa in fretta, quando si ha un bel progetto da realizzare. Il parroco, da parte sua, prometteva di interessarsi personalmente per il disbrigo di tutte le pratiche religiose, mentre avrebbe chiesto consiglio ed aiuto al Vescovo, per facilitare l'autorizzazione del Tribunale civile.

Subito Carmela si recò a casa della sorella Lucia a riferirle quanto aveva saputo da don Guido e la sera stessa, al rientro degli uomini dal lavoro dei campi, Antonio e Carmela, accompagnati da Giorgio ed Elvira, si recarono a casa di Giovanni e Lucia per decidere insieme il da farsi, in base al suggerimento del parroco. Non mancò una mezza battuta stonata di Giorgio, notoriamente plagiato dal camerata Emilio, che, borbottando tra i denti, rimproverava al cugino la frettolosa decisione di espatriare: «Anche se fosse dovuto andare in Africa, tutto sommato, si sarebbe ricoperto di gloria e non avrebbe perso più di un anno!» ma un'occhiataccia della sorella lo bloccò, impedendogli inutili e dannose polemiche. Concordarono, così, tutti insieme, di attenersi ai suggerimenti del sacerdote e di aspettare le indicazioni che lo stesso avrebbe sollecitato dal Vescovo.

XXII

Nick ricevette una lunga lettera da Elvira, nella quale la ragazza gli spiegava dettagliatamente tutte le vicende del paese, annunciandogli, innanzitutto, le piacevoli novità riguardanti sua sorella Giuseppina; poi gli descrisse con dovizia di particolari la loro situazione, le difficoltà intervenute nel frattempo, le paure, le ansie, l'affannosa ricerca di una soluzione rapida e, in ultimo, la proposta del parroco, che a lei sembrava la migliore, anche se li obbligava ad aspettare un altro anno. Certo, pesava anche a lei l'attesa, ma era l'unica alternativa possibile e poi, gli diceva Elvira, avrebbe avuto modo di sistemarsi per bene lì in America, avrebbe potuto trovare una casa adatta per loro due e, così, indaffarato tra il lavoro e la ricerca di una degna sistemazione, il tempo sarebbe volato.

Nick rilesse più volte quella lettera e poi la conservò accuratamente piegata nella tasca interna della giacca, quella sinistra, proprio a contatto col cuore, per avere sempre con sé il messaggio della sua Elvira e per ricordare che ogni cosa, d'ora in poi, doveva essere fatta in funzione del suo matrimonio e della preparazione adeguata dell'ambiente nel quale avrebbe dovuto accogliere la sua donna e realizzare i propri sogni.

Ormai erano trascorsi vari mesi dal suo arrivo a New York e si sentiva sempre più a suo agio in quell'ambiente, si sentiva integrato e mostrava di aver assunto senza fatica anche l'atteggiamento sicuro e spavaldo di quelli che lo circondavano, tanto che spesso riceveva compiaciute espressioni di consenso da parte di Adam, che lo coccolava come un figlioccio. Aveva capito pienamente il loro ruolo, si era reso conto che faceva parte, ormai, di un'organizzazione malavitosa che esercitava il racket controllando ogni attività, lecita e più spesso illecita, sotto il pretesto della protezione assicurata ad ogni settore delle imprese economiche e commerciali della zona e ricevendo, in cambio, un notevole contributo in denaro.

Aveva saputo che don Vito aveva uno stretto rapporto personale con i capi della polizia locale che, nonostante la spietata lotta al crimine ingaggiata, proprio in quel periodo, da Thomas Dewey, da poco nominato procuratore speciale di New York, erano pur sempre molto sensibili al denaro che veniva profumatamente elargito loro dal boss napoletano, per cui gli assicuravano, anche se con molta discrezione, la necessaria protezione. Col beneplacito dei poliziotti, infatti, a Little Italy tutto era controllato da don Vito, dal contrabbando allo spaccio di stupefacenti, dalla prostituzione al gioco d'azzardo, dalle corse dei cavalli alle scommesse clandestine, dal campionato di baseball agli incontri di boxe. Era un punto d'onore per loro assicurare l'ordine più assoluto in tutta Little Italy, garantito dal continuo controllo degli uomini di don Vito che impedivano furti, scippi, rapine, disordini di ogni genere; per le strade non si vedevano mendicanti, prostitute, fannulloni e perditempo, tutto scorreva all'insegna dell'attivismo e dell'efficienza.

Adam gli aveva spiegato che tutto era frutto della grande abilità di don Vito nel condurre le trattative con gli altri gangster operanti nei settori confinanti, specialmente con le bande di siciliani, ebrei ed irlandesi, che erano le gang più forti. Bisognava stare molto attenti a non rompere i patti, a non sconfinare e, soprattutto, a non fare tiri mancini che avrebbero scatenato guerre sanguinose. Questo, comunque, non significava che si potessero dormire sonni tranquilli, perché dei gangster non bisognava fidarsi mai, neanche di fronte alle dichiarazioni sottoscritte da tutti, alla parola d'onore scambiata con grande effusione in incontri ufficiali tra responsabili delle varie gang, come era avvenuto con la costituzione del "Sindacato nazionale del crimine" del 1929, di cui facevano parte tutte le gang italiane, ebree ed irlandesi, ed ancora con la "Commissione", organismo di controllo e di amministrazione degli affari del "Sindacato", costituita a New York da parte delle cinque maggiori famiglie operanti nel territorio; anzi, concludeva Adam, bisognava sempre stare all'erta in ogni momento.

A questo proposito gli raccontò della guerra scatenata, qualche anno prima, nel '31, da Luciano e Genovese contro il boss Maranzano, loro alleato, e del conseguente eccidio della "Notte dei Vespri Siciliani", con lo sterminio di circa novanta gangster siciliani. «Tutta la storia del gangsterismo americano è costellata di alleanze e tradimenti, di lotte fratricide e di congiure sanguinose» gli diceva Adam, invitandolo a non fidarsi mai troppo degli altri, ma rassicurandolo, nel frattempo, sulla sua protezione sicura e continua.

Certo, gli diceva, la vita in America non era per niente semplice, ma bastava tenere gli occhi sempre ben aperti, curare sempre i contatti giusti, comportarsi senza strafare e rispettare i patti, per riuscire a salvarsi da cattive sorprese. Lucky Luciano, ad esempio, era stato preso dalla polizia proprio in quei giorni, incastrato dal procuratore speciale Dewey, che lo chiamava "lo zar della criminalità organizzata di New York", proprio perché, ignorando i patti del "Sindacato", stava allargando troppo il giro dei suoi "affari", tanto da diventare troppo ingombrante e pericoloso.

Nel panorama delle varie gang operanti a Manhattan, da qualche tempo si stava affacciando anche un gruppo di cinesi che, dal loro quartiere di Chinatown, confinante a nord con Little Italy, potevano rappresentare un pericolo, perché ancora non aderivano al "Sindacato", per questo motivo Adam, preoccupato, suggeriva molta prudenza. Finora si trattava di una piccola entità, localizzata esclusivamente nel quartiere cinese e per questo dedita al controllo ed alla protezione della sola comunità di appartenenza; quest'isolamento la faceva sentire sicura e protetta dalla compatta omertà degli abitanti di tutto il quartiere, dove la comunità cinese viveva legata alle ataviche convenzioni etniche della collettività, ma la tentazione ad estendere gli interessi anche al di fuori della propria zona si stava facendo sentire, con un attivismo che cominciava a manifestarsi anche in maniera evidente.

Adam diceva che, prima o poi, bisognava avere contatti con loro, per stabilire patti chiari ed evitare lotte dannose per tutti, ed infatti, assieme a Nick si recava sempre più spesso nel settore di confine tra le due comunità, quella italiana e quella cinese, a controllare che non ci fossero frizioni, che non sorgessero problemi e, talvolta, i due si spingevano anche all'interno del quartiere cinese, ad osservare il comportamento degli abitanti, a sorvegliare l'andamento delle attività economiche, a verificare lo sviluppo del traffico commerciale e, soprattutto, spiavano con attenzione l'atteggiamento di quei soggetti che, ad un occhio particolarmente allenato come quello di Adam, si identificavano facilmente come i "custodi" dell'ordine pubblico di tutta la zona.

Qualcosa, anche se poco, era trapelato, nelle confidenze di alcuni informatori, sulla consistenza di quest'organizzazione cinese che, strutturata con le stesse modalità e le stesse tecniche di tutte le altre gang, era costituita, però, solo da appartenenti al gruppo etnico cinese e, per questo, poteva contare su uno spirito di coesione molto forte e sull'obbedienza cieca agli ordini. Questo fatto rappresentava, per gli adepti, la più sicura garanzia contro ogni pericolo di tradimento ed ogni insubordinazione ai capi. Si favoleggiava anche di una feroce spietatezza del loro capo, Sunzi, nell'imporre l'assoluta obbedienza, con un ferreo codice che prevedeva l'immediata eliminazione fisica di ogni persona ostile, con metodi efferati e sbrigativi, con azioni rapide ed improvvise, mai alla luce del giorno, e con la sistematica e misteriosa sparizione dei cadaveri; c'era, infatti, chi sosteneva che le vittime venivano date in pasto ai maiali.

Nick non si mostrava per niente scandalizzato per tutto ciò che veniva a sapere e non mostrava segni di paura, tanto che, quando ci pensava, talvolta, si meravigliava del cambiamento totale avvenuto nel suo animo, in così poco tempo. Dove erano finiti gl'insegnamenti della sua infanzia? Che fine avevano fatto le raccomandazioni di suo padre? E tutti gli scrupoli che in tutta la sua vita, fino a poco tempo prima, condizionavano la sua condotta e gli erano stati inculcati, insieme al latte materno, con la sua educazione religiosa? Cosa direbbe Elvira di tutto questo? Conveniva anticiparle qualcosa o sarebbe stato meglio aspettare il suo arrivo e metterla al corrente della cosa, facendole vedere direttamente la realtà americana, così profondamente diversa dall'ambiente del piccolo paese d'origine? Era comunque prematuro farsene un problema! La cosa migliore gli sembrava quella di aspettare, anche per quel che riguardava il problema che era sorto in patria e, nel frattempo, avrebbe trovato la soluzione più idonea per ogni cosa.

Così continuò la sua nuova vita, cercando di fare sempre meglio ciò che gli chiedevano, preoccupandosi di imparare in fretta tutto ciò di cui aveva bisogno, per essere sempre all'altezza di ogni situazione. Nelle lettere che spedì a casa rassicurò tutti sulle sue condizioni di salute, sul lavoro che faceva e che gli piaceva sempre più; disse di essere d'accordo sul matrimonio per procura e sollecitò i famigliari a preparare ogni cosa, dandogli le indicazioni su tutto quello che avrebbe dovuto fare lui in America, per completare le pratiche necessarie.

Nel frattempo, quasi di nascosto, cercava informazioni su un'eventuale casa dove sistemarsi in futuro con Elvira, finché non suscitò la curiosità di Adam che, un giorno, vedendolo intento a guardare le proposte per l'affitto di appartamenti in un'agenzia immobiliare, gli chiese con un sorriso ironico «Ma vuoi andare a vivere da solo?» e, così, Nick fu costretto, pur con qualche reticenza, a confessargli tutta la sua storia. Per non farsi prendere in giro dall'amico, cercava di non dipingersi come un innamorato cotto ma, ricordando le abitudini della loro stessa zona di provenienza, fece riferimento ad impegni presi dai parenti, a promesse familiari che non potevano essere tradite, all'abitudine atavica di rispettare le indicazioni dei genitori e cercava almeno la comprensione, se non proprio il consenso dell'amico, facendo continuamente riferimento all'ambiente del paese, che entrambi conoscevano bene.

Adam lo ascoltò parlare lungamente senza interromperlo mai, con un atteggiamento beffardo ed un sorriso ironico, mentre lo guardava fissamente negli occhi, tanto che le ultime parole di Nick si spensero con un balbettio indistinto, con espressioni farfugliate, alla ricerca di argomentazioni che si dimostravano via via sempre più risibili agli occhi del suo interlocutore, che, col suo silenzio ed il suo comportamento, lo metteva assolutamente in difficoltà. «E bravo il fesso! – fu il commento dell'amico – Ti sei fatto incastrare!»

Adam era conosciuto da tutti come un individualista incallito, solitario, sbrigativo nei modi, di poche parole, preciso nelle sue cose, molto severo nei giudizi, intransigente sul lavoro, duro ed inflessibile con tutti, pochissimo incline all'amicizia. Frequentava abitualmente la casa di Madame Henriette, dove era trattato con molta familiarità e dove si spogliava totalmente della sua dura scorza esterna e diveniva affabile, allegro, ciarliero, manieroso, generoso ed era coccolato da tutte le ragazze, che facevano a gara ad accaparrarsi le sue attenzioni, dal momento che non aveva una ragazza fissa. Finora non aveva condiviso con nessuno questa sua frequentazione e solo l'arrivo di Nick gli aveva fatto superare questa remora e solo a Nick aveva permesso di scoprire questa falla del suo carattere, che teneva rigorosamente nascosta a tutti quelli che lo conoscevano.

Era diventato così scontroso ed egoista per la cattiveria della vita nei suoi confronti, per le brutture che avevano segnato la sua infanzia, per la sofferenza precoce a cui era stato sottoposto da una sorte che non gli aveva risparmiato alcuna umiliazione. Talvolta gli veniva in mente la sua famiglia d'origine, ma cercava subito di allontanare quei pensieri, perché lo tormentavano con l'immagine della madre, sempre pallida ed emaciata, precocemente invecchiata per la sofferenza continua, perennemente preoccupata di procurare un po' di cibo per sfamare i marmocchi, che metteva al mondo con cadenza annuale. Chissà perché le famiglie più povere erano proprio quelle più numerose! Non tutti sopravvivevano, e la morte non era considerata una sciagura, anzi liberava le povere creature da un destino crudele.

Il padre, per quel che ricordava, non era quasi mai presente a casa, avendo scelto come sua residenza abituale la cantina, dove nel vino sperperava quel poco danaro che talvolta guadagnava con lavoretti saltuari e, quando la sera rincasava, era quasi sempre ubriaco fradicio; per questo, arrabbiato col mondo intero e solo preoccupato di scontare su qualcuno la sua furia devastatrice, colpiva a man larga i figli che gli capitavano a tiro per poi picchiare selvaggiamente la moglie che cercava di difendere le sue creature.

Gli tornavano in mente le fughe precipitose da casa, quando il padre cominciava la sua sarabanda, e la ricerca affannosa di un riparo per la notte, specialmente nelle lunghe e fredde serate invernali, quando, con i fratelli più piccoli, cercava protezione in qualche stalla, dove si accucciavano tutti assieme sulla paglia, nel tentativo di ripararsi dal freddo col calore dei loro corpi abbracciati, al fiato degli animali presenti; i vicini, consapevoli, li ospitavano, fornendo loro anche qualche vecchia coperta, non potendo fare altro per difenderli dalla mala sorte. D'estate le cose andavano meglio, perché era più facile passare la notte fuori casa, all'aperto, sotto i tanti cespugli che abbondavano ai margini del paese, oppure trovavano rifugio sotto qualche siepe negli orti che fiancheggiavano tante case.

Erano tempi brutti per tutti e spesso Adamo non si trovava solo con i suoi fratelli in simili frangenti, perché anche altri sfortunati si aggregavano al suo gruppo famigliare, nel tentativo di sfuggire angherie simili alle sue, allora molto frequenti per la miseria morale che contraddistingueva una società, che viveva nell'indigenza più nera, alleviata solo parzialmente dalla solidarietà dei pochi che si prodigavano per lenire le sofferenze che sovrabbondavano ovunque.

Il paese era pieno di bambini scalzi, con dei vestiti spesso sbrindellati, comunque sempre più grandi dei corpi che ricoprivano, ereditati dai fratelli maggiori oppure frutto della carità di tante anime buone che, per quanto potevano, cercavano di aiutarli in ogni modo. Il paese non aveva segreti e tutti sapevano tutto di ognuno ed i bimbi vivevano prevalentemente per strada, suddivisi in gruppi che si distinguevano l'uno dall'altro solo per il rione di appartenenza, ma che affrontavano quotidianamente gli stessi problemi, campavano con gli stessi espedienti, crescevano con la stessa cultura, in uno scambio continuo di esperienze che segnavano per sempre il loro carattere. Eppure questa condivisione non li affratellava, era, anzi, motivo di antagonismo che si manifestava in dispetti reciproci ed esacerbava ancor più la malignità di una condizione di disagio, che contribuiva ad incattivire i loro animi.

Certamente tante esperienze amare, di una vita da romanzo, non avevano alimentato in Adam il desiderio di crearsi una famiglia propria, né tantomeno la vita che conduceva in America gli permetteva di programmare un'esistenza tranquilla, con gli impegni e le responsabilità che una famiglia richiede. L'insicurezza del domani, la continua lotta per la sopravvivenza, la pericolosità di una situazione imprevedibile, l'aleatorio controllo assicurato provvisoriamente sul territorio con tanto dispendio di energie, tra l'altro continuamente messo a rischio da concorrenti improvvisi, sconsigliavano ogni rapporto capace di oggettivarsi in qualcosa che avrebbe coinvolto anche altri esseri umani al di fuori di se stessi.

«E come credi di sistemare qui, a Manhattan, la tua futura sposa? – gli disse poi, a brutto muso – Il nostro lavoro non ha orari, non siamo operai che lavorano solo alcune ore al giorno, siamo sempre in prima linea, notte e giorno! Come farai ad assicurare ai figli che verranno tutte le attenzioni che un padre deve dare loro? E poi chi ti assicura l'incolumità perenne? Non sai che il nostro lavoro è estremamente rischioso? Nessuno di noi ha una famiglia, perché essa rappresenta un peso, una palla al piede! Se ne hai bisogno puoi prendere tutte le donne che vuoi, senza complicazioni!»

XXIII

In paese, intanto, la vita continuava scandita come sempre dall'alternanza delle stagioni e, soprattutto, dagli impegni del lavoro. In un paese prettamente agricolo, come Montecilfone, tutto ruotava attorno alla campagna e, direttamente o indirettamente, ogni attività si programmava in funzione dei raccolti. Dopo la parentesi invernale, i lavori riprendevano in primavera e raggiungevano l'acme nel periodo estivo. Dopo la festa di Sant'Antonio, infatti, quasi tutte le famiglie si trasferivano nelle masserie in campagna, perché gli uomini, impegnati dall'alba al tramonto nel lavoro più duro, preferivano non rientrare in paese la sera, oltre al fatto che tutti i componenti della famiglia erano indispensabili, coinvolti in ruoli che differivano a seconda dell'età, ma che vedevano impegnati piccoli e adulti in compiti svolti con la più disinvolta naturalezza, quasi istintivamente, in base ad insegnamenti che privilegiavano l'imitazione, dopo le indispensabili ma essenziali spiegazioni degli anziani ai neofiti. Anche la famiglia di Elvira si trasferì nella masseria e le donne erano impegnate nel duplice compito di assistere ed aiutare i maschi di casa e di preparare il matrimonio di Giuseppina, che era stato fissato per la fine dell'estate, domenica 25 ottobre. C'era un fervore di attività, infatti, che vedeva sempre tutti indaffarati in ogni ora del giorno. Gli uomini andavano via all'alba per la mietitura, la raccolta dei covoni e la successiva trebbiatura; i ragazzi erano impegnati nella cura degli animali, che portavano al pascolo per l'intera giornata; le donne accudivano agli animali da cortile, che si vedevano numerosi in ogni dove, oltre a preparare il cibo per tutta la tribù, specialmente indaffarate quando c'era da pensare anche al pasto per gli operai, che venivano ingaggiati per i lavori più grossi, come la mietitura e la trebbiatura.

Elvira, Giuseppina e Letizia, anch'esse in piedi dall'alba, si dedicavano con impegno al ricamo per completare il corredo della sposa; Elvira aveva lasciato momentaneamente il suo, per aiutare la sorella, anche perché il suo matrimonio, ormai, sarebbe slittato di un anno. Mentre ricamavano, le tre sorelle, tra un canto e l'altro, ripetevano a memoria le formule del catechismo e le preghiere che stavano imparando per la cresima che avrebbero dovuto ricevere il 15 agosto. Letizia leggeva le formulazioni prese da un libretto che don Guido aveva consegnato loro per l'occasione, e le altre, una alla volta, ripetevano a memoria tutto, per essere pronte all'esame al quale le avrebbe sottoposte il Vescovo.

Il parroco, infatti, aveva parlato col vescovo e gli aveva chiesto di cresimare quanto prima le due sorelle, che si stavano preparando al matrimonio, per questo il prelato aveva stabilito che esse potevano recarsi a Termoli, il successivo 15 agosto, festa dell'Assunta e festa della Madonna Grande, per ricevere entrambe il sacramento, previsto normalmente come antecedente il matrimonio. Papà Antonio e mamma Carmela, dopo essersi consultati lungamente tra loro, avevano scelto anche le persone che avrebbero dovuto fare da madrine, alle due figlie, per la cresima, oltre ad aver già concordato con i consuoceri i testimoni alle nozze di Giuseppina.

Franceschino era stato già cresimato prima di partire per il servizio militare, perché si preferiva attestare con quel sacramento la maturità dei maschi che, poi, il servizio militare rendeva uomini a tutti gli effetti, abili e adatti non solo "per il re", come si diceva, ma "anche per la regina", pronti cioè a prender moglie e, quindi, preparati a formare una famiglia propria.

È un compito molto impegnativo quello di scegliere le persone alle quali affidare una mansione così delicata, perché sono ritenuti molto importanti i rapporti di comparatico, che stabiliscono un vincolo che va al di là della singola persona che riceve il sacramento per coinvolgere tutta la famiglia e, essendo frutto di una scelta, i padrini sono rispettati ancor più dei parenti, legati da vincoli di sangue.

La tradizione è molto diffusa in tutto il meridione d'Italia, ma è particolarmente considerevole in un paese di etnia diversa che, per secoli, si è dovuto cautelare dalle contaminazioni culturali degli altri paesi "latini", nella difesa della propria identità e nella salvaguardia di tutte le usanze e di tutti i valori che, partendo dalla lingua, gelosamente custodita per secoli, costituiscono il patrimonio sociale e culturale di ogni minoranza. Non è cosa facile permettere l'ingresso di estranei nell'intimità della famiglia; è molto rischioso, infatti, specialmente nelle comunità di immigrati, l'allargamento delle maglie parentali, per il rischio di vedere allentati i legami che tengono stretti quanti si devono tutelare a vicenda con un vigile controllo continuo delle proprie peculiarità.

È pur vero che frequenti sono state, nel tempo, le commistioni con matrimoni di tantissimi albanesi con i circostanti "latini", ma gli usi, i costumi, le tradizioni e le cerimonie caratteristiche di una collettività, particolarmente legata alle proprie origini, si sono sempre salvaguardate con fervore e con cura maniacale.

La ricerca del padrino giusto è stata identificata sempre come il più appropriato allargamento della sfera familiare, con l'apparentamento spirituale che va al di là del solo ambito affettivo e parentale, per assumere connotati di grande valenza sociale e di forte legame personale che ha creato, nel tempo, intrecci di rapporti notevoli per intensità e per ampiezza. Per questo la scelta della persona, a cui chiedere la responsabilità di un compito così vasto, impegnativo e multiforme, coinvolgeva tutta la famiglia ed impegnava tutti i membri della stessa al rispetto di regole codificate da sempre ed improntate al massimo rispetto reciproco, alla stima, alla deferenza ed alla devozione per intere generazioni.

Il padrino chiamato a battezzare un neonato, alla conclusione della cerimonia religiosa, oltre alle formule di rito previste dal cerimoniale ecclesiastico, baciando il figlioccio, pronunciava la frase in albanese «*Sod e ka kurora!*» (Oggi ed al matrimonio), significando che la funzione di guida ed assistenza promessa nel giorno del battesimo, continuava per tutta la vita e si oggettivava anche come protezione della futura famiglia creata dal figlioccio quando ne avrebbe avuto l'età.

Per Giuseppina era stata identificata come madrina la maestra che l'aveva avuta come alunna nella scuola elementare, alla quale la ragazza era rimasta sempre molto legata e che, pur non essendo originaria del paese, dal momento del suo arrivo, aveva imparato l'albanese, per essere più vicina alle sue ragazze e per non farsi ritenere estranea dai genitori. Nonostante avesse avuto tante richieste di matrimonio, le aveva rifiutate tutte, per dedicarsi interamente all'insegnamento, che riteneva una vera missione e viveva in mezzo a loro da tanti anni, ormai, amata, stimata e rispettata da tutti, come persona di famiglia.

Per Elvira, invece, era stata scelta la sorella dell'orefice, una donna di notevoli qualità, colta e raffinata; era stata in collegio nella sua infanzia ed aveva imparato a cucire e ricamare in modo veramente superbo e, non essendosi sposata, aveva dedicato tutta la sua vita a trasmettere alle ragazze l'arte del ricamo e del cucito. In casa aveva creato un laboratorio molto frequentato anche dalle signore dei paesi vicini, che lei, con i suoi modi amabili, sapeva intrattenere con le sue spiegazioni di carattere tecnico ed incantava con la perizia dei suoi lavori, suscitando meraviglia e stupore in tutte le sue clienti, che si adattavano ad aspettare vari mesi la consegna dei lavori commissionati, nella piena consapevolezza che i capolavori non si improvvisano.

Comare Concetta, la ricamatrice, era molto severa nella selezione delle sue collaboratrici, che non erano numerose e la scelta di averla come madrina era stata suggerita anche dal desiderio di Elvira di entrare a far parte dell'entourage così ristretto e prestigioso, per poter imparare l'arte del ricamo, i cui rudimenti le erano stati inculcati in famiglia, ed apprendere, nel breve tempo che le restava prima di partire per l'America, le cose più importanti che avrebbero potuto rappresentare un utile bagaglio di nozioni da usare in ogni occasione.

I testimoni di nozze di Franceschino e Giuseppina, invece, erano stati naturalmente identificati nel padrino di battesimo dello sposo, il farmacista del paese, il dott. Gaetano, e sua moglie, donna Giacinta, che godevano un indiscusso prestigio in paese per la loro notevole condizione economica, oltre che per la posizione sociale ricoperta da chi esercitava una professione liberale.

L'estate impazzava col caldo tipico del solleone estivo; il raccolto fu abbondante e soddisfacente non solo per la quantità, ma anche per la qualità del grano, garantita dalla scelta del seme e dalla distribuzione dei concimi chimici operata dal Consorzio Agrario che, già dall'anno precedente, aveva organizzato, nei suoi capienti magazzini, anche l'ammasso volontario, istituito per le esigenze di un'economia di guerra, conseguente alle sanzioni economiche decretate dalla Società delle Nazioni contro l'Italia. Naturalmente tutti gli agricoltori gongolavano per l'abbondanza del raccolto e compare Nando fece affari d'oro con il suo commercio, mentre il mulino lavorava a pieno regime con Franceschino, che era preso dall'alba al tramonto nella sua attività di lavoro e poteva recarsi solo la domenica dalla fidanzata, rinnovando il rito della passeggiata mattutina, sottobraccio a Giuseppina, per recarsi in chiesa, seguiti dalla mamma e dalle sorelle di quest'ultima.

Il 15 agosto, a bordo di due macchine prese a noleggio a Termoli, papà Antonio, mamma Carmela, Franceschino, Giuseppina ed Elvira, con le rispettive madrine, guidati dal parroco don Guido, si recarono nella cittadina adriatica, dove le due ragazze ricevettero il sacramento della cresima dalle mani del Vescovo. Dopo la cerimonia, passarono ad onorare la Madonna Grande nella sua chiesa di Ramitelli, dove trovarono i numerosi pellegrini che, dal giorno precedente, a piedi, si erano recati in processione per un'antica devozione.

Tornati a casa, festeggiarono con le famiglie dei futuri suoceri delle due ragazze l'avvenimento, con un pranzo confacente all'importanza del giorno. Carmela si era data da fare parecchio, non tanto per la famiglia della sorella, che era di casa, quanto per la famiglia di Franceschino che, per la prima volta, era sua ospite. Compare Nando e comare Concetta, oltre a Franceschino, avevano altri due maschi e quattro ragazze che, sommate alle brigate di Antonio e Giovanni, facevano una bella tribù allegra, vociante e, soprattutto, di buon appetito, che fece onore in tutto e per tutto all'ospitalità dei padroni di casa, buon auspicio per l'imminente festa di matrimonio.

Nel mese di settembre, purtroppo, morì nonno Nicola, vittima di un ictus che lo portò via in due giorni, in punta di piedi, con la stessa discrezione che aveva caratterizzato tutta la sua vita dedicata interamente al lavoro ed alla famiglia. Questo lutto fu particolarmente doloroso per Elvira, che era stata oggetto di particolare affetto da parte del vecchio, da quando si era ufficializzato il suo fidanzamento col nipote Nicolino, e fu motivo di particolare dispiacere anche per Carmela, per l'impossibilità di avere la famiglia della sorella Lucia come ospite al matrimonio di Giuseppina.

Le regole tradizionali del lutto, infatti, proibivano tassativamente ai famigliari di prendere parte a feste di ogni tipo per almeno un anno; le donne della famiglia si vestivano rigorosamente di nero, le signore dovevano portare anche il velo nero, mentre gli uomini, oltre ad un bottone nero sul risvolto della giacca, dovevano portare anche la cravatta nera. Per almeno una settimana, fino alla messa dell'ottava, nessuno usciva di casa, gli uomini non si radevano ed in casa era proibito accendere il fuoco, per cui i parenti, i compari e gli amici provvedevano al loro nutrimento, a pranzo e a cena, con cibi preparati e cotti non nella casa del defunto. Se si trattava di un parente stretto, le donne portavano il lutto per ben quattro anni e le vedove si vestivano di nero a vita; le ragazze potevano smettere il lutto solo dopo un anno e, solo dopo altrettanto tempo, potevano sposarsi.

Per questo Giovanni e la sua famiglia non furono presenti al matrimonio di Giuseppina, ma ugualmente parteciparono alla gioia della nipote, regalandole un costoso servizio completo di piatti della Richard-Ginori. Zia Lucia e le cugine visionarono il corredo esposto la settimana precedente il matrimonio, in casa della sposa, e parteciparono alla preparazione del letto matrimoniale il giorno prima delle nozze.

Compare Nando aveva comprato per Franceschino una casetta costruita di recente all'ingresso del paese, in prossimità del suo mulino, permettendo, così, al figlio di abitare a ridosso del posto di lavoro, oltre a consentirgli di vivere da solo e non, come voleva la tradizione patriarcale, nella casa paterna, assieme agli altri fratelli. La casa era stata arredata secondo il gusto degli sposi ed i parenti più stretti avevano contribuito direttamente all'acquisto dei mobili e delle suppellettili.

La sera prima del matrimonio, Franceschino e i suoi amici, al suono della fisarmonica e di un violino, si radunarono sotto le finestre della casa di Giuseppina per la serenata di addio alla casa paterna e, dopo aver cantato tutto il repertorio tradizionale di canti *arbëreshë* (albanesi), furono accolti con gran festa e gran profusione di vino che papà Antonio, per mascherare la sua commozione, andava distribuendo con una grossa caraffa di terracotta, attingendo direttamente dalla botte in cantina, mentre le donne di casa offrivano taralli e dolcetti, per accompagnare e gustare meglio il vino che favoriva altri cori innalzati in onore degli sposi.

La mattina successiva, mezz'ora prima della cerimonia religiosa, i parenti maschi dello sposo, con in testa compare Nando, che portava spavaldamente in spalla il suo fucile, si disposero davanti all'uscio della casa di Giuseppina ed inscenarono un tentativo di rapimento della sposa, con festosi scoppi a salve in aria, finché il padron di casa non spalancò la porta facendoli entrare per la tradizionale finta caccia alla sposa. Giuseppina, infatti, con un velo che le ricopriva il volto, aspettava "nascosta" in camera sua e, solo dopo che i nuovi arrivati mimarono un assalto ed una ricerca della ragazza per le stanze terrene, all'invito del padre, scese giù e si presentò al futuro suocero che, alzandole il velo a scoprire il viso, le cinse il collo con una collanina d'oro, dichiarandole la propria gioia ad accoglierla nella sua famiglia.

Solo dopo questa cerimonia, si formò il corteo nuziale, con un emozionato Antonio che porgeva, serio e compassato, il braccio alla figlia, camminando a passi lenti verso la chiesa dove li aspettava Franceschino, al quale il papà, in presenza dei testimoni, consegnò Giuseppina, dopo essersi scambiati il bacio augurale, ai piedi dell'altare maggiore.

La celebrazione fu particolarmente commovente, con don Guido che seppe toccare le corde più segrete dell'animo dei presenti, facendo riferimento all'importanza dell'avvenimento, alla nascita beneaugurante di una nuova famiglia, alla speranza di pace e di benessere, che si sarebbe dovuta schiudere per queste nuove generazioni ed invocando appassionatamente sugli sposi e su tutti i presenti la protezione divina e della Madonna Grande.

Alla fine della cerimonia, subito dopo che gli sposi scesero l'ultimo scalino della chiesa, il corteo fu interrotto da alcuni giovani che avevano teso una fune, sbarrando loro il passo ed a loro lo sposo diede alcune monete, la sposa distribuì dei confetti, ricevendo in cambio un mazzolino di fiori di campo, mentre fitti volavano per l'aria i confetti lanciati dai parenti, allo scoppio sonoramente violento di alcuni mortaretti.

Il banchetto preparato in casa dei genitori dello sposo fu sontuoso e, dopo che tutti gli invitati presero posto a tavola, la mamma di Franceschino rovesciò sulla tovaglia di lino ricamata del vino e liberò due colombe, di sesso diverso, perché in un banchetto di nozze il versamento di vino è augurio di fertilità e benessere e le colombe sono simbolo della nuova famiglia. Solo dopo queste ultime cerimonie, il pranzo ebbe inizio, con gran profusione di cibo, e durò fino a sera tarda, tra brindisi augurali e canti, che diventavano sempre più altisonanti man mano che si vuotavano le caraffe, mentre l'allegria generale saliva di tono.

Ma il paese, oltre che per questa festa famigliare, era in fermento perché cominciavano a serpeggiare strane voci su una nuova guerra: già dal luglio del '36 infatti, in Spagna era scoppiata la guerra civile tra repubblicani e nazionalisti. Francamente a nessuno dei paesani interessava un tubo di quello che succedeva in Spagna e, in un primo momento, di tali avvenimenti erano edotti solo quei pochissimi che leggevano il giornale, che non avevano neanche commentato tra di loro quanto accaduto , ritenendo la questione del tutto marginale ed estranea ai propri interessi.

Ma non la pensava così Mussolini che, volendo contrastare la diffusione del comunismo in Europa, sollecitato dal generale Francisco Franco, aveva provveduto ad inviare aerei da trasporto e navi nel Marocco spagnolo, per aiutare il generale Franco a trasportare in terra spagnola le truppe coloniali al suo comando, nel tentativo di rovesciare con le armi il governo repubblicano di Madrid.

Nell'ottobre del '36 Mussolini ed Hitler, unici alleati di Franco in Europa, stipularono tra loro l'accordo dell'asse Roma-Berlino e decisero di intervenire con aiuti militari nella guerra di Spagna. In vista di un intervento rapido in terra spagnola, il duce ordinò al generale Roatta di organizzare un corpo di volontari puntando sulla Milizia Nazionale, oltre che su altri eventuali.

Cominciò subito una campagna di arruolamento in ogni paese d'Italia ed anche a Montecilfone arrivò, nei primi giorni di novembre, il Console della Milizia, don Pardo da Larino, che convocò i fascisti locali per indottrinarli e per dare direttive sull'arruolamento. La Patria chiamava ancora una volta e nessuno poteva tirarsi indietro, tanto più che questa volta era prevista un'indennità giornaliera che assommava a 20 lire per ogni soldato e saliva progressivamente fino a cifre ragguardevoli per gli ufficiali. In prima fila tra i presenti, oltre allo zio Saverio, capo manipolo, c'erano il Podestà, l'universitario Emilio con il maestro, suo padre, Giorgio, dalla bella camicia nera e tantissimi altri uomini.

All'annuncio della somma destinata ad ogni volontario, il padre di Emilio, il maestro elementare, si alzò d'impulso rivolto al camerata oratore: «Ma come?! A me che ho un titolo di studio, con un'onorata carriera di più di trent'anni alle spalle, lo Stato dà solo 550 lire al mese ed ora mette a disposizione di un qualsiasi ignorante, che vuol partire per la guerra, una somma superiore al mio sudato stipendio!» Ma la polemica venne interrotta con veemenza dal comandante della Milizia Frentana, che rimproverò una simile inopportuna lamentela, tacciando di scarso amor di patria chi non riusciva a capire che il sacrosanto destino della Nazione «richiede dedizione e sacrifici, non solo da parte di chi lo difende combattendo sul fronte di guerra, ma anche da coloro che hanno il dovere di cooperare nell'ambito delle proprie attività professionali» anzi, aggiunse che sarebbe stato un gesto molto apprezzato se si fossero potute contare adesioni soprattutto tra le file dei più rappresentativi esponenti del Fascio locale, come esempio ed incitamento per i giovani da educare al culto della dedizione al bene supremo dello Stato.

Altisonante fu l'appello lanciato a tutti, ma il Podestà declinò l'invito per la sua età ormai non più congeniale a simili avventure, così si giustificò anche il maestro, mentre suo figlio Emilio, di solito infuocato dall'ardore della fede fascista e dal sacro furore tante volte enunciato nelle sue mistiche concioni pubbliche, invocando l'urgenza degli studi universitari, che lo vedevano avviato ormai verso l'ambita meta della laurea, declinò l'invito, ed altrettanto fece anche il capo manipolo Saverio, che non poteva abbandonare neanche per un attimo i suoi interessi familiari. Insomma, alla fine di una penosa gara a tirarsi indietro, Giorgio, in un accesso di amor proprio e di dedizione alla causa, si dichiarò pronto a partire per questa onorevole missione, per rispondere alla crociata contro il comunismo internazionale, per onorare la camicia nera che indossava e per riscattare il decoro del suo paese che usciva assai traballante da quella riunione.

Comunque i responsabili della locale sezione del partito promisero di darsi da fare per trovare altri volontari tra i giovani del paese ed assicurarono l'alto rappresentante della Milizia che avrebbero ben figurato con un numero considerevole di uomini degni per capacità e per devozione alla causa.

XXIV

Nick lesse il resoconto della cerimonia matrimoniale di Giuseppina e Franceschino dalla lettera che Elvira gli aveva inviato e la commozione della sua fidanzata, che gli descriveva con calore le varie fasi e le emozioni provate, inondò anche il suo animo e, senza volerlo, si rese conto di avere gli occhi lucidi e di sentire in maniera più intensa del solito la lontananza della sua amata, tanto che si mise a scrivere di getto una risposta. Descrisse con molta enfasi la sua nostalgia, le disse di non veder l'ora di averla lì, in America, le confermò la sua determinazione, le assicurò che avrebbe preparato in tempo tutto ciò che sarebbe stato necessario alla loro vita futura, le disse anche che lì le case si trovavano facilmente, per questo non si era affrettato a prenderne una, in attesa di quei mesi che ancora dovevano passare per il loro matrimonio ed il successivo arrivo di Elvira.

Le cose intanto lì proseguivano con qualche novità, perché la comunità cinese si mostrava sempre più attiva e frequenti erano i venditori ambulanti cinesi che si vedevano per le strade di Little Italy. Durante uno dei soliti giri di ispezione, due uomini dell'organizzazione si accostarono alla bancarella di un cinese, che aveva esposto la sua merce accanto ad un negozio di abbigliamento e, mentre uno di loro chiedeva spiegazioni al cinese, l'altro giocherellava con la mercanzia esposta sul carretto, tutto preso dalle chincaglierie esposte; alle intimazioni di spostare il tutto in un'altra zona o di pagare il prezzo della protezione, il cinese reagì in modo fulmineo colpendo violentemente con la mano tesa il collo dell'uomo che lo stava taglieggiando e, con un balzo felino, colpì col piede la testa dell'amico che non aveva fatto neanche in tempo a girarsi e si trovò, stordito, accanto all'altro che boccheggiava per terra. Il cinese sparì in un attimo, facendo perdere ogni traccia di sé.

Tutti gli uomini dell'organizzazione furono sguinzagliati all'interno di Chinatown alla ricerca del responsabile, ma trovarono un muro di omertà impossibile da sgretolare, per cui dovettero rinserrare le file, aumentando la vigilanza, specialmente nella zona di confine tra le due comunità, con la raccomandazione di non farsi trovare mai da soli in giro e, soprattutto, di non distrarsi mai. Don Vito raccomandava la più assoluta prudenza prima di far scoppiare una vera e propria guerra tra bande rivali, ma quando un gruppo di orientali tentò di aprire una bisca clandestina nel territorio di Little Italy le cose si complicarono e, prima di usare mezzi repressivi, lo stesso don Vito si premurò di invitare Sunzi, il capo della gang cinese, ad un incontro.

Fu investito della questione anche il Sindacato e, per suo tramite, fu organizzato un pranzo in un ristorante in territorio neutro, nella zona di competenza dei siciliani, alla presenza di tre rappresentanti dello stesso Sindacato. All'appuntamento si presentarono in parecchi, ma solo don Vito, Adam ed un altro napoletano, Totonno *"o macellaro"*, entrarono nel locale ad incontrare Sunzi ed i suoi collaboratori più stretti, mentre tutti gli altri restarono fuori, controllati con molta severità dai siciliani, che avevano fatto un vero e proprio cordone di sicurezza.

Le trattative furono lunghe per la particolare abitudine dei cinesi di non affrontare subito il nocciolo delle questioni; dopo le parole di introduzione del rappresentante del Sindacato sulla necessità di conservare la pace, di non riempire di morti il paese, per non offrire al procuratore Dewey l'occasione di fare delle retate, ma di cooperare nell'interesse di tutti, Sunzi cominciò a tediare gli interlocutori con frasi di prammatica, con giri di parole, con argomentazioni viziose e, solo dopo qualche tempo, quando si rese conto che la tensione saliva ed anche i rappresentanti del Sindacato mostravano segni di nervosismo, brutalmente enunciò le proprie proposte con un atteggiamento duro ed intransigente, per cui ci fu bisogno della comprovata diplomazia di don Vito per ottenere qualche risultato. Grazie alla sua pazienza, infatti, alla notevole capacità di smussare gli angoli, ai suoi modi gentili e melliflui, con un viso perennemente sorridente, pronunciando le parole con tono suadente e conciliante, argomentando con ragionevolezza e chiarezza le proprie ragioni, don Vito riuscì a smontare gli avversari e li costrinse a venire ad una conclusione, mediando sulle reciproche posizioni.

Ai cinesi fu concesso il permesso di aprire due bische clandestine, una a ridosso della zona di confine ed un'altra, addirittura, in Mulberry Street, la via più popolosa ed importante dell'intero quartiere; naturalmente ambedue sotto il controllo degli italiani, obbligando, quindi, i cinesi a pagare la protezione secondo il codice applicato da don Vito. Gli italiani, di rimando, ottennero il consenso ad aprire una succursale della casa di madame Henriette al confine con Chinatown, senza essere costretti a pagare alcun pizzo ai cinesi. Non riuscirono, però, a convincere i cinesi ad entrare a far parte del Sindacato, ufficialmente per la dichiarata volontà di questi ultimi di sentirsi sempre liberi ed autonomi ma, in verità, per l'atavica loro diffidenza verso gli occidentali che sentivano molto diversi per cultura, civiltà, abitudini, interessi ed aspirazioni.

L'incontro segnò un punto a favore di don Vito che era riuscito a superare la diffidenza degli orientali, mentre i rappresentanti del Sindacato non avevano saputo convincere Sunzi ad unirsi a loro e questo rappresentava pur sempre un'incognita per il futuro, in quanto non si poteva contare su una pace duratura, né si potevano istituire rapporti di collaborazione con la gestione di attività comuni.

Tutto sembrava filare liscio: gli affari continuavano con regolarità, le attività dell'Organizzazione non incontravano ostacoli, nella zona regnava l'ordine e le forze di polizia non avevano motivo di sollevare polveroni, per cui il procuratore speciale Thomas Dewey allentò la sua crociata contro il crimine, anche perché da poco aveva ottenuto la grande soddisfazione di veder condannato il gangster Lucky Luciano a cinquant'anni di carcere e questa vittoria lo gratificava personalmente; presso l'opinione pubblica, infatti, godeva di un'enorme credibilità che lo faceva identificare come un eroe nazionale.

Nick sentiva crescere ogni giorno di più nel suo cuore il desiderio di avere accanto a sé Elvira e, come aveva già fatto la sua ragazza, pensò di farsi cresimare per cominciare a preparare le carte per il matrimonio, dal momento che lei avrebbe compiuto i sedici anni nella primavera prossima e, dopo il matrimonio per procura, avrebbe potuto avviare la pratica per farla arrivare in America.

Si recò un giorno a parlare col sacerdote cattolico della chiesa Most Precious Blood Church per chiedere informazioni; qui trovò un giovane prete, figlio di italiani, che si mostrò molto disponibile e, dopo avergli esposto le sue esigenze, seppe che il vescovo metropolita della cattedrale di St. Patrick aveva stabilito, per la Pasqua dell'anno successivo, la data della celebrazione comunitaria della cresima proprio nella chiesa di Little Italy, per questo avrebbero avuto tutto il tempo per preparare i documenti necessari alla cresima ed anche al matrimonio.

Riferì tutte queste notizie nella lettera scritta alla sua Elvira e la pregò di spedirgli, al più presto possibile, il certificato di battesimo, indispensabile per cominciare tutta la pratica che li riguardava. Nel frattempo parlò ancora una volta con Adam della sua intenzione di sposarsi e dell'esigenza di cresimarsi al più presto, e l'amico, persa ormai ogni speranza di redimere il suo giovane pupillo, considerando irrevocabile questa sua intenzione al "martirio", con un profondo sospiro di delusione, gli promise di aiutarlo, ma, alla richiesta di Nick di fargli da padrino, rispose con un energico rifiuto, mettendo le mani avanti, come se si trattasse di un misfatto orrendo di cui non voleva sentirsi complice; con un sorriso malizioso, poi, gli promise che ne avrebbe parlato con don Vito ed avrebbe chiesto a lui di far da padrino al giovane Nick, intimamente convinto di fare un piccolo dispetto all'amico, mettendolo in ridicolo di fronte al capo.

Ma la cosa non andò proprio così, perché, quando in presenza del capo, una sera, Adam espose il problema e chiese a don Vito se fosse disposto a cresimare Nick, dopo un silenzio imbarazzato, i due videro il volto del loro capo illuminarsi mentre, con un largo sorriso, prendendo le mani del ragazzo, gli disse di essere dispostissimo "a favorirlo" e lo riempiva di ringraziamenti per il grande onore che gli faceva con quel segno di rispetto, stima ed affetto che gradiva molto.

Lo sbalordito Adam aveva sottovalutato il suo capo che, avendo un'esperienza ed una lungimiranza superiori alle sue, aveva capito immediatamente l'importanza di avvicinare il vescovo metropolita di New York ed aveva subodorato la possibilità di stringere un legame di amicizia e di collaborazione col capo della Chiesa locale, con la prospettiva di ricavarne grossi vantaggi. Adam rimase a bocca aperta di fronte alla manifestazione di benevolenza di don Vito nei riguardi di Nick e, con la coda tra le gambe, guardava di traverso i due che, invece, sprizzavano gioia da tutti i pori.

Purtroppo le incombenze per il matrimonio non si limitavano alla sola cresima, ma richiedevano il coinvolgimento del Consolato Italiano in America ed anche per questo si rese necessario l'intervento di don Vito. Gli esperti falsari dell'Organizzazione, infatti, prepararono tutti i documenti necessari per far ottenere il passaporto americano a Nick e, con quel documento, il giovane poté presentarsi nella Cancelleria dell'Ufficio Consolare Italiano ed iniziare la trafila burocratica,, per inviare in Italia la sua procura al padre a rappresentarlo nella celebrazione del suo matrimonio.

Da parte sua anche Elvira aveva avuto dal parroco don Guido le indicazioni dell'iter da seguire per completare la pratica burocratica che, francamente, non era facile né tantomeno celere, per cui lo stesso sacerdote le aveva consigliato di rivolgersi ad un legale perché c'era bisogno di una sentenza del Tribunale per poter ottenere il permesso a celebrare un matrimonio, in assenza di uno degli sposi. Era consentita la procedura della procura per i residenti all'estero solo per gravi motivi, e questi "gravi motivi" potevano essere valutati solo dal tribunale e per tutto questo bisognava istruire un procedimento complesso.

C'era in paese un giovane avvocato, che stava facendo pratica forense presso lo studio di un noto legale di Guglionesi ed a lui papà Antonio, pressato dalle insistenze di Elvira che voleva preparare tutto il più presto possibile, per potersi sposare al compimento del suo sedicesimo anno, si presentò a chiedere di curare la pratica, assieme all'avvocato dello studio nel quale stava lavorando. La cosa gli si prospettò lunga ed onerosa, dal momento che il tribunale di competenza, dopo che era stato soppresso il tribunale di Larino, risultava quello di Lucera, molto distante e, data la mancanza di collegamenti diretti, raggiungibile con difficoltà, con un lungo giro tra Termoli e San Severo. Nel frattempo il Vescovo di Termoli aveva già concesso la sua dispensa al matrimonio fra cugini e questo faceva ben sperare per la favorevole conclusione di tutta la trafila.

Certo che il povero papà Antonio non stava attraversando uno dei suoi periodi migliori; poco prima, infatti, aveva dovuto accettare, anche se molto a malincuore, la dolorosa partenza di Giorgio per Littoria, dove si stavano radunando i volontari delle camicie nere che, dopo un frettoloso addestramento, sarebbero partiti per la Spagna.

Quell'anno anche in casa di Elvira il Natale arrivò con la trepidazione nel cuore per l'assenza di Giorgio e tutte le feste furono influenzate dall'ansia della mamma e dalla taciturna preoccupazione di papà Antonio, che evitava accuratamente di parlare di politica col fratello Saverio, al quale imputava, nel suo cuore, tutto lo scompiglio che gli era capitato in casa.

Subito dopo le feste, infatti, i primi volontari raggiunsero il suolo spagnolo e Giorgio fu aggregato alla 1° Divisione Camicie Nere "Dio lo vuole", nella Bandera "Aquila", e nelle sue lettere il giovane, intossicato dalla propaganda, parlava solo il pletorico linguaggio del fanatismo retorico fascista e, riferendosi alla sua preparazione spirituale e militare, si diceva pronto al 'gran cimento' per mostrare di che stoffa era fatta la schiatta italica e per contribuire a sradicare la mala pianta della sovietica protervia.

Subito dopo la prima settimana di febbraio 1937, la radio ed i giornali divulgarono la notizia della significativa vittoria del valoroso manipolo di eroi italici che, in soli sei giorni, avevano conquistato Màlaga, una roccaforte repubblicana di grande importanza strategica per la liberazione dell'intero Paese dalle forze rosse dei repubblicani comunisti.

Qualche giorno dopo arrivò anche una lettera di Giorgio con il resoconto della battaglia alla quale aveva partecipato e nella quale si era distinto in modo così particolare da ricevere, dalle mani stesse del general Roatta, una medaglia d'argento con la promozione immediata a capo squadra, corrispondente al grado di sergente nell'esercito. Raccontava, infatti, di essere stato l'artefice della conquista dell'Alcazaba di Màlaga, trascinando i suoi camerati miliziani all'assalto della fortezza e descriveva l'azione che gli aveva permesso di raggiungere, per primo, le rovine del Castillo de Gibralfaro, dove aveva piantato sul punto più alto la gloriosa bandiera della Divisione "Dio lo vuole".

La lettera fu letta con enfasi da Emilio in un comizio improvvisato in piazza, di fronte ad una marea di popolani osannanti che circondavano il papà Antonio, posto al centro della piazza stessa; il pover'uomo, in verità, avrebbe evitato molto volentieri quella 'chiassata', ma lo zio Saverio aveva organizzato il tutto con grande impetuosità ed ora, sul balcone da cui si teneva il comizio, accanto all'esaltato Emilio che parlava estatico dell'eroismo del camerata Giorgio, onore e vanto della gente *arbëreshë* e modello di patriota impavido, nella sua impeccabile divisa da capo-manipolo, alternava sistematicamente il saluto romano a braccio levato con ripetuti e frequenti applausi coi quali faceva esaltare la platea ormai in ludibrio; gli applausi raggiunsero l'acme quando l'oratore annunciò che la paga giornaliera del novello sergente, in virtù della meritata promozione, raggiungeva la somma considerevole di lire 27,50.

Questo contribuì a far decidere anche altri uomini ad arruolarsi e, accanto a tanti giovani, si offrirono volontari anche diversi padri di famiglia che, lusingati dalla non indifferente paga mensile, speravano di risolvere in questo modo la loro precaria condizione economica, alcuni affidandosi alla buona sorte, altri pregando il buon Dio di permettere loro il ritorno sani e salvi a casa a godere, poi, il frutto del loro 'eroismo'.

Appena un mese dopo, però, i giornali riportarono notizie non proprio esaltanti sulle fortune dei legionari in terra di Spagna: a Guadalajara, infatti, i miliziani furono abbastanza sonoramente battuti dai 'fuoriusciti' garibaldini italiani delle Brigate Internazionali che, in una battaglia durata dall'8 al 23 marzo, costrinsero alla ritirata le camicie nere e portarono gravi conseguenze all'intero "Corpo Truppe Volontarie", private della loro autonomia decisionale nella gestione della guerra e assoggettate alle dipendenze dell'Alto Comando Nazionalista.

Arrivò anche una lettera di Giorgio, insolitamente polemica nei confronti del general Roatta, responsabile della brutta figura, tanto da essere sostituito nel comando dal general Bastico. Il giovane lamentava, infatti, la decisione del generale di tenere di riserva la prima Divisione, nella quale lui militava, impedendole di misurarsi con i traditori italiani delle Brigate Internazionali ed impedendo a Giorgio di battersi contro questi bastardi, alle dipendenze dei comunisti sovietici, che sparavano contro fratelli italiani contribuendo, così, alla disfatta dei volontari e dei nazionalisti. Prometteva di riscattare al più presto l'onore della Patria in occasioni che non sarebbero certamente mancate.

Anche per Nick passarono velocemente il Natale, il Capodanno e l'Epifania, rotolarono anche i giorni del carnevale, volò il periodo della quaresima e si giunse ai giorni di Pasqua, con la preparazione della sua cresima e, pur non avendo fatto alcun corso di preparazione, il giovane dovette pur sempre accedere al sacramento della confessione. A dire il vero, Nick non si accostava ai sacramenti da tantissimo tempo; da quando era arrivato in America non era mai stato neanche a messa, vivendo intensamente la sua vita, solamente preoccupato dei suoi interessi quotidiani e materiali, senza mai alcuna istanza spirituale, nonostante portasse sempre al collo la pesante medaglia regalatagli dalla mamma prima della partenza, che pur gli ricordava la sua precedente regolare frequentazione dei sacramenti e gli faceva tornare alla mente la devozione alla Madonna Grande, alla quale, qualche volta, aveva chiesto aiuto.

Quando gli giunse il certificato di battesimo dal paese, si presentò una sera nella casa canonica della chiesa dove avrebbe dovuto ricevere il sacramento e trovò lo stesso giovane prete che lo accolse con cordialità e, parlando della sua vita passata in Italia, gli riferì della profonda educazione religiosa ricevuta in famiglia, dell'assiduità con cui si accostava ai sacramenti, del rispetto di tutte le feste, insomma gli parlò lungamente dei principi ai quali era stato educato, gli parlò a cuore aperto della sua famiglia e si accorse solo allora di quanto gli mancassero quell'epoca, quell'ambiente, quel clima familiare, si rese conto di quanto si sentiva mutato e si meravigliò di quanto poco tempo era stato necessario a farlo cambiare così tanto.

Alla domanda del prete sul lavoro che svolgeva, rispose di essere un dipendente di un grosso uomo d'affari, nascondendo la sua vera attività e, quando il sacerdote volle sapere quali erano i rapporti con don Vito, rispose prontamente di averlo scelto come padrino solo per ottenere la sua protezione. Il sacerdote, che poi non era proprio sciocco, lo ascoltò con attenzione e benevolenza, ma pure lo rimproverò del suo comportamento, della superficialità dimostrata dopo il suo arrivo in America, della sua dabbenaggine nell'essersi affidato totalmente agli uomini di don Vito, nell'aver sistematicamente ignorato la guida e l'aiuto che avrebbe potuto avere dalla Chiesa locale se solo si fosse premurato di avvicinarsi, qualche volta, ad essa; insomma gli fece capire di aver intuito in che situazione si trovasse, legato così intimamente alla malavita e gli disse di ricordare sempre che la misericordia di Dio era talmente grande che non avrebbe mai abbandonato uno dei suoi figli e, se ne avesse sentito l'esigenza, poteva ritornare tranquillamente sulla retta via, nell'ubbidienza ai dettami del vangelo; ascoltò, poi, la sua confessione e gli diede, col perdono, la sua benedizione.

Dopo quell'incontro Nick ripensò più volte al discorso col giovane sacerdote; la sera specialmente prendeva tra le mani il medaglione della Madonna Grande e lo stringeva con forza, ma non trovava più la forza di pregare e restava così, allungato sul letto, con le mani strette sul medaglione, senza rispondere alle provocazioni dei due suoi compagni di camera, Cosimo e Gennaro. Da qualche tempo era diventato il bersaglio delle loro continue frecciate sulla sua determinazione a rovinarsi la vita col matrimonio proprio ora che cominciava ad assaporarla; lo perseguitavano ridendo della sua futura preoccupazione a rientrare presto la sera a casa dove lo avrebbero aspettato le pantofole, i lavoretti domestici, le chiacchiere della moglie, la papalina in testa prima di andare a letto e così via.

Arrivò la domenica di Pasqua e, accompagnato da don Vito, Nick si presentò in chiesa qualche momento prima della cerimonia e, entrati nella sacrestia, i due furono accolti a braccia aperte dal Vescovo che, addirittura, abbracciò don Vito e si mise a parlare fitto fitto in disparte con lui, per un bel pezzo; c'era anche il giovane sacerdote, che mostrava un evidente disagio di fronte all'accoglienza fatta dal suo vescovo ad una persona nota a tutti non propriamente come uno stinco di santo e questo strideva con quanto aveva detto qualche sera prima a Nick e francamente anche quest'ultimo non si sentiva proprio a suo agio, vedendo lo sguardo smarrito del giovane prete.

Comunque l'incontro fu un trionfo di ipocrisia con don Vito che baciava umilmente l'anello pastorale pomposamente ostentato dal prelato, con sorrisi di compiacimento e di vanagloria, con gesti ampi e complimenti reciproci pronunciati ad alta voce e tutto continuò anche durante la cerimonia con un'omelia che mise l'accento sulla capacità della Chiesa di accogliere e di proteggere il suo gregge, di essere sempre un punto di riferimento in ogni circostanza, di essere l'unica istituzione che può sfidare i secoli.

Nick, dopo essersi fatto rilasciare il certificato di cresima, si affrettò a spedirlo in paese, chiedendo, nel frattempo, di sapere quali altre incombenze avrebbe dovuto affrontare.

Nel frattempo, però, i rapporti tra l'Organizzazione ed i cinesi non andavano per il verso giusto, perché sempre più spesso gli orientali facevano delle palesi provocazioni senza preoccuparsi di tener fede ai patti stabiliti. La bisca di Mulberry Street era sempre più affollata, assicurando profitti notevoli ai gestori ma, da qualche tempo, quando si presentavano gli uomini di don Vito per riscuotere la provvigione stabilita, gli addetti al pagamento protestavano dicendo che era troppo onerosa e minacciavano di non pagarla più. Per il momento si trattava di scaramucce verbali, ma gli orientali si mostravano sempre più sfrontati e spavaldi, tanto che gli esattori non si presentavano mai soli, ma si facevano scortare da un nugolo di spalleggiatori, che si appostavano ovunque a protezione.

Nel mese di giugno dal paese arrivarono le pubblicazioni di matrimonio, da affiggere nell'ambito della circoscrizione consolare italiana e, dopo questi adempimenti, Nick si diede da fare per completare tutte le carte necessarie. Dalla Cancelleria dell'Ufficio Consolare, infatti, si fece rilasciare il nulla osta per il matrimonio e, soprattutto, la procura con la quale delegava il padre a rappresentarlo nella cerimonia da celebrare nella chiesa del paese. Spedì, finalmente, nella prima settimana di luglio tutto il materiale, certo di aver completato ogni adempimento, per poi procedere all'atto di richiamo per la futura moglie, dopo che il matrimonio fosse stato celebrato.

In paese, intanto, dopo il ricevimento delle carte inviate da Nicolino, l'avvocato si premurò di ottenere il sospirato permesso dal Tribunale di Lucera e, per la verità, dovette sudare le proverbiali sette camicie, per convincere il Giudice della reale gravità delle motivazioni che impedivano allo sposo di rientrare in patria, per celebrare di persona il matrimonio. Anche in quell'ambiente saltò fuori l'ostacolo "della malizia" da parte di chi si era sottratto all'obbligo del servizio militare per vigliaccheria e mancanza di "amor di patria" e ad opporsi calorosamente era il Pubblico Ministero, anch'egli illuminato dalla mistica del credo fascista. Una volta tanto, forse, fu proprio questo credo politico provocatoriamente enunciato in un vero e proprio comizio in aula che permise al Giudice, in Camera di Consiglio, di concedere l'autorizzazione al matrimonio, ritenendo infondata, eccessiva e pretestuosa l'opposizione del Pubblico Ministero.

Finalmente tutte le carte erano a posto e, tutti d'accordo, i famigliari di Nicolino e di Elvira decisero che la cerimonia si poteva fare alla fine del mese di settembre, dopo il primo anniversario della morte di nonno Nicola, cioè alla scadenza della data che metteva fine al periodo di lutto stretto.

XXV

La mattina della domenica del 26 settembre 1937, tutto il paese era in fermento, perché tutti erano ansiosi di assistere ad una cerimonia insolita, dal momento che per la prima volta si celebrava in paese un matrimonio per procura. I preparativi in casa di Elvira erano stati scrupolosi, così com'era stato fatto l'anno precedente per Giuseppina, solo che non ci sarebbe stato il pranzo matrimoniale, ma si era optato per un ricevimento più modesto non solo per l'assenza fisica dello sposo, ma anche per il lutto che, pur non essendo rigorosamente stretto, impediva ai famigliari di festeggiare in modo eclatante.

Ancora una volta papà Antonio, nel suo bell'abito nuovo di velluto scuro, con al braccio la radiosa Elvira, attraversò le strade del paese, in corteo, per raggiungere la chiesa. Elvira era bellissima. Aveva voluto un abito di organza bianco tutto suo, anche se l'abito di Giuseppina, con qualche ritocco, come aveva suggerito mamma Carmela, poteva andare bene. Aveva un vitino stretto, esaltato da un corpetto ricamato a mano e decorato di tantissime perline; da una fascia che le cingeva il capo partiva un velo trasparente di tulle, che pendeva a strascico per qualche metro; tra le braccia, infilate in alti guanti di tulle finemente ricamati, portava con disinvoltura un fascio di calle, affondate in tanto verde.

La figura snella e slanciata della ragazza, il portamento naturalmente elegante, il sorriso radioso che le illuminava il viso e ne metteva in risalto l'armonioso ovale, gli occhi celesti che sprizzavano felicità e comunicavano serenità e gioia a tutti coloro che la guardavano con ammirazione, strappavano cenni di calorosa approvazione in tutti quelli che, fermi per strada, l'ammiravano estasiati, augurandole sinceramente ogni bene. Papà Antonio procedeva tronfio ed altero, con un passo lento e solenne, rispondendo con un leggero moto del capo agli auguri che sentiva provenire da ogni parte. Erano preceduti da due bimbi, Annalisa ed Alberto, rispettivamente la sorellina più piccola di Nicolino ed il fratello minore di Elvira, che portavano due mazzetti di roselline bianche, anche loro ben consapevoli del ruolo di paggetti che stavano svolgendo con diligenza e serietà.

All'altare della chiesa li aspettava papà Giovanni, statuario nella sua posa impettita e severa; ma per l'occasione si era fatto spuntare leggermente la folta barba nera assumendo, quindi, un aspetto meno burbero del solito. Si era imposto di non commuoversi ma, consapevole del compito che svolgeva, pensando al figlio che era distante migliaia di chilometri, non riuscì completamente nel suo intento e dovette cacciare con un movimento veloce della mano quella lacrima inopportuna che stava scendendo dagli occhi.

Restò per qualche istante abbagliato dalla bellezza della nuora-nipote, per cui non si avvide dell'inchino del cognato che, ai piedi dell'altare, si era fermato per consegnargli la mano di Elvira, ma si riprese subito ed istintivamente si mosse verso Antonio e lo abbracciò cordialmente, quindi si volse alla sposa e, con un perfetto inchino, le prese la mano per baciargliela con rispetto.

A far da testimoni erano stati designati Franceschino e Giuseppina, che si posero subito al fianco di Elvira e papà Giovanni; Giuseppina era già al settimo mese di gravidanza e, pur se cercava di mimetizzare il pancione con un vestito largo ed a pieghe, non poteva non manifestare tutta la sua gioia per quella creatura che le cresceva in grembo, per cui si pavoneggiava gongolante per la felicità sua propria e per la realizzazione del sogno della sorella.

Certamente le tornavano alla mente le confidenze, le ansie, i timori, le gioie, le apprensioni, tutti gli altalenanti stati d'animo condivisi per tanto tempo con la sorella e le procurava un malcelato sentimento di orgoglio il pensiero che anche lei aveva avuto una parte non piccola in quella storia.

Nella prima fila di banchi c'erano le due sorelle Carmela e Lucia che, neanche a dirlo, si scioglievano letteralmente in lacrime. Carmela che non aveva pianto durante il matrimonio di Giuseppina ora, pensando che questa figlia sarebbe andata a finire in capo al mondo dopo il matrimonio, si sentiva il cuore a pezzi, combattuto tra il dolore della perdita di una figlia e la concomitante gioia di vederla sistemata bene, con un giovane che lei stimava ed al quale era legata da un affetto particolare. Lucia era inconsolabile non solo per la mancanza del figlio a lei più caro, ma pensava che non avrebbe avuto la gioia della sorella che fra poco, diventando nonna, poteva godere il piacere di allevare, coccolare, vezzeggiare e viziare il nipotino che sarebbe nato.

La cerimonia fu veloce e segnata dalla voce reboante di Giovanni che pronunciò con calore il "sì" per conto del figlio lontano, un consenso dato con particolare veemenza, come se volesse farsi sentire da Nicolino e renderlo consapevole della promessa di rendere felice la sua sposa, fatta solennemente anche se per interposta persona.

Presi dall'incanto del momento, tutti ascoltarono la lettura degli articoli del codice civile sui rapporti tra coniugi con scarsa attenzione, come succede solitamente in ogni matrimonio, ritenendo formalità inutili questi dettagli e non tutti si resero conto che, oltre ai soliti, ci fu anche un altro codicillo che dichiarava nullo il matrimonio se non ci fosse stata unione tra i coniugi entro sei mesi dalla data della celebrazione delle nozze.

All'uscita dalla chiesa, ai giovani che avevano proposto il beneaugurante rito della fune, Giovanni distribuì una congrua manciata di monete, mentre sulla sposa e sul suocero piovevano confetti da tutte le parti, col grido degli auguri di tutti i curiosi che si affollavano attorno al corteo. La festa continuò nella casa della sposa, con un rinfresco ricco, ma non proprio importante come deve essere un pranzo nuziale. Non mancarono gli 'evviva', i battimani, i brindisi e tanti, citando l'imminente partenza per l'America, raccomandavano alla sposa di non dimenticare mai i genitori, i parenti, il paese e così, incautamente, introducevano un velo di mestizia nella gioia che pure auguravano di tutto cuore.

La prima cosa che fece Elvira il giorno dopo fu quella di farsi rilasciare un certificato di matrimonio dal parroco per inviarlo al suo Nicolino e permettergli di chiedere, così, il ricongiungimento al coniuge. Era troppo felice quella mattina ed enfatizzando la sua nuova posizione di donna sposata, pretese dalla mamma di lasciarle fare tutto da sola, di permetterle di risolvere i suoi problemi senza dover infastidire altri componenti della famiglia, per questo si era recata da sola dal parroco e si sentiva fiera della libertà che le veniva riconosciuta.

Quando dopo quasi un mese la lettera arrivò in America, Nick ebbe solo il tempo di prenderla dalla buca della posta e se la pose frettolosamente nella tasca interna della giacca, col proposito di leggerla con calma più tardi.

Stavano vivendo giorni frenetici, si correva da una parte all'altra e Nick non aveva preso la posta da qualche giorno; anche quella mattina, domenica, stava uscendo con Adam per un controllo da effettuare a sud, ai margini della zona confinante con Chinatown, dove si viveva ormai in uno stato di continua tensione.

I cinesi stavano creando problemi in modo sempre più provocatorio: non solo chiedevano di ridurre l'entità del pizzo dovuto per la bisca di Mulberry Street, ma da qualche giorno si rifiutavano di pagare ogni tangente per l'altra, sempre gestita da loro, al confine tra le due aree d'influenza. Alla richiesta di un abboccamento avanzata da don Vito a Sunzi, il cinese aveva risposto che lo avrebbe senz'altro incontrato, ma più in là, perché era troppo pressato dai suoi molteplici impegni e non trovava neanche un minuto di tempo da dedicargli.

Nel codice della malavita questo corrispondeva ad una dichiarazione di guerra ed il napoletano dovette prenderne atto, nonostante la sua riottosità a farsi trascinare in un conflitto sanguinoso, non per paura dell'avversario, ma per non rovinare il capolavoro della sua diplomazia che gli aveva permesso di costruire un vero e proprio impero, anche col beneplacito della polizia, che era solo preoccupata di garantire un ordine di facciata, che non turbasse molto la vita dei comuni cittadini.

Anticipando le mosse dei cinesi, un giorno Adam, con una decina di uomini di don Vito, tra i quali c'era l'inseparabile Nick che guidava sempre la coupé Airstream della Crysler, con la quale si spostavano regolarmente per la città, fece un blitz nella bisca dei cinesi e, mentre Nick aspettava fuori con l'auto in moto per agevolare la fuga, ordinò ai suoi uomini di distruggere il locale, sparando sui cinesi che lo gestivano e provocando, così, una vera e propria carneficina; alla fine della sparatoria fece spargere abbondante benzina sulle suppellettili e, lanciando lui stesso un fiammifero acceso, appiccò un incendio che in un attimo devastò ogni cosa.

In macchina Adam non pronunciò una parola, facendo finta di non accorgersi delle auto della polizia che incontravano, in senso contrario al loro e che, con alcuni mezzi dei vigili del fuoco, si recavano sul luogo del massacro; sembrava un automa, assorto in pensieri che lo facevano estraniare completamente dalla realtà circostante.

Il mutismo di Adam continuò per parecchio, interrotto solo da alcuni epiteti irripetibili nei confronti dei cinesi e, tornati alla base, rimase a colloquio con don Vito per alcune ore. Nulla di quello che avevano deciso trapelò al di fuori, ed Adam continuò la sua attività senza confidarsi neanche con Nick.

Quella mattina, infatti, lo aveva pregato di accompagnarlo in macchina nella nuova casa di madame Henriette, quella di Elizabeth Street e questo fatto sembrò molto strano a Nick, perché di solito frequentavano l'altra casa ed in orari notturni, mai di giorno; ma, abituato a non chiedere spiegazioni, si avviò verso sud, in direzione della meta.

Stavano ad una cinquantina di metri dall'edificio, quando videro un certo numero di cinesi uscire precipitosamente dal portone del palazzo in cui si trovava l'appartamento di madame Henriette ed Adam, istintivamente, trasse dalla fondina che portava sotto la giacca la pistola chinandosi verso il parabrezza per guardare meglio ciò che avveniva di fronte a loro, ma non fece in tempo a mettere a fuoco per bene la situazione, perché uno dei cinesi che stava sul marciapiede, spianando il fucile mitragliatore che aveva in mano fece partire una raffica contro la loro macchina.

Un lampo improvviso fece esplodere il parabrezza che si disintegrò in mille pezzi, mentre la raffica sembrava non finire mai. Nick sentì un forte colpo al centro dello sterno e due fitte lancinanti al braccio sinistro ed al fianco destro e, dopo aver guardato ipnotizzato la bocca fiammeggiante di quel

Thompson che continuava a sputare proiettili per un tempo che gli sembrava infinito, più per il dolore al braccio che per scelta razionale, con le mani che tenevano saldamente il volante, si piegò sul fianco sinistro facendo cambiare direzione all'auto, che aveva continuato la sua corsa e, senza rendersene conto del tutto, pigiò il piede sull'acceleratore prendendo una velocità sempre più forte.

Corse per non so quanto tempo, con l'aria che gli sferzava il viso e gli riempiva gli occhi di lacrime, in direzione nord, lungo Elizabeth Street e, solo quando si immise nella Bowery Street, si accorse di guidare come un pazzo per le sonore proteste degli automobilisti che, a mala pena, avevano evitato di essere investiti da questo razzo che proveniva da sinistra. Solo allora si volse verso Adam e solo allora si accorse che l'amico giaceva esanime, abbandonato sullo schienale del suo sedile, con le braccia penzoloni, con la testa abbassata, col volto letteralmente sfigurato da un colpo che gli aveva devastato l'occhio sinistro: un rivolo di sangue gli scendeva giù fino al mento, mentre una macchia rossa si allargava sempre più al centro del petto ed il sangue fiottava lordandogli i pantaloni e finiva in una pozza sul pavimento del coupé.

Esterrefatto, in preda al panico totale, resosi conto solo allora di quel che era accaduto, tentò di chiamare per nome l'amico, ma dalla gola gli uscì solo un urlo disperato, un ululato prolungato che gli veniva su dalle viscere e gli scoppiava nel cervello rendendolo incapace di ragionare.

Continuò così a correre disperatamente per tanto tempo ancora, immettendosi su Park Avenue, senza guardarsi attorno, senza riuscire a formulare un programma, senza sapere cosa fare, senza sapere dove dirigersi. Solo di fronte al Grand Central Terminal si fermò, cercando di mettere ordine ai suoi pensieri impazziti, nel tentativo di prendere coscienza della situazione in cui si trovava.

Guardò di nuovo Adam che, per via degli scossoni della corsa, si era scompostamente addossato alla portiera destra, con la testa rovesciata di fianco che sembrava fissarlo con l'occhio destro, mentre nell'orbita sinistra si vedeva un'orribile macchia rossa attorno ad un buco osceno, con in mano ancora la pistola impugnata inutilmente a difesa.

Il forte dolore che sentiva al centro del petto gli rendeva difficoltosa la respirazione, mentre il braccio ed il fianco gli procuravano due fitte dolorose ed un bruciore intenso che, però, non gli impedivano i movimenti. In un lampo un pensiero imperioso gli suggerì di andarsene, di abbandonare la macchina, di fuggire lontano da lì, di nascondersi.

Quanto gli mancava la guida di Adam! Quanto avrebbe pagato per sentire ancora la voce dell'amico suggerirgli il comportamento più adatto! Cosa avrebbe fatto da quel momento in poi? Dove sarebbe potuto andare senza di lui?

Capì, comunque, che non poteva stare ancora lì, fermo in mezzo alla strada, con un cadavere a fianco e l'auto ridotta ad un colabrodo per la sparatoria; del resto non poteva fare proprio più nulla per Adam e l'istinto di sopravvivenza gli consigliava la fuga.

Dopo aver guardato per un po' l'amico, per un ultimo, struggente saluto, chiedendogli intimamente scusa per quanto stava facendo, uscì precipitosamente dall'auto lasciando ancora il motore acceso e, senza voltarsi indietro, si diresse con tutta la velocità che gli consentivano le sue malconce condizioni fisiche verso quell'enorme edificio che gli si stagliava di fronte.

Sentiva istintivamente l'impulso di confondersi con la gran massa di gente che vedeva affollare le sue enormi porte e, una volta entrato nell'immenso atrio, rallentando il passo e cercando di assumere un contegno normale, nonostante le vistose macchie di sangue che si notavano sul braccio ed al fianco, seguì la corrente, che da lì, si dirigeva ai piani inferiori e così vide che si trattava di un'enorme stazione ferroviaria, con un'infinità di banchine che davano accesso a tantissimi binari.

«Bene – disse a se stesso – è il posto più adatto per far perdere le mie tracce!» e, scorrendo le varie banchine, si diresse verso le più lontane, affidandosi alla fortuna; vide, infatti, un treno merci e si inoltrò nella banchina fino a raggiungere uno dei vagoni terminali, lontano da ogni sorveglianza e, aperto lo sportello, si arrampicò, non senza fatica per i dolori che ora si facevano più marcati, e si accucciò, dopo aver richiuso lo sportello, dietro alcuni sacchi di mercanzia che gli offrivano un riparo e la possibilità di distendersi.

XXVI

Come un animale braccato e malconcio che, rintanato nel primo buco che trova si stende e lecca le ferite, così Nick, togliendosi la giacca, cominciò ad esaminare il suo corpo: aprì la camicia e si rese immediatamente conto che il medaglione d'oro della Madonna Grande era irrimediabilmente deformato con un profondo bozzo al centro, l'immagine smaltata della Vergine si era spappolata e, tra le pieghe della camicia, trovò un proiettile spuntato. Era stato salvato dal medaglione ed il colpo subito gli aveva procurato solo un enorme dolore sull'osso piatto dello sterno che lo faceva respirare con fatica.

Il braccio sinistro era stato colpito di striscio, mentre la pallottola che lo aveva colpito al fianco destro aveva creato due fori, uno d'entrata e l'altro d'uscita. Fortunatamente la ferita al braccio non sanguinava più ed allora Nick, dividendo in due il fazzoletto, ne fece due tamponi che applicò sulle due ferite al fianco, nel tentativo di stagnare il sangue.

Riabbottonò la camicia e prese tra le mani il medaglione, portandoselo alle labbra e, sedendosi sul pavimento tra i sacchi, innalzò al cielo un'accorata preghiera di ringraziamento, ma anche una richiesta disperata di aiuto. Pensava di averle dimenticate, ma le preghiere gli riaffiorarono alle labbra con una naturalezza ed una spontaneità che lo meravigliarono, facendolo lacrimare; fu un pianto liberatorio, dirotto, silenzioso, un pianto nel quale annegavano, per il momento, tutte le brutture che gli stavano capitando.

Smise di piangere quando sentì che il treno si metteva in moto, cominciando quel viaggio che lo portava via da una realtà che non poteva più sopportare; sentiva che senza Adam non avrebbe potuto assolutamente continuare un'esistenza così diversa ed estranea alla sua formazione umana e spirituale, alla quale aveva tentato di adeguarsi con la guida e l'incitamento continui del suo amico, ma per la quale ora, in verità, si rendeva conto di non essere portato e, riconoscendo la propria incapacità a gestirsi da solo in quell'ambiente, preferiva affrontare la vita in maniera diversa, accettando la sorte comune a tutti gli altri esseri umani, che pure riuscivano a far fortuna senza ricorrere al crimine. Questa decisione fu suggellata anche da un moto improvviso che lo spinse a prendere la pistola che portava sempre nella cintura dei pantaloni ed il coltello che portava in tasca e, alzatosi in piedi, dopo essersi avvicinato allo sportello, li gettò via dalla grata posta sopra lo sportello stesso.

Si risedette ed il dondolio del treno gli conciliava un assopimento che, pur non essendo sonno, gli leniva il tormento dell'animo e gli portava alla memoria fatti, persone e cose che in quel momento gli davano coraggio.

Si ricordò improvvisamente della lettera ricevuta ed affannosamente la cercò nella tasca interna della giacca; era anch'essa macchiata dal suo sangue, ma le parole si distinguevano chiaramente. Lesse avidamente il contenuto, strinse nella mano il certificato di matrimonio ed altri pensieri gli si affollarono nella mente e nel cuore angosciandolo proprio quando pensava di aver trovato il coraggio necessario ad andare avanti per la sua nuova strada.

Che fare ora con Elvira? Non poteva assolutamente pensare di farla venire lì in condizioni simili! Avrebbe dovuto penare chissà quanto e chissà dove per badare a se stesso, non poteva in nessun modo strappare la ragazza alla famiglia per offrirle un destino incerto, difficile e pericoloso. Aveva ragione Adam quando gli diceva che il matrimonio non era fatto per lui! Il suo amico aveva un cuore che si era inaridito, ma era pur sempre la testimonianza della difficoltà e della cattiveria della vita umana, per cui non poteva in alcun modo pensare di coinvolgere anche altri esseri umani in un destino tutt'altro che sicuro.

Quel po' di coraggio che gli era sopravvenuto alla constatazione della sua miracolosa salvezza, quel momentaneo conforto che aveva trovato nella preghiera e nei ricordi dell'educazione avuta nell'infanzia, si mutarono così in una rinnovata disperazione, facendolo ripiombare nella paura del domani, nell'angosciosa attesa di quanto la malignità della sorte gli riserbava.

Cominciò a tremare per la febbre, naturale conseguenza delle ferite, oppure per la paura che gli devastava il cuore e lo faceva sentire come un cane sperduto, in procinto di affrontare un branco di lupi. I pensieri diventavano sempre più cupi e quel sopore che lo aveva calmato all'inizio si tramutava in una forma di afflizione che gli impediva di assopirsi. Il tempo passava senza orario, lungo nell'angoscia della disperazione, ed un altro tormento si faceva sentire sempre più: la sete, che gli rendeva via via le labbra sempre più secche, la gola sempre più arsa, il respiro sempre più faticoso.

Si era accasciato sul pavimento, coprendosi alla meglio con la giacca, completamente arreso agli eventi, senza più alcuna speranza per il futuro. Cominciò a pensare che sarebbe stato meglio morire assieme al suo amico; avrebbe così posto fine alla sofferenza che, invece, ora cominciava a perseguitarlo.

Passò tanto tempo, non sapeva quanto, nel buio più assoluto del suo animo, nel turbinio soffocante di pensieri che gli prospettavano solo un avvenire tetro, nell'amarezza di ricordi dolorosi e nella constatazione della sua debolezza ed incapacità ad affrontare prove tremende che lo aspettavano in un mondo ignoto e pronto a schiacciarlo miseramente come un verme. Lo assaliva la paura della solitudine, la consapevolezza di non poter contare su niente e nessuno, la desolante amarezza di un vuoto che non poteva essere colmato neanche dalla preghiera, che gli si era inaridita tra le labbra lasciandolo senza alcun conforto, senza alcuna soluzione.

Lo scosse da questo torpore lo stridio dei freni, il lieve sobbalzo dei vagoni che si addossavano ai rispettivi respingenti ed il fischio attutito dalla lontananza dei ferrovieri presenti nella stazione che si preparavano alle varie manovre.

Aprì con circospezione lo sportello, mise fuori la testa quel tanto che bastava per rendersi conto di cosa lo aspettava là fuori, guardò a destra e sinistra e, vedendo libera la banchina da ogni sorveglianza, saltò giù dirigendosi verso alcuni cassoni che vedeva ammucchiati ai lati di un magazzino aperto. Si nascose dietro una pila di casse cercando di rendersi conto dell'ambiente nel quale era capitato e, in lontananza, lesse su un cartello la scritta "Camden – New Jersey"; vide, un po' più vicino a sé, una fontanella che, in quel momento, gli sembrò un segno del destino e per questo, dopo aver atteso la partenza del treno e dopo essersi assicurato di non correre rischi, si avvicinò e bevve avidamente placando l'arsura che gli dava tanto tormento; si bagnò la fronte, si lavò le mani e gli parve di sentirsi un po' rinfrancato dalla freschezza dell'acqua.

Invece, forse per la tensione eccessiva, per la stanchezza, per la debolezza dovuta al sangue versato, per la febbre che sentiva sempre più alta, oppure per tutte queste cose insieme, quando si girò per raggiungere di nuovo la pila di cassoni sistemati accanto al magazzino, si sentì venir meno, gli occhi gli si annebbiarono, le ginocchia gli si piegarono e, privo di sensi, cadde prono sul marciapiede, battendo violentemente la testa.

Poco dopo un cane cominciò ad abbaiare con insistenza e, incuriosito, dalla porta del magazzino si affacciò un uomo che, vedendo che il cane insisteva girando attorno a qualcosa stesa per terra, si avvicinò e vide il giovane svenuto e, notando le macchie di sangue sui suoi vestiti, si preoccupò innanzitutto di constatare se era ancora vivo e poi, sollevatolo da terra, lo sistemò all'interno su di una panca, mentre cercava di rianimarlo con dei buffetti sulle guance.

Nick riaprì gli occhi e vide il viso corrucciato dell'uomo che gli stava di fronte, ma gli ci volle parecchio per rendersi conto di quanto gli stava succedendo e dopo aver superato lo stato di intontimento, nonostante gli restasse un forte ronzio nella testa, cominciò a distinguere i dettagli di ciò che lo circondava: gli stava davanti un vecchio che lo guardava intensamente, con due piccoli occhi a mandorla in un viso grinzoso, con una lunga pipa in bocca, una buffa bombetta in testa, mentre ai lati del collo, legate da due nastrini, due lunghe treccine nere gli scendevano sul petto, sopra una larga camicia di cotone pesante a quadri grossi e multicolori.

All'uomo, che gli chiedeva notizie di sé, disse di venire da lontano e di essere vittima di un incidente, ma si rese conto che l'altro, pur facendo finta di credergli, aveva capito benissimo che le sue condizioni erano conseguenza di una sparatoria. Con delicatezza, infatti, lo stava aiutando a togliersi la giacca e la camicia e, dopo aver osservato le ferite, mostrando una certa perizia, disse che davano già evidenti segni di infezione, ma almeno poteva assicurare che non erano stati lesi organi interni; le lavò accuratamente con acqua e aceto e poi le ricoprì con delle pezzoline di tela.

Lo accompagnò, quindi, in uno stanzino ricavato nella parte terminale del magazzino, dove c'erano un lettino, un tavolo, un armadio, alcune sedie ed altre suppellettili e lo fece distendere sul lettino, raccomandandogli di riposare mentre lui si allontanava per un po'. Ritornò poco dopo, portando in mano una foglia di aloe ed un ciuffo di altre erbe; tagliò un pezzo dalla foglia di aloe e, mischiandolo alle altre erbe, cominciò a pestare il tutto con un pestello di legno in un mortaio di pietra, fino a farne una poltiglia cremosa; spalmò, quindi, l'unguento sulle ferite e, dopo aver tolto la cuticola dalla restante parte di aloe, ne fece tre strisce che applicò su ogni ferita, bendando il tutto con una striscia di tela bianca ricavata da una stoffa presa da un armadietto.

A Nick, che lo osservava stupito, dopo essersi tolto la pipa di bocca e puntandogli contro il lungo bocchino, disse sorridendo che quella era la medicina degli indiani e lui apparteneva al popolo Lenape, antico abitatore di quella zona, prima che lì arrivassero i coloni europei.

Con un sorriso strano sul viso, che somigliava piuttosto ad un ghigno, continuò a parlare dei Lenape, chiamati Delaware dagli europei, che abitavano anticamente in assoluta libertà e tranquillità in quel paese, ma dovettero andarsene dopo l'arrivo dei coloni inglesi e, in modo particolare, dopo le persecuzioni seguite alle inutili promesse fatte dai capi bianchi. La sua voce diventava un sussurro mentre ricordava questi eventi e lo sguardo si abbassò a guardare il suo cane che dormiva accucciato ai suoi piedi.

Continuò dicendo che la sua gente fu dispersa nelle terre dell'Ohio, del Missouri, del Kansas, dell'Oklahoma e lui era nato nella riserva di Munsee-Delaware, in Ontario ma, non potendo assistere alla depravazione totale del suo popolo, che in quella riserva vegetava senza più alcuna consapevolezza dell'antica dignità, con gli uomini abbrutiti dall'alcool e dall'inerzia, che pitoccavano dalla mattina alla sera qualcosa da spendere al saloon, preferì tornare nel New Jersey, a respirare l'aria degli antenati.

Parlava lentamente, con un tono sognante, fermandosi ogni tanto ad aspirare il fumo della sua pipa, curando meticolosamente che non si spegnesse e puntando spesso il bocchino in direzione dell'ascoltatore. Il suo nome originario era Chogan, 'Uccello nero', ma tutti lo chiamavano Thomas per semplicità e lui, ormai, si era affezionato a questo nome.

Aveva accettato il posto di sorvegliante del magazzino ferroviario, perché così poteva vivere a contatto con la ferrovia ed il treno gli parlava delle lunghe vie del mondo, gli portava notizie di tutto il paese, gli faceva respirare aria di libertà. Aveva imparato a conoscere gli uomini e, guardandolo negli occhi, gli disse che vi leggeva una brutta storia, ma sapeva che di lui poteva fidarsi perché quelli erano gli occhi di un uomo buono. Lo tranquillizzò, dicendogli che lì abitava solo lui e poteva restare tutto il tempo che voleva, almeno finché non fosse guarito completamente.

Lo sollecitò, poi, a bere un infuso di timo e camomilla, che avrebbe depurato il suo organismo ed avrebbe fatto scendere la febbre e lo invitò a riposare, mentre più tardi, dopo un sonno ristoratore, gli avrebbe preparato qualcosa da mangiare per fargli tornare le forze.

Nick sbalordito e confuso, si affidò completamente a questo stravagante personaggio che gli ispirava tanta simpatia e, rendendosi conto di aver veramente bisogno di riposo, accettò l'invito e si addormentò quasi subito, in un sonno profondo che lo fece dormire parecchie ore.

Sarà stato l'effetto dell'infuso o della stanchezza, oppure della spontanea fiducia nel suo ospite, certo è che, quando si destò, si sentiva veramente rilassato; aveva dormito un sonno tranquillo, senza interruzioni e senza sogni e non si era accorto che era il mattino di un altro giorno.

Sentì voci di gente indaffarata, rumori di oggetti spostati, qualche grido in lontananza e si alzò con qualche fatica, perché lo sterno ed il fianco gli impacciavano i movimenti, con un dolore che diventava acuto ad ogni mossa. Si guardò attorno e in un angolo vide delle pelli ammucchiate e capì che Thomas, per farlo riposare comodamente, gli aveva lasciato il suo letto, mentre lui si era accontentato di un giaciglio di fortuna. Si affacciò alla porta e scorse alcuni operai che accatastavano alcune casse e portavano fuori delle altre, in un continuo andirivieni; voleva uscire, ma non sapeva come comportarsi di fronte ai nuovi arrivati, perciò tornò a sedersi sul letto, lasciando la porta socchiusa.

Dopo qualche tempo Thomas, rientrato nel magazzino, vide la porta socchiusa e si affacciò allo spiraglio per controllare il suo ospite e, vedendolo sveglio, entrò augurandogli il buon giorno; gli disse che era indubbiamente un fatto positivo l'aver dormito così profondamente e gli disse di voler controllare le ferite. Le pulì accuratamente, le cosparse col solito unguento di erbe, sistemò le strisce di foglia d'aloe e provvide a fasciarle ancora con le bende di stoffa, senza pronunciare parola, ma canticchiando sottovoce, con la perenne pipa tra i denti. Dopo aver completato la fasciatura, con il suo solito atteggiamento improntato ad estrema semplicità e schiettezza, indicando degli indumenti adagiati su una panca, gli disse di aver comprato un po' di roba per permettergli di vestirsi in modo adeguato, essendo i suoi abiti parecchio insanguinati;

Da un grosso recipiente di terracotta, poi, prese alcune cucchiaiate di una sostanza scura e riempì una ciotola, quindi la porse al giovane invitandolo a mangiare e gli disse che si trattava di marmellata di mirtilli, cosa che gli avrebbe dato

l'energia necessaria per affrontare la giornata e per debellare completamente la febbre che ancora persisteva. Gli raccomandò, infine, di riposare ancora, mentre lui sarebbe uscito,
dopo aver chiuso la porta, per evitare che gli desse fastidio
il rumore degli operai che lavoravano.

Il giorno precedente, domenica, si era accumulata della
roba che bisognava sistemare, per permettere a quella che
sarebbe arrivata via via con i diversi convogli, di trovare lo
spazio necessario. «Eh si! È un lavoro continuo e di grande
responsabilità, perché è indispensabile evitare ogni confusione nella sistemazione della merce o, peggio, smarrimen-
ti; e poi bisogna essere puntuali nelle consegne!» gli aveva
detto Thomas per spiegare la necessità di lasciarlo ancora da
solo e continuare il lavoro.

Nick restò alquanto pensieroso di fronte alla spontaneità ed
alla naturalezza del comportamento di Thomas, oltre che
per la discrezione con cui lo trattava; non gli aveva chiesto null'altro sulla sua identità e sulla sua storia, ma si era
limitato ad accoglierlo con tanta generosità e disponibilità
in casa sua. Meditò parecchio sulla sua nuova situazione e
decise di accettare l'ospitalità offertagli con tanta generosità,
anche perché, dopo la morte di Adam, niente lo legava alla
realtà dalla quale era appena fuggito.

Dopo alcuni giorni Nick riprese completamente le sue forze,
grazie ad un'alimentazione a base di carne di cervo seccata,
di salmone affumicato, di frittelle di fagioli con mais, di zup-
pe di zucca ed altri cereali, oltre a varie marmellate di frutti
di bosco; le ferite si erano rimarginate completamente con
una velocità sorprendente ed anche il dolore allo sterno era
diminuito parecchio.

Finalmente, una mattina, sentendosi sufficientemente in
forze, dopo essersi accuratamente lavato ad un lavatoio posto dietro il magazzino, dopo essersi fatto radere accurata-

mente da Thomas che maneggiava con maestria un affilato rasoio, indossati gli abiti che l'indiano gli aveva procurato, il giovane si era presentato agli operai che stavano arrivando per cominciare un'altra giornata di lavoro e questi non mostrarono alcuna curiosità nei suoi confronti, né tantomeno si meravigliarono quando lui cominciò a darsi da fare inserendosi attivamente nel lavoro.

Non aveva più nulla dell'eleganza raffinata alla quale lo aveva educato Adam; gli abiti che gli aveva fornito Thomas erano gli stessi che si vedevano addosso agli operai: pantaloni di tela grezza, una camicia di panno grosso con colori vivaci, un giaccone largo con ampie tasche ed un cappello floscio in testa; era l'abito quotidiano degli operai ed era lo strumento più adatto ad integrarlo nel gruppo, senza destare curiosità o sospetti e Nick vi si adattò di buon grado.

Il lavoro era un po' pesante, in verità, dal momento che bisognava scaricare dai vagoni ferroviari pacchi e casse di notevoli dimensioni, che richiedevano spesso la collaborazione di due persone, specialmente quando si dovevano accatastare in magazzino, oppure si dovevano caricare sul furgone delle consegne, ma la fatica gl'impediva di pensare ed il lavoro lo faceva sentire vivo ed impegnato in ogni momento.

Un pomeriggio uno di loro, addetto tra l'altro anche a guidare il furgoncino con cui facevano le consegne, mentre era arrampicato su una scala per liberare da un telo una pila di cassette accatastate in un angolo del magazzino, per un movimento brusco, cadde battendo pesantemente a terra il fondo schiena; Thomas accorse subito in suo aiuto, spalmò abbondantemente con una delle sue creme il bacino del malcapitato, ma purtroppo l'operaio non era più in grado di guidare il furgone, almeno per qualche giorno e per tutto quel periodo non si sarebbero potute consegnare le merci ai loro destinatari. Nick si fece coraggio e, dicendosi in grado di guidare il mezzo, si offrì come autista e Thomas, senza battere ciglio, accolse la sua proposta e gli rispose che lo avrebbe accompagnato volentieri per indicargli la strada, dal momento che lui era nuovo della zona.

Era quello un gruppo di quattro operai di diverse nazionalità, un irlandese, un polacco, un turco ed un panamense, abituati a lavorare senza porre tante domande e nessuno si meravigliò alla proposta di Nick, anzi, si mostrarono abbastanza contenti della possibilità di non interrompere le consegne, per cui, con una naturalezza altrove sconosciuta, il giovane fu subito incaricato di prendere il mezzo e di svolgere il lavoro dell'infortunato. Così, con a fianco Thomas che gli indicava la direzione, Nick cominciò a percorre le strade della zona, scoprendo un ambiente veramente diverso da Manhattan.

Non c'erano grossi edifici e la cittadina si sviluppava piatta, lungo la sponda orientale del fiume Delaware, di fronte a Philadelphia, che si stendeva sulla sponda occidentale dello stesso fiume. Dopo aver fatto un veloce giro per consegnare del materiale ad alcuni opifici della città, Thomas lo indirizzò verso il ponte Benjamin Franklin che univa Camden alla metropoli di Philadelphia. Gli disse che era stato costruito da poco, solo nel 1926 ed era indispensabile per facilitare i collegamenti tra le due rive del Delaware; prima, infatti, i contatti erano assicurati solo con mezzi navali ed era per questo motivo che, fermandosi la ferrovia sulla sponda orientale del fiume, la loro cittadina fungeva anche da stazione ferroviaria della grande città. Questo comportava per loro numerosi viaggi quotidiani sul ponte per consegnare tutto il materiale destinato agli abitanti della sponda opposta.

Il giorno successivo passò a controllare il lavoro il sorvegliante delle ferrovie e Thomas gli presentò Nick e gli spiegò quanto era stato prezioso il suo contributo dopo l'infortunio all'autista e gli suggerì di ingaggiarlo stabilmente, garantendo lui stesso sull'affidabilità e sulle capacità del giovane; il sorvegliante che, conoscendolo da parecchio, aveva imparato ad apprezzare la collaborazione dell'indiano, accettò senza battere ciglio il suggerimento e così Nick entrò stabilmente nella squadra di Thomas, col duplice compito di operaio ed autista.

Thomas poi, liberando un bugigattolo attiguo al suo stanzino, nel quale fino a quel momento aveva tenuto degli attrezzi da lavoro, vi sistemò una brandina con un armadietto e delle sedie e così allestì una cameretta permettendo a Nick di avere la sua privacy e di non sentirsi in colpa per la precaria sistemazione del suo ospite, che, a dire il vero, dormiva comodamente nel suo giaciglio fatto di pelli. Ormai Nick era stato adottato stabilmente dal vecchio Thomas, che si affidava al suo sesto senso nella scelta delle persone alle quali accordare la sua fiducia e mostrava di nutrire dell'affetto per questo giovane taciturno, ma serio, lavoratore e rispettoso.

Alla fine delle faticose giornate di lavoro, nelle umide e fredde serate di quel novembre americano, si attardavano accanto al caminetto acceso in un angolo del grande magazzino e Thomas raccontava al giovane la storia della sua tribù, i Lenape, fatta di tradimenti progressivi da parte dei bianchi nei confronti degli originari abitanti della zona. Gli parlò dell'eroina del suo popolo, Pocahontas, che molto si era prodigata per garantire la pace tra indiani ed inglesi e che, sposa di un inglese, John Rolfe, aveva seguito il marito in Inghilterra, dove era stata accolta anche alla corte del re Giacomo I.

Per tutto il bene che Pocahontas aveva fatto, assicurando per lungo tempo la pace tra indiani e coloni, dopo la sua morte, fu posta una sua statua di bronzo nella chiesa di San Giorgio a Gravesend, nel Kent.

Nick che, a mala pena, conosceva le cose più importanti della storia del suo Paese, che ricordava per sommi capi solo la storia di Garibaldi e quella della prima guerra mondiale per averne sentito raccontare più volte dai suoi anziani le vicende salienti, restava a bocca aperta di fronte all'avventura del popolo dei Lenape, che poi, come gli confermava lo stesso Thomas, rispecchiava in tutto e per tutto le vicende dell'intera popolazione americana, suddivisa in tante tribù, ma accomunata dallo stesso identico destino di violenza e sopraffazione da parte degli occupanti europei che, dopo averli defraudati di ogni diritto, dopo aver sistematicamente occupato il territorio in cui erano vissuti per secoli liberi ed indipendenti, avevano costretto i vari popoli a ritirarsi in anguste riserve disperse nei posti più disparati dell'immenso territorio americano.

Un giorno, guardando l'edicola dei giornali della stazione, Nick fu colpito da un titolo a caratteri cubitali del New York Times: «Trionfo totale del Procuratore Dewey» seguito dal sottotitolo, in caratteri più piccoli, ma ugualmente messo in grande evidenza: «Sconfitta definitivamente la camorra napoletana a Little Italy.»

Comprò d'impulso il giornale ed avidamente scorse l'articolo, anche se con qualche difficoltà che, però, non gli impedì di capire quello che leggeva, anzi rilesse più volte il tutto proprio per approfondire meglio i particolari. Venne, così, a conoscenza di ciò che era accaduto a Little Italy nell'ultimo periodo. Il giornalista partiva dalla notizia più prossima: l'arresto di Vito Capuano, noto capo della malavita newyorkese che, come era già successo a Lucky Luciano, era stato accusato di sfruttamento della prostituzione e, quindi, immediatamente tradotto in carcere.

Seguiva, poi, tutta la storia della malavita a Manhattan negli ultimi tempi, costellata di omicidi e stragi efferate fra gang rivali, precisamente tra la banda dei napoletani di Little Italy e quella degli emergenti cinesi di Chinatown. Ripercorreva la vicenda dell'assalto dei napoletani alla bisca clandestina gestita dai cinesi in Mulberry Street, della vendetta cinese ai danni del bordello gestito da madame Henriette in Elizabeth Street, con l'eccidio di tutte le prostitute, della stessa maitresse e di alcuni clienti.

La faida così scatenata fra le due gang fu micidiale, senza quartiere, in un crescendo di omicidi che aveva letteralmente insanguinato l'intera Manhattan, con la morte di tantissimi malavitosi anche di un certo calibro, come il braccio destro di Vito Capuano, Adam *'lo sciccoso'*, trovato crivellato di proiettili in una macchina davanti alla stazione centrale. Lo stesso boss della gang cinese, Sunzi, preso in un agguato a Chinatown, fu trovato buttato in un bidone dell'immondizia, incaprettato, orribilmente seviziato, con le ossa delle gambe e delle braccia spezzate, senza lingua, senza orecchie e con la testa orrendamente sfigurata per due colpi di pistola sparati a bruciapelo negli occhi che erano diventati due grossi buchi neri. Con la morte del boss cinese sembrava che la partita fosse stata vinta dai napoletani ma, oltre alla perdita di diversi gangster di un certo rilievo, ora la masnada camorrista perdeva il proprio capo arrestato di notte nel suo covo.

L'incriminazione di Capuano, infatti, era stata un colpo maestro del Procuratore che, dopo aver fatto una retata di prostitute, aveva raccolto un'esplosiva testimonianza nella quale alcune di loro dicevano di essere state sedotte ed avviate alla prostituzione dal boss napoletano, che le aveva anche rese dipendenti dall'eroina, della quale Capuano gestiva il monopolio; ne seguì l'arresto immediato del criminale, con grande risonanza sui giornali e, quindi, nell'opinione pubblica.

Il giornalista esaltava la vittoria della legalità annunciando con toni trionfalistici che finalmente la legge regnava a Manhattan, con la scomparsa totale di quei criminali che avevano spadroneggiato fino ad allora sulla città, sfruttando le attività imprenditoriali e le iniziative commerciali di tutte le categorie lavorative, costrette a pagare caramente una protezione imposta col ricatto ed una violenza senza pari. Continuava con enfasi sottolineando che finalmente finiva lo spettro di una malavita invasiva e prepotente, finalmente si respirava in città un clima di serenità e sicurezza assicurate dalla costante ed inflessibile opera del Procuratore speciale Thomas E. Dewey.

Nick restò parecchio tempo col giornale aperto tra le mani, seduto su di una panchina della stazione, con lo sguardo fisso nel vuoto, pallido in viso ed in preda ad una sensazione strana. Non era capace di organizzare le proprie emozioni, la sua mente era vuota, non riusciva ad identificare il sentimento che provava in quel momento, non sapeva se gioire o piangere.

Dopo la perdita di Adam, inconsciamente, aveva ancora pensato con rispetto a don Vito, ma ora gli veniva meno anche questo punto di riferimento e non sapeva se ritenerlo un fatto positivo o un'altra sventura: da una parte prendeva finalmente coscienza di essersi liberato da un incubo, ma si sentiva assolutamente solo di fronte alle complicazioni nelle quali la vita lo aveva messo. La vita ora gli si apriva davanti come una pagina completamente bianca, senza più alcun aggancio col passato.

Per quanto riguardava Elvira, non se la sentiva più di programmare un progetto di vita in cui inserire la figurina dolce ed immacolata della ragazza, non credeva di poterle offrire un avvenire sicuro e dignitoso, non vedeva davanti a sé alcun elemento positivo a cui appigliarsi. Sentiva che stava vivendo una vita priva di ideali, stava tirando avanti 'alla giornata', senza stimoli, senza prospettive, adattandosi a quanto la sorte gli avrebbe proposto di volta in volta.

Questo fatto nuovo non contribuiva certo a dargli la sicurezza di cui aveva bisogno; una sola cosa era ormai certa: il taglio col passato era irreversibile. L'avventura della sua vita cominciava con prospettive nuove, con la possibilità di costruire da zero ciò che aveva in mente e che avrebbe dovuto pianificare con calma e lucidità sulla base delle opportunità che gli si sarebbero offerte.

XXVII

In paese, intanto, molti aspettavano notizie dalla Spagna, con la comprensibile ansia di chi aveva i propri cari impegnati nel conflitto, e le informazioni che arrivavano alimentavano le innumerevoli chiacchiere dei vari perditempo che, presenti ovunque, commentavano gli avvenimenti, ma, stranamente, non arrivava alcuna notizia dall'America ed Elvira cominciava a sentire un'ansia crescente che le divorava sempre più forte l'animo.

Nei primi momenti pensava di essere troppo apprensiva, troppo frettolosa; avrebbe dovuto concedere al suo Nicolino tutto il tempo di cui c'era bisogno per le procedure burocratiche, che sono tante e lunghe in ogni paese, per cui cercava di tacitare il suo cuore pensando alla gioia che avrebbe provato al momento dell'arrivo delle carte che aspettava; nella sua mente cercava di indovinare la premura del suo uomo alle prese con i preparativi del loro nido d'amore. Poi, passando sempre più numerosi i giorni senza alcun segno da parte di suo marito, si confidò con Letizia alla quale palesò le sue perplessità e la sorella si affrettò a sminuire le sue paure, ricordandole che c'erano mille incombenze per ottemperare alle leggi sull'emigrazione e poi, cercò di tirarla su sollecitandola a prepararsi al grande evento che si annunciava a casa di Giuseppina con l'imminente nascita di una creatura.

Arrivò, infatti, alla fine di novembre l'atteso evento, con la nascita di Fernando, che portò gioia, soddisfazione e tanto orgoglio a Franceschino, al nonno Nando ed anche in casa di Elvira, dove nonna Carmela non stava più nella pelle per questa creaturina che veniva ad offrire uno spiraglio di novità nella vita di tutta la famiglia, con la proiezione di una nuova generazione e, soprattutto, con la nascita beneaugurante di un maschio, segno di vitale continuità e di benessere.

Elvira partecipava con tutto il cuore alla gioia della sorella, passava intere giornate a casa di Giuseppina ad accudire alle esigenze della puerpera e del neonato, assieme a Letizia, mentre nonna Carmela era meno assidua, presa dagli impegni quotidiani della sua casa, dove la vita scorreva sempre con le solite esigenze di una tribù numerosa di cui occuparsi. Per questo Elvira manifestò anche alla sorella Giuseppina le sue preoccupazioni, cercando nelle sorelle quel conforto che le due le avevano sempre assicurato nella sua storia con Nicolino.

Effettivamente la mancanza di notizie diventava sempre più inquietante e le sorelle non sapevano più cosa inventare per distrarre Elvira da questo pensiero fisso che non la faceva dormire più tranquilla, che le faceva vivere mestamente anche la gioia della nascita del nipotino.

Dalla Spagna, purtroppo, era arrivata la notizia che, nell'assedio di Teruel, era morto Michele, figlio di comare Annina, padre di tre maschietti: Benito, Romano ed Italo. I nomi dei tre bambini erano un'esplicita testimonianza della fede fascista del loro genitore che, bracciante senza un lavoro fisso, aveva accettato tra i primi l'opportunità di guadagnare qualcosa per la famiglia con l'avventura spagnola ed era partito con Giorgio, infatti, ma non aveva messo in conto che la mala sorte non si fa intenerire dalle disagiate condizioni di tanti poveri esseri umani, che devono combattere ogni giorno una dura battaglia per la sopravvivenza altrettanto aspra quanto la guerra.

Tutte le donne pensarono alla vedova, comare Teresa, che, non ancora trentenne, restava sola e con tre figli in tenera età; gli uomini compiangevano il triste destino di un giovane che era andato in cerca di fortuna ed aveva trovato la morte solo, lontano da casa, in terra straniera. Solo il capo manipolo Saverio, nel salone del barbiere dove si commentava l'accaduto, aveva lodato il Governo che, nella sua lungimirante previdenza, avrebbe provveduto a risarcire la famiglia con una 'cospicua' pensione, tanto da permettere loro di fare la 'bella vita'. «Certo che Michele vale più da morto che da vivo! – aveva aggiunto – ed ora i suoi percepiranno più soldi di quanti ne avrebbe guadagnati lui in tutta la sua vita.» Nella sua boria non si era reso conto dell'inopportunità delle sue affermazioni ed aveva scambiato per approvazione l'improvviso silenzio che era seguito alle sue baggianate e non aveva neanche capito come mai i presenti si allontanavano, uno dopo l'altro, senza aspettare il turno per radersi.

Il dolore per questa morte innaturale fu condiviso, invece, con immediata partecipazione nella cerimonia funebre che il parroco celebrò in una chiesa strapiena di persone, che si strinsero sinceramente attorno ai famigliari distrutti, mentre don Guido, ignorando manifestamente le bandiere del fascio e la parata di camicie nere disposte in prima fila davanti all'altare, ricordando il povero Michele, invitava tutti a farsi carico di quella famiglia, degli orfani in modo particolare, per non lasciarli mai soli al loro destino, ma provvedendo, ciascuno per la propria parte, a farli sentire membri di un'unica grande famiglia, col calore della spontaneità, con la sensibilità della fratellanza, con la devozione della carità cristiana.

Aveva lasciato nell'animo di tutti un profondo strascico la vicenda di Michele, anche perché l'imminente festività natalizia predisponeva gli animi alla bontà, alla solidarietà, ai buoni sentimenti. Anche Elvira, nel comune dolore, aveva avuto modo di pensare meno al suo affanno interiore, ma una sera, dopo la novena di Natale, si recò in sacrestia a parlare col parroco ed a lui, senza mezzi termini, espose tutte le sue paure, sciogliendo in lacrime quel dolore che teneva nascosto dentro di sé da tanti giorni e che non osava palesare ai suoi nella sua effettiva rilevanza. Disse al buon parroco che aveva inutilmente scritto altre lettere al marito, senza alcun riscontro e confessò di non sapere cosa fare ed a che cosa attribuire un simile atteggiamento, dal momento che l'ultima lettera di Nicolino era piena, come sempre, di espressioni affettuose e riconfermava la sua determinazione a fare tutto quello che serviva per farla andare in America.

Anche il parroco dovette convenire che si trattava di un comportamento strano ed inspiegabile e, non sapendo cosa dire per calmare la sofferenza della ragazza, oltre alle solite parole di conforto e di invito alla preghiera, le promise di scrivere al sacerdote della chiesa nella quale Nicolino si era cresimato e, cercando tra le carte del suo archivio, prese il certificato di cresima e mostrò ad Elvira l'intestazione col nome della parrocchia e l'indirizzo al quale avrebbe spedito una sua lettera e così la rassicurò, invitandola ad aver fiducia nella misericordia celeste.

Anche i genitori di Nicolino erano parecchio preoccupati del silenzio del giovane, ma non dicevano nulla alla nuora per non mettere il dito nella piaga e, quando seppero da lei che don Guido avrebbe chiesto notizie al sacerdote americano, confessarono apertamente anche la loro apprensione ed insieme a lei si prepararono all'attesa, confidando nella protezione di Dio.

Quell'anno Natale non fu allegro per nessuno, con tanti giovani partiti per la Spagna e con l'eco così vicina della morte di Michele e, nonostante la nascita di Fernando, in casa di Elvira si trepidava per Giorgio ed ora anche per la mancanza di notizie di Nicolino. Antonio cercava di evitare il fratello Saverio, che faceva finta di non rendersi conto del malumore diffuso in tutto il paese e lanciava giudizi perentori, quasi sempre a sproposito, in ogni occasione, mentre Emilio, suo padre, il maestro, ed il podestà, più prudentemente, si defilavano e non organizzarono alcuna manifestazione pubblica.

Subito dopo Natale si seppe che anche Gioacchino, il figlio del mezzadro del farmacista, era stato ferito, sempre nella battaglia per la conquista di Teruel e, fortunatamente per lui, aveva perso solo il braccio sinistro e presto sarebbe tornato a casa, dopo il tempo necessario alle cure in ospedale, restituito vivo ai suoi famigliari. Non era una buona notizia, ma almeno i suoi cari non avrebbero pianto un'altra giovane vita e, come diceva il solito capo manipolo Saverio «Gli restava pur sempre la mano destra per salutare il fascio», ma ormai abituati a queste 'sparate' nessuno più perdeva il proprio tempo a commentarle.

Nel mese di febbraio arrivò a don Guido una lettera dalla chiesa Most Precious Blood di New York, scritta da un sacerdote italiano. Il parroco la lesse di getto e così venne a conoscenza di cose che non avrebbe mai immaginato. Alla sua lettera rispondeva proprio il sacerdote al quale Nicolino si era rivolto per la cresima e che aveva avuto modo di conoscerlo abbastanza bene, per questo dava notizie attendibili. Raccontava, infatti, di aver partecipato personalmente alla cerimonia della cresima, precisava che il padrino del giovane era il capo della malavita locale, un tal Vito Capuano e spiegava che Nicolino era entrato a far parte del clan dei napoletani ed era, addirittura, il collaboratore più fidato del numero due dell'organizzazione.

Dopo tante notizie di carattere informativo sulle attività criminose della banda, si soffermò sulla guerra che aveva insanguinato Little Italy proprio poco tempo prima, in un'euforia di massacri da entrambe le parti e concluse dichiarando che di Nicolino si erano perse le tracce, perché il suo nome non figurava né tra i morti, né tra gli arrestati, ma si diceva che spesso i cinesi facevano sparire i cadaveri delle loro vittime, per cui non poteva escludere questa triste evenienza.

Il buon parroco restò letteralmente allibito, non sapendo come comportarsi e, solo dopo lunga meditazione, pensò che la cosa migliore da fare era quella di riferire il tutto ai genitori dei due ragazzi e, insieme a loro, trovare il modo di parlare con Elvira per darle la tremenda notizia; per questo, mandò uno dei ragazzi più grandi che frequentavano la sua casa a chiamare sia Antonio che Giovanni.

A sera, infatti, dopo il rientro dal lavoro nei campi, i due si presentarono a don Guido che li ricevette con visibile imbarazzo e, senza mezzi termini, dopo averli fatti accomodare su due sedie davanti al suo scrittoio, disse di aver ricevuto alcune notizie brutte su Nicolino e desiderava studiare con loro la situazione. Ai due trafelati cognati lesse la lettera ricevuta dall'America, senza staccare gli occhi dal foglio di carta e, solo alla fine della lettura, alzando lo sguardo, vide le facce esterrefatte dei due che lo guardavano con gli occhi sbarrati, muti e col fiato sospeso.

La barba nera di Giovanni nascondeva il pallore che gli si era diffuso in viso, poi dalla sua bocca cominciò ad uscire un sibilato «Delinquente!» ripetuto a mezza voce in una cantilena irosa; Antonio, invece, tradiva la sua emozione con un leggero tremore delle mani e, al parroco che stringeva disperatamente tra le sue mani una corona del rosario, chiedeva istintivamente «E adesso che succede?»

La lettera restava aperta sulla scrivania con tutta la pesantezza del suo contenuto ed i tre si consultavano sul modo migliore per mettere al corrente Elvira di quanto avevano saputo ed alla fine decisero che sarebbe stato il parroco a parlare con la ragazza, mentre Giovanni, a testa bassa, come in trance, continuava a ripetere: «Mio figlio camorrista!»

Ad un certo punto, in preda ad una nuova sollecitazione, chiese a don Guido di ripetergli il nome del boss citato nella lettera e, sentendo 'Vito Capuano', ricordò di aver sentito questo nome già a Napoli, quando aveva salutato suo figlio all'imbarco, ed allora gli si schiarì anche tutta la vicenda dell'espatrio clandestino; capì che si trattava di un giro di sfruttamento che partiva dall'Italia ed alimentava la malavita americana.

«Maledetta America! - andava mugolando – Maledetta sfortuna! Mannaggia a me che ho acconsentito a farlo partire! Stupidi tutti noi che ci siamo fidati del primo arrivato! Sono stato incastrato anch'io come un ingenuo!» e, senza trovar pace, si dava dei pugni in testa dondolando il busto avanti e indietro sulla sedia.

Elvira, dopo un iniziale smarrimento, reagì come una furia dicendo che non era vero, non poteva essere vero, c'era senz'altro un equivoco, il suo Nicolino era il ragazzo più buono del mondo, quelle erano calunnie e non bisognava fermarsi a quelle sole informazioni, ma ci si doveva rivolgere al consolato. A questo punto Giovanni, uscendo dal suo torpore, intimò che nessuno doveva saperne niente, nessuno avrebbe dovuto parlare del fatto con estranei, non si poteva mettere in bocca a tutto un popolo una vicenda delicata come quella, ne andava di mezzo l'onorabilità di tutta la famiglia.

Don Guido stesso, alla fine, suggerì di rivolgersi all'avvocato, che aveva già curato la pratica del matrimonio per procura, perché facesse, con assoluta discrezione, le indagini necessarie rivolgendosi alle autorità americane.

Fatto sta che, in men che non si dica, tutti quanti in paese seppero la cosa e c'era chi giurava sulla morte del giovane, altri che dicevano che la camorra lo aveva spostato in un'altra città, altri ancora che, malignamente, sostenevano che era una messa in scena dello stesso Nicolino che, pentitosi del matrimonio, aveva deciso di sparire per far perdere le sue tracce e vivere libero in una terra che permetteva le più stravaganti avventure.

Molti commiseravano sinceramente i famigliari e, soprattutto, la sventurata ragazza rimasta vedova ancor prima di unirsi al marito, ma altri, come spesso succede, malignavano con battute grossolane, altri costruivano castelli inventando cose strambe e, per tanto tempo, in paese tutto passò in secondo ordine; non si parlava più della guerra, del lavoro, dell'inverno con le sue intemperie, ma in tutti i posti, in ogni occasione, tutti parlavano solo di Nicolino e di Elvira.

Giovanni non usciva quasi più di casa, partiva all'alba per la campagna e tornava col buio, sempre solo, scostante e scorbutico anche in famiglia, non andava neanche più in chiesa, chiuso nel suo mutismo, sordo ad ogni esortazione dei famigliari, mangiava sempre meno, dicendo di non aver fame e di sentirsi un grosso peso nello stomaco; nel giro di qualche settimana, infatti, aveva perso diversi chili e gli abiti gli ballavano addosso.

Mamma Lucia, che viveva stralunata questa brutta sciagura, piangendo dalla mattina alla sera, sempre con la corona del rosario in mano, cominciò a preoccuparsi del marito quando si accorse che perdeva peso così vistosamente e, scuotendosi di dosso l'apatia che l'aveva assalita da quando aveva saputo la storia, una sera, di fronte all'ennesimo tentativo di Giovanni di allontanare da sé il piatto pieno di minestra, si alzò battagliera e ringalluzzita e cominciò ad inveire contro il marito, che aveva deciso di lasciarsi morire per liberarsi così di quella pena ed avrebbe lasciato lei, sola, a badare alla numerosa famiglia, con quel pesante fardello che anche lei aveva nel cuore, forse più grande di quello del marito, ed in più con la prospettiva di dover piangere anche la sua scomparsa. Non era giusto ed umano quel comportamento, non era né dignitoso, né onesto il tentativo di fuggire di fronte alle disgrazie, né tantomeno era da cristiani il tentativo di lasciarsi morire; bisognava reagire per il bene dei figli, per se stessi ed anche per non dare agli altri l'occasione di continuare con le malignità

Giovanni non aveva mai visto la moglie così inferocita: la figura grassoccia e bassa che, a braccia levate, sbraitava contro di lui, mentre il grosso seno le ballonzolava ad ogni movimento brusco della persona, col viso pallido che metteva ancor più in risalto le labbra che erano diventate viola, con le mani che le tremavano vistosamente per la collera, gli sembrò un gigante che lo sovrastava e che l'aggrediva con parole dure e ferme, alle quali non seppe cosa rispondere.

Anche Silvio e Pierino, a questo punto, si permisero di intervenire ribadendo le argomentazioni della mamma e lo sollecitavano a reagire, a fare affidamento sulla sua forte tempra di uomo d'azione, a mostrare il suo provato coraggio, ad aver fiducia sulla compattezza della famiglia, anche per dare un esempio positivo ai piccoli che avevano assolutamente bisogno di una guida energica e sicura.

Giovanni incassò a testa bassa tutti quei rimproveri, soffocò il pianto che gli urgeva in gola, perché non è dignitoso per un uomo piangere di fronte ai figli, anzi apprezzò in cuor suo le loro sollecitazioni, riprese il piatto e si sforzò di ingoiare qualche cucchiaiata di minestra senza dir nulla, ma per tutta la notte la moglie lo sentì mormorare tra i singulti di un pianto silenzioso «È tutta colpa mia!». Alla fine di marzo, finalmente, arrivò la lettera di risposta all'avvocato da parte del Consolato Italiano di New York, nella quale si dichiarava che non erano state trovate assolutamente tracce della persona di cui si chiedevano notizie e, pur essendoci in archivio dei documenti che lo riguardavano, di lui non si conosceva né il recapito, né alcun'altra notizia, per cui non potevano essere utili alle ricerche avviate.

Questo non alleviò l'angoscia di Elvira e di tutti i famigliari, anzi creò uno stato di prostrazione nella ragazza che si era testardamente attaccata all'idea che suo marito era vivo, forse anche in carcere tanto da non poter comunicare con lei, ma vivo; ora il mondo le era caduto addosso e non c'era niente che la smuovesse dalla sua disperazione. Nessuno riusciva a scuoterla, si era chiusa in camera sua e rifiutava ogni contatto con tutti, neanche Giuseppina col piccolo Fernando riuscivano a rianimarla. Inutilmente la mamma aveva fatto venire più volte don Guido che, con tutte le sue premure, non era riuscito a darle il sollievo che le era necessario, tanto che per molto tempo la ragazza rifiutò persino di recarsi in chiesa.

Anche in paese si erano placate le voci maligne ed ora tutti parlavano della storia, esprimendo un senso di solidarietà nei confronti di queste due famiglie, così insolitamente toccate dalla sfortuna; ora tutti sentivano una profonda e sincera tenerezza per Elvira, la giovanissima 'vedova bianca', vittima di un'assurda malignità della sorte e la sua vicenda personale stava diventando argomento di discussione anche nei paesi limitrofi.

A questo si aggiunse la decisione di Letizia di farsi suora, annunciata improvvisamente una sera a tavola ai famigliari che restarono letteralmente senza parole. Da parecchio la ragazza coltivava nel cuore questo desiderio; senza manifestarlo agli altri, cercava di approfondire nel silenzio quel sentimento di trasporto per la vita religiosa e cercava di pesare da sé l'importanza della vocazione che sentiva crescere. Ne aveva parlato in confessione col parroco e da lui aveva avuto la sollecitazione alla prudenza, perché spesso simili intenzioni sono frutto di infatuazioni momentanee ed era stata spronata a pregare ed aspettare ancora un po', prima di parlarne con i famigliari.

Confessò, infatti, che coltivava nel suo animo questo desiderio già da subito dopo il matrimonio di Giuseppina ed ora si dichiarava certa della fondatezza della decisione ed anche il parroco si era persuaso della sincerità di questa vocazione, per cui aveva acconsentito a farla entrare in convento per il necessario periodo di noviziato; riferì che il buon sacerdote aveva preso contatti con la Congregazione di Santa Giovanna Antida, in Roma, e queste suore si erano dichiarate pronte ad accoglierla tra di loro.

Dopo la conferma arrivata in quei giorni della possibilità di essere accettata nella sede madre della Congregazione, a Roma, la ragazza ne parlava ufficialmente ai suoi quella sera, affidandosi alle loro mani, fiduciosa nella loro comprensione e nella loro disponibilità a condividere con lei la gioia di questa vocazione; per questo chiedeva umilmente ai genitori la loro benedizione e li pregava ardentemente di unirsi a lei nella preghiera, per fortificare la sua propensione alla vita claustrale. Riferì che le suore avevano previsto il suo ingresso nel monastero dopo l'estate, all'inizio del nuovo anno scolastico, perché lei potesse proseguire quel ciclo di studi che non aveva concluso a casa ed eventualmente completarli con le scuole superiori, se ne avesse avuto la volontà e le qualità necessarie, per dedicarsi all'insegnamento dell'infanzia.

Queste parole pronunciate con semplicità e grazia, con una voce ferma e chiara, mentre guardava tranquillamente negli occhi i genitori e tutti i fratelli, con un sorriso abbozzato che le illuminava il viso ed infondeva serenità nel cuore di chi l'ascoltava, furono seguite da un profondo e lungo silenzio, scandito solo dai singhiozzi di mamma Carmela che non le toglieva di dosso gli occhi e non riusciva a proferire alcunché, beandosi della visione di questa sua figliola che il Signore aveva toccato con la Sua Grazia e che la riempiva di consolazione.

La prima a scuotersi fu Elvira che, alzatasi dalla sua seggiola, si avventò sulla sorella circondandole, da dietro, le spalle in un abbraccio furioso, mentre le inondava le guance con le lacrime che le scendevano copiose; fu questo il segno che permise a tutti gli altri di manifestare la loro gioia attorniando Letizia ed abbracciandola in gruppo, mentre papà Antonio, schiarendosi la voce, con sussiego le confermava la sua gioia, la consolazione grande che le dava questa scelta e scandendo le parole si dichiarava grato al buon Dio per il dono che stava procurando a tutta la famiglia.

Era considerata un onore per tutta la famiglia una vocazione sincera, in una realtà nella quale spesso si ricorreva al convento per sanare situazioni infelici, per 'sistemare' figli che altrimenti non avrebbero avuto di che vivere, per tentare una scalata sociale col prestigio che la Chiesa avrebbe garantito a chi si votava al servizio ecclesiastico ed a tutta la famiglia. La consapevolezza, poi, che questa decisione era frutto di una scelta spontanea e personale rendeva merito a chi la effettuava ed anche alla famiglia intera che aveva saputo alimentare tali sentimenti di devozione nell'animo dei figli.

La commozione era generale e la gioia fu accresciuta dalla constatazione che Elvira, dopo tanto tempo, non solo tornava al sorriso, ma aveva un volto radioso come poche altre volte e, stringendo forte forte la mano della sorella, le parlava con ardore, con un'effusione di espressioni che ingentiliva il suo trasporto affettivo nei suoi confronti; le manifestava, infatti, la condivisione della sua gioia e si rimproverava, nel contempo, di essere stata troppo egoista, di essersi chiusa nel suo dolore, preoccupata solo di sé e di non aver capito quello che stava sbocciando nel cuore della sorella, per cui le chiedeva umilmente perdono di non esserle stata d'aiuto nel momento più importante della sua vita.

Anche questa notizia rimbalzò di bocca in bocca, senza suscitare malignità questa volta. Tutti concordavano nel ritenere Letizia come una delle più belle ragazze del paese, per questo la sua era una scelta dettata non dalla paura di restare sola, né tantomeno era frutto di una delusione amorosa, visto il suo irreprensibile comportamento di sempre, e tutti erano pronti a testimoniare sull'onestà della ragazza, sull'integrità dei suoi costumi e sulla dirittura morale che aveva sempre manifestato. Anzi c'erano vari giovanotti che restarono delusi perché avrebbero volentieri fatto pazzie per lei, se solo ne avessero avuto il tempo e l'occasione, ma questa scelta così improvvisa li spiazzava tutti e li costringeva al rammarico.

A Pasqua si sparse improvvisa una notizia sensazionale: era tornato dall'America Vincenzo, il figlio di compare Ernesto e di comare Assunta. Era partito già da parecchi anni e non aveva dato più notizie di sé, facendo pensare al peggio. Suo padre, in tutti quegli anni, non si era mai stancato di chiedere informazioni a tutti i paesani che tornavano ed a quelli che partivano raccomandava di cercare il suo Vincenzo, per dirgli che i suoi genitori vivevano solo per lui.

La sua era una storia che presto si diffuse nel paese e che tutti ascoltavano con interesse e curiosità. Era partito per il

Canada nel 1929, l'anno disastroso per la grande depressione, e si era trovato in un ambiente che non offriva alcuna certezza agli immigrati, per cui, dopo qualche tempo e dopo infiniti tentativi di trovare un lavoro stabile, si era trasferito negli Stati Uniti. Anche qui aveva trovato una situazione di grave crisi economica e finanziaria, con una disoccupazione che cresceva a dismisura, per cui, nonostante avesse provato tanti lavori, anche in miniera, non era mai riuscito a lavorare due settimane di seguito. Si era adattato a vivere di stenti, dormendo spesso all'aperto, cibandosi con stratagemmi fortuiti e rischiando spesso la morte, specialmente nei lunghi e freddi inverni di quel Paese.

Si era spostato di paese in paese per vari Stati, come un accattone, accontentandosi di sopravvivere, spesso in preda alla disperazione, per cui aveva sempre evitato di scrivere ai suoi genitori, per non metterli al corrente delle sue pessime condizioni. Aveva vissuto i peggiori momenti della crisi di quel grande Paese e si era salvato solo grazie alla sua capacità di adattamento a tutte le situazioni, accettando anche i lavori più umili e degradanti e di questo diceva di non vergognarsi, perché «La fame è una brutta bestia!» andava ripetendo convinto.

Da qualche anno era arrivato a Philadelphia, dove aveva lavorato come facchino e, solo per caso, un giorno, mentre scaricava della merce da un camion, in un ristorante di proprietà di un polacco, vide per terra un portafogli e, vinta la tentazione di metterselo in tasca, lo consegnò al padrone del ristorante che, apprezzando questo suo gesto, gli propose di lavorare per lui come uomo di fatica.

Grande fu la sua gioia alla proposta che accettò immediatamente e, così, cominciò a lavorare come inserviente, ma poco alla volta, imparò a servire ai tavoli come cameriere e poi anche a cucinare e divenne un valido aiuto per il polacco che aveva proprio bisogno di un uomo di fiducia che lo affiancasse. Il polacco aveva una figlia e tra loro scoccò la scintilla, per cui si fidanzarono e si sposarono subito dopo. Per il viaggio di nozze Vincenzo pensò di portare sua moglie in Italia per rivedere, dopo circa dieci anni, i suoi genitori, presentare loro la moglie e farle conoscere il nostro paese, di cui aveva veramente tanta nostalgia.

A tutti diceva che erano stati terribili gli anni della depressione, ma erano stati brutti anche gli altri, senza l'affetto di persone care, con un lavoro duro che rende simili a bestie anche gli uomini più incalliti, in mezzo a gente che pensa solo a se stessa, senza scrupoli e senza pietà per i più deboli.

XXVIII

Dopo aver meditato parecchio sulle notizie riportate dal giornale sul clan dei napoletani, dei quali aveva fatto parte, Nick rientrò nel magazzino, che ormai era la sua casa, ed a Thomas che, vedendolo turbato, ne chiese la ragione, narrò tutta la sua storia, in un lungo racconto, senza nascondere alcun particolare, con una lucidità che lo impressionava man mano che ripercorreva le tappe della sua vicenda.

Sentiva che gli faceva bene liberarsi del peso che gli opprimeva l'animo e nell'indiano identificava spontaneamente il suo terapeuta naturale, perché Thomas sapeva ascoltare e, sentendosi a suo agio, Nick riuscì a parlare di tante cose, di tutto ciò che gli procurava noia, di tutti gli scrupoli, di tutte le sue riserve mentali, di tutti i suoi crucci.

Gli parlò del suo senso di colpa nei confronti del padre, della vergogna che lo assaliva tutte le volte che pensava ad Elvira, del suo senso di solitudine, della sua insicurezza; gli confessò anche di sentirsi libero da un incubo dopo le notizie lette sul giornale, gli spiegò di non sentirsi più legato alla malavita, di non aver più alcun senso di soggezione nei confronti di quelli che lo avevano plagiato fino ad allora, però gli confidò anche di sentirsi completamente disorientato, di non sapere cosa fare, di non aver alcuna idea del suo futuro. Insomma gli aprì il suo animo, mettendolo al corrente di tutte le sue più intime emozioni.

Thomas gli sorrise, infine, e gli disse che sarebbe stato in grado di rinascere, di ricominciare daccapo, perché solo quando ognuno di noi riconosce completamente i propri errori si può considerare guarito e pronto a riprendere il cammino, solo dalla sincerità e dall'umiltà possono nascere cose buone, ma occorre rimuovere tutte le scorie del passato, cancellare tutti i segni del male. È necessaria l'espiazione per riconquistare la fiducia in se stessi ed è necessario anche un periodo di prova per essere sicuri di potercela fare, per questo la sorte ora gli offriva una nuova possibilità, gli permetteva di riscrivere con lettere nuove le pagine della sua vita, dipendeva da lui saper approfittare dell'occasione nel migliore dei modi.

Non è sempre un male partire dal basso, anzi, spesso il dolore raffina l'animo e ci rende più forti di fronte alle difficoltà che nella vita incontriamo ad ogni piè sospinto, perché la sofferenza consente di apprezzare meglio le cose buone che la vita offre a chi sa gustarle. Non si nasce buoni, ma lo si diventa interagendo con gli altri e si apprezzano le cose buone solo dopo aver provato le cose cattive. Tutto dipendeva da come ora Nick avrebbe osservato il mondo, da come si sarebbe comportato con gli altri, da come si sarebbe inserito nella società, senza più fuggire e nascondersi.

Occorreva innanzitutto metabolizzare il senso di colpa, penetrare nell'intimo del proprio cuore e capire quale meccanismo era scattato quando Nick aveva deciso di scostarsi dagli insegnamenti avuti in famiglia, quando si era lasciato andare con euforia a vivere pragmaticamente la propria vita, dimenticando le ragioni dell'anima ed a questo punto avrebbe dovuto fare un'opera di recupero del passato, per ripristinare dentro di sé quel circuito positivo che solo permette di risalire la china.

Tutto questo senza fretta e senza scoramenti, perché non ci si riscatta in un momento, ma servono pazienza, forza d'animo, impegno, costanza, serietà e tenacia. Solo dopo aver superato ogni remora avrebbe potuto tentare di ripristinare il legame tradito, di ripresentarsi alla famiglia pentito e riscattato, traendo dai risultati ottenuti nel frattempo le garanzie per il futuro.

Nick beveva avidamente questi consigli perché il suo spirito aveva necessità di calore umano, di parole calde nate dal cuore e dirette all'anima, di incoraggiamento e comprensione, voleva sentirsi accettato con i suoi limiti e con i suoi difetti e, soprattutto, voleva essere guidato per mano in quel periodo così duro e difficile della sua vita e si rendeva conto che Thomas era il solo uomo capace di aiutarlo, in quanto era depositario di una cultura che affondava nel tempo la sua validità e sostanziava l'essenza dei suoi insegnamenti con valori che si basavano su principi spirituali e non materiali, fugaci e mutevoli come era successo a lui, che si era abbandonato ad una ricerca edonistica della vita, finalizzando il tutto al godimento di piaceri effimeri.

Continuò a lavorare con impegno, senza mai lamentarsi della durezza o della monotonia del lavoro; quando glielo chiedevano guidava il furgone per le consegne della merce ed allargava sempre più l'orizzonte del territorio che imparava a conoscere. Era benvoluto dagli altri operai, perché si adattava a tutto e non interferiva mai nelle cose degli altri, anzi offriva sempre la sua collaborazione con prontezza, spontaneità e disinteresse, tanto da essere considerato la mascotte del gruppo.

A Natale sentì pungente la nostalgia di casa, perché non era distratto dalle tante attività e dagli allettamenti degli anni precedenti, quando con Adam viveva solo ed esclusivamente in funzione del divertimento e della ricerca di emozioni forti. Con Thomas riscoprì il valore dell'intimità e della purezza di una festività che esalta la bontà, la mitezza, la solidarietà, la gioia semplice di un sorriso spontaneo, l'amicizia vera e la sincerità di un rapporto basato non sull'interesse, ma sulla condivisione.

Gli venne forte il desiderio di scrivere a casa, ma lo trattenne la consapevolezza di non essere ancora pronto a spiegare il suo comportamento, a riprendere il suo rapporto con Elvira e, soprattutto, glielo impedì la consapevolezza di non poter offrire alla sua ragazza quella vita dignitosa e serena che meritava e poi la paga che percepiva non gli permetteva di creare una famiglia. Si riprometteva di riprendere il progetto solo dopo aver trovato un lavoro più sicuro e lucroso, per cui si adattò a 'farsi le ossa', come si dice, per poter ambire a mansioni superiori.

Passò, così, tutto l'inverno ed a maggio, in vista di un ampliamento della rete di consegne del materiale che la ferrovia trasportava all'intera città di Philadelphia, e non più solo ad alcune zone periferiche, il responsabile della logistica, sempre su suggerimento di Thomas ed anche sulla base dell'esperienza già fatta, promosse Nick alla mansione di autista, affidandogli un furgone tutto suo, con la responsabilità della gestione del settore nord-orientale della città.

Adesso Nick guidava un grosso furgone, coadiuvato da due operai che caricavano e scaricavano la merce da consegnare, mentre lui si limitava ad andare da un capo all'altro della zona assegnatagli, in un continuo andirivieni dalla mattina alla sera. Anche la paga era stata adeguata e adesso si poteva permettere anche qualcosa in più della semplice sopravvivenza, ed infatti si era permesso il lusso di comprare una tuta da lavoro più comoda dei capi di vestiario che aveva usato fino ad allora, mentre usava dei vestiti decenti nelle pause del lavoro.

Un pomeriggio uno degli operai che lo accompagnavano non si era presentato al suo turno di lavoro perché ammalato e, senza scomporsi, anche con l'autorizzazione di Thomas,

Nick decise di affrontare ugualmente il giro delle consegne dicendo che, per le operazioni di scarico, avrebbe aiutato lui John, uno dei due operai addetti allo scarico della merce. Partirono per Philadelphia e, dopo aver fatto diverse consegne in città, sul far della sera si diressero verso la zona di Port Richmond, dove avrebbero dovuto fare l'ultima consegna sulla Frankford avenue, ad un certo Mr. Lewinsky, probabilmente un polacco e, quando arrivarono all'altezza del numero civico indicato sul pacco da consegnare, Nick parcheggiò il furgone il più vicino possibile alla porta contrassegnata dal numero interessato.

Si trattava di un ristorante, con una grossa insegna e i due, prendendo il grosso pacco da consegnare, si diressero verso la porta d'ingresso e chiamarono il destinatario a gran voce, dopo aver poggiato il pacco a terra. Si presentò subito un signore con l'abito da cuoco e, dicendosi il genero del destinatario, si affrettò a firmare la bolletta della consegna, ma... si interruppe restando a bocca aperta mentre, guardando Nick e tendendogli le braccia, lo chiamò in *arbëreshë: «Nikulì!»* e, stringendolo in un forte abbraccio «Sono Vincenzo – gli disse – il figlio di Ernesto e di Assunta!»

Grande fu la commozione e lungo fu l'abbraccio, mentre le spalle di entrambi sussultavano per le lacrime ed i singhiozzi che li scuotevano. Non si vedevano da circa dieci anni, ma si riconobbero e cominciarono subito a parlare nella lingua madre e Vincenzo mise velocemente al corrente Nick del suo recente viaggio in paese, a Pasqua. In poco tempo gli raccontò, per sommi capi, la sua storia, ma si soffermò soprattutto sul resoconto del suo ritorno a casa e gli disse a bruciapelo: «In paese tutti ti ritengono morto, anche i tuoi ed anche Elvira!»

Vincenzo invitò i due a bere un drink e, seduti ad un tavolo, parlarono lungamente e così Nick seppe cosa stava succedendo in paese. Vincenzo gli parlò molto di Elvira, che era diventata una delle più belle ragazze del paese, gli raccontò la sua esperienza americana e, soprattutto, lo spronò a non demordere, a non rinunciare ad Elvira, a non disperare perché in America le cose possono cambiare dall'oggi al domani e portava se stesso come esempio, dicendo che, nei tempi bui, mai avrebbe sperato di avere tanta fortuna.

Nick rimase fortemente scioccato da quelle parole, soprattutto dalla conferma che Elvira, nonostante avesse saputo della sua morte, lo aspettava ancora, innamorata come il primo giorno. Vincenzo incalzava dicendogli che, nonostante fossero passati i sei mesi che decretavano la nullità del matrimonio non consumato, avrebbe potuto riproporre il rito per procura, avrebbe potuto richiamare la moglie in America ed avrebbe potuto coronare il loro sogno, non doveva assolutamente far passare altro tempo inutilmente.

Purtroppo in America 'il tempo è denaro', come si dice normalmente, per questo, nonostante l'enorme piacere di entrambi, promettendo di rivedersi al più presto per stare più lungamente insieme, magari la domenica successiva, al ristorante, dovettero salutarsi perché si avvicinava velocemente la sera ed al ristorante urgevano i preparativi per la cena imminente. Nick, in modo particolare, era fortemente scosso; emozionato per l'incontro assolutamente impensato e visibilmente turbato per tutto ciò che aveva saputo, tanto da muoversi come in trance.

L'incontro straordinario con un paesano tra milioni di individui, in una terra immensa come l'America, il colloquio nella lingua materna, che aveva suscitato tante emozioni, i ricordi che tornavano urgenti, le informazioni di prima mano su ciò che lo riguardava, le sollecitazioni di Vincenzo, tutto gli frullava nella mente stordendolo come se fosse salito su una vorticosa giostra.

Salì come un automa sul furgone, chiuse lo sportello, avviò il motore ed inserì la marcia con movimenti meccanici, mentre la sua mente era lontana, tanto lontana, accanto alla sua Elvira; si girò a destra a guardare ancora una volta il paesano che lo salutava dal marciapiede, rispose automaticamente al saluto con la mano e si inserì nel traffico... senza guardare a sinistra, dove un grosso camion procedeva a gran velocità e... non si rese conto più di nulla.

Vincenzo assistette impotente al terribile impatto tra i due mezzi, sentì inorridito il fragore delle lamiere che si accartocciavano, guardò il furgone di Nick che veniva trascinato per un bel po' sulla strada con pezzi vari che volavano in aria; fu il primo a precipitarsi ansante ed angosciato sul posto, cercando disperatamente di portare soccorso, vide il volto dell'amico tra i rottami della cabina di guida del suo autocarro e capì immediatamente che non c'era più nulla da fare.

Il viso era rigato dal sangue che colava copioso dalle ferite causate dalle schegge di vetro del parabrezza scoppiato, gli occhi erano ancora aperti e fissavano un punto lontano, in direzione dell'orizzonte infinito, mentre sulle pupille scintillava l'ultimo raggio del sole al tramonto; la bocca semiaperta conservava l'espressione di un sorriso radioso, mentre il torace era orrendamente schiacciato dal volante sul quale lo aveva compresso il muso del camion, che era abbondantemente entrato nell'abitacolo di guida del furgone.

L'autista del camion e l'operaio che accompagnava Nick se la cavarono con poche escoriazioni e, con molto senso pratico, si diedero da fare immediatamente per liberare la sede stradale dai rottami sparsi ovunque, essendosi subito resi conto che per l'autista del furgone non c'era altro da fare che chiamare la polizia e l'ambulanza per portarlo all'obitorio.

Solo Vincenzo restò a guardare l'amico, piangendo per il dolore e per la rabbia contro un destino infame che tesse le fila della vita di ogni uomo in modo imprevedibile, divertendosi ad ordire trame sempre più strane e pazzesche, in un gioco che si perpetua nella sua eccentrica capacità di inventare soluzioni infinite, con situazioni che lasciano storditi, nella consapevolezza assoluta della propria fragilità ed impotenza.

XXIX

Era giugno quando arrivò a Montecilfone la lettera che Vincenzo aveva spedito ai suoi genitori con l'annuncio della morte di Nicolino e suscitò un'emozione ancor più forte delle precedenti notizie che lo avevano riguardato. Ne aveva scritta una anche ai genitori del povero giovane ed aveva spiegato loro quanto era venuto a conoscere dal colloquio col ragazzo e si era soffermato soprattutto sulle remore di Nicolino che pur pensava sempre alla sua Elvira e, forse, quanto prima si sarebbe fatto vivo, dal momento che gli aveva confessato di aver trovato un lavoro sicuro che gli avrebbe permesso di ricominciare a sperare.

Elvira questa volta sentì che la sua vita non aveva più alcun significato, si sentiva ancor più maltrattata dalla sorte ed avvertiva come uno sberleffo del destino questa tragica fine del suo amore. Non la consolava più nessuno; si rifiutava di ascoltare chiunque e, ormai, senza più lacrime, dopo intere notti passate con gli occhi sbarrati, ripercorrendo tutta la sua vicenda, rivivendo tutte le sue speranze, tutte le sofferenze e ricordando le preghiere che aveva innalzato al cielo, si sentiva abbandonata da tutti, per cui non voleva sentir parlare neanche più di Dio e dei Santi.

Inutilmente la mamma, Letizia e Giuseppina, soffocando le loro lacrime, cercavano di confortarla. Elvira sembrava una sfinge: guardava sempre fisso davanti a sé, solitamente stesa sul letto in camera sua, con in mano vari capi del suo corredo dov'erano intrecciate a ricamo le iniziali del suo nome e quello di Nicolino.

Quanti giorni aveva trascorso nel ricamo di tutti quei monogrammi! Quanti sogni l'avevano accompagnata nelle numerose ore dedicate a quel lavoro! Con quanta cura aveva rifinito ogni millimetro di tela! Ogni capo era destinato a loro due e lei non la smetteva più di guardarli, di accarezzarli, di stringerli al cuore; vi affondava il viso, poi, restando lungamente col volto nascosto, ignorando tutto il mondo attorno a sé.

Neanche le moine di Fernando la distoglievano dal suo torpore, non rispondeva neanche al sorriso del nipotino che cresceva vispo ed in ottima salute e, nonostante fosse stretto nelle fasce che gli imprigionavano le gambe, girava continuamente la testa verso la zia ed allungava le manine nel tentativo di essere preso in braccio da lei.

Don Guido si sforzava di rincuorarla amabilmente nelle sue frequenti visite, ma lei sembrava non sentirlo, assorta in pensieri che la portavano lontano. Ai famigliari che, in lacrime chiedevano il suo aiuto, consigliava solo la preghiera e tanta pazienza, consapevole che solo il tempo e l'aiuto del Signore avrebbero lenito tanto dolore.

Anche per i genitori di Nicolino le giornate passavano con lentezza, col peso tremendo di un dolore cupo. Non accettavano l'idea che il loro ragazzo fosse morto davvero; la volta precedente, infatti, nel loro animo, sotto sotto c'era stata sempre una qualche speranza che dava loro forza; non sapevano identificare il senso della loro attesa, non riuscivano a dar sostanza alle loro illusioni, ma non potevano accettare una realtà che non avevano avuto modo di verificare. In mancanza di prove certe, nel loro intimo avevano rifiutato quanto era stato loro comunicato come un dato certo. Ma adesso c'era la testimonianza di un paesano, di uno che avevano visto poco tempo prima, uno col quale avevano parlato proprio di lui.

Giovanni non se la prendeva più con nessuno, neanche col destino che aveva giocato con loro come fa il gatto col topo, perché, purtroppo, l'uomo non può disporre di sé come vorrebbe e la sorte fa il bello ed il cattivo tempo senza guardare in faccia nessuno. Sentiva piangere Lucia e la invidiava, perché così, almeno, lei riusciva a sfogare il suo dolore e scioglieva in lacrime il tormento della sua impotenza, ma lui non riusciva a piangere. Lo tormentava continuamente la visione del figlio schiacciato tra le lamiere; senza volerlo, nella mente gli si presentava la scena dell'incidente, cercava di immaginare gli ultimi pensieri del figlio, ricostruiva nel cuore le fattezze del suo volto, riportava alla mente le cose fatte insieme, i momenti vissuti in sua compagnia, riandava ai ricordi di tutta una vita e sentiva il vuoto nell'animo.

Si sentiva spossato, fisicamente indebolito, in preda ad un'apatia che non riusciva a scrollarsi di dosso, eppure quello era il periodo più intenso in campagna, con i lavori del raccolto. Se ne andava al mattino presto, organizzava i lavori della giornata, cominciava a darsi da fare, ma la mente non era più capace di controllare tutte le operazioni da assolvere e spesso i figli lo pregavano di lasciar perdere, di riposarsi perché, così, era solo d'impiccio, rallentando il lavoro di tutti.

C'era, però, una cosa che si era insinuata sottilmente nel suo cervello e che gli alleviava, in un certo modo, la sofferenza: la constatazione che il figlio era morto per un incidente sul lavoro. Non era stata la malavita organizzata ad ucciderlo, ma la malignità della sorte col cinismo di una fatalità insondabile ed inevitabile; ecco, era proprio l'ineluttabilità del fato che gli dava un appiglio a cui aggrapparsi per poter uscire dal baratro nel quale si sentiva sprofondato. E poi non aveva più quel tremendo tarlo nella mente, l'incubo di un figlio camorrista, di un delinquente che fa ricorso alla violenza, alle prevaricazioni ed alle armi per imporsi agli altri e per lucrare sulla sofferenza altrui.

Certo aveva perso un figlio, il figlio più caro, un figlio che era stato particolarmente sfortunato, ma a questo punto sentiva di dover reagire, di dover riprendere il suo posto ed il ruolo di capofamiglia, di guida degli altri figli, di persona responsabile, forte e matura. La vita aveva le sue esigenze, la sua responsabilità si faceva sentire col richiamo all'azione ed in mente gli tornarono le parole della moglie e dei figli quando lo avevano scosso dalla disperazione di qualche mese prima, per cui riprese padronanza di sé, ritornò al lavoro con la consapevolezza del suo compito e, pian piano, cominciò a metabolizzare anche questa sventura.

Ma come succede, in paese c'era qualcuno che andava controcorrente e, mentre tutti si sentivano vicini al tormento delle due famiglie, mentre nei discorsi generali si ripetevano le frasi solite sulla cattiveria del destino, sulla gravità della morte di un giovane, Saverio, come al solito, combinò una delle sue: una mattina, infatti, entrato nel bar, con la sua aria spavalda che lo caratterizzava da quando era stato nominato capo manipolo, invece del saluto, si rivolse ai presenti con un sarcastico «Sicché è morto il redivivo!»

Dalla sedia dove era seduto, si alzò fulmineo compare Nando con le mani tese al collo del maldestro gaffeur urlando «Ma non hai rispetto per nessuno! Non sai che si tratta del marito di tua nipote Elvira, del nipote di tua cognata Carmela? – e, imbestialito, continuò – Il nero della tua camicia ti ha annebbiato l'anima ed il fez ti ha oscurato il cervello?»

Meno male che intervennero subito i presenti a bloccare l'adirato assalitore, di solito assolutamente mite e cordiale con chiunque, ma questa volta non era riuscito a mandarla giù ed anche gli altri consigliarono all'incauto sprovveduto di allontanarsi per evitare danni peggiori.

In casa di Elvira, intanto, si avvicinava il giorno della partenza di Letizia per Roma, fissata per il primo settembre. I preparativi della partenza avevano aiutato Carmela a distogliere il pensiero dalle vicende di Elvira e l'avevano aiutata a sentirsi utile ed impegnata come sempre; bisognava, infatti, ordinare il corredo che Letizia avrebbe dovuto portare con sé, per questo lei e la ragazza si dedicavano con meticolosa cura alla preparazione di tutto il necessario. Cercavano in tutti i modi di coinvolgere Elvira nei preparativi, ma lei, anche se in un primo momento cercava di rendersi utile, cadeva poco dopo nella solita abulia e restava imbambolata, seduta su una sedia, sorda alle sollecitazioni delle altre, chiusa nel suo mutismo.

La mattina della partenza, Giuseppina, Franceschino e Fernando vennero a salutare Letizia ed annunciarono alla famiglia riunita la gioia di un'altra gravidanza di Giuseppina e questo portò un motivo di speranza, oltre che di rallegramento per tutta la famiglia e la notizia fu accolta come testimonianza della benevolenza divina e di buon augurio per Letizia, che vedeva il suo posto in famiglia rimpiazzato subito dalla creatura che il buon Dio stava regalando loro.

La partenza non fu senza lacrime, ma tutti sapevano che era un privilegio avere una suora in famiglia e questo consolava il cuore di ognuno nella consapevolezza che ci sarebbe stata sempre la preghiera di Letizia per tutti. Si avviò di buon mattino la ragazza, accompagnata dal papà e dal parroco, col primo pullman per Termoli e lì, poi, presero il treno per Roma, dove giunsero nel pomeriggio inoltrato; alla stazione presero un taxi che li portò in via S. Maria in Cosmedin, dov'era la casa generalizia delle suore di Santa Giovanna Antida. Furono accolti benevolmente ed alloggiarono nel convento, per poi ripartire la mattina successiva per il rientro a casa, dopo aver lasciato Letizia che, nonostante fosse la prima volta che si allontanava da casa, non si mostrò spaesata ed impaurita e non pianse salutando il papà ed il suo caro parroco.

Da Giorgio venivano notizie sempre più saltuarie e riferivano dei suoi continui spostamenti in terra spagnola, di qua e di là, seguendo le diverse direttrici di attacco nei confronti dei repubblicani. Non mostrava più l'entusiasmo iniziale e, anche se non lo diceva apertamente, faceva trasparire una certa insoddisfazione sull'andamento della guerra che, dopo i fatti di Guadalajara, avevano visto il "Corpo Truppe Volontarie" non più autonomo, ma alle dipendenze dell'Alto Comando Nazionalista.

Le Divisioni di Camicie Nere, che inizialmente erano quattro, erano state progressivamente ridotte ad una sola e le forze erano state smembrate in unità miste italo-spagnole chiamate "frecce", nelle quali gli italiani fornivano gli ufficiali ed il personale tecnico, mentre la truppa era composta da spagnoli. Dopo essere stati impegnati nel nord della Spagna a Viscaya, a Guernica e Santander, avevano combattuto in Aragona sotto il comando del generale Mario Berti ed ora stavano combattendo in Catalogna per liberare Barcellona, agli ordini del generale Gastone Gambara.

Non era tornato mai a casa in tutto il periodo del suo impegno in Spagna, ma era stato informato sempre di ciò che succedeva in famiglia dalle lettere che gli mandava il padre, quindi sapeva tutto di Giuseppina e di Letizia, era stato messo al corrente di tutte le vicende di Elvira e di Nicolino, anche se sulla storia di quest'ultimo le informazioni erano state depurate delle notizie più compromettenti, ma gli era stata pur comunicata la morte per incidente stradale. Papà Antonio non voleva che il figlio sapesse, da lontano, tutte le cose che si dicevano di Nicolino, preferiva comunicargliele personalmente al ritorno, perché sapeva quanto bene si volevano i due ragazzi che, oltre ad essere cugini, erano anche amici inseparabili.

Dopo la conquista di Barcellona e dopo che il 5 febbraio 1939 circa 250.000 soldati repubblicani abbandonarono la Catalogna e si rifugiarono in Francia, dove furono rinchiusi in campi di internamento del Roussillon, gran parte dei volontari italiani fu rimpatriata, mentre gli altri continuarono la collaborazione con Franco, fino alla conquista di Madrid del 28 marzo.

Giorgio restò in Spagna fino alla fine e sfilò con le truppe vittoriose a Madrid. Tornò a Montecilfone solo a metà aprile, dopo la Pasqua, ma in tempo per essere presente alla nascita della nipotina Tittina, figlia di Giuseppina e Franceschino, alla quale, proprio in onore dello zio che rientrava a casa vincitore, fu aggiunto anche il nome di Vittoria, che si accompagnava, così, al nome della nonna Concetta.

Era molto cambiato Giorgio, non solo nell'aspetto, col pizzetto che si era fatto crescere e che gli allungava leggermente il viso tondeggiante, ma era diventato più taciturno, amava la solitudine e pregò il podestà di non organizzare assolutamente alcuna manifestazione di partito per il ritorno dei volontari e, quando gli chiedevano di raccontare le sue esperienze di guerra, con garbo, ma con molta determinazione, pregava i suoi interlocutori di non fargli rivivere quei momenti che gli costavano dolorosi ricordi, per il gran numero di amici che aveva visto morire.

Solo al padre, una sera, confessò il suo disgusto per la carneficina alla quale aveva assistito; con gli occhi lucidi gli parlò dei massacri di civili che, dall'una e dall'altra parte, erano stati perpetrati con un odio inconcepibile per uomini appartenenti alla stessa terra. Gli confessò anche che, dopo i primi tempi, quando era troppo preso dalla propaganda anticomunista, cominciò a rendersi conto che, in fin dei conti, quelli che stavano dall'altra parte non erano peggiori dei suoi commilitoni. Li chiamava 'commilitoni' e non 'camerati' come li aveva sempre definiti prima.

La sua voce si era incrinata quando al padre raccontò di quella volta che a Guernica, dopo l'incursione dei bombardieri della legione tedesca "Condor", conquistata la città, trovarono cadaveri dappertutto; la pena maggiore era la vista dei tanti bambini straziati orrendamente dalle esplosioni. Anche a Barcellona l'aviazione italiana aveva fatto una strage simile col bombardamento a tappeto fatto da nove S.79 che, in poco tempo, fecero oltre 500 vittime con 1.500 feriti.

Non c'era proprio da vantarsi, anzi, si sentiva a disagio quando pensava al notevole gruzzolo che aveva messo da parte con la paga e che assommava a circa 23.000 lire, un vero tesoro, che, però, gli pesava nell'animo per le brutture alle quali aveva assistito e sinceramente, se non fosse stato per tutte le sofferenze personali che aveva dovuto subire, se non avesse dovuto rischiare tantissime volte la vita, se non avesse sofferto il caldo torrido d'estate ed il freddo gelido della Sierra de Guadarrama, avrebbe rinunciato a quei soldi.

«La guerra è sempre una brutta esperienza, ma una guerra civile è il massimo dell'aberrazione umana! Ma responsabili di tanto orrore sono anche coloro che si sono immischiati in una faccenda così sordida in nome di una presunta crociata contro altri esseri umani!» concluse di fronte al padre che lo ascoltava col viso basso, in silenzio e non osava prendere la mano del figlio per accarezzargliela, pur se ne sentiva la voglia, perché ormai quel giovanottone era diventato un uomo, non era più un ragazzo da poter accarezzare e coccolare; non poteva far altro che condividere quanto stava dicendo, per questo, alzando la testa per guardarlo meglio negli occhi: «Hai proprio ragione, figlio mio! - gli rispose

– Io ho combattuto contro gli Austriaci, che ci venivano descritti come nemici ed invasori del nostro suolo, eppure non ho mai gioito di fronte alla morte di tanti soldati che, in fin dei conti, erano come noi italiani.»

La nascita di Tittina era stata un toccasana per Elvira che, dopo tanti mesi, ricominciò a frequentare la casa della sorella; la vita che si riaffacciava nella creaturina che stringeva tra le braccia risvegliò il suo istinto materno e la distolse dal suo proposito innaturale di dissoluzione, dal doloroso rifiuto del mondo e delle attività umane, del resto non poteva restare insensibile alle moine, ai sorrisi ed alle prime paroline di Fernando che, in tutti i modi cercava di attirare l'attenzione e le coccole della zia, in concorrenza con quell'altro esserino che era arrivato in casa sua.

Resasi conto della benefica influenza che aveva avuto la nascita di sua figlia su Elvira, Giuseppina ne parlò col marito ed insieme decisero di chiederle di far da madrina al battesimo della piccola e così, a maggio, Elvira e Giorgio accompagnarono al fonte battesimale la piccola Tittina Vittoria. Grande fu la gioia anche di don Guido che, finalmente, vedeva Elvira tornare in chiesa e riprendere il suo posto nel gregge dei suoi parrocchiani.

Non fu l'unica novità questa, perché la ragazza, per evitare i tormentosi pensieri che l'assalivano quando era sola, pregò anche la sua madrina, la ricamatrice comare Concetta, di riaccoglierla nel suo laboratorio. L'ambiente era veramente congeniale, perché la maestra aveva un gruppetto davvero eletto di ragazze, che guidava alla vita con i suoi buoni insegnamenti, con la sua educazione, col suo garbo, oltre ad insegnar loro l'arte del ricamo; la discrezione della comare Concetta scoraggiava anche domande imbarazzanti da parte della ragazze che, pur morendo dalla voglia di sapere direttamente dall'interessata la sua storia, si preoccuparono sempre di evitare situazioni spiacevoli.

La vita ricominciò a scorrere con i suoi ritmi naturali, le cure giornaliere ripresero il sopravvento sui brutti pensieri e, pur se nel suo cuore restava il dolore acerbo, Elvira cominciò ad imparare l'arte della convivenza con la sofferenza. Vestiva rigorosamente di nero, com'è d'obbligo per le vedove e, anche se don Guido le aveva spiegato che, ad onor del vero, lei non era proprio vedova perché il suo matrimonio non aveva avuto modo di essere perfezionato, tuttavia lei aveva deciso di vestirsi a lutto per tutta la vita, sentendosi spiritualmente legata al suo Nicolino da un vero e proprio legame matrimoniale, che mai e poi mai avrebbe tradito.

Il ritorno di Giorgio e degli altri volontari in paese era stato un avvenimento indubbiamente lieto e degno di nota, ma ora tutti parlavano dell'Albania, la terra conquistata dalle nostre truppe ed unita al Regno d'Italia. Il giorno 7 aprile 1939, venerdì santo, infatti, la radio ed i giornali diffusero la notizia che i nostri bersaglieri stavano sbarcando in Albania, per assicurare quella terra al glorioso destino italiano.

Era rientrato in paese anche Emilio, che non si era più laureato, ma era stato assunto nel Ministero della Cultura Popolare, ufficialmente costituito a Roma nel maggio del 1937 e, informatissimo delle novità del regime, continuò la sua opera di propaganda e di diffusione del verbo fascista, parlando dell'opportunità che si apriva all'Italia con la conquista dell'Albania, per allargare gli interessi della madrepatria verso i Balcani, per rendere sicuro il canale d'Otranto e garantire la sicurezza strategica dell'intero Adriatico ed anche per poter usufruire delle immense riserve petrolifere del Paese delle Aquile.

Gli era facile esaltare gli animi dei paesani ricorrendo alla storia dell'antica immigrazione in queste contrade degli eredi di Giorgio Skanderbeg, gli strappavano sempre calorosi applausi i riferimenti alle origini comuni, alla possibilità di rinsaldare i vincoli con l'antica terra di origine; concludeva sistematicamente le sue maratone oratorie col grido «I nostri figli e nipoti benediranno nei secoli, anche per questo, il nome di Mussolini!»

Si fermò in paese solo la settimana di Pasqua, chiamato nella capitale dal suo impegno ministeriale e non ebbe modo di rivedere il suo fraterno amico Giorgio, che arrivò solo qualche giorno dopo la sua partenza, per cui quest'ultimo sentì solo l'eco dei proclami dell'antico amico e si rifiutò sempre di esprimere il suo parere tutte le volte che sentì parlare del "glorioso destino della patria".

Giorgio usciva poco di casa, preferiva andare in campagna col padre ed a lui, un giorno, espose il progetto di investire i soldi della Spagna nell'acquisto di un podere proprio e di una casetta tutta per sé, facendo la felicità del padre che approvò subito con entusiasmo questo proposito che dimostrava la sanità di principi del figlio che, senza grilli per la testa, pensava a mettere a frutto il suo denaro con investimenti sicuri come la casa e la terra.

Anche se aveva deciso di non frequentare la sede del partito, non poteva fare a meno, però, di aver contatti con i dirigenti ed il podestà e costoro, notando la sua ritrosia a frequentare le manifestazioni pubbliche e le esercitazioni ginniche del sabato, lo rimproverarono di scarsa fedeltà ai principi della rivoluzione fascista.

Una sera si presentò a casa lo zio Saverio che, con tono saccente, snocciolando frasi piene di bolsa retorica imparate a memoria e ripetute come slogan, cominciò ad esaltare la grandiosità di Mussolini che stava costruendo un futuro magnifico ed esaltante per l'Italia, che aveva regalato al re Vittorio Emanuele III anche la corona d'Albania, che nel settembre dello scorso anno aveva umiliato tutti i rappresentanti degli Stati europei nel convegno di Monaco ed era tornato con l'aureola del più grande stratega dell'universo, che aveva da poco costretto Hitler a stringere con l'Italia un patto d'acciaio. Era veramente l'uomo della provvidenza, l'unico baluardo per tutti e, quindi, tutti dovevano collaborare a tracciare il nuovo destino della patria.

Rivolgendosi, infine, direttamente a Giorgio, disse che alla sede del Fascio avevano notato il suo scarso zelo e, con la sua solita impulsività, cominciò ad aggredirlo dicendogli che si stava vergognando di lui perché stava tradendo il partito, stava rinnegando la fede giurata solennemente quando era stato accolto tra le camicie nere, che stava macchiando di vigliaccheria la medaglia guadagnata in guerra, che non meritava tutti i soldi della paga per il servizio in Spagna, che si stava comportando come un ladro…. ma un violento manrovescio del nipote lo fece cadere rovinosamente a terra.

Si alzò bofonchiando, raccolse frettolosamente il berretto, se lo mise maldestramente in testa e, col naso e la bocca sanguinanti, sgattaiolò via senza girarsi, tra lo spaventato stupore delle donne e dei bambini ed il gelo che aveva fatto sbiancare il viso di Antonio che, avvicinatosi al figlio, con la mano sulla spalla, cercò di calmarlo ripetendogli che suo fratello era un cialtrone, abituato a parlare senza pesare le parole. «Questo scemo è pericoloso perché è molto vendicativo e senz'altro cercherà di farcela pagare – aggiunse sovrappensiero – ma troverà pane per i suoi denti, io starò sempre al tuo fianco!»

XXX

Effettivamente lo zio Saverio non faceva altro che ripetere pappagallescamente quello che la radio ed i giornali andavano dicendo da qualche mese: Mussolini era stato pregato dai governanti francesi ed inglesi a far da mediatore con Hitler per ridimensionare le mire espansionistiche di quest'ultimo, che aveva già annesso alla Germania l'Austria, con l'Anschluss, nel marzo del 1938. Però, col Trattato di Monaco, proprio col consenso del Duce, Hitler ottenne il permesso di annettersi anche il territorio dei Sudeti. Mussolini si vantava di aver salvato la pace in Europa, ma nel marzo del 1939, Hitler attaccò la Cecoslovacchia ed il 16 di quel mese, dal castello di Praga, proclamò la nascita del Protettorato tedesco di Boemia e di Moravia.

Nonostante la constatata irrilevanza internazionale di Mussolini, la propaganda fascista lo dipingeva come uno statista di gran rilievo e, mentre il Duce si vantava di aver donato all'Italia l'Albania, il suo alleato Hitler, il primo settembre, senza consultarlo, attaccò la Polonia conquistandola in un mese. Ma non si fermò lì, perché il 10 maggio del 1940 attaccò la Francia, aggirando la linea Maginot e, attraverso il Belgio, l'Olanda ed il Lussemburgo, conquistati in un batter d'occhio, dopo averne violato bellamente la neutralità, penetrò nel territorio francese e conquistò Parigi il 14 giugno.

Tutte queste notizie si diffondevano a Montecilfone con un ritmo talmente veloce che i paesani non avevano neanche il tempo di capirne la portata e, dopo aver commentato una conquista, nel giro di poco tempo arrivava l'annuncio di un'altra che metteva decisamente in difficoltà quanti si pre-occupavano di spiegarne i dettagli. In giro si parlava, ormai con molta dimestichezza della guerra scoppiata in Europa, delle scintille dell'alleato tedesco che correva da un confine all'altro con la velocità del lampo, tanto che anche in que-sto paesino sperduto dell'Italia centrale diventò familiare la parola '*blitzkrieg*', che i più entusiasti ripetevano con la prosopopea dei dotti, a gloria dell'alleato tedesco, con una disinvoltura che non meravigliava più nessuno.

E così, tra l'euforia generale per le conquiste dell'alleato te-desco, arrivò come una bomba, l'annuncio dell'entrata in guerra dell'Italia. Il 10 giugno 1940, infatti, dalla solita radio posta sul balcone della casa comunale, i paesani ascoltarono la voce solenne del duce che, dal balcone di palazzo Vene-zia a Roma, annunciava, con la solita enfasi: "Un'ora segna-ta dal destino batte nel cielo della nostra Patria. L'ora delle decisioni irrevocabili. La dichiarazione di guerra è già stata consegnata agli ambasciatori di Gran Bretagna e Francia".

Applaudirono tutti, all'annuncio della guerra contro "le democrazie plutocratiche e reazionarie dell'occidente", gagliardamente incitati dagli esagitati rappresentanti del fascio locale; forse non tutti conoscevano l'esatto significa-to di quelle espressioni e, certamente, nessuno si rendeva conto dell'importanza del momento e della gravità di una simile dichiarazione. Anche Giorgio pensò, con fastidio, ad una nuova guerra, ma non avrebbe mai potuto immaginare quanto questa avrebbe inciso sulle sorti di tutti.

A casa, infatti, col padre commentò la vicenda, ma si diceva convinto che sarebbe finito tutto entro Natale, anche perché, da quello che la radio diceva, la Francia era già in ginocchio e, sapendo che sarebbe dovuto partire con le camicie nere al primo appello del governo, si diceva sicuro di tornare pre-sto. Comunque disse al padre che sarebbero dovuti andare dal notaio nei prossimi giorni a firmare una delega per permettere ad Antonio di concludere, a nome del figlio, l'acquisto del podere che aveva già concordato con il venditore.

Ma la mattina successiva si presentarono in casa i carabinieri con un fonogramma che imponeva a Giorgio l'immediata partenza per il distretto militare di Campobasso, dove avrebbe avuto ulteriori ordini per raggiungere al più presto possibile il suo distaccamento. Gli stessi carabinieri si presentarono in casa di Franceschino, con un precetto simile, con l'obbligo di presentarsi allo stesso distretto, per gli stessi motivi.

Mentre Giorgio sapeva che prima o poi, dopo la dichiarazione di guerra sarebbe arrivata la precettazione, vista la sua appartenenza alle camicie nere e la sua esperienza militare in Spagna, per Franceschino questa chiamata in servizio fu veramente il classico fulmine a ciel sereno. In paese erano stati consegnati due soli precetti militari nel giro delle prime ventiquattro ore dalla dichiarazione di guerra, per questo tutti capirono che la vendetta di Saverio si era materializzata con una tempestività insospettata, con la magra soddisfazione da parte del capo manipolo delle locali camicie nere di aver spedito per primi in guerra il nipote ed il marito della nipote.

Antonio ribolliva di sdegno nei confronti del fratello, ma cercò di dominarsi per non aggravare l'atmosfera di sgomento che si era creata in casa e cercò in tutti i modi di incoraggiare la moglie, ripetendo le argomentazioni di Giorgio sulla prevedibile fine della guerra entro Natale. Ma in casa di Giuseppina regnava il panico: Franceschino stesso si comportava come un automa, non sapendo cosa fare prima, tante erano le cose che avrebbe voluto fare per permettere alla famigliola di vivere senza problemi in sua assenza, ma le ore precipitavano e la giornata passò senza che lui avesse potuto organizzare nulla, tra il pianto della moglie e della madre e le raccomandazioni alla prudenza del padre.

La mattina successiva, la partenza fu straziante per i saluti dei parenti, per lo stacco dai piccoli Fernando e Tittina, per l'abbraccio della moglie e, abbracciando il padre, il giovane, tra i singhiozzi, gli raccomandò di prendersi cura della sua famiglia. Non diversamente si comportarono i famigliari di Giorgio, anche se avevano già una volta salutato il ragazzo che partiva per la guerra di Spagna; ma ai distacchi non ci si fa mai l'abitudine, specialmente quando si va incontro al pericolo.

I due cognati si presentarono insieme al distretto provinciale ma, in mancanza di indicazioni precise, in quanto si era ancora in attesa di comunicazioni da Roma per organizzare le truppe e per "mettere l'esercito sul piede di guerra", Giorgio fu spedito a Bari, perché si imbarcasse per l'Albania e Franceschino, dato il precedente servizio reso in cavalleria, fu spedito a Cividale del Friuli, aggregato alla 3° Divisione Celere "Principe Amedeo duca d'Aosta".

 I primi giorni in casa di Elvira furono tremendi; la partenza senza preavviso dei due giovani aveva letteralmente prostrato l'animo di tutti. Giuseppina cercava di non far pesare sui figli la sua afflizione ed evitava di farsi vedere in lacrime, ma il dolore le faceva scoppiare il cuore e passava le sue notti a piangere disperatamente. Elvira si era trasferita a casa della sorella e cercava di rendersi utile badando ai nipotini e, prendendosi cura di loro, attenuava anche la sua personale sofferenza continua. Compare Nando si dedicò al mulino, cercando di conciliare la sua attività di commerciante con quella del mugnaio, sperando che il buon Dio facesse tornare presto, sano e salvo, Franceschino.

Durante l'estate molti altri giovani furono chiamati alle armi tanto che, in poco tempo, quasi ogni famiglia pagò il suo tributo alle esigenze della guerra con la partenza di un congiunto ed in paese, ormai, si vedevano sempre più donne sole, vecchi e bambini.

Nell'Africa Orientale Italiana, il Duca d'Aosta, fin dai primi giorni di luglio aveva cominciato le operazioni militari contro il Sudan anglo-egiziano, occupando alcune posizioni che allargavano il territorio dell'impero. Il 3 agosto le truppe coloniali si diressero anche contro la Somalia britannica, costringendo gl'inglesi ad abbandonare il Paese dopo appena quindici giorni di combattimento.

In Libia il Maresciallo Graziani, il 14 settembre, scatenava un'offensiva in direzione di Alessandria d'Egitto ed il 20 le sue truppe avevano occupato Sidi el Barrani, ad un centinaio di chilometri dalle basi libiche.

Il 10 ottobre tornò a Montecilfone Emilio, che ora ricopriva l'importante incarico di collaboratore personale del ministro Alessandro Pavolini, portando una clamorosa notizia: Mussolini aveva deciso di concedere ai soldati di stanza in Italia una "licenza agricola" per permettere loro di aiutare i famigliari nei lavori dei campi, anche se ad ottobre inoltrato, la maggior parte dei lavori era stata già fatta.

Tornarono alcuni, quelli che non erano ancora partiti per i vari fronti di guerra, ma non tornò Franceschino, che pure stava in Piemonte; al padre che si era recato in comune per chiedere notizie, il podestà rispose che nell'anagrafe comunale Franceschino non risultava iscritto come agricoltore, ma come mugnaio, per cui non aveva diritto alla licenza.

Emilio si fermò qualche giorno in famiglia e, prima di partire, una sera andò a trovare i genitori del suo fraterno amico Giorgio e, così, si presentò, inaspettato, a casa di Antonio e Carmela che lo accolsero con la solita ospitalità e, dopo aver parlato di Giorgio, della sua destinazione in Albania, all'improvviso, in maniera completamente insolita ed inusuale, Emilio disse di essere venuto soprattutto per chiedere ufficialmente la mano di Elvira.

Era una prassi assolutamente fuori dalle norme; le richieste di matrimonio avevano un preciso cerimoniale che prevedeva trattative preliminari per tramite di un'ambasciatrice, che aveva il compito di sondare il terreno e, dopo un eventuale esito positivo, sarebbero potuti intervenire i genitori con contatti formali e, solo dopo aver stabilito termini, modalità e date circostanziate, si poteva parlare di matrimonio. Ma le cose stavano cambiando con gran velocità; i giovani stavano sovvertendo tutte le regole e non bisognava scandalizzarsi più di tanto se Emilio, ormai abituato alla vita della capitale, aveva assunto modi di fare non proprio ortodossi.

Si guardarono perplessi i due genitori, senza sapere come comportarsi di fronte al profluvio di complimenti ed alle moinose maniere dell'ospite, che si esibiva in un garbato elogio della ragazza, della quale, perdutamente innamorato, con molta diplomazia celebrava le lodi, assicurando la sua decisa volontà di sposarla e portarla al più presto possibile a Roma.

Antonio, assolutamente impreparato, con altrettanta diplomazia, dopo aver ringraziato il giovane per le belle parole usate nei confronti della figlia, gli chiese di concedere loro un po' di tempo per sondare l'animo della ragazza che, come era noto, era ancora psicologicamente ed emotivamente molto provata per la disastrosa esperienza che tutti conoscevano e che la faceva soffrire continuamente. Si riservavano di dare, dopo qualche giorno, una risposta ai genitori di Emilio, visto che lui nel frattempo sarebbe ripartito per Roma.

Elvira era davvero diventata una bella donna ed anche se lei faceva di tutto per nascondersi agli occhi della gente, pur tuttavia non passava inosservata quando andava in chiesa o quelle poche volte che usciva di casa, sempre in compagnia della mamma. Dopo la morte di Nicolino, infatti, non frequentava neanche più il laboratorio di comare Concetta e conduceva una vita molto riservata; non usciva di casa mai da sola, si copriva la testa sempre con uno scialle nero, vestita rigorosamente di nero, con un soprabito nero anche d'estate, ma questo abbigliamento metteva ancor più in risalto la sua bellezza pura e semplice e, soprattutto, la statuaria figura snella, alta e ben fatta, esaltata dall'eleganza spontanea del suo portamento.

Il giorno successivo Antonio delegò alla moglie il compito di parlare con la figlia, che stava in casa di Giuseppina da quando era partito Franceschino; lui, infatti, si sentiva grandemente in imbarazzo di fronte a quella proposta matrimoniale e fu Carmela che dovette sbrogliare una simile complicata matassa.

Con molte perifrasi, con grande cautela e con tanta esitazione la mamma riferì quanto era successo la sera precedente a casa, ma la ragazza reagì alla notizia con un pianto dirotto, che soffocò ogni tentativo di esprimere a parole il suo diniego e, quando finalmente riuscì a parlare, si disse soprattutto offesa per le attenzioni di questo damerino. Continuò con rabbia, poi, facendo notare come Emilio, che pure aveva studiato, che manifestava modi gentili e raffinati, in effetti, dimostrava di possedere un cuore duro ed incallito, incattivito dalla presunzione e dalla superbia della sua condizione di privilegiato dalla sorte e, per di più, credeva di potersi permettere il lusso di calpestare impunemente i sentimenti altrui, senza rendersi conto del dolore che procurava col suo comportamento spavaldo ed altezzoso. Mostrava proprio di ignorare le più elementari norme del vivere civile, calpestando il cuore altrui nella convinzione di poter ottenere tutto ciò che il suo capriccio gli suggeriva.

«Ma questo non ha cuore! – andava rabbiosamente dicendo tra i singhiozzi – Pensa che io abbia dimenticato il mio Nicolino! Ma come si può pensare che io possa dare il mio cuore ad un altro uomo!»

La mamma e la sorella cercarono con tutta la dolcezza possibile di rassicurarla, convinte anche loro che veramente quel bellimbusto pensava di rivoluzionare la società stravolgendo anche le radici dei sentimenti umani. Le loro antiche tradizioni prevedevano un lungo periodo di tempo per le sfortunate vedove, che pur si fossero adattate ad un nuovo matrimonio, ma non era assolutamente questo il caso, per cui anche dopo che fosse passato il tempo necessario, Elvira non avrebbe mai acconsentito ad un nuovo matrimonio e tutti sapevano che il cuore di Elvira era veramente morto assieme a quello di Nicolino, per cui capivano la reazione della ragazza.

Di fronte alla ferma, decisa e forte reazione della figlia, di fronte ad un diniego esplicitamente manifestato con quel pianto nervoso e stizzito, la mamma non fece altro che abbracciarla per confermarle che anche lei ed il padre condividevano il suo rifiuto ed approvavano la sua decisione, anche loro, senza dirlo, avevano notato la spocchia di Emilio che credeva che tutto gli fosse dovuto, grazie all'alta posizione acquistata nell'ambito del partito fascista e pensava di poter calpestare impunemente le consuetudini ataviche della sua stessa gente; avevano, però, il dovere di metterla al corrente della proposta per rispettare l'impegno preso con Emilio, ma la rassicurò che erano completamente d'accordo con lei ed avrebbero subito comunicato ai genitori del pretendente la risposta negativa, naturalmente con buoni modi per non urtare la loro suscettibilità.

La concessione della "licenza agricola" sembrava aver portato una parvenza di normalità, ma il 28 ottobre 1940 le truppe italiane radunate in Albania varcavano il confine greco cominciando un'invasione che, però, si interruppe poco dopo, il 9 novembre, a causa di piogge continue che avevano reso impraticabili le vie di comunicazione ed avevano impedito l'apporto dell'aviazione. La mancanza di strade adeguate e l'improvvisazione delle truppe italiane, costrette a spostarsi a piedi, con l'unico ausilio dei provvidenziali muli, costrinse il Comando italiano a ridimensionare le proprie mire, anche perché il piccolo esercito greco, pur quasi privo di cannoni, di carri armati e di aerei, seppe opporre una resistenza accanita e, con una controffensiva inaspettata, costrinse i nostri soldati a ripiegare in territorio albanese.

In paese cominciarono ad arrivare lettere da tutti i fronti ed il postino era atteso con un'ansia crescente in ogni famiglia. C'erano genitori, mogli e fidanzate che si mettevano sulla porta di casa quando sapevano che sarebbe passato Vittorio a distribuire la posta e lo 'puntavano' da lontano, in attesa di un suo gesto, di una lettera sbandierata, di un annuncio che metteva fine all'ansia, almeno momentaneamente. Il postino, infatti, era amico di tutti, entrava in tutte le case, aveva parole di incoraggiamento per tutti, distribuiva le lettere e le leggeva ai tanti analfabeti che allora abbondavano in paese. Sulle bocche di tutti cominciarono a risuonare nomi strani, di terre lontane, di posti che suscitavano paure ed accorate preghiere nelle donne ed erano fonte di preoccupazioni nascoste negli uomini e di curiosità nei ragazzi. Il maestro di scuola don Peppe, papà di Emilio, si sbracciava ad indicare nelle sbiadite carte geografiche appese alle pareti della classe le località delle varie operazioni di guerra ed indicava con la bacchetta i nomi dei paesi che i suoi alunni gli citavano per averli sentiti dalle loro mamme o dai loro nonni.

Dopo il pellegrinaggio fatto a piedi al santuario della Madonna Grande, a Ramitelli, che tradizionalmente si effettuava il 15 agosto, don Guido propose di farne uno il 15 di ogni mese, per chiedere la grazia del ritorno per tutti gli uomini che combattevano nei vari fronti e cominciò, così, una consuetudine che proseguì con fede per tutto il periodo della guerra. Il buon parroco non mancò una sola volta, guidando il suo gruppo di pellegrini, scalzo, con la croce sulle spalle, pregando e cantando le lodi alla Madonna per tutto il tragitto, incoraggiando e confortando tutti.

Giorgio scrisse dopo l'attacco alla Grecia e spiegò che lui si trovava al confine con la Macedonia occidentale, una zona relativamente calma rispetto all'altra, nella zona del Pindo, dove l'esercito italiano era stato fermato e poi costretto a ripiegare sotto l'attacco dei Greci che, il 23 novembre, riuscirono a sfondare addirittura il fronte italiano, tanto che il general Badoglio fu costretto alle dimissioni da Capo di Stato Maggiore Generale e, al posto suo, subentrò il general Cavallero. "Spezzeremo le reni alla Grecia" aveva promesso il duce, che era convinto di effettuare "una passeggiata militare", ma la realtà mostrò quanto infondato fosse il suo folle sogno di emulazione dell'alleato-competitore Hitler.

Arrivò un tremendo inverno per i nostri ragazzi attestati sulle montagne dell'Epiro, non adeguatamente equipaggiati, tanto che il gelo fece molte più vittime delle bombe avversarie. Cominciarono ad arrivare notizie di parecchi compaesani ricoverati negli ospedali militari per congelamento degli arti e per due di loro la guerra finì anzitempo per il congelamento dei piedi e la conseguente amputazione degli arti assiderati.

Tornarono a casa dopo la mutilazione raccontando le disumane sofferenze dei nostri soldati nell'insanguinata valle della Voiussa, a quota 731 di Monastir, sul gelido monte Golico e parlarono dei loro scarponi con la suola di cartone, di come avevano dovuto affrontare il terribile inverno sprovvisti di indumenti di lana, al riparo di teli da tenda non impermeabili a 25° sotto zero, parlarono dei compagni che morivano quotidianamente sotto la neve a centinaia.

Anche dal fronte della Libia non venivano notizie positive, perché già dal 9 dicembre le truppe britanniche avevano lanciato una controffensiva che, riprendendo le posizioni precedentemente perse di Sidi el Barrani, si spingevano progressivamente fino a Bardia, Tobruch e poi Bengasi, per fermarsi ad El Agheila, con la conquista di tutta la Cirenaica e con la perdita, da parte italiana di 120.000 uomini prigionieri degli inglesi.

Nell'Africa Orientale Italiana le cose non andavano meglio: di fronte alla reazione delle forze inglesi i nostri soldati perdevano, uno dopo l'altro, tutti i loro possedimenti ed il 27 maggio 1941, dopo un inutile tentativo di resistenza sull'Amba Alagi, lo stesso Duca d'Aosta fu costretto a cedere le armi, consegnandosi prigioniero.

In paese cominciò a diffondersi il panico per le numerose lettere che annunciavano la morte di tanti figli, mariti e fidanzati. Molti erano quelli che, non avendo notizie dei propri cari, si auguravano almeno che i propri ragazzi fossero stati presi prigionieri, salvi e sicuri fino alla fine del conflitto. Ed effettivamente moltissimi furono presi prigionieri e portati nei posti più impensati del mondo, perfino in Sud Africa.

Sul fronte greco, fortunatamente le cose si risolsero positivamente quando, in primavera, con l'attacco sferrato dai tedeschi da nord-est, in pochi giorni le operazioni militari si conclusero con la disfatta totale dell'esercito greco, costretto a chiedere la pace, firmata il 23 aprile.

XXXI

Franceschino mandava regolarmente sue notizie a Giuseppina, cercando di annullare la distanza che li separava con le sue lettere, sempre piene di amorose espressioni per lei e per i loro bimbi e la informava della sua vita militare anche per tranquillizzarla. Le comunicò il trasferimento della sua Divisione da Cividale del Friuli alla zona di Borgo san Dalmazzo, in provincia di Cuneo, come riserva d'armata nell'ambito della battaglia delle Alpi Occidentali, senza essere impiegato operativamente, per questo la sollecitava a star tranquilla perché la sua Divisione non era impiegata nei combattimenti.

Nell'aprile del 1941 fu spostato in Iugoslavia ed anche lì il suo impegno si limitava ad operazioni di rastrellamento nella zona di Spalato e Franceschino le raccomandava premurosamente di non essere in ansia perché non correva grossi pericoli, essendo quello un settore di retrovia.

Anche Giorgio scriveva regolarmente e, dopo la disastrosa campagna di Grecia, nella quale erano andati perduti ben 27 dei 56 battaglioni di camicie nere impegnati in combattimento, comunicò di essere stato destinato ad un altro reparto. Nella riorganizzazione delle truppe, necessaria dopo la grave perdita di uomini nella campagna di Grecia, era stato aggregato all' 8° Battaglione Guastatori dei Paracadutisti.

Da qualche mese, infatti, il Regio Esercito si era dotato di un corpo specializzato, ad imitazione dei prestigiosi paracadutisti tedeschi del generale Student, destinato ad azioni belliche di grande valenza e di immediato utilizzo, per cui si stavano scegliendo gli uomini migliori, quelli particolarmente coraggiosi e adatti ad operazioni fulminee, ai quali impartire una preparazione specifica per imprese ardite. Giorgio era stato scelto per essere addestrato a questo nuovo modo di combattere ed era stato rimpatriato, quindi per un breve ed intenso corso di addestramento all'aviolancio a Tarquinia, dopo del quale, assegnato al 3° Reggimento, fu spostato a Civitavecchia.

Franceschino, nel luglio del 1941, era stato spostato dalla Iugoslavia verso il nuovo fronte aperto dai tedeschi in Russia, con il Corpo di Spedizione Italiano in Russia (CSIR), che Mussolini aveva voluto inviare in quel Paese, sperando di poter partecipare alla spartizione futura di quell'immenso territorio, dopo la vittoria. Era partito da Tavernelle d'Altavilla, vicino a Vicenza, inizialmente in treno, poi con i camion fino a Botoşani, sulla Moldava in Romania, e quindi, dopo un'epica marcia di centinaia di chilometri, attraverso la Moldavia e l'Ucraina, fino al bacino del Dnjepr, impegnato in azioni ricognitive di pattuglia, colpi di mano e duelli di artiglieria. Da lì la sua Divisione fu impegnata nella conquista del bacino del Donez.

Ma la "controffensiva di Natale" scatenata dai russi proprio il 25 dicembre, bloccò le potenze "dell'asse" e così la Divisione fu costretta a rintuzzare gli attacchi nemici e, per tutto l'inverno fu impegnata a riprendere le posizioni perdute e riconquistate di volta in volta con attacchi continui da ambedue le parti.

Franceschino aveva avuto modo di conoscere il colonnello Alessandro Bettoni, conte Cazzago, ufficiale molto amato dai suoi soldati che, appassionato di ippica, aveva vinto il Concorso ippico internazionale "Piazza di Siena" a Roma nel 1929 e nel 1940 e, partecipando ad innumerevoli altri concorsi nazionali ed internazionali, si era ricoperto di gloria conquistando oltre 380 premi. Nella sua carriera aveva avuto modo di servirsi della competenza del maresciallo D'Inzeo per la preparazione atletica dei suoi cavalli e, quando seppe che Franceschino era stato collaboratore di D'Inzeo, lo volle con sé nel suo Reggimento e così, quando nella primavera del 1942 si creò il "Raggruppamento Truppe a Cavallo "Barbò", il giovane fu aggregato al 3° Reggimento "Savoia Cavalleria", comandato proprio dal colonnello Bettoni.

A metà agosto le forze dell'Asse lanciarono una massiccia offensiva, avanzando fino a Stalingrado, verso il Caucaso ed ai reparti italiani, nel frattempo inquadrati nell'Armata Italiana in Russia (ARMIR), venne affidato il compito di difendere l'ala sinistra dello schieramento, in prossimità del Don. Con una massiccia controffensiva, scattata il 20 agosto, i russi passarono il fiume e sfondarono il fronte italiano e le truppe a cavallo ricevettero l'ordine di contenere l'avanzata nemica.

La mattina del 24 agosto il "Savoia Cavalleria", che aveva bivaccato nella steppa, nei pressi del villaggio di Isbuschenskij, si stava preparando a riprendere la marcia, mentre, ad un chilometro circa, tre battaglioni di un Reggimento di fanteria siberiano, mimetizzati in un campo di girasoli, stavano organizzando un attacco ai cavalieri italiani. I russi avevano 2500 uomini, il "Savoia Cavalleria" aveva un organico di 650 cavalieri.

Sul campo italiano piovvero improvvisamente colpi di mortaio che crearono un iniziale sconcerto, ma i cannoni delle batterie a cavallo rintuzzarono l'attacco costringendo il nemico ad arretrare. Il colonnello Bettoni ordinò al secondo squadrone di aggirare le posizioni avversarie e di attaccarle di fianco. Come in un'esercitazione da piazza d'armi, dopo essersi allontanato al passo, lo squadrone si mise al trotto e, dopo aver compiuto un'ampia conversione, caricò a ranghi serrati e, a sciabola sguainata, scompaginò il nemico che cercava di sfuggire alle sciabolate rintanandosi nelle buche. Passata la carica, i russi ripresero il fuoco delle mitragliatrici e dei mortai contro i cavalieri, ma lo squadrone compì una seconda carica in senso inverso, gettando la confusione nello schieramento sovietico.

A quel punto il Comandante, dopo aver fatto appiedare il quarto squadrone, lo invitò ad impegnare frontalmente i russi per alleggerire la pressione nei confronti del secondo squadrone che stava caricando; contemporaneamente ordinò la carica anche al terzo squadrone, dove, agli ordini del magg. Alberto Litta Modignani, combatteva anche Franceschino. La carica del terzo squadrone scompaginò completamente lo schieramento degli avversari e gl'italiani, con la sciabola sguainata, come i cavalieri antichi, andavano intrepidi all'attacco dei nidi di mitragliatrice e dei mortai che continuavano a falciare le nostre linee.

Cadde eroicamente il maggiore Litta Modignani che, nonostante fosse ferito ed appiedato, chiese un altro cavallo e proseguì la battaglia, fermato definitivamente da una raffica di mitragliatrice. Al suo fianco cadde anche Franceschino, che fu trovato sul terreno, accanto al suo cavallo, con in mano ancora saldamente stretta la sciabola insanguinata.

Il loro sacrificio segnò la conclusione vittoriosa del combattimento. Il magg. Litta Modignani fu decorato con la medaglia d'oro alla memoria ed anche a Franceschino, come a molti altri, fu concessa una medaglia di bronzo. Il Reggimento "Savoia Cavalleria" fu insignito di medaglia d'oro allo stendardo, ed ai suoi uomini furono concesse due medaglie d'oro alla memoria, due "Ordini militari di Savoia", 54 medaglie d'argento, 50 medaglie di bronzo e 49 croci di guerra.

Quel giorno il "Savoia Cavalleria" aveva scritto veramente una pagina di gloria; con un gesto eroico di stile ottocentesco aveva concluso l'epopea delle cariche dei cavalieri antichi, con uomini e cavalli, armati solo con sciabola e bombe a mano, che sbaragliarono un nemico che li colpiva con mortai e mitragliatrici. L'episodio fu immortalato dal pennello di Achille Beltrame che, sulla prima pagina della "Domenica del corriere", illustrò a vivaci colori la gloriosa carica e, facendo commuovere i lettori, diede ampia eco alla vicenda, non solo in Italia.

Qualche giorno dopo, la notizia arrivò a casa di Giuseppina per tramite del brigadiere dei carabinieri, che, prima di andare dalla giovane vedova, chiese l'intervento del parroco che, ad onor del vero, profondamente turbato, non fu di grande aiuto; abbracciando i due bimbi, Fernando di cinque anni e Tittina di appena tre, il buon prete fu preso da una tal commozione che scoppiò a piangere in modo convulso e solo quando cominciarono a giungere i vicini di casa, asciugandosi ruvidamente gli occhi, si sforzò di assumere un tono adeguato al suo ruolo di consolatore e di padre spirituale.

XXXII

Nel fronte africano, intanto, dalla Germania era arrivato al comando dell'Afrikakorps il generale Rommel, che prese il comando delle operazioni, scavalcando anche il generale Gariboldi che aveva, a sua volta, da poco sostituito il generale Graziani. Fu proprio grazie alla notevole potenza militare delle truppe tedesche ed alla capacità operativa di Rommel che, alla fine di marzo del 1942, in soli quindici giorni, gli italo-tedeschi riconquistarono la Cirenaica.

Rommel, anche se in teoria dipendeva gerarchicamente dagli alti comandi italiani, con l'avallo di Hitler agì in modo completamente autonomo, ignorando continuamente il generale Bastico, subentrato a Gariboldi nel comando delle truppe italiane e continuò energicamente le operazioni respingendo tutte le iniziative inglesi. L'obiettivo dichiarato da Rommel era la conquista di tutta la fascia settentrionale dell'Africa fino al canale di Suez, per ottenere anche l'approvvigionamento dei campi petroliferi del Medio Oriente. La sua azione, però, si fermò ad El Alamein, una stazioncina ferroviaria diroccata, in pieno deserto, distante cento chilometri da Alessandria e qui, dopo alterne vicende, preferì attestarsi a difesa, trincerando il proprio esercito.

Giorgio, intanto, assegnato all'8° Battaglione Guastatori della 1° Divisione Paracadutisti, già dal mese di maggio 1942 aveva frequentato corsi intensivi presso la Scuola Guastatori del Genio che, nel mese di giugno, dopo aver assunto ufficialmente il nome di "Folgore", fu trasferita in Puglia e sottoposta ad un duro addestramento in vista della progettata invasione di Malta. Ma l'invasione dell'isola non fu più realizzata perché Rommel, che voleva rinforzare l'esercito a sua disposizione, pretese l'invio della Divisione Folgore in Africa e così, all'inizio di settembre, i paracadutisti furono schierati nel settore meridionale della linea difensiva di El Alamein.

Effettivamente tra Rommel ed il Comando Supremo Militare Italiano non correvano buoni rapporti, data la scarsa stima che il tedesco nutriva per gli italiani in genere e specialmente per i loro comandanti, accusati di inettitudine, però il generale tedesco aveva grande fiducia nei paracadutisti della Folgore, poiché vantavano un'elevata preparazione dovuta all'opera di istruttori tedeschi.

Fu proprio nel deserto africano che Giorgio ebbe da casa la tremenda notizia della morte di Franceschino. Si era affezionato parecchio al cognato ed in lui aveva trovato un amico, un fratello, la persona con cui più di tutti condivideva pensieri, speranze, ideali; andavano veramente d'accordo, si capivano al volo ed erano diventati inseparabili. Il suo cuore volava costantemente a casa, accanto alle due sorelle, così care e dolci e così sfortunate entrambe. Gli tornavano costantemente alla mente i volti adorati dei due nipotini, Fernando e Tittina e lo tormentava la considerazione che sarebbero cresciuti orfani, amati e protetti dai nonni e dagli zii, ma pur sempre senza padre.

La condizione di prostrazione psicologica era aumentata anche dalla situazione di grave disagio nella quale si trovava ad operare il Corpo dei paracadutisti: erano stati addestrati a lanciarsi col paracadute, per azioni rapide ed incisive, ma furono destinati a combattere nel deserto, sistemati come topi dentro buche scavate nella sabbia. I rifornimenti scarseggiavano, mancava il carburante per i mezzi blindati ed anche le munizioni erano razionate. Il caldo era atroce e la mancanza di acqua rendeva insopportabile la loro condizione; la sera, poi, la temperatura scendeva prossima a zero gradi e quest'escursione termica infiacchiva la loro pur tenace tempra di giovani baldi e ben addestrati, tanto che la dissenteria ormai colpiva quasi il trenta per cento dei soldati.

Effettivamente molti erano i convogli che partivano dall'Italia verso l'Africa, ma erano intercettati dalla flotta inglese e quasi sempre i rifornimenti finivano in fondo al mare ed anche se la flotta italiana compiva veri e propri miracoli per il valore dei marinai e per la notevole potenza delle navi, quasi sempre gli scontri con l'avversario segnavano clamorose sconfitte per la Regia Marina. La flotta inglese, in verità, possedeva uno strumento di rilevamento a distanza delle navi avversarie e riusciva a localizzarle quel tanto che bastava per dirigere su di loro i proiettili delle proprie artiglierie, con risultati devastanti.

Eppure Guglielmo Marconi, già dal 1933 aveva proposto l'adozione di un radiotelemetro e ne aveva parlato al nostro Alto Comando, era riuscito, invero, anche a convincere qualche alto personaggio dell'entourage di Mussolini, ma la somma messa a disposizione proprio dallo stesso capo del Governo, che rivestiva contemporaneamente anche il ruolo di Ministro della Guerra, ebbe il solo risultato di qualche interessante prototipo e non fu assolutamente sufficiente a realizzare un vero e proprio sistema radar operativo col quale dotare i nostri mezzi navali, al pari della flotta inglese.

C'è da dire anche, (e questo si seppe solo dopo la guerra) che i servizi segreti inglesi, grazie ad "ULTRA", l'insieme delle informazioni ricavate dalla decodifica delle comunicazioni in codice tra l'addetto militare tedesco a Roma e l'Alto Comando della Wermacht a Berlino, riuscivano a sapere esattamente la composizione dei convogli, la loro direzione ed il tempo esatto della loro partenza, per cui intercettavano con facilità le navi nemiche, tendendo dei veri e propri agguati che riuscivano perfettamente nel loro intento

Giorgio scrisse una lunga lettera ai famigliari, cercando di confortare Giuseppina per la sciagura che l'aveva colpita, ma non disse nulla delle sue condizioni per non farli preoccupare con la descrizione di una situazione che avrebbe creato ulteriore sofferenza nei genitori e nei fratelli.

Eppure sapeva che la posizione delle forze italiane non era certamente favorevole; i paracadutisti della Folgore si erano attestati in difesa su un fronte di circa 15 chilometri; alle loro spalle c'era solo l'ombra di una divisione corazzata, l'Ariete, dotata di mezzi piccoli ed assolutamente insufficienti a fermare i mastodontici Sherman inglesi; i carri italiani, infatti, pesavano solo 13 tonnellate, mentre i mezzi inglesi pesavano oltre 30 tonnellate ed erano armati con cannoni e mitragliatrici di gran lunga più potenti.

I paracadutisti in linea erano circa 3000, con 80 cannoni prestati da altre Unità, con qualche decina di controcarro, pochissimi autoveicoli e munizioni contate. Per la verità questa condizione di precarietà era comune all'intero schieramento italo-tedesco: le forze in campo non erano assolutamente alla pari, infatti, centomila italo-tedeschi circa si apprestavano ad affrontare duecentomila britannici, con 490 carri armati contro i 1000 carri inglesi.

Il battesimo del fuoco per la Folgore avvenne a Deir el Munassib, il 30 settembre ed i paracadutisti si comportarono con onore, tanto da meritare la prima citazione sul bollettino di guerra italiano.

L'attacco vero e proprio alle linee italiane avvenne la sera del 23 ottobre, ma ottenne solo qualche risultato parziale in qualche settore del nord della linea del fronte, mentre nel settore meridionale, quello dove era schierata la Folgore, nulla poterono ottenere le forze della 7° Divisione britannica, i famosi "Desert rats", magnificamente contrastati dai paracadutisti che si batterono letteralmente come leoni.

Giorgio era attestato al centro della linea difensiva lungo la quale era stata schierata la Folgore, in località chiamata "Quota 105" ed alla sera del 23 aveva subito un furioso bombardamento. L'offensiva britannica cominciò intorno alle ore 21 e 40, con un incessante tiro di artiglieria che lasciò perplessi e storditi i soldati italiani, sbalorditi di fronte ad una simile potenza di fuoco.

Tutti i paracadutisti erano divisi in gruppi di tre o quattro e sistemati in buche profonde circa un metro, acquattati nella sabbia, col desiderio di sprofondare sotto terra a cercare un riparo alle bombe, che scoppiavano ovunque aprendo crateri orribili. Ogni tanto qualche buca veniva centrata e si sentivano nella notte i lamenti dei feriti che chiedevano aiuto, mentre i corpi dei cadaveri restavano orribilmente scaraventati di qua e di là, attorno ai crateri, in pose grottesche, rendendo ancor più spaventoso l'ambiente illuminato dalle vampe continue degli scoppi e dal fumo che rendeva più allucinante la scena.

All'alba si diffuse una densa nube di fumogeni che, diradatasi, svelò un mare di carri armati e blindati, a perdita d'occhio, che si avvicinavano. Allungatosi il tiro delle artiglierie, intere brigate corazzate, seguite dalla fanteria, mossero all'attacco delle posizioni italiane. Si accese subito una lotta furibonda: c'erano mine che esplodevano dappertutto, mezzi cingolati che si incendiavano, uomini che saltavano in aria con urla disumane.

Durante la notte gli inglesi, con i soldati specializzati del Genio e con i carri Scorpion, avevano tentato di aprire quattro varchi nei campi minati che precedevano le linee italiane, ma era stato bonificato dalle mine solo un corridoio ed in quel varco si concentrò l'azione difensiva e di contrattacco da parte dei paracadutisti.

I carri arrivavano rombando, minacciosi nella loro mole, puntando decisamente a rompere la linea difensiva della Folgore ma, quando i primi mezzi corazzati oltrepassarono la prima linea di buche, dove erano appostati i paracadutisti, si vide una scena surreale: dalle buche saltavano fuori dei fantasmi che, a testa bassa, carichi di bombe a mano e bottiglie incendiarie, spostandosi carponi, per offrire il minor bersaglio possibile al fuoco delle mitragliatrici nemiche, rincorrevano i carri appena passati e, giunti a distanza ravvicinata, quella chiamata 'angolo morto' perché, non potendo abbassare più di tanto il tiro, le mitragliatrici di bordo dei carri non riuscivano più a colpire gli assalitori, tirandosi su, lanciavano contro quei bestioni d'acciaio le bottiglie incendiarie che portavano in mano; quando le fiamme divampavano avviluppando il carro colpito, i paracadutisti lo circondavano, aspettando che i soldati dall'interno del mezzo corazzato aprissero la torretta per mettersi in salvo e non restare ad arrostire nel mezzo infuocato ed a questo punto, con tiri precisi, gli italiani lanciavano delle bombe a mano all'interno della botola, come se giocassero a pallacanestro, seminando morte dentro il carro armato.

I primi carri furono tutti inchiodati sulla prima linea difensiva dei paracadutisti ed anche quegli altri che sopraggiungevano venivano man mano bloccati con questi attacchi individuali da parte dei difensori, che spuntavano come spettri indiavolati e si battevano con un coraggio veramente straordinario. Si videro anche alcuni paracadutisti rincorrere i carri che passavano vicino alle loro postazioni e, balzati con salti prodigiosi sui mezzi in corsa, forzavano le botole delle torrette con dei 'piedi di porco' e, quando la botola veniva scardinata, lanciavano all'interno delle bombe a mano, mettendo così fuori combattimento l'intero equipaggio.

Fu una lotta epica che mise in evidenza la straordinaria preparazione atletica dei paracadutisti, l'incredibile coraggio, l'assoluta dedizione e la magnifica inventiva di uomini che, inferiori di numero, e scarsamente armati, riuscirono a fermare giganti di acciaio che sputavano fuoco dalle armi di bordo e schiacciavano inesorabilmente quelli che cadevano davanti ai loro cingoli.

La lotta titanica durò almeno un paio d'ore e, quando i britannici si resero conto che in quel settore non riuscivano ad ottenere i risultati sperati, si ritirarono lasciando sul campo tantissimi mezzi corazzati, anneriti dal fumo degli incendi, tutti quanti con le torrette spalancate, ad indicare la violenza della lotta e l'impossibilità di sfondare, anche con mezzi così tremendamente dotati, le linee difese da uomini appiedati e rintanati in buche scavate col badile e difese da qualche sacchetto di sabbia accatastato l'uno sull'altro.

Notevoli furono le perdite da parte degli italiani che, però, rincuorati dal risultato ottenuto, si affrettarono a ricostruire la ragnatela delle postazioni nelle quali ridistribuirono uomini ed armi, pronti a difendere con le unghie e coi denti la linea loro assegnata, anzi, i mezzi abbandonati dagli inglesi furono utilizzati come fortini per una difesa avanzata, capace di prendere alla spalle i nemici che sarebbero giunti in una prossima offensiva.

Gli inglesi attaccarono ancora durante la notte tra il 23 ed il 24, ma in direzione dell'estrema ala destra della Folgore, ed anche lì, dopo aver combattuto per tutta la notte, furono costretti a segnare il passo. Risoluti ad ottenere un qualche risultato, gli inglesi attaccarono ferocemente nella tarda serata del 24, puntando al centro dello schieramento ed utilizzando anche grandi masse di fanti.

I paracadutisti riuscirono a contenere in un ristretto spazio la testa di ponte avversaria, mentre le forze corazzate furono sottoposte ad un intenso tiro da parte dei controcarro e da alcuni obici da 100, sistemati a difesa solo la mattina stessa. Quando però i carri armati si infilarono nei corridoi che i genieri avevano aperto nel campo minato, ricominciò la lotta tra uomini e mezzi corazzati, con la sarabanda già sperimentata precedentemente.

Giorgio, che comandava un plotone, si era appostato con il suo gruppo attorno ad alcuni carri rimasti sul terreno dopo il primo combattimento e, dopo aver fatto passare la prima fila di mezzi, con la tecnica già efficacemente sperimentata la volta precedente, tutti insieme assaltarono alle spalle i mastodonti con bottiglie incendiarie e bombe a mano, ottenendo gli stessi risultati devastanti; solo che ora bisognava fare i conti anche con i fanti inglesi che seguivano i mezzi corazzati e che sparavano da ogni direzione con i loro mitra. Gli italiani, infatti, dovettero buttarsi a terra per evitare di essere falciati e, così mimetizzati col terreno, aspettarono i carri armati che sopraggiungevano con la seconda ondata.

Giorgio, quando vide dirigersi verso di sé un cingolato, saltò su dalla buca dove si trovava e, sdraiato supino sul terreno, si mise al centro della traiettoria del carro tenendo con le mani, all'altezza dello stomaco, una mina magnetica e, quando il pesante mezzo gli passò sopra, dopo averla disinnescata, attaccò la mina al fondo del carro ed aspettò che la stessa scoppiasse qualche metro più in là bloccando la corsa del mastodonte. Si rinnovò la cerimonia della caccia al bestione ferito, con l'attesa da parte dei paracadutisti che si aprisse lo sportello della torretta per lanciare le bombe a mano all'interno, cosa che puntualmente avvenne.

Aspettando la terza ondata, Giorgio, steso a terra, si muoveva carponi ponendosi nella traiettoria di un nuovo carro.

Aveva nella mano sinistra una bomba a mano e, quando il mezzo lo sfiorò con i suoi cingoli, con i denti strappò la linguetta della sicura e, appoggiandosi sul gomito destro, tese il braccio sinistro verso il cingolato quanto più in alto poteva, cercando di sistemare la bomba tra le piastre del cingolo destro del carro armato, nel tentativo di far saltare gli ingranaggi e bloccare così il mezzo. Ma gli fu fatale il momento in cui dovette alzare il busto per sistemare adeguatamente la bomba tra le ruote dentate del cingolo, perché un fante inglese lo vide e gli sparò contro una raffica di mitra che lo colpì alle spalle, impedendogli di ritirare in tempo la mano che venne schiacciata tra le maglie dei pattini che la spappolarono, troncandola di netto.

Cadde a terra il paracadutista, mentre il carro proseguì la sua strada per qualche metro, fino a quando la bomba non esplose spezzando la catena del cingolo, tanto che il carro armato cominciò a girare su se stesso, in tondo, sul cingolo destro spezzato. I carristi cercarono di uscire dalla torretta del mezzo bloccato, ma i paracadutisti che spuntavano come funghi da ogni parte, con un nutrito lancio di bombe a mano, distrussero l'intero equipaggio, sparando contemporaneamente contro i fanti che qua e là cercavano di intercettare quei fantasmi che saltavano su da ogni dove.

La battaglia infuriò per diverse ore, senza che gli inglesi potessero spezzare la linea italiana, per cui decisero di ritirarsi, lasciando sul terreno un centinaio di mezzi corazzati e molti fanti. I commilitoni trovarono il corpo di Giorgio in vicinanza del carro che lui aveva bloccato e, con gioia, si resero conto che, nonostante la grande quantità di sangue perso dal moncone della mano sinistra, nonostante una grave ferita alla schiena, respirava ancora, per cui lo trasportarono nelle retrovie per le opportune medicazioni.

In effetti poterono fare ben poco i medici che lo accolsero nell'ospedale da campo allestito nelle immediate retrovie; gli bendarono il moncone bloccando l'emorragia, gli tamponarono la ferita alla spalla e lo spedirono subito dopo a Tobruk, dove c'era una nave ospedale, in procinto di partire per l'Italia. Per sua fortuna la nave, ormai piena di feriti, il giorno stesso prese il largo in direzione della madrepatria e portò il suo triste carico di dolore a Taranto, dove i tanti feriti poterono essere accolti e curati, in modo meno approssimativo, nell'ospedale militare.

Giorgio, infatti, che era uno dei feriti più gravi, fu portato tra i primi in sala operatoria, dove gli estrassero il proiettile che, entrato all'altezza della scapola destra, si era fermato nel polmone, per cui avevano dovuto fare un intervento delicato con l'asportazione di una parte del polmone leso. Per la mano sinistra non poterono far altro che medicare il moncone rimasto, bendandolo adeguatamente.

XXXIII

Aveva perso conoscenza subito dopo essere stato colpito, non si sa se per la ferita alla schiena o per il dolore della mano spappolata e recisa di netto, ma quando si risvegliò, steso sulla barella nell'ospedaletto da campo dove lo avevano medicato alla bell'e meglio, si rese conto subito della gravità delle sue condizioni e, guardandosi attorno, consapevole della precarietà della situazione generale, disperò di salvarsi, per cui cominciò a prepararsi spiritualmente pensando di dover comparire davanti al buon Dio prima del previsto. Vide aggirarsi nei paraggi un cappellano, che si avvicinava alle brandine, chiedeva informazioni, parlava un po' con tutti, distribuiva parole di speranza ed incoraggiamento, benediceva tutti col crocifisso che portava appeso al collo e, quando lo vide accanto a sé, con un filo di voce lo pregò di ascoltare la sua confessione. Espresse anche al sacerdote la sua convinta sensazione di essere sul punto di morire e gli chiese di potersi anche comunicare, dopo la confessione, per essere pronto al gran passo.

Era troppo abituato a queste cose il cappellano, che non faceva altro negli ultimi tempi che consolare, incoraggiare, pronunciare parole di conforto e di incitamento ad accettare la volontà del Signore, per cui, senza scomporsi, dopo aver ascoltato la confessione del ragazzo, dopo avergli accarezzato delicatamente la testa, da una teca che custodiva nel taschino interno della giacca trasse una particola e la diede a Giorgio, pronunciando la rituale formula della comunione.

I dolori erano molto forti, il respiro era affannoso, doveva avere anche una febbre altissima, si sentiva completamente spossato, privo di ogni energia, ma la consapevolezza di essersi preparato anche al peggio gli dava una strana sensazione di pace, sentiva una specie di benessere determinato dall'assoluta mancanza di paura e di ogni preoccupazione; si sentiva pronto ad ogni evento, non aveva rimpianti, era rassegnato a lasciare così giovane la vita, per cui cercò di riposare chiedendo, all'infermiere che gli si avvicinò, solo una morfina per lenire il dolore.

Sarà stata la morfina, oppure la spossatezza, fatto sta che dormì profondamente senza rendersi conto del trasferimento sulla nave a Tobruk e, quando riaprì gli occhi si accorse di trovarsi in una grande sala, in mezzo a tantissime altre brandine stese in file parallele, con centinaia di feriti di ogni tipo. A dir la verità si accorse della particolare attenzione che i medici e le infermiere gli dedicavano, della premura con cui lo accudivano e pensò che il tutto fosse dovuto alle sue gravi condizioni, per cui quel parlottio a bassa voce, gli accenni che facevano a lui anche da lontano, parlando tra loro, la presenza discreta e continua al suo capezzale gli facevano pensare che fossero solo testimonianza della gravità della sua situazione.

Nel dormiveglia, però, sentì distintamente un medico che, indicandolo ad un collega, con ammirazione diceva «È uno della Folgore!» «Bravi ragazzi – rispose l'altro – meno male che ci sono loro a riscattare l'onore della Patria!» «Poveri ragazzi! – rispose il primo – Mandati al macello così giovani!» Giorgio cominciò a prendere coscienza dell'avventura della sua esistenza, gli tornarono in mente gli ultimi anni e passò in rassegna tutti gli avvenimenti accadutigli, pensò agli anni spesi in Spagna, alla sofferenza della guerra nelle montagne della Grecia, al tragico destino di Franceschino e si sentì ancor più legato al cognato per le disavventure che il destino aveva loro riservato costringendoli a combattere, in terre così lontane, una lotta impari contro forze notevolmente superiori. Franceschino aveva potuto usare solo la sciabola e qualche bomba a mano contro cannoni e mitragliatrici, lui si era dovuto difendere con mine, bombe a mano e 'piedi di porco' contro carri armati di almeno 30 tonnellate.

Era stato coraggio, audacia, temerarietà, eccitazione oppure semplicità, ingenua accettazione e fiducia mal riposta in quanti li avevano sedotti con roboanti promesse, con immagini prestigiose e dichiarazioni altisonanti sul dovere del sacrificio e della conquista del mondo? Ma veramente valeva la pena affrontare tanti sacrifici, spendere tante vite umane per trovarsi poi con un pugno di mosche? E poi, dopo tanti lutti, dopo tanto sangue versato era ancora possibile parlare di divisioni tra uomini, in realtà per niente diversi gli uni dagli altri?

Queste domande 'fastidiose' cominciarono a presentarsi sempre più frequentemente alla mente ed all'animo di Giorgio, specialmente dopo l'intervento operatorio subìto a Taranto, nelle lunghissime giornate del suo calvario, nelle notti insonni in camerate piene di ragazzi che lottavano contro la morte, dopo aver messo a repentaglio la vita in tanti posti di cui non avevano mai sentito il nome.

Nei primi giorni di novembre sentì qualcuno parlare della fine della resistenza del nostro esercito nel Nord-Africa ed infatti, proprio il 2 novembre, era stato dato l'ordine di ripiegamento per l'Armata italo-tedesca e questo metteva fine all'avventura africana.

Dal 23 al 29 ottobre l'Ottava Armata britannica aveva scatenato un attacco massiccio alle forze dell'Asse, tentando di rompere il fronte lungo il settore difeso dalla Divisione Folgore, con l'intento di prendere poi alle spalle l'Armata italo-tedesca. Solo in questo settore gli inglesi avevano schierato 50.000 uomini, con 400 pezzi di artiglieria, 350 carri pesanti e 250 mezzi blindati, con un rapporto di forze di 1 a 13 per gli uomini, 1 a 5 per le artiglierie ed 1 a 70 per i carri armati. Ma l'inaspettata resistenza dei paracadutisti costrinse il comando inglese a sospendere ogni ulteriore iniziativa sul fronte della Folgore, spostando altrove lo sforzo offensivo.

Il ripiegamento dalle posizioni di El Alamein cominciò, per la Folgore, alle due di notte del 3 novembre. I decimati reparti affrontarono il deserto a piedi, trasportando a braccia i pezzi anticarro rimasti e le superstiti mitragliatrici e, quando furono accerchiati dalle soverchianti forze nemiche, rifiutarono la resa e, al grido di "Folgore!", aprirono il fuoco rompendo l'accerchiamento. Dopo alcuni giorni di marcia nel deserto, alle 14,35 del 6 novembre, dopo aver rintuzzato tutti gli attacchi inglesi, esaurite tutte le munizioni, i superstiti si arresero, ma non alzarono bandiera bianca, né alzarono le mani in segno di resa, mentre gli inglesi rendevano loro l'onore delle armi. Erano rimasti solo 32 ufficiali e 272 paracadutisti.

Durante i giorni del calvario personale di Giorgio si consumava anche il dramma della Folgore e tutti parlavano ormai apertamente di una splendida pagina di gloria scritta dai paracadutisti della Folgore e le dimostrazioni di stima e rispetto nei confronti del giovane aumentavano ogni giorno; anche gli altri feriti presenti nella sua camerata mostravano particolare affetto per questo ragazzo che lottava dignitosamente tra la vita e la morte, senza lamentarsi mai. Nessuno gli chiese mai di raccontare le sue esperienze di guerra, rispettando il suo silenzio e la sua riservatezza.

Nella sua mente, ma ancor più nel suo cuore c'era fissa l'immagine dei tanti commilitoni che avevano condiviso con lui quell'avventura; li passava costantemente in rassegna, ad occhi chiusi, chiedendosi che fine aveva fatto ognuno di loro; alcuni li aveva visti cadere in combattimento, altri erano stati smembrati dai bombardamenti, ma la notizia dell'esiguo numero di prigionieri presi dagli inglesi faceva temere il peggio e Giorgio cominciò a sentirsi fortunato di fronte ai tanti amici che sicuramente erano caduti. Sentiva urgere dentro di sé la voglia di vivere, per se stesso e soprattutto per i suoi tanti compagni; doveva rimettersi presto in salute per andare dai genitori dei suoi amici e testimoniare loro il gran valore dei figli che avevano perso. Avrebbe riferito loro tutto quello che ricordava degli ultimi tempi dei loro ragazzi, avrebbe parlato dei mesi che aveva trascorso con loro, condividendo tutto, gioie e dolori, delusioni e speranze, paura e coraggio, ansie e trepidazioni ed avrebbe anche testimoniato la loro forza d'animo, la grandezza e l'eroismo di ragazzi che, senza retorica, avevano sacrificato tutto per l'esaltazione di quella dignità che solo i veri uomini possiedono e che non li fa tremare di fronte ad alcuna minaccia, specialmente se in gioco vi sono lo spiccato senso del dovere e la difesa sacrosanta dell'onore.

Si sentiva un sopravvissuto e si stava rendendo conto che la sorte lo aveva risparmiato per affidargli il delicato e prezioso incarico di diventare il testimone di tanti sacrifici, di tante sofferenze, ma anche di tanto coraggio, di tanto valore, di tanta abnegazione e, più di tutto, voleva dedicare se stesso ad una nuova missione che cominciava ad urgergli dentro, quella della pace. Aveva visto troppe brutture, troppi morti, aveva visto quale era la conseguenza dell'odio, della presunzione e della prepotenza e voleva dedicarsi ad una nuova missione di solidarietà e di amicizia fra i popoli.

Le sue condizioni miglioravano progressivamente, anche se lentamente, tanto che dopo quindici giorni fu trasferito all'ospedale di Bari, dove poté fare anche qualche passeggiata nel giardino, a respirare aria salubre e fare del moto che gli serviva per riprendere le forze fisiche. Qui venne a visitarlo il padre, una mattina umida e piovosa di novembre, portando con sé Alberto, il fratellino più piccolo, l'ultimo della cucciolata. L'abbraccio fra i due fu doloroso, ma prevalse il pudore virile, per cui non ci furono lacrime, ma solo un silenzio prolungato, per un nodo che stringeva la gola di entrambi e non voleva andare giù.

Le notizie di casa furono scarne, ma esaurienti, anche perché c'era poco da dire se non si voleva ancora insistere sulle lacrime della mamma, delle sorelle e specialmente sullo sconforto di queste ultime, che non riuscivano a riprendersi dalle loro sventure, nonostante lo sforzo compiuto da tutti per ricominciare un corso di vita normale. In verità c'era una novità piacevole: concluso positivamente il suo noviziato, il prossimo 8 dicembre, festa dell'Immacolata, a Roma Letizia avrebbe preso i Voti e quest'annuncio procurò un sincero sorriso sul viso di Giorgio, che ormai non sorrideva da parecchio.

Il discorso si spostò sui due bimbi di Giuseppina, che crescevano meravigliosamente e davano un po' di conforto a tutti. Ma le sciagure che erano successe avevano segnato profondamente la vita di tutti ed avevano contribuito a far invecchiare anzitempo la mamma che cercava di nascondere il suo dolore in un attivismo frenetico, per cui arrivava sempre più stanca la sera, quando andava a letto distrutta dalla fatica. Antonio confessò al figlio che avrebbe voluto che a Roma, ad assistere alla consacrazione della figlia, partecipasse anche la mamma, ma le condizioni di spossatezza della donna non consentivano quel viaggio, per cui disse che ci sarebbe andato da solo.

I medici dissero a papà Antonio che, se continuava così, Giorgio poteva tornare a casa anche prima di Natale, anche se poi avrebbe dovuto riguardarsi parecchio, evitando sforzi di ogni tipo e conducendo una vita sana, dal momento che gli era stata asportata una buona parte del polmone. Ma la forte tempra del ragazzo, la sua giovane età e la gran forza di volontà mostrata fino ad allora facevano ben sperare nel recupero totale della salute al più presto.

Al suo ritorno a casa Antonio riferì a tutti le confortanti notizie sulla salute fisica di Giorgio e, per non far soffrire ulteriormente la mamma, non le riferì la profonda impressione che gli aveva procurato la vista del figlio steso sul letto dell'ospedale, con la fascia che dal collo gli reggeva il braccio da cui spuntava solo una benda bianca che copriva il moncone della mano, ma le riferì solo che si era tagliato il pizzetto ed aveva assunto l'aspetto di un vero uomo, smagrito, pallido, con le guance incavate e qualche ruga che lo facevano sembrare un po' più anziano della sua età; in quel viso preoccupato e serio spiccavano pur sempre gli occhi vividi e guizzanti, dai quali, però, traspariva un velo di malinconia che non riusciva a nascondere.

Esortò la moglie a ringraziare fervorosamente la Madonna, per aver salvato la vita di quel loro figlio e le comunicò la decisione di andare a piedi in pellegrinaggio a Ramitelli, il successivo 15 dicembre, per ringraziare la santa Vergine per la grande grazia ricevuta.

Una sera di fine novembre, recatosi dal barbiere che gli radeva la barba tre volte alla settimana, si mise a sedere in attesa del suo turno, intrecciando un dialogo con gli altri uomini presenti, parlando del più e del meno, come si fa in queste circostanze. Rispose cortesemente a quanti gli chiesero notizie sulla salute di Giorgio, ma cercò di sviare il discorso su altri argomenti, preferendo parlare il meno possibile del suo ragazzo; ad un certo punto entrò trafelato don Peppe, il maestro, con in mano 'Il Popolo d'Italia' e, salutando tutti con fare eccitato, cominciò a leggere ad alta voce un articolo del giornale che riferiva del discorso di Churchill alla Camera del Comuni di Londra, nella seduta del giorno 21 novembre, rimarcando la frase pronunciata dallo statista inglese: "Dobbiamo davvero inchinarci davanti ai resti di ciò che rimane dei leoni della Folgore…"

Tronfio d'orgoglio, con la solita enfasi retorica dei discorsi di maniera, sventolando la pagina del giornale da cui traeva la lettura, alle attonite orecchie di quegli anziani contadini, che aspettavano il proprio turno, stanchi per il pesante lavoro dei campi, ai quali dedicavano tutte le loro energie, essendo i propri figli dispersi nelle più diverse parti del mondo a combattere, oppure prigionieri o, peggio, morti nei più svariati fronti di guerra, interrompendo i discorsi sulla loro quotidianità, gonfiando il petto nel tentativo di scimmiottare il Duce nella sua posa preferita quando declamava i suoi discorsi, cominciò a vantare i «gloriosi nostri ragazzi, eredi dei legionari romani, capaci di suscitare stima e rispetto anche nei nemici, impavidi rappresentanti di una razza di eroi, eletti figli di un popolo che non finisce di meravigliare il mondo con le preclare virtù che sono peculiare patrimonio genetico della razza italica, destinata a conquistare il mondo…»

A questo punto Antonio non sopportò più quella sceneggiata. Rabbuiato improvvisamente in viso, pallido e con i nervi a fior di pelle, si alzò di scatto ed uscì dalla bottega lasciando esterrefatto l'oratore che, guardandosi attorno, interrogava con lo sguardo i pazienti avventori del barbiere, cercando di capire cosa fosse successo; non si rendeva conto dell'assurdità delle sue parole, dell'inopportunità di tanta retorica di regime di fronte al dolore di quei genitori che vivevano in una condizione di ansia continua per i figli così disumanamente strappati alle famiglie e mandati allo sbaraglio.

Quegli anziani dovevano fare i conti giornalmente con le esigenze dei propri famigliari, con gli impegni del lavoro, con le responsabilità che erano aumentate a dismisura da quando dovevano provvedere a se stessi ed alle famiglie dei figli assenti e, cosa per niente secondaria, dovevano far fronte ai pesanti lavori dei campi con le limitate forze loro e di qualche ragazzino, in mancanza delle robuste braccia dei giovani. Di solito non riuscivano a capire neanche il senso delle alte parole pomposamente pronunciate dai tanti retori da strapazzo che pure pullulavano anche nei più piccoli paesi d'Italia e, ora più che mai, quelle autocelebrazioni suonavano completamente vuote e prive di significato alle loro orecchie ed alla loro sensibilità tesa al contingente quotidiano.

Antonio tornò a casa a cercare conforto nell'ambito della sua famiglia, tentando di dimenticare l'episodio e proponendosi di non reagire a quelle manifestazioni di cattivo gusto che gli facevano venire il voltastomaco e, alla moglie, che lo vide tornare senza essersi sbarbato, disse che aveva preferito evitare uno scontro con il maestro che già si era offeso per il rifiuto di Elvira di sposare il figlio Emilio e sbrigativamente mise fine al discorso dicendo che in quella famiglia, evidentemente, la fede fascista aveva offuscato non solo il buonsenso comune e la sensibilità individuale, ma aveva anche fatto evaporare il cervello lasciando al suo posto solo bolsa retorica ed egoistica presunzione.

«Parla ancora di conquistare il mondo, ma sono i nostri figli a combattere e morire, mentre suo figlio si è imboscato in un ministero a Roma, il cui nome 'Minculpop' fa ridere anche i polli e fa il gradasso al riparo della sua divisa sempre immacolata!» concluse amaramente.

XXXIV

La sera del 7 dicembre 1942, Antonio partì dal paese alla volta di Roma assieme ad Elvira, rigorosamente vestita di nero, come era suo costume ormai, dentro e fuori casa, con un cappotto lungo, il velo in testa ed anche i guanti neri. Li accompagnava il parroco, don Guido, orgoglioso e compiaciuto di poter assistere alla cerimonia dei voti perpetui di questa parrocchiana 'prediletta dal Signore', come diceva lui. Era trascorso infatti il periodo del postulantato ed anche quello del noviziato e finalmente, nel giorno della festa dell'Immacolata, Letizia avrebbe pronunciato solennemente i voti perpetui, diventando suora a tutti gli effetti.

Carmela aveva sempre espresso il desiderio di essere presente alla cerimonia solenne che avrebbe concluso il cammino di preparazione della figlia e, con le lacrime agli occhi aveva sempre immaginato il momento della consacrazione di quella sua bambina a Cristo Gesù, ma le condizioni fisiche degli ultimi tempi non le permettevano assolutamente di affrontare un viaggio così faticoso ed aveva dovuto rinunciare al suo progetto. D'altra parte tutti avevano accolto con un sospiro di sollievo il desiderio espresso da Elvira di accompagnare lei il padre, per essere vicina alla sorella e portarle il conforto di una presenza femminile in rappresentanza della famiglia.

Era la prima volta che Elvira mostrava di volersi aprire al mondo circostante partecipando ad un avvenimento finalmente lieto dopo tanti lutti e disgrazie e tutti ne gioivano. Da quando aveva saputo della tragica morte di Nicolino si era chiusa nel suo dolore e cercava conforto solo nei ricordi. Dopo un iniziale assoluto isolamento, dopo una crisi profonda, che l'aveva anche allontanata dalla fede e dalle pratiche religiose, si era risvegliata solo alla nascita di Tittina ed aveva cominciato a svolgere il duplice ruolo di zia e di madrina, con un impegno lodevole che le consentiva di partecipare alla vita famigliare della sorella, specialmente quando Franceschino era dovuto partire per la guerra, mentre continuava a venerare nell'intimo del suo cuore la memoria di Nicolino.

Alla morte del cognato aveva spontaneamente deciso di dedicarsi totalmente alle cure dei nipotini e si era definitivamente trasferita a casa della sorella, diventando, con soddisfazione di tutti, il conforto morale ed il sostegno di Giuseppina. Quando vedeva la sorella particolarmente prostrata, per scuoterla e spingerla a reagire alle lacrime, le presentava i due figlioletti e l'incitava ad aver coraggio per loro, a farsi forza per non far mancare ai figli la serenità di cui avevano bisogno e la sollecitava a ringraziare il Signore per la grazia che le aveva concesso dandole quelle due creature così care.

Una volta, di fronte alla protesta della sorella, che le diceva che il suo dolore era insopportabile, asciugandole le lacrime, la rimproverò per la sua mancanza di risolutezza e la invitò a pensare un pochino anche al suo proprio dolore, alla sua personale sventura per essere rimasta vedova senza il conforto di un figlio, senza la consolazione di un ricordo, senza il calore di un rapporto vero.

«Io mi limito a guardare solo le iniziali dei nostri nomi intrecciati sui capi del mio corredo! – le disse con le lacrime agli occhi – Di Nicolino mi resta solo il ricordo di qualche fugace e maldestro bacio strappato di nascosto; solo la stretta spasmodica delle nostre mani, quando uscivamo a passeggio sotto la stretta sorveglianza dei parenti; nel mio cuore c'è sempre il suo sguardo ardente ed il sorriso accattivante quando mi divorava con gli occhi; anche le frasi d'amore che mi sussurrava si limitavano alle brevi espressioni che riusciva a rivolgermi in quelle rare occasioni nelle quali non eravamo sentiti da orecchie estranee; di lui mi resta solo l'ansia dell'attesa per intere giornate ad aspettare che la sera venisse a trovarmi a casa, con tutti voi presenti, e poi i lunghissimi giorni quando bramavo sue notizie dall'America, col tormento del dubbio, della paura, con l'angoscia della mia impotenza. Non mi restano che le sue lettere rispettose e castigate. Tu almeno hai ricordi veri, hai il conforto di questi due angioletti che ti aiutano a superare la solitudine, ma io resto sola col fantasma del mio amore!»

Giuseppina l'abbracciò stretta stretta, mentre le lacrime bagnavano copiosamente i loro visi e, solo dopo qualche tempo, quando riuscì ad articolare le parole, chiese scusa alla sorella se non era stata capace di guardarsi attorno, così presa dal proprio sconforto e non aveva considerato il dramma di Elvira che, col cuore a pezzi, riusciva a prodigarsi per lei ed i nipotini trovando conforto nel loro amore.

I famigliari erano contenti di questa loro solidarietà perché avevano capito che ambedue avevano bisogno l'una dell'altra e, nel reciproco sforzo di darsi coraggio, trovavano la forza di andare avanti per se stesse e, soprattutto, per quei due meravigliosi bimbi che crescevano come due fiorellini, prezioso dono di Dio, nati per la loro reciproca consolazione, oltre che per la gioia di tutti.

Dopo la notte passata in viaggio, arrivarono a Roma al mattino presto e, con un taxi, raggiunsero la sede della Casa Madre, in via S. Maria in Cosmedin, dove era prevista la cerimonia, ma non poterono salutare subito Letizia che da qualche giorno era in ritiro spirituale, in preparazione della pronuncia dei voti solenni. Furono accolti amorevolmente dalle consorelle di Letizia e, dopo una frugale colazione, furono sistemati ognuno in una celletta propria per rinfrescarsi e prepararsi alla cerimonia solenne, prevista per le ore undici.

La celebrazione fu veramente suggestiva e coinvolgente: officiava un vescovo, assistito da altri sacerdoti e tutta la cerimonia fu scandita da canti solenni, guidati dalla musica dell'organo che non smise mai di suonare, con toni alti o bassi, accompagnando le varie fasi con l'enfasi continua della melodia dolce ed ammaliante che, a volte, stringeva struggentemente il cuore di quanti assistevano in religioso silenzio.

Particolarmente toccante fu il rito del taglio dei capelli, dell'imposizione del velo, dello scapolare e la consegna dell'anello col quale si consacrava il matrimonio mistico tra le professe ed il loro sposo celeste Gesù Cristo. Era questo il momento di pronunciare solennemente il voto di castità, di povertà e di obbedienza da parte di ognuna delle novelle suore, che assumevano contemporaneamente anche il loro futuro nome. Letizia scelse di chiamarsi suor Giovanna, in onore della fondatrice dell'Ordine che l'aveva accolta.

Turbato ed emozionato, Antonio seguiva con intima partecipazione ogni momento della celebrazione cercando di capire il senso di ogni azione, ma non poté trattenere un pensiero irriverente al momento della consegna dell'anello nuziale che rendeva sua figlia sposa di Cristo: aveva assistito al matrimonio di tutte le sue tre figlie, eppure nessuna delle tre aveva al momento un uomo accanto. Consapevole dell'empietà della sua osservazione, si affrettò a chiedere perdono al Signore pregandolo di assistere, con la Sua misericordia, le tre creature e di stare sempre vicino a quelle più bisognose del Suo aiuto.

Anche Elvira aveva osservato ogni cosa con minuziosa attenzione, combattendo sempre con le lacrime che le scendevano a fiumi e le impedivano di vedere distintamente ciò che si svolgeva sotto i suoi occhi; la commozione le impediva di pregare con la dovuta partecipazione, per cui le preghiere si riducevano a formule recitate a memoria, mentre la sua mente correva via lontano, ai tempi dell'infanzia che aveva condiviso con la sorella, alle loro reciproche confidenze, alla solidarietà sempre manifestata in ogni cosa che le riguardava. Durante la funzione religiosa, lei aveva rivissuto tutta la loro vita precedente ed ora doveva fare uno sforzo a riconoscere, in quella figura vestita con l'abito monacale, la sorella che aveva condiviso con lei tanta parte della sua esistenza.

Molto toccante fu il momento nel quale poterono incontrare finalmente suor Giovanna, che si concesse al loro abbraccio col trasporto che solo una figlia e sorella felice può manifestare. Inutili erano le sollecitazioni di don Guido a non piangere in un momento di festa grande, l'emozione era troppo forte e chiudeva letteralmente la loro gola, facilitando solo lo sgorgare delle lacrime ed anche papà Antonio non si vergognò di piangere a dirotto sulla spalla della figlia.

Quando finalmente poterono parlare fu un profluvio di domande e risposte che si accavallavano tra loro; le richieste più pressanti riguardavano la mamma e la sua salute, ma suor Giovanna aveva tante curiosità su ogni componente della famiglia, e durante il pranzo, che fecero insieme alle altre consorelle ed ai numerosi parenti, nel grande refettorio del convento, trascorsero tutto il tempo a parlare di ognuno con tutti i particolari, per metterla al corrente delle tantissime cose di cui lei voleva essere edotta.

Furono ospitati in convento per la notte e la mattina seguente, dopo aver sollecitato preghiere per tutta la famiglia, salutarono la novella suora con la speranza di rivederla presto, quando le superiore le avrebbero concesso il permesso di rientrare un po' nella casa paterna e, dopo le reciproche raccomandazioni, si salutarono con un lungo abbraccio e si avviarono alla stazione per prendere il treno del ritorno.

Così come avevano promesso, i medici dell'ospedale militare di Bari dimisero Giorgio una settimana prima di Natale ed Antonio si premurò di accogliere il figlio alla stazione di Termoli, per aiutarlo ed assisterlo nel suo viaggio in pullman verso il paese, senz'altro meno confortevole del viaggio in treno. A casa lo aspettavano in tanti, parenti, amici ed anche un gran numero di conoscenti che facevano a gara a salutarlo, augurandogli una pronta e piena guarigione, tutti sinceramente contenti per la sua salvezza. Anche zio Saverio si presentò a salutare il nipote, con un certo imbarazzo a dire il vero, e questo gli conciliò il perdono di Antonio e di Giorgio, che lo abbracciarono senza far pesare più di tanto il precedente maldestro comportamento di quella malalingua impenitente che, purtroppo, si comportava spesso senza rendersi conto della reale portata dei suoi gesti o delle sue parole.

A casa lo raggiunse anche un encomio solenne da parte del Comando Militare e la promozione a maresciallo per meriti di guerra, assieme al congedo illimitato per motivi di salute. Ma questi riconoscimenti non procurarono nessuna gratificazione al suo animo, né furono motivo di vanto per i suoi familiari che pregarono lo stesso zio Saverio ed il podestà di non enfatizzare la comunicazione e così tutto passò nell'indifferenza generale, con lo zio Saverio che, però, si penava per l'occasione persa per un'altra celebrazione ufficiale.

Natale passò con relativa serenità, ma senza la gioia degli anni precedenti alla guerra; c'era, palpabile, un'aria di mestizia generale e di paura perché ogni famiglia aveva pagato il suo tributo alla sventura: i più fortunati con la sola partecipazione agli eventi bellici, mentre i meno fortunati si dolevano per i feriti e tanti, purtroppo, piangevano i morti. Nelle pianure della Russia, il 16 dicembre 1942, l'esercito sovietico sferrò la sua offensiva decisiva contro ciò che restava dell'ARMIR, il contingente italiano schierato sulle rive del fiume Don, scarsamente equipaggiato ed armato e dopo solo quattro giorni di attacchi, il 19 dicembre, gli italiani dovettero ordinare la ritirata che si trasformò nello sfacelo di ciò che restava di un corpo d'armata di 229.000 uomini.

Privi di mezzi, con un equipaggiamento per niente idoneo ad affrontare il gelido vento della steppa russa, trascinandosi penosamente a piedi nella neve alta, i nostri soldati scrissero la tragica pagina di una ritirata rocambolesca, circondati da ogni parte dall'esercito sovietico. Il 26 gennaio 1943, in piena ritirata, a Nikolajewka, ci fu un'epica battaglia per lo sfondamento dell'ultimo sbarramento sovietico, con la perdita di circa seimila uomini. Gli alpini della Tridentina, della Julia, della Cuneense e della Vicenza si sacrificarono per permettere ai superstiti dell'Armata italiana di rientrare, sempre a piedi, in Italia.

Anche nell'Africa settentrionale, dopo la sconfitta di El Alamein, i superstiti dell'esercito italiano furono costretti a cedere tutta la Libia, attestandosi a difesa della Tunisia. Nel novembre del 1942, infatti, un corpo di spedizione anglo-americano, agli ordini del generale Eisenhower, era sbarcato in Algeria ed in Marocco, portandosi, nel febbraio del 1943, ai margini della Tunisia, dove a Mareth ed Akarit, gli italiani si difesero validamente contro l'ottava armata britannica. Il 17 aprile gli angloamericani sferrarono l'offensiva definitiva contro le truppe dell'Asse, costringendole alla resa. Gli italiani si arresero il 13 maggio, abbandonando definitivamente il suolo africano.

Dalla Tunisia gli angloamericani prepararono l'attacco alle coste italiane ed il 10 luglio le truppe alleate cominciarono lo sbarco in Sicilia, conquistando in poco tempo tutta l'isola. La conquista del suolo nazionale suscitò uno sgomento indicibile nell'animo di tutti ed ebbe come ripercussione la destituzione immediata del Capo del Governo che, nella notte del 25 luglio 1943, fu sfiduciato dal Gran Consiglio del Fascismo e, imprigionato, fu portato a Ponza, poi alla Maddalena e, quindi, ad Isola del Gran Sasso, mentre, al suo posto, il re Vittorio Emanuele nominò il maresciallo Pietro Badoglio. Anche a Montecilfone questi avvenimenti furono vissuti con ansia, perché nessuno mai avrebbe pensato che il suolo della patria potesse essere calpestato da soldati nemici. Terrore e rabbia aveva suscitato il bombardamento di Roma il 19 luglio, con le quasi 3000 vittime civili e la distruzione di interi quartieri. La città santa, la città eterna, Roma 'caput mundi' era stata colpita mortalmente; cadevano tanti miti, venivano ribaltate tante superbe dichiarazioni, tanti proclami enfatici di potenza, di gloria, di rinomanza nei secoli; venivano vanificate le certezze che alcuni avevano ingenuamente coltivato in seguito alla propaganda di regime, e si rinfocolavano le maledizioni di quanti avevano diffidato sempre del fascismo ed avevano visto come pericolosa la politica di aggressione che il Governo aveva adottato negli ultimi anni.

Giorgio viveva come un incubo tutta la situazione e si arrovellava il cervello nel tentativo di capire qualcosa sul destino suo e di tutti, ma si sentiva completamente impotente, incapace di trovare una soluzione qualsiasi. Fisicamente si stava riprendendo bene, assistito amorevolmente dalla mamma e dalle sorelle; faceva una vita molto sana; faceva passeggiate sempre più lunghe, specialmente a Corundoli, a respirare l'aria salubre del bosco; col cavallo si recava spesso in campagna dove, purtroppo, non poteva essere d'aiuto per la menomazione alla mano, ma gli piaceva la pace dei campi, lo gratificava il risveglio della natura in primavera, gli piaceva essere presente ai grandi lavori estivi e cercava di portare almeno qualche conforto a quanti lavoravano sotto la canicola, dissetandoli con l'acqua fresca dell'abbeveratoio ed anche col vino che teneva in fresco nel pozzo.

Dopo la festa di S. Antonio che, da quando era scoppiata la guerra si limitava alle sole celebrazioni religiose, senza banda e senza mortaretti, così come si faceva anche nell'altra festa in onore di S. Giorgio, tutta la famiglia si era trasferita in campagna per aiutare gli uomini impegnati dall'alba al tramonto nei lavori del raccolto. Mamma Carmela non si era ancora ripresa completamente dalla prostrazione fisica nella quale era caduta in seguito alle ultime vicende della sua famiglia, per questo Elvira andò con loro per aiutare la mamma, dopo che Giuseppina ed i suoi due bambini si sistemarono nella casa dei suoceri che, per non farli restare soli, li accolsero nella loro famiglia.

Ormai Alberto aveva sostituito Giorgio nella collaborazione col padre ed infatti, crescendo, il ragazzo diventava sempre più indispensabile nella conduzione dell'azienda. Giorgio ogni mattina si recava col cavallo in paese a comprare il giornale, che leggeva assiduamente, seguendo con apprensione crescente le vicende nazionali, ma tornava velocemente in campagna, cercando accuratamente di evitare incontri indesiderati, crocchi, riunioni, assemblee, ed anche quando si recava dal barbiere cercava di non parlare della guerra e della situazione politica.

La domenica successiva alla destituzione di Mussolini, mentre usciva dalla chiesa, dove aveva assistito alla messa grande assieme ai genitori ed ai fratelli, vide sul sagrato un assembramento e sentì distintamente la voce del suo antico amico Emilio che, rientrato dalla capitale, come era sua abitudine, concionava i suoi compaesani commentando gli ultimi avvenimenti. Lo sentiva sbraitare per il tradimento fatto a Mussolini, per l'ignobile ingratitudine degli italiani che in tante parti del Paese stavano festeggiando la caduta del fascismo. Giorgio preferendo la quiete e la vita privata, come stava facendo da qualche tempo, cercò di defilarsi per non essere visto, ma la voce stentorea di Emilio lo bloccò a mezza via.

«Ecco un altro traditore! – esclamò a voce alta Emilio in preda al suo sacro furore – Hanno fatto i propri interessi arricchendosi col fascio e, alla prima difficoltà, gli hanno voltato le spalle tradendo il giuramento di fedeltà! – continuò con la bava alla bocca infervorandosi sempre più – Meschini sfruttatori, codardi e vigliacchi! Per colpa vostra stiamo perdendo la guerra!»

Non poteva più far finta di niente Giorgio e, fermandosi, dalle scale della chiesa rispose con stizza: «Io il mio dovere l'ho fatto sempre, dovunque, sacrificando alla patria la mia giovinezza e la mia salute. Ho visto accanto a me morire il fior fiore della gioventù italiana!»

«Non è vero! – lo interruppe l'altro ormai al culmine di una crisi di nervi - Siete stati dei vigliacchi! Siete scappati come lepri davanti al nemico; non leoni, ma conigli siete stati tutti quanti!»

«Io ed i miei commilitoni – riprese Giorgio - abbiamo dovuto spendere le migliori energie, per ovviare ai guasti che ci hanno sempre procurato le manchevolezze del Governo e di quelli come te che ingrassavano dietro una scrivania. Abbiamo sofferto la fame, la sete, il freddo della Vojussa in Albania e delle steppe della Russia, il caldo torrido dell'Africa; abbiamo combattuto in condizioni estreme e disperate, inventando gli espedienti più incredibili ed efficaci per opporci allo strapotere delle armi degli avversari. Abbiamo affrontato a viso aperto i carri armati con le sole bombe a mano e con bottiglie incendiarie, altri hanno attaccato cannoni e mitragliatrici con la sola sciabola, altri eroi hanno affondato potenti corazzate cavalcando dei siluri sott'acqua; siamo rimasti fermi al nostro posto fino alla morte, dinanzi ad un nemico che ci superava sempre per numero di soldati e mezzi militari; abbiamo messo sempre avanti a noi l'onore nostro personale e la devozione alla patria, siamo rimasti impavidi ad aspettare il nostro destino! Ma tu dov'eri?»

«Traditore! Traditore! – incalzava l'altro a braccia levate dal centro di un gruppo di cittadini esterrefatti – Meno male che ho rifiutato la mano di tua sorella, così almeno non mi sono sporcato con una famiglia di traditori!»

A queste ultime parole Giorgio, da paracadutista provetto, con un salto prodigioso, dalle scale dove si trovava, balzò letteralmente nel mucchio e, facendosi largo con due bracciate, colpì violentemente Emilio con un destro alla mascella, facendolo piombare a terra come un sacco vuoto. Gli fu addosso tenendolo per la gola col moncone della mano sinistra mentre col destro colpiva ripetutamente come un maglio quella testa che, ad ogni colpo, rimbalzava come un pallone dal pavimento ed il rumore dei colpi si diffondeva sordo per tutta la piazza assieme al lamento che, simile ad un miagolio, si levava dalla gola del malcapitato.

Dopo un primo sbigottimento generale, Antonio si precipitò nel tentativo di fermare la furia devastatrice di Giorgio e, aiutato da parecchi dei presenti, non senza fatica, riuscì a bloccargli il braccio vendicatore e, dopo averlo abbrancato in tanti, riuscirono finalmente ad allontanarlo dal corpo martoriato del suo contendente che, raggomitolato in terra, aveva cercato disperatamente di difendersi coprendosi la testa con le braccia. Era dimagrito Giorgio, ma aveva conservato tutta la sua forza ed il suo corpo era un fascio di muscoli guizzanti e possenti, plasmati dalle tante esercitazioni che avevano caratterizzato la sua preparazione militare.

A fatica rialzarono anche Emilio, che sanguinava abbondantemente dal naso, da un profondo spacco sullo zigomo sinistro, da una ferita all'occipite, mentre dalla bocca, assieme ad abbondanti fiotti di sangue, gli caddero anche alcuni denti. Piagnucolando come un bambino sculacciato Emilio fu portato a casa da alcuni che lo avevano preso letteralmente in braccio.

Furente e senza pronunciare una parola, Giorgio si allontanò dalla piazza dirigendosi verso casa, mentre il crocchio dei paesani si ingrossava sempre più e tutti commentavano l'episodio, aggiungendo particolari inediti e succulenti a quelli che arrivavano e che chiedevano ansiosamente di essere messi al corrente dell'accaduto.

Che figuraccia aveva fatto l'oratore ufficiale del fascio locale! Che lezione gli era stata impartita! Proprio a lui che nelle adunate del sabato brillava negli esercizi ginnici, quando si esibiva come il campione della nuova razza italica, quando estasiava il pubblico con i suoi salti nel cerchio infuocato ripagato da applausi scroscianti, davanti al podestà ed al padre che, gongolando di gioia, gli preconizzavano un avvenire radioso nell'Italia del nuovo ordine.

Partì di nascosto la mattina dopo, prendendo il primo autobus di linea e di lui si persero le tracce.

XXXV

Le truppe angloamericane, nel giro di un mese, avevano conquistato tutta la Sicilia ed il 3 settembre gli inglesi, al comando del generale Montgomery, sbarcarono anche in Calabria, cominciando a risalire lungo la penisola.

La mattina dell'8 settembre si diffuse per radio la comunicazione della firma dell'armistizio da parte dell'Italia, che gettò nello sconquasso più totale il Paese. Da una parte si gioiva per la fine della guerra, ma dall'altra l'esercito venne lasciato nella più assoluta incertezza e così, immediatamente, le forze tedesche occuparono militarmente il suolo italiano, con scontri armati in varie parti tra quei soldati italiani che non volevano deporre le armi di fronte ai tedeschi e questi ultimi che arrestavano tutti quelli sui quali riuscivano a mettere le mani, tanto che oltre 600.000 militari italiani vennero imprigionati e spediti nei campi di concentramento in Germania.

A Montecilfone tutti trepidavano per la sorte di tanti figli che non davano più notizie di sé, mentre si diffuse anche la notizia della fuga da Roma del Re e della sua corte, assieme al capo del Governo, che si diressero a Pescara per poi rifugiarsi a Brindisi, che era già stata occupata dagli angloamericani, identificati come liberatori, dopo la conquista militare dell'Italia da parte tedesca. I fascisti locali non sapevano che pesci pigliare; qualcuno divulgò anche la notizia della liberazione di Mussolini, 'detenuto' in un albergo di Isola del Gran Sasso e portato in Germania dai suoi amici tedeschi e questo aumentò la confusione generale. Per diversi giorni il podestà ed i suoi accoliti non si fecero vedere per il paese.

Intanto anche a Salerno gli alleati sbarcarono ingenti forze inglesi ed americane, nel tentativo di affrettare la conquista del Centro-Italia ed operare la liberazione di Roma, occupata militarmente dai tedeschi, ma questi ultimi resistettero duramente con continui contrattacchi e solo il 1 ottobre gli alleati riuscirono ad entrare a Napoli che, nel frattempo, si era ribellata, liberandosi da sola dalle truppe tedesche.

L'occupazione militare tedesca non risparmiò neanche Montecilfone dove, fortunatamente, a comandare il gruppo di soldati c'era un capitano di religione cattolica che, avvicinato da don Guido, promise di risparmiare ogni prevaricazione ed angheria agli abitanti. Gli occupanti avevano imposto il coprifuoco per cui, dopo il tramonto, nessuno poteva muoversi e le pattuglie che giravano per il paese sparavano a vista su chiunque avessero sorpreso in giro. Certo non mancarono requisizioni alimentari e richieste di lavoro coatto, al quale costringevano gli uomini che requisivano presentandosi con le armi nelle varie case; per mangiare cercavano soprattutto i maiali, della cui carne erano particolarmente ghiotti.

Le donne restavano rigorosamente chiuse in casa, mentre i pochi ragazzi, non ancora partiti per il servizio militare perché ancora minorenni, erano costretti a nascondersi per non essere presi e deportati in Germania. Era tornato a casa di nascosto anche qualche militare in conseguenza dello smembramento dell'esercito, dopo fatiche immani, con viaggi rocamboleschi, col continuo rischio di cadere nelle mani dei tedeschi, per questo tutti vigilavano accuratamente per evitare che fossero scoperti e presi dai soldati occupanti. Ogni tanto i tedeschi avevano bisogno di aiuto, per tenere pulita la grande casa che avevano requisito all'ingresso del paese, dove avevano stabilito il loro comando; avevano bisogno di qualcuno che lavasse anche i loro effetti personali, per questo il capitano si rivolgeva al parroco che, pregando alcune anziane signore, le accompagnava personalmente nella sede del comando tedesco e vigilava che non fosse fatto loro alcun male, riaccompagnandole a casa sane e salve dopo che avevano finito le loro incombenze.

Con un minimo di collaborazione si evitarono i disagi che, purtroppo, si registrarono in tante altre parti, ma questo durò poco, perché la sera di domenica 3 ottobre, in conseguenza dello sbarco di mille inglesi della 78° Divisione dell'ottavo Corpo d'Armata britannico a Termoli, dal fronte del Volturno si riversarono verso la costa adriatica numerosi rinforzi tedeschi per bloccare la testa di ponte inglese.

Erano uomini della prima Divisione Paracadutisti della X Armata, ai quali si aggiunse anche la sedicesima Divisione corazzata con i poderosi carri Mark IV che, da Campobasso, si precipitarono verso la costa, percorrendo per tutta la notte la strada che collegava Campobasso a Termoli, passando per Montecilfone.

Attorno a Termoli i combattimenti furono aspri e durarono per tre giorni. Dal paese si sentiva distintamente il fragore della battaglia, con le cannonate continue dei mezzi terrestri, con i frequenti bombardamenti aerei e con le bordate delle navi che dal largo colpivano le postazioni tedesche sulla costa.

Ai primi inglesi si erano aggiunte anche truppe irlandesi, con numerosissimi carri armati Sherman, provenienti da Foggia, e dopo feroci combattimenti, di giorno e di notte, con continue alterne fortune, con avanzamenti ed arretramenti del fronte, la sera del 6 ottobre i tedeschi furono definitivamente sopraffatti e costretti a ritirarsi.

Si verificò il percorso inverso dei mezzi militari nella notte tra mercoledì e giovedì, con i tedeschi in fuga che, in file interminabili di carri armati, autoblindo, camion e camionette risalivano verso l'interno per raggiungere la linea Gustav e, sistematicamente, nel tentativo di rallentare l'avanzata dei mezzi angloamericani, i tedeschi, con cariche esplosive, facevano saltare molte case poste ai bordi della strada che attraversava il paese, creando cumuli di macerie che ostruivano il passaggio; fortunatamente, prima degli scoppi, sgomberavano gli abitanti dagli edifici, così non provocarono inutili stragi.

Di solito, negli altri anni, dopo la vendemmia, Antonio riportava la famiglia in paese, ma quell'anno, per la presenza dei tedeschi, preferì restare in campagna, pensando di evitare le restrizioni ed i fastidi procurati da un'occupazione militare. Quasi tutti quelli che se lo potevano permettere, infatti, si erano rifugiati nelle masserie sparse qua e là nel territorio di Montecilfone, dove avevano tutte le provviste necessarie alla vita quotidiana e soprattutto avevano l'acqua che mancava in paese e che costringeva gli abitanti a faticose e pericolose sortite verso le sorgenti ed i pozzi suburbani. Dalla masseria, che sorgeva sulla cima di un colle e che offriva una bella vista panoramica verso la marina, nei giorni di battaglia sulla costa, Antonio ed i familiari avevano seguito, come su uno schermo gigantesco, le fasi dei combattimenti che si svolgevano a pochi chilometri da loro, con il rumore costante dei bombardamenti, con le nuvole che si alzavano nella zona degli scoppi, con le vampe che illuminavano tutto l'orizzonte, specialmente nelle ore notturne; avevano visto i fragorosi bombardamenti aerei delle 'fortezze volanti' americane ed avevano sentito anche il sibilo degli 'stuka' tedeschi, che bombardavano in picchiata; spesso sul loro cielo avevano assistito anche a caroselli aerei e duelli spettacolari tra 'spitfire' inglesi e 'messerschmitt' tedeschi ed era come stare a guardare uno spettacolo avvincente, ma terribile allo stesso tempo, specialmente quando gli aerei cadevano giù, con una fumata nera che si sprigionava dai motori ed esplodevano a terra nell'impatto che alzava un nuvolone nero.

La mattina di giovedì 7 ottobre, dopo che gli ultimi rumori della battaglia sulla marina si erano spenti nella notte, constatando che era finito il lungo viavai di mezzi tedeschi sulla strada che portava a Campobasso, poiché non c'erano più segni di pericolo all'orizzonte, Antonio e Giorgio si erano recati nell'uliveto a controllare lo stato di maturazione delle olive, per programmare la raccolta delle preziose drupe; Carmela stava sull'aia, con Alberto, a distribuire del cibo ai tacchini, alle oche ed alle galline, mentre un maialetto, sfuggito dal recinto, giocherellava rubando il cibo ai pennuti; sentirono ad un certo punto il rumore di una moto che si avvicinava sempre più e poco dopo, per la salita che conduceva alla masseria, videro spuntare un sidecar con due soldati tedeschi a bordo.

Quando la moto arrivò sull'aia, dal carrozzino saltò giù un sottufficiale che, con gesti goffi ed imperiosi, cercava di far capire a Carmela che aveva sete e chiedeva dell'acqua; Alberto, dopo aver capito la richiesta, si affrettò ad entrare nella cucina della masseria a prendere la caraffa dell'acqua con due bicchieri che diede ai militari.

Mentre bevevano, i due cominciarono a guardarsi attorno e, vedendo il grasso maialino, con un cenno d'intesa ed un sorriso sornione, dopo aver buttato a terra il bicchiere che aveva in mano, il sottufficiale prese il suo mitra e, con una sventagliata colpì l'animale che, con un urlo di dolore prolungato, stramazzò al suolo; i due grossi pastori abruzzesi, Alì e Nanà, che Alberto aveva prima rabbonito e teneva stretti per il collare, allo sparo, sfuggendo alla presa del padrone, si slanciarono ringhiando furiosamente contro i tedeschi, ma un'altra raffica li colpì in pieno, facendoli cadere davanti ai padroni che assistevano impotenti alla loro veloce agonia, mentre il pauroso ringhiare di prima si spegneva in un flebile guaito ed il bianco mantello degli animali si copriva di macchie rosse che si allargavano a vista d'occhio, per il sangue che usciva a fiotti.

Agli spari ed ai lamenti degli animali, sulla porta della cucina si affacciò spaventata Elvira, che fino ad allora era rimasta chiusa nella sua camera da letto; all'apparire inaspettato della bella ragazza i due camerati si scambiarono uno sguardo di compiaciuta meraviglia e, dopo un rapido scambio di battute nella loro lingua gutturale che non faceva presagire nulla di buono, il sergente affidò il mitra al soldato e si diresse gongolando verso la porta della masseria dove afferrò brutalmente per il braccio la ragazza che, urlando a più non posso, cercava di resistere divincolandosi ed invocando aiuto con tutta la forza della sua voce.

Alberto si slanciò d'istinto verso la sorella per proteggerla, ma il tedesco rimasto a guardia nell'aia col mitra puntato verso di loro lo colpì dapprima con una violenta pedata nel basso ventre e poi, mentre il ragazzo si piegava su se stesso per il dolore, col calcio dell'arma gli diede un colpo sulla nuca stendendolo a terra sanguinante. Pietrificata, Carmela si inginocchiò accanto al figlio, prendendogli in grembo la testa nel tentativo di arginare il sangue col suo grembiule, mentre dall'interno della masseria le arrivavano gli urli strozzati della figlia che lottava disperatamente con quell'energumeno che le stava strappando di dosso i vestiti e, dopo averla colpita selvaggiamente, abusò di lei sul pavimento della cucina.

Dall'uliveto Antonio e Giorgio sentirono l'eco degli spari e, senza neanche guardarsi l'un l'altro, cominciarono a correre in direzione della masseria; Giorgio, col cuore in gola, prese al volo un'ascia che poco prima aveva appoggiata al ramo di un ulivo, mentre Antonio lo seguì cercando di correre quanto più velocemente poteva, portando la forca che stava usando per raccogliere le sterpaglie attorno agli ulivi.

Dopo una corsa forsennata, Giorgio arrivò per primo nei pressi della masseria e, nonostante fosse in preda all'ansia che lo divorava per conoscere il motivo di quegli spari, ubbidendo all'istinto, che si era raffinato in tante battaglie, si accostò al muro posteriore della casa, cercando di non far rumore e si avviò verso lo spigolo del fabbricato, per osservare quello che stava succedendo sul davanti della masseria.

Vide il fratello steso a terra con la madre in ginocchio accanto a lui, mentre il tedesco, col mitra spianato, li teneva a bada voltando le spalle a lui che si trovava sul retro della casa. Capì immediatamente che stava succedendo qualcosa di irreparabile e, pur se al colmo di un'ira crescente, si sforzò di restare lucido per non far precipitare la situazione e, dopo essersi accertato che il soldato era solo, con un balzo improvviso arrivò alle spalle del tedesco e lo colpì con l'ascia al collo, staccandogli quasi di netto la testa.

Senza avere il tempo di girarsi, cadde a terra rantolando il tedesco, spruzzando sangue come una fontanella ad intermittenza, ma Giorgio non perse tempo ad osservare la sua morte, interrogò con lo sguardo la madre che, alzando le braccia in direzione della masseria, con un filo di voce pronunciava disperatamente il nome di Elvira; in quel mentre arrivò anche papà Antonio, ansante e pallido come un cadavere per lo sforzo della corsa e, dato un rapido sguardo alla scena che gli si parava davanti, seguendo le indicazioni della moglie, si diresse verso il casolare e, oltrepassata la porta della cucina, si rese immediatamente conto di quello che stava accadendo: di fronte a sé vide un tedesco che si stava tirando su i calzoni calati sulle ginocchia, mentre a terra, raggomitolata come uno straccio, con le braccia strette attorno al seno nel tentativo di nascondere il suo corpo deflorato allo sguardo del padre, giaceva Elvira.

Capì immediatamente quel che era successo e, senza dare al tedesco il tempo di fiatare, gli piantò nel ventre il forcone che teneva ben stretto fra le mani, spingendo sempre più a fondo il manico dell'attrezzo da lavoro, mentre l'altro, con una straziante smorfia di dolore nel viso, con uno sguardo che esprimeva stupore, si afflosciava silenziosamente e lentamente su se stesso, accompagnato sempre più giù dalla spinta di Antonio, che faceva penetrare in quel ventre molle i corni del ferro; sopraggiunse anche Giorgio, con l'ascia ancora in mano e, senza pensarci su, calò un fendente sul capo dello sciagurato che si era liberato dell'elmetto, spaccandogli la testa letteralmente in due parti.

Elvira restava immobile a terra, con la testa bassa e con le braccia sempre strettamente serrate, muta, con i vestiti strappati ed i capelli scarmigliati, bagnata dal sangue che, uscendo abbondante dal ventre sbudellato e dalla testa divisa in due del suo aggressore, si spargeva sul pavimento della cucina mescolandosi al sangue che pure si distingueva tra le gambe della ragazza.

Dopo un tempo che sembrò eterno, Giorgio si scosse per primo e, entrato nella camera da letto, prese la prima coperta che gli capitò a tiro e coprì pudicamente la sorella, aiutandola poi a sollevarsi da terra per accompagnarla nella sua stanza ed evitarle la vista ripugnante della scena che si presentava in cucina. Uscì poi di corsa sull'aia, accostandosi alla madre che sorreggeva sempre sul suo grembo il capo di Alberto e, resosi conto che il ragazzo respirava, si preoccupò di guardare la sua ferita, che la madre ancora tamponava col suo grembiule.

La botta ricevuta aveva procurato un largo spacco nella nuca, ma non sembrava profonda e Giorgio pregò il padre di preparare il calesse per portare Alberto in paese, dal medico, perché gli prestasse le cure necessarie. Mentre Antonio ubbidiva al suggerimento del figlio, Giorgio prese una brocca d'acqua, infilò l'avambraccio sinistro sotto le spalle del fratello, lo sollevò e gli versò sul viso il liquido fresco che, finalmente, gli fece riprendere i sensi. Dopo aver sistemato Alberto sul calesse, Giorgio partì per il paese, dicendo che sarebbe tornato quanto prima.

Furono fortunati a trovare il dottore in casa in un giorno come quello, con tutto lo sconquasso che stava succedendo in giro e Giorgio disse che Alberto si era fatto male per una caduta da un albero e, soprattutto, per aver battuto la testa su un sasso ed il dottore, in verità, non indagò più di tanto, pago di quanto gli avevano riferito, per cui si limitò a disinfettare e ricucire la ferita, dopo aver rasato i capelli sulla zona interessata, ed avvolse la testa con delle bende, raccomandando di far riposare il ragazzo e di riportarlo dopo un paio di giorni per una visita di controllo.

Tornarono velocemente in campagna dove, nel frattempo, Antonio si era dato da fare per togliere il cadavere del soldato steso in cucina e, soprattutto, con dell'acqua bollente e soda caustica, aveva cercato di pulire le enormi macchie di sangue dal pavimento e, quando rivide i figli, emise un profondo sospiro di sollievo, non solo perché seppe che per Alberto non si trattava di nulla di grave, ma perché il loro aiuto gli era indispensabile. Decisero infatti di nascondere al più presto possibile i due cadaveri e Giorgio suggerì di usare il pozzo che avevano nel vigneto, abbastanza profondo e nascosto alla vista di chiunque.

Con la carriola trasportarono uno per volta i due corpi fino alla vigna e li gettarono nel pozzo, poi Giorgio, dopo aver caricato con l'aiuto del padre il corpo dei due cani ed il maiale nel carrozzino del sidecar, mise in moto il mezzo e lo guidò fino al pozzo, dove si preparò a gettare anche i tre animali. Chiese scusa ai suoi amati cani se li seppelliva in compagnia di quei bastardi, ma li pregò di fare buona guardia sulle loro dannate anime perché non disturbassero mai più la loro tranquillità e, maledicendo quei crucchi e le loro scellerate famiglie, fece scivolare nell'acqua i tre animali.

Visto che lui poteva fare ben poco con una mano sola, al padre ed al fratello suggerì cosa fare per smontare il carrozzino dalla moto, per poter seppellire anche quel mezzo nel pozzo; era, infatti, necessario separare i due componenti per farli entrare nella bocca del pozzo e buttarli giù e, con l'aiuto di qualche pinza e con un po' di pazienza, dopo un po' di tempo, riuscirono nell'impresa per cui fecero scivolare sott'acqua anche la moto ed il carrozzino.

Ma non era finita, perché bisognava riempire il pozzo di terra, ed il lavoro fu veramente improbo, anche perché Giorgio non poteva essere d'aiuto in quell'impresa ed Alberto aveva la testa che gli scoppiava, per cui il povero Antonio dovette faticare per tutta la giornata a scavare terra, mentre gli altri due con una cesta la buttavano dentro al pozzo, finché quest'ultimo non fu riempito. Smontarono anche le pietre che formavano l'imboccatura e le mischiarono alla terra di riempimento, cancellando così ogni segno del pozzo.

Tornarono stanchissimi a casa e decisero di rientrare subito in paese, dal momento che non solo Elvira, ma anche loro non sopportavano più la vista di quel posto che era costato loro un'esperienza così tragica e crudele. In poco tempo prepararono le loro masserizie, caricarono tutto su un carro trainato da due mucche e si avviarono verso il paese, al tramonto.

Elvira non riusciva ad alzare la testa, presa dal suo struggimento e, accoccolata sul carro accanto alla madre, stringendosi con forza al suo braccio sinistro, cercava conforto dal battito del cuore materno che sentiva pulsare con un ritmo che le infondeva coraggio. Voleva certezze in quel momento, si sentiva ancora bambina ed aveva assolutamente bisogno di sentirsi protetta dai suoi famigliari, dalle uniche persone che, riportandola indietro nel tempo, le infondevano nell'animo un po' di quella serenità che aveva caratterizzato la sua infanzia, colorandola delle tante speranze e dei tanti sogni che le avevano rallegrato la vita di allora e di cui aveva disperato bisogno ora.

Con gli occhi semichiusi, sprofondata in una specie di torpore che non la lasciava dalla mattina, da quel maledetto momento che le avrebbe segnato la vita per sempre, sedata dal tepore del calore materno, che le scendeva fino al cuore conciliandole un sopore lenitivo, prima che la curva della strada facesse sparire la vista della masseria in cima alla collina, alzò leggermente lo sguardo e fu colpita dall'ultimo raggio di sole, rosso al tramonto, col suo guizzo languido e placido che, prima di nascondersi dietro i monti, le consigliava pace, baciandola leggermente col suo bagliore sfuocato.

XXXVI

I giorni che seguirono non furono per niente facili, per nessuno. Ognuno rivedeva le proprie posizioni e tutti si sentivano colpevoli di qualcosa che non riuscivano, però, ad identificare con precisione, ma questo stato di insoddisfazione creava in tutti prostrazione e avvilimento.

Antonio si rimproverava di non aver riportato la famiglia in paese alla fine di settembre, come aveva fatto tutti gli altri anni; Carmela si sentiva in colpa per non aver lasciato la figlia in paese con Giuseppina, ma le aveva chiesto di andare con loro in campagna; Giorgio nel suo intimo si accusava di aver chiesto al padre, quella mattina, di fare un giro nell'oliveto, allontanandosi, così, dalla masseria. Non si perdonava questa leggerezza, proprio lui che era esperto di guerra e sapeva che, dopo ogni battaglia persa, ci sono degli sbandati che si aggirano senza controllo, tanto più pericolosi quanto più si sentono disperati e soli in territorio nemico.

Elvira si era chiusa in camera sua e non dava ascolto a nessuno, nemmeno alla sorella Giuseppina che era subito corsa a darle conforto col suo affetto e, soprattutto, con la terapia della presenza dei nipotini. Non accettò l'invito a tornare a casa di Giuseppina, non rispondeva alle sollecitazioni di nessuno, non reagiva neanche alle moine dei bimbi che la circondavano con la loro garrula presenza e cercavano di coinvolgerla nei loro giochi, e persino don Guido, messo al corrente della tragedia da Carmela che, in lacrime, gli aveva aperto il suo cuore di mamma disperata e gli aveva chiesto aiuto, si trovò davanti un muro di indifferenza quando si recò a farle visita.

Aveva pianto di rabbia il buon parroco, quella mattina in sacrestia, al racconto di Carmela che, tra un singhiozzo e l'altro, aveva ragguagliato alla meglio don Guido della sventura capitale, ed alzando in alto le braccia: «Buon Dio! – aveva esclamato – Perché permetti questo? Perché tanta malvagità? Perché non hai fulminato Tu quegli sciagurati? Ma si sa, sono figli di quei lanzichenecchi che tanti lutti e tante rovine hanno perpetrato a Roma nel 1527, durante il tremendo e sanguinoso sacco. Sono privi di scrupoli, privi di umanità, sono dei porci!»

Ma si frenò, consapevole del fatto che Carmela non cercava la sua ira, ma parole di conforto e preghiere; e poi, non era quello il suo compito, non doveva imprecare, non doveva inveire, né tantomeno doveva prendersela col Signore per quello che di brutto capita a noi uomini. Si segnò devotamente, chiedendo perdono a Dio e chiedendoGli la grazia di riuscire a dare un po' di conforto a quelle anime così duramente provate. Si arrabbiò, quasi, sentendo che Carmela si colpevolizzava del duplice omicidio dei due tedeschi e la rassicurò bruscamente, dicendo che si era trattato di sacrosanta difesa, di fronte a malvagi che usavano il mitra senza scrupoli e, forti delle loro armi, avevano commesso nefandezze di ogni tipo.

Ogni giorno si recava a casa di Elvira e la sollecitava a pregare insieme a lui, per trovare pace, per calmare il suo cuore esacerbato, per scuotersi di dosso quell'apatia che la stava distruggendo nell'anima. Ma la ragazza non reagiva, si ostinava a tenere gli occhi bassi, rannicchiata sulla sedia, accanto al letto, in camera sua, con le braccia inerti, abbandonate in grembo, rispondendo solo con rari 'si' o 'no' alle parole del sacerdote.

Non si rendeva più conto delle giornate che passavano, per lei erano tutte uguali. La notte dormiva pochissimo e, quando si svegliava, il ricordo acerbo di quanto le era successo le piombava addosso e le impediva di riaddormentarsi e, si sa, di notte i pensieri sono più crudeli, i ricordi si fanno più vivi e la sofferenza diventa atroce.

Le tornava di nuovo in gola la stretta che le toglieva affannosamente il respiro durante la violenza subita, sentiva distintamente il fetido alito che le penetrava per il naso, mentre quella bavosa bocca le mordeva le labbra; la tormentava il mugolio animalesco che accompagnava l'ansito difficoltoso di un respiro affannato, sentiva con orrore ancora quelle mani adunche che percorrevano il suo corpo, le trafiggevano la mente quelle parole in una lingua gutturale che le rendeva simili al grugnito di un maiale e, nell'incubo ricorrente, le sembravano eterni quei momenti che erano seguiti alla sua disperata lotta nel tentativo di resistere, quando la sua impotenza aumentava la dimensione di una rovina intollerabile, di una sciagura indicibile e, contemporaneamente, le dava la misura della sua debolezza, della sua fragilità. Le veniva il voltastomaco per la nausea che le procurava il ricordo di quel viso sudato, di quella bocca da bestia inferocita che le devastava il viso; fortunatamente non lo aveva mai guardato, per cui non le tornava alla mente la sua fisionomia.

Quanta amarezza, quanto struggente rimpianto sentiva per i tanti baci mancati del suo Nicolino! Col ricordo del suo amore cercava un antidoto a quello strazio, ma di lui le rimanevano solo la speranza di una felicità sognata, il ricordo di carezze tremule e frettolose, il sapore di labbra acerbe appena sfiorate in qualche rara occasione; le restavano gli sguardi eloquenti, le occhiate che promettevano una dedizione eterna, qualche parolina delicata e sussurrata a mezza voce, la devozione totale mostratale in ogni occasione e la muta promessa di renderla felice che le trasmetteva ogni volta che la guardava.

Quando la nipotina Tittina, tendendo le braccia, cercava di farsi prendere dalla zia, per rinnovare i giochi di prima, per coccolarsi a vicenda, per scambiarsi tanti bacetti, Elvira, quasi con sgarbo, la allontanava dicendo di sentirsi sporca, di aver paura di contaminare la bimba e correva sempre a lavarsi il viso e le mani. Faceva spesso il bagno, infatti, costringendo la madre a preparare la tinozza e la pentola dell'acqua calda e, alle lamentele della povera Carmela, rispondeva di sentirsi sporca e puzzolente, di non sopportare più l'odore del proprio corpo; non si guardava più allo specchio, infatti, e non si curava più del suo aspetto fisico, quasi a voler inconsciamente punire la sua avvenenza per quanto le era successo.

Tutto il suo tempo passava nell'inerzia e, cosa ancor più preoccupante, per mamma Carmela, era la constatazione della sua crescente inappetenza, con la conseguente progressiva debolezza che le impediva sempre più frequentemente di alzarsi dal letto.

Era passato il mese di ottobre con una pena sempre uguale, mentre le faccende di casa richiedevano pur sempre lo stesso impegno; gli uomini erano regolarmente tornati in campagna e, fortunatamente per loro, il lavoro li distoglieva dal chiodo fisso della loro sventura. Quando a sera tornavano a casa, però, sentivano che la situazione peggiorava, perché Elvira perdeva ogni giorno di più l'appetito e, di conseguenza, si sentiva ogni giorno più debole.

La mamma diceva che non le piaceva assolutamente il colorito della figlia, non sopportava quel pallore che dava al suo viso dei riflessi giallastri; il volto sempre più scarno metteva in risalto due occhi che sembravano sempre più grandi, tanto che, quando li apriva, le sembrava una spiritata. Dov'era finita la bellezza statuaria di Elvira?

A tutto questo si era aggiunta, da qualche giorno, una tosse stizzosa e fastidiosa, specialmente di notte, quando impediva il sonno a tutta la famiglia; anzi, Giuseppina sosteneva che la sorella avesse anche un po' di febbre, ma lei non misurava mai la temperatura, schermendosi sempre da tutte le allarmate attenzioni dei parenti ed aggiungeva che era tutta conseguenza della mancanza di sonno, tanto che la mamma aveva preso l'abitudine di prepararle ogni sera una tazza fumante di camomilla che, anche se a forza, Elvira beveva.

Antonio, stanco della tensione creatasi in casa, una sera andò a chiamare il medico che, dopo averla visitata, convenne con tutti sullo strano dimagrimento della ragazza e diagnosticò una bronchite, che sarebbe passata con qualche giorno di riposo e con la precauzione di non prendere freddo. Ma la tosse non si calmava e la camomilla non faceva effetto e, quando di notte tossiva con tanta virulenza, tutti quanti si alzavano dal proprio letto e la circondavano premurosi e preoccupati. Per non dar fastidio ai famigliari, Elvira cercava di soffocare i colpi di tosse tappandosi la bocca con dei grossi fazzoletti, ma si accorse una sera che c'erano delle striature di sangue nel fazzoletto e lì per lì non diede peso alla cosa, ritenendo che l'irritazione della gola avesse creato qualche piccola emorragia.

Una mattina, però, Giuseppina si accorse che il fazzoletto che la sorella metteva davanti alla bocca si era macchiato notevolmente di sangue ed allarmata, senza palesare alla madre la sua vera paura, andò dal medico e gli espose le sue perplessità. Tornò il dottore a visitare la ragazza e questa volta auscultò con molta attenzione le spalle dell'inferma, volle vedere il fazzoletto sporco di sangue, tornò ad appoggiare più volte lo stetoscopio sulla schiena ed alla fine, scuro in volto, invitò Giuseppina a seguirlo in ambulatorio e, quando furono nel suo studio, dopo aver chiuso la porta, riferì alla donna allarmata che sospettava un caso di tubercolosi avanzata.

Fu un'altra mazzata quella che arrivò con questa diagnosi e Giuseppina barcollò di fronte alla cruda rivelazione e, più che a parole, con uno sguardo disperato chiedeva al medico cosa si poteva fare. Il dottore disse innanzitutto che bisognava assolutamente isolare l'ammalata, le intimò di non portare più i bambini a visitare la zia, le raccomandò assoluta igiene e le consigliò di non stare troppo accanto alla sorella, mentre per la povera ragazza confessò di essere impotente, non avendo alcun farmaco capace di debellare una tale malattia, se non aria pura, cibo abbondante e leggero, suffumigi con olio essenziale di eucalipto, le solite cose, insomma, che si dicono quando non si hanno argomenti validi.

Tornata sconvolta a casa, Giuseppina non seppe e non volle nascondere alla mamma la gravità della situazione, per cui, approfittando di un momento di sopore della sorella, la chiamò in disparte in cucina e le rivelò la tremenda diagnosi e, dopo aver versato ancora una volta fiumi di lacrime, con Carmela che alzava ripetutamente al cielo le braccia invocando, senza parlare, la protezione divina, decisero di non farne parola con Elvira, ma di tenere un consiglio di famiglia la sera, al ritorno degli uomini.

Finita la cena, dopo essersi accertate che Elvira si era addormentata, sapendo che almeno il primo sonno era quello più pesante e, quindi, la ragazza non avrebbe sentito quello che loro si dicevano, mamma Carmela mise al corrente gli altri della situazione. È vero che al dolore non si fa mai l'abitudine e che non si riesce mai a mitigare l'effetto della cattive notizie e, infatti, dopo le parole di Carmela, piombò nella cucina il silenzio più tombale, con la disperazione che si leggeva nel volto di ognuno. Erano rimasti inebetiti tutti, inchiodati alle loro sedie, pallidi in viso, con gli occhi lucidi, annichiliti dalla consapevolezza della propria impotenza, che si manifestava nelle spalle curve e nelle teste chine.

Giorgio per primo, alzandosi di scatto, con la mano destra che gli copriva il volto alzato al cielo, ripeteva sottovoce «Bastardo! Cane rognoso! Brutto figlio di una cagna! Possa bruciare eternamente la tua anima nel profondo inferno! Che tu sia maledetto per sempre e sia stramaledetto chi ci ha portato la guerra in casa!» mentre girava senza posa per la cucina senza trovar pace.

E sì, tutti avevano lo stesso pensiero: a contagiare Elvira era stato lo stupratore tedesco.

Nessuno riuscì a dormire quella notte e la mattina seguente gli uomini non vollero andare in campagna e, inventando scuse banali, si misero a ciondolare per casa senza concludere nulla.

Carmela era andata, come al solito, a sentire la messa mattutina e confidò a don Guido la novità ed il parroco, senza ricorrere alle solite raccomandazioni sulla forza d'animo, sul coraggio da mostrare nelle sventure, in ginocchio davanti al Crocifisso, con la voce rotta dal pianto «Padre nostro – cominciò a pregare – hai voluto che questa Tua figlia provasse tutte le profondità del dolore umano e sia fatta la Tua volontà, ma ora chiamala presto accanto a Te, ha già sofferto abbastanza e Tu sai quanto merita il Tuo amore, conosci la sua innocenza, la sua purezza, il suo candore; sarà un giglio profumato accanto al Tuo trono divino. Non farla più soffrire e dà consolazione e conforto ai suoi famigliari!»

Giorgio, non sapendo cosa fare, si recò nell'ambulatorio del medico ed al dottore chiese se c'era qualche possibilità di salvare la sorella e lo pregò di essere sincero, anche se la risposta poteva sembrare brutale. Il dottore confessò tutta la sua impotenza di fronte a quel male e gli disse che la situazione si presentava anche troppo grave, ormai, per essersi la malattia sviluppata in modo eccessivo, con la completa compromissione dei polmoni. C'erano nell'ospedale di Larino alcuni medici inglesi e lui si disse disposto a recarsi in quella sede per un consulto e fu così che, nel pomeriggio, con una macchina a noleggio, Giorgio ed il medico si recarono a Larino.

I dottori inglesi si mostrarono abbastanza disponibili ed anche piuttosto preparati; c'erano, infatti, numerosi casi di ammalati di tubercolosi tra i soldati, che loro curavano con le terapie tradizionali, ma dissero che in America, proprio in quei mesi si stava mettendo a punto un medicinale, la penicillina, che sembrava offrire una speranza contro quel terribile male, ma erano notizie vaghe e, data la situazione di estremo disagio in cui stavano operando, non potevano alimentare illusioni nei famigliari; se il male fosse stato diagnosticato nella sua prima fase, forse si sarebbe potuto sperare in un intervento chirurgico che, togliendo la porzione di polmone interessato, poteva far sperare in una possibile guarigione, ma data la situazione di così ampia diffusione dell'infezione, purtroppo non potevano promettere nulla; uno dei medici, anzi, assicurò che sarebbe andato in paese a visitare l'ammalata, per rendersi conto della reale situazione, ma non volle assolutamente sbilanciarsi sulle probabilità di una cura diversa da quella praticata fino ad allora.

Il giorno successivo, infatti, con un'auto militare, un capitano medico si presentò nell'ambulatorio comunale di Montecilfone e fu accompagnato a casa di Elvira per visitare la ragazza. Dopo una visita accurata, in presenza del medico del paese, parlò di nuovo con Giorgio ripetendo, purtroppo, quanto aveva già detto il giorno precedente, riconfermando la mancanza di mezzi efficaci per una cura e raccomandò solo di non stressare l'ammalata con tentativi inopportuni, data la vasta diffusione dell'infezione che, a suo dire, si era estesa anche al sistema linfatico.

Non c'era più nulla da fare! Ma come si fa a rassegnarsi? Giorgio non sapeva darsi pace. Si era ormai vicini a Natale, il freddo si faceva sempre più pungente, ma lui se ne andava ugualmente da solo a passeggiare a Corundoli, cercando conforto in quel bosco che gli era stato sempre amico; ma gli alberi spogli, con le loro braccia scheletriche innalzate al cielo, gli parlavano di morte e le foglie a terra, inumidite ed ammuffite, aumentavano il suo sconforto. Non andava in campagna perché non sapeva cosa dire al padre e non voleva accrescere con la sua disperazione la gran pena del pover'uomo.

Non riusciva a rassegnarsi, non sopportava proprio che una ragazza così dolce, così buona e generosa come la sorella potesse essere vittima di una sfortuna tanto ostinata, di una persecuzione così persistente; non aveva fatto male a nessuno, non si era macchiata di nessuna colpa e certamente non meritava assolutamente una simile costante sofferenza.

Nel suo furore se la prendeva anche con Dio, a cui attribuiva la responsabilità di tanto dolore. Non frequentò più la chiesa e quando la sera, accanto al letto di Elvira, tutta la famiglia si riuniva a recitare il rosario, lui usciva fuori a far due passi cercando nella solitudine un po' di quiete; anche don Guido si era accorto di questo atteggiamento ed aveva notato il suo allontanamento dalle cerimonie religiose, ma non si permise di richiamarlo, o peggio di rimproverarlo, perché capiva che quel comportamento era solo conseguenza di un forte dolore.

Il parroco, in occasione dell'anniversario della consacrazione religiosa di suor Giovanna, l'8 dicembre, aveva scritto una lettera alla suora per rinnovarle le sue felicitazioni e le aveva anche riferito la gravità delle condizioni della sorella e, nella stessa missiva, aveva aggiunto una preghiera alla madre Superiora perché permettesse a suor Giovanna di rientrare in famiglia per l'imminente Natale, per rivedere per l'ultima volta la sorella morente e per essere di conforto ai famigliari, che erano stati segnati così duramente da svariate sventure.

Suor Giovanna arrivò la sera prima della vigilia, accompagnata da una consorella e grande fu la commozione di tutti. Elvira, pur avendo ormai capito la gravità del suo male, non aveva però mai parlato delle sue condizioni con i parenti e, quando vide la sorella, tentò di sollevarsi dal letto per abbracciarla, ma non riuscì che a stendere le braccia scarne, dicendo brevemente «Finalmente! Meno male che sei venuta. Disperavo proprio di rivederti.»

L'abbraccio fu lungo e penoso per tutti. Anche gli uomini non riuscirono a trattenere le lacrime ed uscirono dalla camera della ragazza, raggruppandosi in cucina dove si asciugavano gli occhi, soffiandosi sonoramente il naso. Nessuno più si peritava di nascondere la propria debolezza e le donne singhiozzavano senza riuscire a pronunciare neanche una parola. Dopo tanto tempo, finalmente, suor Giovanna, tra un singhiozzo e l'altro, riuscì a chiedere notizie dei bambini di Giuseppina, affidati quasi stabilmente alle cure della nonna Concetta, visto che la mamma passava la maggior parte del suo tempo a casa di Elvira. Giuseppina stessa si offrì di accompagnare la zia suora da loro per farglieli abbracciare, anche perché, date le condizioni di disagio nella casa paterna, non potevano essere ospitate lì le due suore e si era pensato di accoglierle in casa di Giuseppina.

Il Natale passò mestamente e, per la verità, da quando c'era la guerra, in nessuna famiglia ci furono più i festeggiamenti soliti, perché tutti si limitavano a celebrare nell'intimità i riti religiosi, senza sfarzo e senza baldoria.

La sera prima del capodanno le condizioni di Elvira peggiorarono notevolmente, tanto che ormai respirava a fatica, con un sibilo continuo che spezzava il cuore; vedendo tutti i familiari riuniti attorno al suo capezzale, la poverina li guardò tutti intensamente poi, con un filo di voce, tra un colpo di tosse e l'altro, cominciò: «Papà, mamma... vi ringrazio... per tutto quello che... mi avete dato... per tutto quello che fate... vi voglio tanto bene!... Perdonatemi se... qualche volta... non mi sono comportata... come voi avreste voluto... voi sorelle mie... siete sempre... vicine al mio cuore... siete una parte grande di me... tu Giuseppina... parla sempre di me ai bambini... tu Letizia... chiedi a Dio che mi perdoni... e tu Giorgio... sei stato... il vanto della mia vita... il mio orgoglio... resterai sempre... il mio idolo... ma ti prego... fallo per me... ritorna alla tua fede!... A te Alberto... raccomando di seguire sempre... i consigli di mamma e papà... sei il nostro cucciolo... rappresenti le nostre speranze!... Io sto morendo... ma se posso... pregherò sempre il Signore... perché vi dia la sua protezione... vi abbraccio tutti!»

Nessuno riusciva a parlare. Ormai nessuno più nascondeva di fronte a lei il proprio strazio. Tutti avevano il proprio viso affondato nel fazzoletto, col quale cercavano di asciugare le lacrime che non smettevano di scorrere a fiumi ed i singhiozzi facevano da leitmotiv alla voce stentata di Elvira. Giorgio uscì di casa senza dir niente a nessuno, col cuore che gli batteva tumultuosamente in petto, con un'ansia nuova e più tremenda del solito. "Come fa Elvira a sapere del mio allontanamento da Dio? – pensava dentro di sé – Come ha capito la gravità del travaglio che mi porto dentro? Chi le ha suggerito quelle parole?"

Ma non trovava risposta a quest'assillo. Camminava a passo svelto e a testa bassa, proprio mentre una nevicata improvvisa stava imbiancando tutto; certo che il chiarore che la fioca luce dei lampioni diffondeva intorno mal si conciliava col buio pesto della sua anima.

Vagò per parecchio tempo senza meta, respirando a pieni polmoni quell'aria calma e frizzante, che rende piacevoli le nevicate senza vento; si diresse, quindi, alla casa del parroco dove, come al solito, trovò tanti bambini e ragazzi che, giocando a tombola, aspettavano la mezzanotte. Negli anni precedenti, prima della guerra, quella era la serata delle allegre brigate che, al suono della fisarmonica, percorrevano le strade del paese ad augurare a tutti un felice anno nuovo, ma ora non c'era più nessuno che festeggiava ed i parenti permettevano che i propri figli si divertissero in casa di don Guido giocando alla tombola, nella quale il buon prete metteva come premi caramelle, cioccolatini, confetti e torroni.

Don Guido si accorse subito del turbamento di Giorgio e lo invitò a seguirlo in camera sua, dove il giovane, piombando in ginocchio davanti al sacerdote, in lacrime, gli chiese di sentire la sua confessione.

Parlò del suo turbamento, dei suoi dubbi, del peccato di superbia nei confronti del Signore, dell'offesa grande a Dio con la sua recente ribellione, chiese perdono per la rabbia che gli divorava il cuore. Gli parlò di tutte le sofferenze che avevano caratterizzato la sua maturazione umana e spirituale in quegli ultimi anni; gli parlò delle speranze nutrite, delle acerbe delusioni, dei tanti fraterni amici persi nei luoghi più disparati: Spagna, Albania, Grecia, Russia, Libia; gli raccontò le nefandezze alle quali aveva assistito in Spagna, gli parlò dell'orrore della guerra, in genere, e dei macroscopici errori della guerra in atto; gli ricordò l'affetto grande che nutriva per Franceschino e per Nicolino, sfortunato anche lui; gli confessò che schiumava ancora di rabbia per l'affronto patito da Elvira quasi davanti ai suoi occhi e, con la collera che lo divorava ancora, confessò che non riusciva a perdonare chi aveva fatto tanto male, anzi disse che avrebbe ancora oggi scannato con lo stesso furore quel maledetto crucco.

Gli parlò, infine, della raccomandazione di Elvira, sul suo letto di morte, a non allontanarsi da Dio; gli confidò di aver riconosciuto la voce stessa di Dio nelle parole della sorella che, non sapendo nulla del suo sconforto, lo invitava a non perdere la fede. Col viso tra le mani ora chiedeva proprio a quel Dio, che fino a poco prima aveva rinnegato, di essere perdonato, di essere aiutato a sopportare il suo pesante fardello. Riconosceva le sue colpe e sinceramente si chiedeva come mai il Signore aveva risparmiato lui, che pur avrebbe meritato di morire per il male che aveva direttamente ed indirettamente commesso, mentre aveva procurato tante sofferenze atroci alla sorellina innocente e pura come una goccia d'acqua.

A questo punto il parroco lo interruppe abbracciandolo e, aiutatolo a risollevarsi, lo incoraggiò dicendogli che il Signore ora stava con lui, dentro il suo cuore, ed era proprio Lui che gli suggeriva tutte quelle espressioni di contrizione, per cui lo invitava ad affidarsi totalmente alla Sua misericordia, abbandonandosi nelle Sue braccia divine ed accettando tutta la sofferenza che stava provando, per la purificazione della sua propria anima e per la gloria eterna della cara Elvira che, senz'altro, avrebbe goduto un posto privilegiato in paradiso. Gli disse che il Signore mette a dura prova proprio le anime belle e lui mostrava di possedere una spiccata sensibilità, che lo rendeva privilegiato e che gli permetteva di coltivare sentimenti nobili.

Piangeva senza ritegno anche don Guido, che aveva condiviso da sempre il travaglio di quelle care ed amate sue pecorelle e confermò ancora una volta a quel giovane la sua determinazione a stare sempre al loro fianco, a soffrire intimamente anche lui per tutto il dolore del suo popolo, pregando sempre il Signore e la Madonna Grande di perdonare e proteggere quella buona gente affidata alla sua cura pastorale.

Giorgio si sentì meno angosciato dopo aver aperto il proprio cuore al buon parroco, lo ringraziò della sua pazienza e delle parole di conforto che aveva usato nei suoi confronti e promise che sarebbe tornato a frequentare regolarmente i sacramenti ed avrebbe dedicato tutte le sue energie, in futuro, per diffondere una nuova cultura basata sulla difesa strenua della pace e la diffusione di principi di tolleranza reciproca e di fratellanza universale.

Tornato a casa, convinse gli altri ad andare a riposare per qualche ora mentre lui avrebbe vegliato Elvira e promise di svegliarli se ce ne fosse stato bisogno. Così restò a meditare accanto al letto della sorella, ripercorrendo tutte le tappe della sua vita, come in un film, cercando di capire il senso di tanti comportamenti, di tante esperienze, col proposito di evitare per il futuro gli errori commessi e le ingenuità che li avevano ammantati con sbandierate certezze.

Passò così la notte più lunga della sua vita, con i minuti che venivano scanditi dall'ansare affannoso della sorella sofferente, con le continue richieste di acqua, con quegli accessi di tosse che gli straziavano l'anima, nella consapevolezza della propria assoluta incapacità di alleviare in qualche modo quel martirio.

Ormai Elvira stava gradatamente perdendo conoscenza; gli occhi restavano chiusi anche quando la si chiamava ed a mala pena scuoteva leggermente il capo quando qualcuno le offriva qualche cucchiaiata di brodo caldo o anche una semplice tisana.

Era quello il giorno di capodanno ed i parenti più stretti erano venuti a chiedere notizie, ma andavano via a capo chino, in silenzio, scuotendo la testa o alzando lo sguardo e le mani al cielo. A pranzo qualcuno aveva portato una zuppiera con le lasagne in brodo e della carne di tacchino, ma nessuno aveva voglia di mangiare e così tutto restò sul tavolo della cucina, ordinatamente chiuso nei candidi tovaglioli che avvolgevano i recipienti caldi.

Aveva smesso di nevicare ed il cielo, che prima era plumbeo, si andava aprendo con ampie schiarite e così anche la visuale, che prima era circoscritta ad un ambito ristretto di pochi metri, si allargava a tutto l'orizzonte, svelando il candore della coltre alta che copriva ogni cosa ed ammorbidiva i contorni del paesaggio rendendo piacevole la vista del panorama attorno. L'animo della gente si allargava alla speranza di fronte a questo spettacolo che, pur frequente in inverno, suscita sempre stupore e gioia in chi lo contempla. In casa di Antonio, invece, regnava lo sconforto più totale.

Nel tardo pomeriggio, accanto al letto della moribonda c'erano suor Giovanna, che scandiva la coroncina del rosario e la mamma che rispondeva alle preghiere, mentre Giorgio, appoggiato allo stipite della porta, sussurrando anche lui le preghiere comuni, guardava assiduamente il viso della sorella.

Ad un certo punto notò che Elvira, spalancando gli occhi cominciò a muoversi: puntando i gomiti cercava di sollevare il busto tenendo la testa girata verso la finestra; senza pronunciare parola, non riuscendo a risollevarsi, alzò le braccia scarne tendendole in avanti, mentre gli occhi brillavano di un'insolita luce, anzi sembravano due stelle luminose che sfavillavano nel viso che si era aperto ad un sorriso beato e coinvolgente e, indubbiamente frutto di un miracolo, su quel volto andava diffondendosi sempre più vivo il bel colorito roseo che caratterizzava il suo incarnato ed anche il respiro, fino a quel momento dolorosamente affannato ed irregolare, assunse un ritmo normale, appena appena percepibile.

Suor Giovanna e la mamma interruppero le loro preghiere e Giorgio si avvicinò al letto in punta di piedi e tutti guardarono in direzione della finestra dove era fissato lo sguardo gioioso di Elvira, per poi ritornare ad osservare l'ammalata che sembrava essere rinata, addirittura un angelo per la bellezza che rianimava le sue fattezze e, mentre la guardavano muti ed ammirati, distintamente sentirono la sua voce che sillabò «*Nikulì!*» (Nicolino!).

Tutto sembrò durare un'eternità, ma poi le braccia ricaddero stancamente sulle coltri, il respiro si fermò definitivamente, la testa riposò senza vita sul cuscino, mentre il dolce sorriso restava stampato sulle labbra socchiuse, reso ancor più radioso dalla luce speciale di quegli occhi celesti che, poco prima, avevano ritrovato la loro guizzante vitalità ed una parvenza di felicità dimenticata da parecchio e su quel bel viso d'angelo brillava l'ultimo raggio del sole al tramonto che, facendo capolino tra le nuvole, testimoniava l'approdo ad un mondo di pace, di gioia e felicità non effimere.